D1755160

Die 2. Chance

© Jerry Bauer

JAMES PATTERSON,

geboren 1949, war Kreativdirektor bei einer großen amerikanischen Werbeagentur. Inzwischen ist er einer der erfolgreichsten Bestsellerautoren weltweit. Sein Markenzeichen: Romane, deren überraschende Wendungen selbst ausgebuffte Thrillerleser verblüffen. James Patterson lebt mit seiner Familie in Palm Beach und Westchester, N.Y.

JAMES PATTERSON

mit Andrew Gross

DIE 2. CHANCE

Roman

Aus dem Amerikanischen von Edda Petri

Weltbild

Die amerikanische Originalausgabe erschien unter dem Titel
2nd *Chance* bei Little, Brown and Company, New York.

Besuchen Sie uns im Internet:
www.weltbild.de

Genehmigte Lizenzausgabe für Verlagsgruppe Weltbild GmbH,
Steinerne Furt, 86167 Augsburg
Copyright der Originalausgabe © 2002 by SueJack, Inc.
Copyright der deutschen Ausgabe © 2004 by
Limes Verlag, München
in der Verlagsgruppe Random House GmbH
Übersetzung: Edda Petri
Umschlaggestaltung: Jarzina Kommunikationsdesign, Köln
Umschlagmotiv: © PBNJ Productions / Corbis, Düsseldorf
Gesamtherstellung: GGP Media GmbH,
Karl-Marx-Straße 24, 07381 Pößneck
Printed in Germany
ISBN 3-8289-7834-7

2008 2007 2006 2005
Die letzte Jahreszahl gibt die aktuelle Lizenzausgabe an.

Prolog

Der Kinderchor

Aaron Winslow würde die nächsten Minuten nie vergessen. Er erkannte die grauenvollen Geräusche, sobald er das Knallen in der Abendluft hörte. Ihm wurde eiskalt. Er konnte es nicht fassen, dass jemand in dieser Gegend mit einem Hochleistungsgewehr schoss.

Peng, peng, peng... peng, peng, peng.

Sein Chor verließ soeben die La-Salle-Heights-Kirche. Achtundvierzig Kinder strömten an ihm vorbei zum Straßenrand. Sie hatten soeben die Generalprobe vor dem San-Francisco-Sing-Off beendet – und sie waren hervorragend gewesen.

Dann ertönte das Gewehrfeuer. Eine Salve jagte die nächste. Nicht ein einzelner Schuss, ein regelrechter Beschuss. Eine Attacke.

Peng, peng, peng... peng, peng, peng.

»Alle runter!«, schrie er, so laut er konnte. »Alle auf den Boden legen! Schützt die Köpfe! Sucht Deckung!« Er vermochte es kaum zu fassen, dass diese Worte aus seinem Mund gekommen waren.

Anfangs schien ihn niemand zu hören. Für die Kinder, in den weißen Blusen und Hemden, mussten die Schüsse wie Feuerwerk geklungen haben. Dann traf eine Gewehrsalve das wunderschöne bunte Glasfenster der Kirche. Die Darstellung, wie Christus ein Kind in Kapernaum segnet, zerbarst. Glassplitter spritzten umher, einige trafen die Köpfe der Kinder.

»Jemand schießt!«, schrie Winslow. Vielleicht waren es mehrere Personen. *Wie konnte das sein?* Er rannte wie verrückt zwischen den Kindern hindurch, schrie, fuchtelte mit den Armen und drückte so viele Kinder wie möglich ins Gras.

Als die Kinder schließlich alle flach auf dem Boden lagen, sah Winslow zwei seiner Chormädchen, Chantal und Tamara, die wie Statuen auf dem Rasen standen. Kugeln pfiffen an ihnen vorbei. »Chantal, Tamara! Runter!«, brüllte er, aber sie blieben eng umschlungen stehen und schrien voller Panik. Die beiden waren enge Freundinnen. Er kannte sie schon seit der Zeit, als sie beim »Himmel und Hölle«-Spiel als ganz kleine Kinder auf dem Asphalt umhergehopst waren.

Er musste nicht zweimal überlegen, rannte zu den Mädchen, packte sie an den Armen und riss sie zu Boden. Dann legte er sich auf sie.

Kugeln zischten über seinen Kopf und verfehlten ihn nur um Haaresbreite. Seine Ohren schmerzten. Er zitterte am ganzen Leib, die Mädchen unter ihm ebenso. Er hatte den sicheren Tod vor Augen. »Alles wird gut«, flüsterte er.

Und dann hörte der Beschuss so abrupt auf, wie er begonnen hatte. Entsetztes Schweigen breitete sich aus. Es war, als sei die ganze Welt verstummt und würde jetzt lauschen.

Aaron Winslow erhob sich. Der Anblick, der sich ihm bot, war unfassbar. Überall kamen die Kinder langsam wieder auf die Beine. Einige weinten, aber er sah kein Blut. Niemand schien verletzt zu sein.

»Seid ihr alle in Ordnung?«, rief er. »Ist jemand verletzt?«

»Ich bin okay... ich bin okay«, lauteten die Antworten. Fassungslos schaute er um sich. Ein Wunder war geschehen.

Dann hörte er ein Kind wimmern.

Er drehte sich um und sah Maria Parker, erst zwölf Jahre alt. Maria stand auf den frisch gewaschenen Stufen der Holztreppe, die zum Kircheneingang hinaufführte. Sie hatte einen Schock, ersticktes Schluchzen drang aus ihrem offenen Mund.

Dann fielen Aaron Winslows Blicke auf die Ursache ihres Entsetzens. Ihm stockte das Herz. Selbst im Krieg und obwohl er auf den Straßen Oaklands aufgewachsen war, hatte er nie etwas so Grauenvolles, Trauriges oder Sinnloses gesehen.

»O mein Gott. Nein, nein. Wie konntest du das geschehen lassen?«

Tasha Catchings, gerade erst elf Jahre alt, lag zusammengesunken in einem Blumenbeet neben der Kirche. Ihre weiße Bluse war blutdurchtränkt.

Jetzt brach auch Reverend Aaron Winslow in Tränen aus.

Erster Teil

Der Club der Ermittlerinnen – wieder in Aktion

1

Es war Dienstagabend, und ich spielte mit drei Bewohnern des Jugendheims Hope Street Mau-Mau. Ich liebte dieses Spiel.

Auf der ramponierten Couch mir gegenüber saßen Hector, ein Kind aus dem Barrio, vor zwei Tagen erst aus dem Jugendgefängnis entlassen; Alysha, still und hübsch und mit einer Familiengeschichte, die niemand gern hören würde; und Michelle, die mit vierzehn bereits ein Jahr hinter sich hatte, in dem sie ihren Körper auf den Straßen San Franciscos verkauft hatte.

»Herz«, erklärte ich, legte eine Acht ab und wechselte die Farbe, als Hector gerade die letzte Karte ablegen wollte.

»Verdammte Bullen-Lady«, stieß er hervor und stöhnte. »Wie kommt es, dass du mir jedes Mal ein Messer reinrammst, wenn ich Schluss machen will?«

»Damit du lernst, nie einem Bullen zu trauen, Schwachkopf.« Michelle lachte und warf mir ein verschwörerisches Lächeln zu.

Seit einem Monat verbrachte ich einen oder zwei Abende pro Woche im Jugendzentrum. Nach der grauenvollen Mordserie an Brautpaaren im Sommer war ich völlig zusammengebrochen. Ich nahm einen Monat Urlaub vom Morddezernat, lief zur Marina hinunter oder blickte aus der Sicherheit meiner Wohnung auf dem Potrero Hill hinaus auf die Bucht.

Nichts half. Kein Psychologe, auch nicht die Unterstützung

meiner Freundinnen, Claire, Cindy und Jill. Auch nicht, dass ich wieder anfing zu arbeiten. Ich hatte hilflos mit ansehen müssen, wie aus dem Menschen, den ich liebte, langsam das Leben entwich. Immer noch fühlte ich mich für den Tod meines Partners verantwortlich. Nichts schien diese entsetzliche Leere füllen zu können.

Und dann bin ich hier gelandet – hier in der Hope Street.
Und die guten Neuigkeiten waren, dass mir das half.

Ich spähte über meine Karten hinweg zu Angela, einem Neuankömmling, die auf dem Metallstuhl am anderen Ende des Zimmers saß und ihre drei Monate alte Tochter wiegte. Das arme Mädchen, ungefähr sechzehn Jahre alt, hatte den ganzen Abend noch nicht viel gesagt. Ich nahm mir vor, mit Angela zu reden, ehe ich ging.

Die Tür öffnete sich, und Dee Collins, eine der Leiterinnen, kam herein. Eine Afroamerikanerin in konservativem grauem Kostüm folgte ihr. Die strengen Züge verrieten auf Anhieb, dass sie vom Jugendamt kam.

»Angela, deine Sozialarbeiterin ist da.« Dee kniete sich neben sie.

»Ich bin nicht blind«, sagte die Halbwüchsige.

»Wir müssen jetzt das Baby abholen«, erklärte die Sozialarbeiterin so hastig, als würde sie ihren Zug verpassen, wenn sie diese Aufgabe nicht schnell erledigte.

»Nein!« Angela drückte den Säugling an sich. »Ihr könnt mich hier in diesem Loch einsperren oder mich in den Knast nach Claymore zurückschicken, aber ihr nehmt mir nicht mein Baby weg.«

»Bitte, Schätzchen, nur für ein paar Tage«, versicherte ihr Dee Collins beschwichtigend.

Der Teenager legte schützend die Arme um das Baby, das offenbar spürte, dass etwas nicht stimmte, und anfing zu weinen.

»Mach keine Szene, Angela«, warnte die Sozialarbeiterin. »Du weißt, wie es abläuft.«

Sie ging auf Angela zu. Diese sprang vom Stuhl auf. Mit einem Arm presste sie das Baby an sich, in der rechten Hand hielt sie ein Glas Saft, aus dem sie getrunken hatte.

Mit blitzschneller Bewegung schlug sie das Glas gegen den Tisch, sodass es zersprang und sie nur den unteren Teil mit dem gezackten scharfen Rand hielt.

»Angela.« Ich stand auf. »Leg das Glas hin. Niemand wird dir dein Baby wegnehmen, wenn du es nicht willst.«

»Dieses *Miststück* will mein Leben ruinieren.« Sie blickte wütend um sich. »Erst lässt sie mich noch drei Tage nach meiner Entlassung in Claymore sitzen, dann kann ich endlich nach Hause zu meiner Mom gehen. Und jetzt will sie mir meine Tochter wegnehmen.«

Ich nickte und schaute ihr fest in die Augen. »Als Erstes musst du jetzt das Glas weglegen«, sagte ich. »Das verstehst du doch, Angela, richtig?«

Die Sozialarbeiterin trat einen Schritt vor, aber ich schob sie zurück und ging langsam zu Angela. Ich nahm ihr das Glas weg und dann behutsam auch das Baby.

»Sie ist alles, was ich habe«, flüsterte das Mädchen und brach in Schluchzen aus.

»Ich *weiß*.« Ich nickte. »Deshalb musst du ein paar Dinge in deinem Leben ändern, damit du sie zurückbekommst.«

Dee Collins wickelte ein Tuch um die blutende Hand des jungen Mädchens, dann nahm sie sie in die Arme. Die Sozialarbeiterin bemühte sich vergeblich, den weinenden Säugling zu beruhigen.

Ich ging zu ihr. »Das Baby wird hier in der Nachbarschaft untergebracht, mit täglichem Besuchsrecht. Übrigens habe ich hier nichts gesehen, was so erwähnenswert wäre, um in die Akte aufgenommen zu werden. Sie etwa?« Sie warf mir einen empörten Blick zu und drehte sich um.

Plötzlich meldete sich mein Piepser. Dreimal durchbohrte der hässlich quäkender Ton die angespannte Atmosphäre. Ich holte den Piepser heraus und las die Nummer. *Jacobi, mein Expartner bei der Mordkommission. Was wollte der denn?*

Ich entschuldigte mich und ging ins Büro der Heimleitung. Ich erreichte ihn in seinem Auto.

»Es ist etwas ziemlich Schlimmes geschehen, Lindsay«, verkündete er bedrückt. »Ich dachte, dass du Bescheid wissen solltest.«

Er berichtete mir von der schrecklichen Schießerei bei der La-Salle-Heights-Kirche. Ein elfjähriges Mädchen war getötet worden.

»O mein Gott«, stieß ich hervor. Mir wurde schwer ums Herz.

»Ich dachte, du wolltest vielleicht bei diesem Fall mitarbeiten«, sagte Jacobi.

Ich holte tief Luft. Seit drei Monaten war ich nicht mehr am Tatort eines Mordes gewesen. Nicht seit dem Tag, an dem der Brautpaar-Fall geendet hatte.

»Und? Ich höre nichts«, drängte Jacobi. »Willst du mitmachen, *Lieutenant*?« Zum ersten Mal sprach mich jemand mit meinem neuen Rang an.

Da wurde mir bewusst, dass meine Ferien vorüber waren.

»Jawohl, natürlich will ich mitmachen«, stammelte ich.

2

Es begann zu regnen, als ich mit meinem Explorer vor der La-Salle-Heights-Kirche an der Harrow Street hielt, einem überwiegend von Schwarzen bewohnten Viertel von Bay View. Eine aufgebrachte Menge hatte sich versammelt – eine Mischung aus entsetzten Müttern aus der Umgebung und den üblichen Gruppen von Jugendlichen in aufreizender, schriller Kleidung – alle drängten sich um eine Hand voll Polizisten in Uniform.

»Hey, wir sind hier nicht im beschissenen Mississippi«, brüllte jemand, als ich mir den Weg durch die Menge bahnte.

»Wie viele denn noch?«, rief eine ältere weinende Frau. »*Wie viele noch*?«

Mit Hilfe meiner Dienstmarke gelangte ich an etlichen nervösen Polizisten vorbei nach vorn. Bei dem, was ich als Nächstes sah, stockte mir der Atem.

Die Fassade der weißen Holzkirche war durch ein groteskes Muster von Einschusslöchern und Rissen verunstaltet. In einer Wand gähnte ein riesiges Loch, wo ein großes Glasfenster herausgeschossen worden war. Bunte Glasscherben hingen wie Eiszapfen herab. Überall auf dem Rasen standen Kinder, offensichtlich unter Schock. Ein Notarztteam kümmerte sich um sie.

»O mein Gott«, stieß ich kaum hörbar hervor.

Ich sah den Polizeiarzt in der schwarzen Windjacke, der sich an der Vordertreppe über den Körper eines Mädchens beugte. Es waren auch etliche Beamte in Zivil in der Nähe. Einer von ihnen war mein Expartner Warren Jacobi.

»Willkommen zurück in der Welt, Lieutenant«, sagte Jacobi und betonte meinen neuen Rang.

Der Klang dieses Wortes versetzte mir immer noch einen leichten Schock. Von Anfang an hatte ich bei meiner Karriere das Ziel vor Augen gehabt, Leiterin der Mordkommission zu werden. Die erste weibliche Mordkommissarin in San Francisco, jetzt erster weiblicher Lieutenant. Nachdem mein alter Chef, Sam Roth, sich auf eigenen Wunsch auf einen bequemen Posten oben in Bodega Bay hatte versetzen lassen, hatte Chief Mercer mich zu sich gerufen. *Ich habe die Wahl zwischen zwei Dingen,* hatte er erklärt. *Ich kann Ihnen einen langen unbezahlten Urlaub geben, damit Sie herausfinden, ob Sie imstande sind, unsere Arbeit wieder aufzunehmen. Oder ich kann Ihnen das geben, Lindsay.* Damit schob er mir ein goldenes Abzeichen mit zwei Streifen über den Tisch. Ich glaube, ich hatte bis zu diesem Moment Mercer noch nie lächeln sehen.

»Das Lieutenant-Abzeichen macht es nicht leichter für dich, Lindsay, richtig?«, meinte Jacobi und spielte darauf an, dass sich unsere dreijährige partnerschaftliche Beziehung verändert hatte.

»Was liegt an?«, fragte ich ihn.

»Sieht so aus, als hätte ein einzelner Schütze von diesen Büschen aus gefeuert.« Er deutete auf ein dichtes Gebüsch neben der Kirche, etwa vierzig Meter entfernt. »Das Schwein hat die Kinder erwischt, als sie herauskamen. Hat aus vollen Rohren geschossen.«

Ich betrachtete die weinenden, unter Schock stehenden Kinder. »Hat jemand den Kerl gesehen? Mit Sicherheit, oder?«

Er schüttelte den Kopf. »Alle haben sich auf den Boden geworfen.«

Neben dem erschossenen Mädchen schluchzte eine verzweifelte Afroamerikanerin an der Schulter einer Freundin. Jacobi sah, dass ich auf das tote Mädchen starrte.

»Heißt Tasha Catchings«, sagte er leise. »Fünfte Klasse, drüben in St. Anne's. Liebes Mädchen. Die Jüngste im Chor.«

Ich kniete mich neben die blutüberströmte Leiche. Ganz gleich, wie oft man es schon gemacht hat, es ist jedes Mal wieder ein herzzerreißender Anblick. Tashas weiße Schulbluse war voller Blut, gemischt mit Regen. Nur wenige Schritte neben ihr lag ihr regenbogenfarbener Rucksack im Gras.

»Nur sie?«, fragte ich ungläubig und betrachtete den Tatort. »Nur sie wurde getroffen?«

Überall waren Einschusslöcher, Glasscherben und zersplittertes Holz. Dutzende von Kindern waren hinaus auf die Straße gelaufen. *So viele Schüsse und nur ein Opfer.*

»Unser Glückstag, was?«, meinte Jacobi.

3

Paul Chin, einer meiner Männer bei der Mordkommission, befragte gerade auf der Treppe vor der Kirche einen großen Afroamerikaner in einem schwarzen Rollkragenpullover und Jeans. Ich hatte den Mann schon in der Nachrichtensendung gesehen, kannte sogar seinen Namen. Aaron Winslow.

Selbst unter Schock sah Winslow blendend aus – glattes Gesicht, das rabenschwarze Haar oben kurz geschnitten, gebaut wie ein erstklassiger Footballspieler. In San Francisco wusste jeder, was er für diese Nachbarschaft tat. Angeblich war er ein echter Held, und ich muss gestehen, so sah er auch aus.

Ich ging hinüber.

»Das ist Reverend Aaron Winslow«, stellte Chin ihn mir vor.

»Lindsay Boxer«, sagte ich und streckte die Hand aus.

»*Lieutenant* Boxer«, erklärte Chin. »Sie wird diesen Fall leiten.«

»Ich weiß, wie viel Arbeit Sie in dieser Nachbarschaft geleistet haben. Es tut mir sehr Leid. Mir fehlen schlichtweg die Worte.«

Seine Augen glitten zu dem ermordeten Mädchen. »Ich kenne sie von klein auf.« Seine Stimme war unvorstellbar sanft. »Ihre Mutter ... hat Tasha und ihren Bruder allein erzogen. Sie ist ein verantwortungsvoller Mensch, wie die meisten hier in der Gegend. Und das sind alles Kinder. Chorprobe, Lieutenant.«

Ich wollte ihn nicht unterbrechen, aber ich musste. »Darf ich Ihnen ein paar Fragen stellen? Bitte.«

Mechanisch nickte er. »Selbstverständlich.«

»Haben Sie jemanden gesehen? Jemanden, der weggelaufen ist? Einen Schatten vielleicht, oder Umrisse?«

»Ich habe gesehen, woher die Schüsse kamen«, antwortete Winslow und deutete auf dasselbe Gebüsch, zu dem Jacobi gegangen war. »Ich habe das Mündungsfeuer gesehen und habe dafür gesorgt, dass sich alle auf den Boden warfen. Es war Wahnsinn.«

»Hat in letzter Zeit jemand gegen Sie oder Ihre Kirche Drohungen geäußert?«, fragte ich.

»Drohungen?« Winslow runzelte die Stirn. »Vor etlichen Jahren, als wir die ersten Zuschüsse für die Renovierung dieser Häuser erhielten.«

In diesem Moment schrie Tasha Catchings Mutter laut auf, als die Leiche der Kleinen auf eine Trage gehoben wurde. Alles war so unendlich traurig. Die Leute um uns wurden zunehmend nervöser. Beschimpfungen und Anklagen wurden laut. »Was steht ihr hier rum? Los, fangt den Mörder!«

»Ich gehe lieber mal rüber«, meinte Winslow. »Ehe die Sache aus dem Ruder läuft.« Er machte einen Schritt, drehte sich dann mit traurigem Gesicht um. »Vielleicht hätte ich das arme Kind retten können. Ich habe die Schüsse gehört.«

»Sie hätten unmöglich alle retten können«, versicherte ich ihm. »Sie haben getan, was Sie konnten.«

Er nickte. Dann sagte er etwas, das mich total schockierte. »Es war ein M-Sechzehn, Lieutenant. Dreißig-Schuss-Magazin. Das Schwein hat zweimal nachgeladen.«

»Woher wissen Sie das so genau?«, fragte ich.

»Desert Storm«, antwortete er ausweichend. »Ich war Feldkaplan. Nie und nimmer werde ich dieses schreckliche Geräusch vergessen. Niemand kann das.«

4

Ich hörte trotz des Lärms der aufgebrachten Menge, wie jemand meinen Namen rief. Es war Jacobi. Er stand bei den Büschen hinter der Kirche.

»He, Lieutenant, sieh dir das mal an!«

Während ich hinüberging, fragte ich mich, was für ein Mensch eine derartig schreckliche Tat begehen konnte. Ich hatte über hundert Morde bearbeitet. Für gewöhnlich ging es dabei um Drogen, Geld oder Sex. *Aber das hier... sollte absichtlich ein Schock sein.*

»Lass das überprüfen«, sagte Jacobi. Er stand vorgebeugt über einer Patronenhülse.

»M-Sechzehn, wette ich«, sagte ich.

Jacobi nickte. »Aha, die junge Dame hat sich im Urlaub schlau gemacht. Remington, zweidreiundzwanziger Kaliber.«

»*Lieutenant* junge Dame, für dich.« Ich grinste. Dann sagte ich ihm, weshalb ich Bescheid wusste.

Überall lagen leere Patronenhülsen herum. Wir standen im Gebüsch und zwischen den Bäumen und waren von der Kirche aus nicht zu sehen. Die Patronenhülsen lagen an zwei Stellen, im Abstand von ungefähr vier Metern.

»Man kann sehen, wo er anfing zu schießen«, sagte Jacobi. »Ich schätze mal, von hier aus. Dann hat er die Stellung gewechselt.«

Vom ersten Patronenhaufen zog sich eine deutliche Linie zur Seite der Kirche. Direkt vor uns das bunte Glasfenster... all die Kinder, die zur Straße gehen... Jetzt war mir klar, weshalb niemand den Täter gesehen hatte. Sein Versteck war absolut sicher.

»Als er nachgeladen hat, ist er hierher gegangen«, erklärte Jacobi.

Ich ging hinüber und hockte mich neben den zweiten Haufen leerer Patronenhülsen. Irgendetwas ergab keinen Sinn. Von hier konnte ich die Fassade der Kirche sehen, auch die Treppenstufen, auf denen Tasha Catchings gelegen hatte – aber nur mit Mühe.

Ich blickte durch ein imaginäres Zielfernrohr auf die Stelle, wo Tasha gewesen sein musste, als sie getroffen wurde. Man konnte sie kaum klar erkennen. Auf gar keinen Fall konnte er die Kleine absichtlich aufs Korn genommen haben. Sie war aus einem höchst ungewöhnlichen Winkel getroffen worden.

»Ein Zufallstreffer«, meinte Jacobi. »Ein Querschläger?«

»Was liegt dahinter?«, fragte ich und blickte auf die Büsche. Dann bahnte ich mir einen Weg, von der Kirche weg, durchs Gebüsch. Niemand hatte den Schützen gesehen, daher war er offensichtlich nicht über die Harrow Street entkommen. Das Gebüsch war ungefähr sieben Meter tief.

Am Ende stand ich vor einem ein Meter fünfzig hohen Maschendrahtzaun, der Begrenzung des Kirchengrundstücks. Der Zaun war nicht hoch. Ich kletterte mühelos darüber.

Ich befand mich vor den eingezäunten Gärten hinter kleinen Reihenhäusern. Einige Menschen hatten sich dort versammelt und schauten neugierig zu mir herüber. Rechts von mir war der Spielplatz der Whitney-Young-Siedlung.

Jacobi hatte mich inzwischen eingeholt. »Nicht so schnell, Lou«, sagte er keuchend. »Da steht Publikum. Du lässt mich schlecht aussehen.«

»Warren, so muss der Kerl entkommen sein.« Wir blickten in beide Richtungen. Die eine führte zu einer schmalen Seitenstraße, die andere zu Reihenhäusern.

»Hat von Ihnen jemand irgendwas gesehen?«, rief ich einer Gruppe Schaulustiger auf einer Terrasse zu. Keine Antwort.

»Jemand hat auf die Kirche geschossen«, brüllte ich. »Ein kleines Mädchen wurde getötet. Bitte, helfen Sie uns. Wir brauchen Ihre Hilfe.«

Alle standen da und hüllten sich in das abweisende Schweigen von Menschen, die nicht mit der Polizei reden wollen.

Dann trat langsam eine Frau vor. Sie war um die dreißig und

schob einen Jungen vor sich her. »Bernard hat was gesehen«, sagte sie mit gepresster Stimme.

Bernard schien ungefähr sechs Jahre alt zu sein. Er hatte runde misstrauische Augen und trug ein gold-lilafarbenes Kobe-Bryant-Sweatshirt.

»Es war ein Van«, erklärte er. »Wie der von Onkel Reggie.« Er deutete auf den Weg, der zur Seitenstraße führte. »Da unten hat er geparkt.«

Ich kniete mich hin und schaute dem verängstigten Jungen in die Augen. »Welche Farbe hatte der Van, Bernard?«

»Weiß.«

»Mein Bruder hat einen weißen Dodge Minivan«, sagte Bernards Mutter.

»Und er hat wie der von deinem Onkel ausgesehen, Bernard?«, fragte ich.

»So ähnlich. Aber eigentlich nicht.«

»Hast du den Mann gesehen, der ihn gefahren hat?«

Er schüttelte den Kopf. »Ich hab den Müll rausgetragen. Ich hab nur gesehen, wie er weggefahren ist.«

»Meinst du, du würdest das Auto wieder erkennen, wenn du es noch mal siehst?«

Bernard nickte.

»Weil es so wie das von deinem Onkel ausgesehen hat?«

Er zögerte. »Nein, weil hinten ein Bild drauf ist.«

»Ein Bild? Du meinst wie eine Reklame?«

»Nein.« Er schüttelte den Kopf. Die Vollmondaugen blickten suchend umher. Dann leuchteten sie auf. »Wie das da!« Er deutete auf den Pick-up in der Einfahrt des Nachbarn. Auf dessen hinterer Stoßstange klebte ein Band mit der Aufschrift: »Cal Golden Bear.«

»Du meinst so ein Aufkleber?«, bohrte ich nach.

»Ja, aber auf der Tür.«

Ich legte dem Jungen die Hände auf die Schultern. »Wie hat dieser Aufkleber ausgesehen, Bernard?«

»Wie Mufasa, der König der Löwen.«

»Ein Löwe?« In Gedanken ging ich sämtliche Möglichkeiten durch, die mir auf die Schnelle einfielen: Sportclubs, College Logos, Firmen...

»Ja, wie Mufasa«, wiederholte Bernard. »Nur, dass er zwei Köpfe gehabt hat.«

5

Weniger als eine Stunde später drängte ich mich durch die Menge, die sich vor dem Polizeipräsidium, der Hall of Justice, versammelt hatte. Ich war erschöpft und grauenvoll traurig, aber ich wusste, hier durfte ich das nicht zeigen.

In der Eingangshalle des mausoleumartigen grauen Granitbaus, wo ich arbeitete, wimmelte es von Reportern und Fernsehleuten, die jedem, der irgendein Abzeichen trug, ein Mikrofon vors Gesicht hielten. Die meisten Polizeireporter kannten mich, doch ich winkte ab und ging die Treppe nach oben.

Aber da packte mich jemand an der Schulter, und eine vertraute Stimme sagte: »Linds, wir müssen reden...«

Es war Cindy Thomas, eine meiner engsten Freundinnen, obgleich sie die führende Polizeireporterin beim *Chronicle* war.

»Ich will dich jetzt nicht nerven, aber es ist wichtig«, sagte sie. »Wie wär's um zehn bei Susie's?«

Cindy hatte als kleine Reporterin bei der Lokalredaktion angefangen und es geschafft, sich durch List und Tücke in die Ermittlungen bei den Honeymoon-Morden einzuschleichen und anschließend maßgeblich zur Aufklärung beigetragen. Ich hatte Cindy, ebenso wie den anderen, das Gold auf meiner Polizeimarke zu verdanken.

Mir gelang ein Lächeln. »Ich komme.«

Im zweiten Stock betrat ich den Raum, der von Leuchtstoffröhren erhellt wurde und den die zwölf Leute der Mordkommission ihr Zuhause nannten. Lorraine Stafford wartete auf mich. Sie hatte sechs erfolgreiche Dienstjahre bei der Sittenpolizei hinter sich und war die Erste, die ich zu meiner Mitarbeiterin machte. Cappy McNeil war ebenfalls gekommen.

»Was kann ich tun?«, fragte Lorraine.

»Fragen Sie in Sacramento an, ob ein weißer Van als gestohlen gemeldet ist. Jedes Modell. Kalifornisches Nummernschild. Und eine allgemeine Anfrage wegen eines Aufklebers für die Stoßstange, auf dem ein Löwe, ganz gleich wie, abgebildet ist.«

Sie nickte und wollte gehen.

»Moment, Lorraine«, hielt ich sie zurück. »Ein Löwe mit zwei Köpfen.«

Cappy kam mit, als ich mir eine Tasse Kaffee machte. Er war seit fünfzehn Jahren bei der Mordkommission, und ich wusste, dass er sich positiv über mich geäußert hatte, als Chief Mercer ihn wegen meiner Beförderung zum Lieutenant befragt hatte. Er schaute traurig und deprimiert drein. »Ich kenne Aaron Winslow. Ich habe mit ihm in Oakland Football gespielt. Er hat sein Leben diesen Kindern gewidmet. Er ist wirklich ein guter und großartiger Mensch, Lieutenant.«

Plötzlich steckte Frank Barnes vom Autodiebstahl den Kopf durch die Tür in unser Büro. »Achtung, Lieutenant. Schwergewicht ist auf dem Weg.«

Schwergewicht wurde im Polizeijargon der Polizeipräsident von San Francisco, Chief Earl Mercer, genannt.

6

Mercer stampfte herein, mit seinen ganzen hundertfünfzehn Kilo, gefolgt von Gabe Carr, einem bösartigen kleinen Wiesel, dem Pressesprecher der Polizei, und Fred Dix, der für die Zusammenarbeit mit der Stadtverwaltung zuständig war.

Der Chief trug sein Markenzeichen, den dunkelgrauen Anzug, das blaue Hemd und die glänzenden goldenen Manschettenknöpfe. Ich hatte miterlebt, wie Mercer eine Reihe heikler Situationen gemeistert hatte – Bombenattentate in öffentlichen Verkehrsmitteln, behördeninterne Skandale, Serienmorde –, aber noch nie hatte ich sein Gesicht so angespannt gesehen. Er winkte mich in mein Büro und schloss wortlos die Tür hinter sich. Fred Dix und Gabe Carr waren bereits da.

»Gerade habe ich mit Winston Gray und Vernon Jones telefoniert« – zwei berühmte Stadträte –, »sie haben mir zugesichert, Zurückhaltung zu üben und uns etwas Zeit zu geben, um herauszufinden, um welche Sauerei es sich handelt. Aber ich muss eines klarstellen: Mit *Zurückhaltung* meinen sie: Bringt uns die Person oder Gruppe, die dafür verantwortlich ist, sonst haben wir zweitausend wütende Bürger im Rathaus.«

Sein Gesicht entspannte sich kaum sichtbar, als er mich anschaute. »Deshalb hoffe ich, Lieutenant, Sie haben uns etwas mitzuteilen...«

Ich berichtete ihm, was ich bei der Kirche ermittelt hatte und dass Bernard Smith das mutmaßliche Fluchtfahrzeug gesehen hatte.

»Van oder nicht«, mischte sich Fred Dix, der Mann des Bürgermeisters ein, »Sie wissen, wo Sie anfangen müssen. Bürgermeister Fernandez geht scharf gegen jeden vor, der in dieser Gegend rassistische oder sonstige Parolen gegen die Integration verbreitet. Derartige Bestrebungen müssen radikal ausgemerzt werden.«

»Sie scheinen ja ziemlich sicher zu sein, dass es sich um eines der üblichen Kraut-und-Rüben-Verbrechen handelt«, sagte ich.

»Eine Kirche zusammenschießen, ein elfjähriges Kind ermorden? Wo würden Sie denn anfangen, *Lieutenant*?«

»Das Gesicht des toten Mädchens wird in jeder Nachrichtensendung des Landes zu sehen sein«, warf der Pressesprecher ein. »Die Verbesserungen im Bay-View-Bezirk sind eine der Leistungen, auf die der Bürgermeister äußerst stolz ist.«

Ich nickte. »Hat der Bürgermeister etwas dagegen, wenn ich meine Augenzeugenbefragung vorher abschließe?«

»Machen Sie sich wegen des Bürgermeisters keine Sorgen«, erklärte Mercer scharf. »Im Augenblick haben Sie es nur mit mir zu tun. Ich bin in diesen Straßen aufgewachsen. Meine Eltern leben immer noch in West Portal. Ich brauche keine Nachrichtensendung, um das Gesicht dieses Kindes vor mir zu sehen. Sie leiten die Ermittlungen, wohin auch immer sie führen. Aber schnell. Und, Lindsay ... mit absolutem Vorrang, verstehen Sie?«

Er wollte aufstehen. »Und was das Wichtigste ist – ich verlange absolute Geheimhaltung. Ich will über diese Ermittlungen nichts auf einer Titelseite lesen.«

Alle nickten. Mercer erhob sich, Dix und Carr ebenfalls. Er stieß lautstark die Luft aus. »Und jetzt müssen wir diese beschissene Pressekonferenz heil überstehen.«

Dix und Carr gingen hinaus, Mercer blieb noch im Raum. Er stützte die molligen Hände auf meinen Schreibtisch. Ich blickte zu dem Fleischberg auf.

»Lindsay, ich weiß, dass Sie nach dem letzten Fall viel auf dem Tisch zurückgelassen haben. Aber das ist alles vorbei und vergessen. Ich brauche Ihre geballte Einsatzkraft für diesen Fall. Eines der Dinge, die Sie zurückgelassen haben, als Sie sich für die Marke entschieden, war die Freiheit, wegen Ihrem persönlichen Schmerz die Arbeit zu vernachlässigen.«

»Sie brauchen sich deshalb keine Sorgen zu machen.« Ich

blickte ihm fest in die Augen. Im Laufe der Jahre hatte ich mit diesem Mann Differenzen gehabt, aber jetzt war ich bereit, ihm alles zu geben, was ich nur konnte. Ich hatte das tote kleine Mädchen gesehen. Ich hatte die kaputte Kirche gesehen. Mein Blut kochte. So hatte ich mich nicht gefühlt, seit ich meine »Auszeit« genommen hatte.

Chief Mercer schenkte mir ein verständnisvolles Lächeln. »Schön, dass Sie wieder bei uns sind, Lieutenant.«

7

Nach einer recht stürmischen Pressekonferenz, die auf den Stufen des Präsidiums durchgeführt worden war, traf ich – wie abgemacht – Cindy bei Susie's. Nach der Hektik im Präsidium war die entspannte, zum Zurücklehnen einladende Atmosphäre unseres Lieblingstreffpunkts ein wahrer Segen. Cindy schlürfte bereits ein Corona, als ich eintraf.

Hier war schon viel geschehen – direkt an diesem Tisch. Cindy, Jill Bernhardt, stellvertretende Bezirksstaatsanwältin, und Claire Washburn, Leiterin der Gerichtsmedizin und meine beste Freundin. Wir hatten im vergangenen Sommer begonnen, uns zu treffen, weil es so aussah, als hätte das Schicksal uns in Verbindung mit den Honeymoon-Morden zusammengeführt. Im Laufe der Zeit waren wir enge Freundinnen geworden.

Ich gab unserer Kellnerin Loretta das Zeichen, ein Bier zu bringen, und ließ mich mit einem erschöpften Lächeln Cindy gegenüber nieder. »Hallo…«

»Hallo.« Sie lächelte zurück. »Schön, dass du kommen konntest.«

»Bin froh, dass ich da bin.«

Über der Bar strahlte der Fernseher die Übertragung von Chief Mercers Pressekonferenz aus. »Wir gehen davon aus, dass es sich bei dem Schützen um einen Einzeltäter handelt«, erklärte Mercer unter einem Blitzlichtgewitter.

»Warst du da noch dabei?«, fragte ich Cindy und trank einen Schluck von dem eiskalten Bier.

»Ja, da war ich dabei«, antwortete sie. »Stone und Fitzpatrick waren auch da. Sie schreiben die Meldung.«

Verblüfft schaute ich sie an. Tom Stone und Suzie Fitzpatrick waren auch Polizeireporter und Cindys Konkurrenten. »Verlierst du den Biss? Vor sechs Monaten wärst du vor Aufregung noch fast geplatzt.«

»Ich gehe mit einem anderen Blickwinkel dran.« Sie zuckte die Schultern.

Eine Hand voll Menschen drängte sich vor der Bar, um die Sendung zu sehen. Ich trank noch einen Schluck Bier. »Du hättest das arme kleine Mädchen sehen sollen, Cindy. Elf Jahre alt. Sie hat im Chor gesungen, und dann lag da ihr regenbogenfarbener Rucksack mit dem Schulkram im Gras.«

»Du weißt doch, wie's ist, Lindsay.« Cindy schenkte mir ein ermunterndes Lächeln. »Schlichtweg eine Sauerei.«

»Ja.« Ich nickte. »Aber es wäre zur Abwechslung mal schön, einem Opfer auf die Beine helfen und es nach Hause schicken zu können. Nur ein einziges Mal möchte ich so einer Kleinen ihren Rucksack überstreifen.«

Cindy tätschelte liebevoll meinen Handrücken. Dann strahlte sie. »Ich habe heute Jill getroffen. Sie hat Neuigkeiten für uns. Sie ist ganz aufgeregt. Vielleicht geht Bennet in Pension, und sie kriegt den Chefsessel. Wir sollten uns alle mit ihr treffen.«

»Unbedingt, wolltest du mir das sagen, Cindy?«

Sie schüttelte den Kopf. Im Hintergrund war bei der Pressekonferenz der Teufel los. Mercer versprach eine schnelle und effektive Ermittlung. »Du hast ein Problem, Linds...«

»Nein, ich *kann* dir nichts geben, Cindy. Mercer hält alle Fäden in der Hand. Ich habe ihn noch nie so aufgebracht erlebt. Tut mir Leid.«

»Ich habe dich nicht hergebeten, um etwas zu bekommen, Lindsay.«

»Cindy, wenn du etwas weißt, sag's mir.«

»Ich weiß, dass dein Boss den Mund nicht so voll nehmen und solche Versprechen machen sollte.«

Ich blickte auf den Fernsehschirm. »*Mercer...?*«

Im Hintergrund hörte ich seine Stimme. Er versicherte, dass die Schießerei ein Einzelfall sei und wir bereits Anhaltspunkte hätten und dass jeder zur Verfügung stehende Polizist an diesem Fall mitarbeiten würde, bis wir den Mörder zur Strecke gebracht hätten.

»Er teilt der Welt mit, dass ihr diesen Kerl fasst, *ehe* er wieder zuschlägt.«

»Ja und?«

Unsere Blicke trafen sich. »Ich glaube, er hat es bereits getan.«

8

Der Mörder spielte *Desert Command*, und er war ein Meister darin.

Peng, peng, peng... peng, peng.

Leidenschaftslos schaute er durch das beleuchtete Infrarot-Zielfernrohr, als vermummte Gestalten in Sicht kamen. Auf seinen Fingerdruck hin gingen die dunklen, labyrinthähnlichen Gänge des Bunkers der Terroristen in orangeroten Flammen auf. Schemenhafte Gestalten stürzten durch die engen Gänge. Peng, peng, peng.

Er war der Champion in diesem Spiel. Phantastische Hand-Auge-Koordination. Niemand konnte ihm das Wasser reichen.

Sein Finger zuckte am Abzug. *Aasfresser, Sandwürmer, Kameltreiber.* Na los, komm schon her!... *Peng, peng...* Die dunklen Korridore hinauf... Er brach durch eine Eisentür und stieß dahinter auf eine ganze Gruppe. Sie spielten Karten und rauchten eine Wasserpfeife. Seine Waffe spuckte einen todbringenden orangefarbenen Strahl aus. *Gesegnet seien die Friedensbringer!* Er grinste.

Wieder setzte er das Zielfernrohr ans Auge und spielte geistig noch mal die Szene vor der Kirche durch. Ja, da war das Gesicht des kleinen Schokoladentörtchens, die Zöpfe und der regenbogenfarbene Rucksack.

Peng. Peng. Auf dem Bildschirm explodierte die Brust einer Gestalt. Noch ein tödlicher Treffer, dann hatte er den Rekord! *Geschafft!* Er blickte auf den Spielstand. *Zweihundertsechsundsiebzig tote Feinde!*

Er trank einen großen Schluck Corona und grinste. Ein neuer persönlicher Rekord. Dieses Ergebnis war es wert, festgehalten zu werden. Er gab seine Initialen ein: F.C.

Er stand vor dem Spielautomaten der Playtime Arcade in West Oakland und drückte noch auf den Abzug, als das Spiel längst beendet war. Er war der einzige Weiße in der Spielhalle, der Einzige. Deshalb kam er hierher.

Plötzlich erschien oben auf den vier großen Fernsehmonitoren dasselbe Gesicht. Ihm lief es eiskalt über den Rücken, Wut stieg in ihm auf.

Es war Mercer, dieses großmäulige Arschloch, der Boss sämtlicher Bullen in San Francisco. Er tat, als hätte er alles genau durchschaut.

»Wir sind der Ansicht, dass es sich um einen Einzeltäter handelt«, verkündete Mercer. »Ein isoliertes Verbrechen...«

Du hast ja keine Ahnung. Er lachte.

Warte bis morgen ... dann wirst du schon sehen. Warte nur!

»Ich möchte betonen, dass wir unter keinen Umständen dulden werden, dass unsere Stadt durch rassistische Angriffe terrorisiert wird«, fuhr der Polizeipräsident fort.

Unsere Stadt! Verächtlich spuckte er auf den Boden. *Was weißt du schon über diese Stadt? Du gehörst nicht hierher.*

Er befühlte die C-1-Granate in seiner Jackentasche. Wenn er wollte, könnte er hier alles in die Luft jagen. *Hier und jetzt!*

Aber es gab Arbeit, die getan werden musste.

Morgen.

Er war auf der Jagd nach einem weiteren persönlichen Rekord.

9

Am nächsten Morgen untersuchten Jacobi und ich noch mal den Tatort bei der La-Salle-Heights-Kirche ab.

Die ganze Nacht hindurch hatte ich mich hin und her gewälzt und mir wegen eines Falls Sorgen gemacht, von dem mir Cindy erzählt hatte, weil er auf ihrem Schreibtisch gelandet war. Es ging um eine ältere allein stehende Afroamerikanerin, die in der Gustave-White-Siedlung gewohnt hatte. Vor drei Tagen hatte die Polizei in Oakland sie unten in der Waschküche gefunden. Sie hing an einem Rohr, ihre Kehle war von einem Elektrokabel zugeschnürt.

Anfänglich vermutete die Polizei Selbstmord. An der Leiche waren keine Abschürfungen oder Spuren eines Kampfes zu erkennen. Aber am nächsten Tag fand man bei der Obduktion unter den Fingernägeln flockenartige Rückstände. Es handelte sich um winzige Fetzen menschlicher Haut. *Die arme Frau hatte verzweifelt jemanden gekratzt.*

Laut Cindy hatte sie sich nicht selbst aufgehängt.
Man hatte die Frau gelyncht.
Als ich am Tatort bei der Kirche stand, hatte ich das ungute Gefühl, Cindy könnte Recht haben. Vielleicht handelte es sich hier nicht um den ersten, sondern den zweiten Mord aus Rassenhass.

Jacobi kam zu mir. Er hielt den zusammengerollten *Chronicle* hoch. »Schon gesehen, Boss?«

Die Titelseite wurde von einer schrillen Schlagzeile beherrscht: ELFJÄHRIGE VOR KIRCHE ERMORDET – POLIZEI RATLOS

»*Deine* Freunde!«, stieß Jacobi wütend aus. »Immer auf unsere Kosten!«

»Nein, Warren.« Ich schüttelte den Kopf. »Meine Freunde haben so billige Tricks nicht nötig.«

Hinter uns war Charlie Clappers Mannschaft der Spurensicherung tätig. Sie suchten sorgfältig den Boden ab, auf dem sich der Scharfschütze bewegt hatte. Sie fanden etliche Fußabdrücke, die jedoch nicht zu identifizieren waren. Jede leere Patronenhülse musste auf Fingerabdrücke untersucht werden. Sie würden auch jedes Staubkörnchen und jede Stofffaser von der Stelle einsammeln, wo das mutmaßliche Fluchtfahrzeug geparkt hatte.

»Irgendwelche neuen Ergebnisse zum weißen Van?«, fragte ich Jacobi. Eigenartigerweise war es ein schönes Gefühl, wieder mit ihm zusammenzuarbeiten.

Er schüttelte den Kopf. »Ein Hinweis war, dass ein paar Penner an dem Abend in dieser Ecke ein Kaffeekränzchen gehabt haben. Bis jetzt haben wir nur das.« Er entfaltete das Phantombild von Bernard Smiths Beschreibung: Ein zweiköpfiger Löwe, der Aufkleber auf der Hintertür des Vans.

Jacobi verzog die Lippen. »Sind wir hinter dem *Pokémon-Killer* her, Lieutenant?«

In diesem Moment sah ich Aaron Winslow aus der Kirche

kommen. Eine Gruppe von Demonstranten, die hinter der Polizeiabsperrung vierzig Meter entfernt stand, wollte zu ihm. Als er mich sah, spannten sich seine Züge an.

»Die Leute wollen unbedingt helfen. Die Einschusslöcher übermalen, eine neue Fassade bauen«, sagte er. »Sie wollen diesen scheußlichen Anblick nicht ertragen.«

»Tut mir Leid«, sagte ich. »Aber die Tatortermittlungen sind noch nicht abgeschlossen.«

Er holte tief Luft. »Ich lasse alles immer wieder im Kopf ablaufen. *Ich* habe genau in der Schusslinie gestanden, Lieutenant, und war viel besser zu sehen als die kleine Tasha. Wenn der Schütze jemandem wehtun wollte, *warum hat er nicht auf mich geschossen?*«

Winslow kniete nieder und hob eine rosa Haarspange vom Boden auf. »Irgendwo habe ich gelesen, dass ›Mut im Überfluss vorhanden ist, wo Schuld und Wut ungehindert ausströmen‹.«

Winslow nahm es sehr schwer. Er tat mir Leid. Ich mochte ihn. Er rang sich ein Lächeln ab. »Aber dieser Dreckskerl schafft es nicht, unsere Arbeit zunichte zu machen. Wir geben nicht klein bei. Wir werden den Gottesdienst für Tasha hier in dieser Kirche abhalten.«

»Wir wollen der Familie unser Beileid aussprechen«, sagte ich.

»Sie wohnt da drüben. Haus A.« Er deutete zur Siedlung. »Ich nehme an, man wird Sie herzlich aufnehmen, da einer von ihnen zu Ihren Leuten gehört.«

Verblüfft schaute ich ihn an. »Entschuldigung, wie war das?«

»Haben Sie nicht gewusst, Lieutenant, dass Tasha Catchings Onkel Polizist ist?«

10

Ich besuchte die Catchings in ihrer Wohnung, sprach ihnen mein Beileid aus und fuhr zurück ins Präsidium. Das Ganze war unglaublich deprimierend.

»Mercer sucht Sie«, rief Karen, unsere langjährige Sekretärin, als ich ins Büro kam. »Er klingt stinksauer. Aber so klingt er eigentlich immer.«

Ich konnte mir lebhaft vorstellen, wie die Falten im Doppelkinn des Chiefs immer tiefer wurden, während er die Schlagzeilen vom Nachmittag las. Das ganze Präsidium sprach schon darüber, dass das Mordopfer von La Salle Heights mit einem unserer Kollegen verwandt war.

Auf meinem Schreibtisch warteten mehrere Nachrichten auf mich. Bei den Telefonnotizen stieß ich ganz unten auf Claires Namen. Tasha Catchings Obduktion müsste inzwischen abgeschlossen sein. Ich wollte Mercer hinhalten, bis ich etwas Konkretes zu melden hatte, deshalb rief ich Claire an.

Claire Washburn war die klügste und gewissenhafteste Pathologin, die die Stadt je gehabt hatte, und außerdem war sie zufällig meine beste Freundin. Das wussten alle, die mit der Polizei zu tun hatten, und auch, dass sie die Abteilung reibungslos leitete, während der Chefgerichtsmediziner Righetti, ein vom Bürgermeister ernannter Bürohengst, im ganzen Land zu forensischen Tagungen reiste und an seinem politischen Profil arbeitete. Wenn man wollte, dass in der Pathologie etwas getan wurde, ging man zu Claire.

Und wenn ich jemanden brauchte, der mir den Kopf wusch oder mich zum Lachen brachte, oder nur eine Schulter zum Ausheulen, dann ging ich ebenfalls zu ihr.

»Wo hast du dich denn versteckt, Baby?«, begrüßte mich Claire. Ihre Stimme klang immer fröhlich, wie poliertes Messing.

»Normale Routinearbeit.« Ich zuckte die Schultern. »Personalbeurteilungen, Schreibkram... Morde mit rassistischem Hintergrund, die die Stadt spalten...«

»Darin bin ich Expertin.« Sie lachte. »Ich wusste, dass du kommst. Meine Spione haben mir berichtet, dass du einen selten beschissenen Fall übernommen hast.«

»Arbeitet einer dieser Spione vielleicht für den *Chronicle* und fährt einen ramponierten silberfarbenen Mazda?«

»Oder in der Staatsanwaltschaft und hat einen BMW fünfhundertfünfunddreißig. Wie, zum Teufel, soll denn sonst deiner Meinung nach irgendeine Information nach hier unten kommen?«

»Ich hab eine für dich, Claire. Es hat sich herausgestellt, dass der Onkel des toten Mädchens unsere Uniform trägt. Er gehört zum Nordrevier. Und das kleine Mädchen war ein Poster-Kind für das La-Salle-Heights-Projekt. Einserschülerin, nicht ein einziges Mal in Schwierigkeiten. Das ist Gerechtigkeit, ha! Dieses Schwein schießt hundert Löcher in die Kirche, und eine Kugel trifft ausgerechnet dieses Kind.«

»Irrtum, Schätzchen«, unterbrach mich Claire. »Es waren zwei.«

»*Zwei...?* Sie wurde zwei Mal getroffen?« Der Polizeiarzt hatte die Leiche doch genau untersucht. Wie konnte uns das entgangen sein?

»Wenn ich dich richtig verstehe, glaubst du, dass dieser Schuss so eine Art Unfall war, oder?«

»Was willst du mir schonend beibringen?«

»Schätzchen, ich glaube, du solltest mir hier unten einen Besuch abstatten.«

11

Die Pathologie befindet sich im Erdgeschoss des Präsidiums, und man erreicht sie durch einen Hintereingang der Eingangshalle und über einen asphaltierten Weg. Ich brauchte keine drei Minuten, um vom zweiten Stock die Treppen hinabzulaufen.

Claire wartete auf mich im Empfangsbereich vor ihrem Büro. Ihr sonst so strahlendes fröhliches Gesicht war besorgt, aber kaum sah sie mich, lächelte sie und schloss mich in die Arme.

»Wie geht's denn so, Fremde?«, fragte sie, als sei der Fall Tausende von Meilen entfernt.

Claire besaß das Geschick, selbst in den kritischsten Situationen die Lage zu entschärfen. Ich habe stets bewundert, wie sie – allein durch ihr Lächeln – mich dazu brachte, ein Problem etwas lockerer und nicht so verbissen zu sehen.

»Bestens, Claire. Aber Berge von Arbeit.«

»Seit du Mercers Lieblingssklavin bist, sehe ich nicht mehr viel von dir.«

»Sehr witzig.«

Sie schaute mich mit ihren großen Augen an, die sagten: *He, ich weiß, was du meinst,* aber vielleicht auch weit mehr. *Du musst dir für die Menschen, die dich lieben, Zeit nehmen, Mädchen.* Aber ohne ein tadelndes Wort führte sie mich den langen sterilen, mit Linoleum ausgelegten Korridor zum Arbeitsraum der Pathologie hinunter, auch die Gruft genannt.

Sie schaute zu mir zurück und sagte: »Du hast so geklungen, als wärst du sicher, dass Tasha Catchings von einer verirrten Kugel getötet wurde.«

»Ja, das habe ich gedacht. Der Schütze hat drei Magazine auf die Kirche abgefeuert, und Tasha wurde als Einzige getroffen. Ich bin sogar an der Stelle gewesen, von der aus er geschossen hat. Vollkommen unmöglich, dass er auf sie freie Schusslinie hatte. Aber du hast doch gesagt, *zwei*…«

»Ja.« Sie nickte. Wir gingen durch die Kompressionstür in die kalte trockene Luft der Gruft. In der Eiseskälte und beim Geruch nach Chemikalien bekam ich immer eine Gänsehaut.

Auch dieses Mal. Man sah nur eine einzige Bahre. Und darauf lag ein kleines Häuflein, von einem weißen Laken bedeckt. Es nahm kaum die Hälfte der Bahre ein.

»Dann wappne dich!«, warnte Claire. Nackte Opfer nach der Obduktion sind nie ein schöner Anblick, starr und schrecklich blass.

Sie zog das Laken weg. Ich blickte dem Kind direkt ins Gesicht. *Mein Gott, war die Kleine jung...*

Ich betrachtete die zarte ebenholzfarbene Haut, so unschuldig, so völlig fehl am Platz in dieser kalten sterilen Umgebung. Am liebsten hätte ich ihre Wange gestreichelt. Sie hatte so ein niedliches Gesichtchen.

In der rechten Brust des Kindes war eine große runde Wunde zu sehen, jetzt allerdings von Blut gereinigt. »Zwei Kugeln«, erklärte Claire. »Praktisch eine direkt auf die andere, blitzschnell abgefeuert. Mir ist klar, weshalb der Polizeiarzt das nicht gesehen hat. Sie sind fast durch ein einziges Einschussloch eingedrungen.«

Wie grauenvoll. Mir wurde beinahe schlecht.

»Die erste Kugel ist durch das Schulterblatt ausgetreten.« Claire drehte behutsam den kleinen Leichnam auf die Seite. »Die zweite ist vom vierten Brustwirbel abgeprallt und hat sich in ihr Rückenmark gebohrt.«

Claire nahm eine Petri-Schale von einem Tisch und entnahm mit der Pinzette ein flaches rundes Bleistück, ungefähr so groß wie ein Vierteldollars. »Zwei Schüsse, Linds... der erste durchbohrte die rechte Herzkammer. Das reichte bereits. Wahrscheinlich war sie schon tot, als der zweite sie traf.«

Zwei Schüsse... die Chancen, dass beide Querschläger waren, standen eins zu einer Million. Ich rief mir den Tatort ins Gedächtnis zurück, wo Tasha vermutlich gestanden hatte, als sie die Kirche verlassen hatte, und die Schusslinie des Mörders im Gebüsch. *Ein* Querschläger war möglich, aber *zwei*...

»Haben die Leute von Charlie Clapper in der Kirche Spuren von Kugeln oberhalb der Kleinen gefunden?«, fragte Claire.

»Das weiß ich nicht.« Bei allen Mordermittlungen wurden die Einschusslöcher mit den entsprechenden Kugeln genauestens verglichen. »Ich werde es überprüfen.«

»Aus welchem Material war die Kirche gebaut? Holz oder Stein?«

»Holz.« Jetzt kapierte ich, worauf sie hinauswollte. Nie und nimmer würde eine Kugel aus einem M-16 von Holz abprallen.

Claire schob die Brille nach oben über die Stirn. Sie hatte ein fröhliches liebenswertes Gesicht, aber wenn sie sich einer Sache sicher war, so wie jetzt, strahlte es eine Überzeugung aus, die keinen Zweifel zuließ. »Lindsay, der Eintrittswinkel ist bei beiden Schüssen eindeutig von vorn und sauber. Ein Querschläger müsste eine ganz andere Schussbahn gehabt haben.«

»Ich habe mir ganz genau angesehen, wo der Schütze gewesen ist, Claire. Um diese Treffer zu landen, musste er ein verdammt guter Scharfschütze sein.«

»Du hast doch gesagt, dass die Einschüsse auf der Seite der Kirche irregulär waren.«

»Aber nach einem klaren Muster: Von rechts nach links. Und, Claire, außer Tasha wurde niemand verletzt. Fast hundert Schüsse, *aber nur sie wurde getroffen.*«

»Du bist davon ausgegangen, dass es sich um einen tragischen Unfall handelt, richtig?« Claire zog die Plastikhandschuhe aus und schleuderte sie in den dafür bereitstehenden Abfallbehälter. »Also, das war kein Unfall. Die beiden Kugeln sind nirgendwo abgeprallt. Sie wurden zielgenau abgefeuert. Tasha war sofort tot. Würdest du die Möglichkeit in Betracht ziehen, dass dein Täter genau das getroffen hat, worauf er zielte?«

Ich rief mir nochmals den Tatort ins Gedächtnis. »Er hätte

nur einen Sekundenbruchteil gehabt, um zu schießen, sie war höchstens einen halben Meter von der Kirchenwand entfernt.«

Claire seufzte. »Dann hat entweder Gott gestern diesem armen kleinen Mädchen nicht zugelächelt, oder du musst nach einem Superscharfschützen suchen.«

12

Die schockierende Möglichkeit, dass Tasha Catchings womöglich doch kein zufälliges Opfer sein könnte, machte mir auf dem Weg zurück ins Büro schwer zu schaffen. Dort wartete bereits eine Meute Detectives auf mich. Lorraine Stafford teilte mir mit, dass für die Suche nach dem Fluchtfahrzeug ein positives Ergebnis vorläge: ein 94er Dodge Caravan, der vor drei Tagen unten auf der Halbinsel in Mountain View als gestohlen gemeldet worden war. Ich sagte ihr, sie solle überprüfen, ob die Beschreibung passte.

Dann griff ich mir Jacobi und sagte ihm, er solle sein Bagel einpacken und mit mir kommen.

»Und wohin geht's?«, fragte er stöhnend.

»Über die Bucht, rüber nach Oakland.«

»Mercer sucht Sie immer noch«, rief Karen, als wir auf den Korridor gingen. »Was soll ich ihm sagen?«

»Dass ich in einem Mordfall ermittle«, brüllte ich zurück.

Zwanzig Minuten später hatten wir die Bay Bridge hinter uns gelassen, die triste Skyline von Oaklands Innenstadt gesehen und fuhren nun vor das Polizeiverwaltungsgebäude an der Seventh Street. Oaklands Polizeihauptquartier war ein niedriger Bau aus Glas und Beton, im unpersönlichen Stil der frühen

Sechzigerjahre. Das Morddezernat lag im ersten Stock, ein düsteres Büro, nicht größer als unseres und ebenso voll. Im Laufe der Jahre war ich hier schon etliche Male gewesen.

Lieutenant Ron Vandervellen stand auf und begrüßte uns, als man uns in sein Büro führte. »He, wie ich höre, sind Glückwünsche angesagt, Boxer. Willkommen in der Welt der sitzenden Lebensweise.«

»Ich wünschte, dem wäre so, Ron«, antwortete ich.

»Was bringt Sie hierher? Wollen Sie sich mal ansehen, wie es im echten Leben zugeht?«

Seit Jahren bestand zwischen den Morddezernaten von San Francisco und Oakland eine Art freundlicher Rivalität. Nach deren Meinung hatten wir es – auf der anderen Seite der Bucht – höchstens mal gelegentlich mit einem Vertreter für Computerzubehör zu tun, den man nackt und tot in seinem Hotelzimmer gefunden hatte.

»Gestern habe ich Sie in den Nachrichten gesehen.« Vandervellen lachte. »Sehr fotogen. Ich meine Sie...« Er grinste Jacobi an. »Und wem verdanke ich den Umstand dieses Promi-Besuchs?«

»Einem kleinen Vogel, der Chipman heißt«, antwortete ich. Estelle Chipman war die ältere Afroamerikanerin, die man laut Cindy in ihrer Waschküche erhängt aufgefunden hatte.

Er zuckte die Schultern. »Ich habe an die hundert ungeklärte Mordfälle, falls ihr nicht genug Arbeit habt.«

Ich war an Vandervellens Sticheleien gewöhnt, aber diesmal klang er besonders bissig. »Keine Umstände, Ron. Ich möchte mir nur ganz inoffiziell den Tatort ansehen, wenn das okay ist.«

»Klar, aber ich glaube, es wird nicht leicht sein, das mit eurer Schießerei bei der Kirche zu verknüpfen.«

»Und weshalb?«, wollte ich wissen.

Der Lieutenant stand auf, ging ins andere Büro und kam mit einer Akte wieder. »Meiner Meinung nach dürfte es ziemlich schwierig sein, zu erklären, wie ein offensichtlich rassistisch motivierter Mord wie eurer von *einem der eigenen Leute* begangen wurde.«

»Was wollen Sie damit sagen?«, fragte ich. »Estelle Chipmans Mörder war *schwarz*?«

Er setzte eine Lesebrille auf und blätterte in der Akte. Dann fand er das offizielle Dokument »Alameda County Gerichtsmedizin – Gutachten«.

»Lesen Sie das und weinen Sie bitterlich«, meinte er. »Hätten Sie angerufen, hätte ich Ihnen die Brückenmaut erspart. ›Hautpartikel unter den Fingernägeln des Opfers weisen auf eine hyperpigmentierte Epidermis hin, wie es für Nichtkaukasier typisch ist.‹ Während wir uns unterhalten, werden weitere Objektträger untersucht. Wollen Sie sich immer noch den Tatort anschauen?« Offensichtlich genoss Vandervellen diesen Moment.

»Macht's Ihnen was aus? Jetzt, nachdem wir schon mal da sind?«

»Bitteschön, seien Sie meine Gäste. Es ist Krimmans Fall, aber der ist außer Haus. Ich bringe Sie hin. Zur Gus-White-Siedlung komme ich nicht mehr oft. Wer weiß? Vielleicht lerne ich ja unterwegs noch was von euch Superbullen.«

13

Die Gustave-White-Siedlung bestand aus sechs identischen Hochhäusern an der Redmond Street in West Oakland. Als wir hielten, meinte Vandervellen: »Anfangs ergab es keinen Sinn… die arme Frau war nicht krank, hatte keine offensichtlichen finanziellen Probleme, ging sogar zweimal die Woche in die Kirche. Aber manchmal geben Menschen einfach auf. Bis zur Obduktion sah alles eindeutig nach Selbstmord aus.«

Ich erinnerte mich an die Akte: Keine Zeugen, niemand hatte Schreie gehört, niemand hatte jemanden wegrennen sehen. Da war nur eine ältere Frau, die ziemlich zurückgezogen gelebt hatte und an einem Heizungsrohr im Keller hing, der Hals im rechten Winkel abgeknickt, die Zunge herausgestreckt.

In der Siedlung gingen wir sogleich ins Haus C. »Der Lift ist im Arsch«, sagte Vandervellen. Wir nahmen die Treppe nach unten. In dem mit Graffiti beschmierten Keller fanden wir ein handgeschriebenes Schild, auf dem stand: »Waschküche – Heizungskeller«.

»Da drin wurde sie gefunden.«

In der Waschküche waren kreuz und quer die gelben Absperrstreifen des Tatorts gespannt. Ein beißender, widerlicher Gestank füllte den Raum. Auch hier überall Graffiti. Was ansonsten noch hier gewesen war – die Leiche und die Elektroschnur, an der sie hing –, war bereits ins Leichenschauhaus geschafft oder als Beweis sichergestellt worden.

»Ich weiß nicht, was Sie zu finden hoffen«, meinte Vandervellen schulterzuckend.

»Das weiß ich auch nicht«, gestand ich. »Und es ist am späten Samstagabend passiert?«

»Laut Gerichtsmediziner so gegen zehn. Wir dachten, die alte Dame ist vielleicht heruntergekommen, um Wäsche zu waschen, und dass sie jemand überrascht hat. Der Hausmeister hat sie am nächsten Morgen gefunden.«

»Wie sieht's mit Überwachungskameras aus?«, fragte Jacobi. »Die sind doch auf sämtlichen Korridoren und im Eingangsbereich.«

»Wie der Lift – kaputt.« Wieder zuckte Vandervellen die Schultern.

Es war klar, dass Jacobi und Vandervellen so schnell wie möglich wegwollten, aber mich zwang irgendetwas zu bleiben.

Weshalb? Ich hatte keinen blassen Schimmer. Aber meine Sinne vibrierten. *Finde mich... dort drüben.*

»Lassen wir mal den Rassismus beiseite«, sagte Vandervellen. »Wenn Sie nach einer Verbindung suchen, wissen Sie doch, wie ungewöhnlich es ist, dass ein Mörder mitten in einer Serie die Methode wechselt.«

»Danke«, erklärte ich spitz. Ich suchte den Raum mit den Augen ab. Nichts fiel mir auf. Nur dieses Gefühl. »Ich schätze, wir müssen unseren Fall ganz allein lösen. Aber wer weiß? Vielleicht ist auf unsrer Seite des Teichs schon was aufgetaucht.«

Vandervellen wollte gerade das Licht ausschalten, da fiel mir etwas ins Auge. »Moment mal«, sagte ich.

Wie durch einen Magneten angezogen, ging ich zum anderen Ende der Waschküche, zu der Wand, vor der Chipman gehangen hatte. Ich kniete nieder und tastete mit den Fingern die Betonwand ab. Hätte ich es nicht zuvor schon entdeckt, wäre es mir jetzt entgangen.

Eine primitive Zeichnung wie die eines Kindes, mit orangefarbener Kreide gemacht. Es war ein Löwe. Wie die Zeichnung Bernard Smiths, aber viel wilder. Der Körper des Löwen mündete in einen zusammengerollten Schwanz, aber das war kein Löwenschwanz... ein Reptil? *Eine Schlange?*

Und das war noch nicht alles.

Der Löwe hatte zwei Köpfe: der eine war ein Löwenkopf, der andere möglicherweise der einer Ziege.

Ich spürte einen Knoten in der Brust, Abscheu und Widerwillen, und die plötzliche Erkenntnis.

Jacobi trat hinter mich. »Was gefunden, Lieutenant?«

Ich holte tief Luft. »*Pokémon.*«

14

Und jetzt wusste ich Bescheid...

Zwischen den Fällen bestand höchstwahrscheinlich eine Verbindung. Bernard Smiths Beschreibung des Fluchtfahrzeugs war ein Treffer ins Schwarze. Wir hatten es offensichtlich mit einem Doppelmörder zu tun.

Ich war nicht überrascht, dass der aufgebrachte Chief Mercer darauf bestand, verständigt zu werden, sobald ich ins Büro käme.

Ich schloss die Tür zu meinem Büro, wählte seine Durchwahl und wartete auf das Sperrfeuer.

»Haben Sie eine Ahnung, was sich hier tut«, sagte er mit dem gesamten Gewicht seiner Autorität. »Was fällt Ihnen ein, den ganzen Tag draußen zu sein und meine Anrufe zu ignorieren? Sie sind jetzt *Lieutenant* Boxer. Ihre Aufgabe ist es, die Kommission zu leiten – und mich auf dem Laufenden zu halten.«

»Es tut mir Leid, Chief, aber –«

»Ein Kind wurde ermordet. Eine Gemeinde terrorisiert. Wir haben irgendeinen Irren da draußen, der versucht, diese Stadt in ein Inferno zu verwandeln. Bis morgen früh wird jeder afroamerikanische Führer von San Francisco eine Erklärung verlangen, was wir dagegen zu unternehmen gedenken.«

»Es geht noch weiter als das, Chief.«

Mercer holte Luft. »Weiter als was?«

Ich berichtete ihm, was ich im Keller in Oakland gefunden hatte. Von dem Löwensymbol, das bei beiden Verbrechen eine Rolle spielte.

»Wollen Sie damit sagen, dass zwischen beiden Verbrechen eine Verbindung besteht?«

»Ich sage nur, dass diese Möglichkeit besteht, ehe wir voreilige Schlüsse ziehen.«

Ich hörte, wie die Luft aus Mercers Lunge strömte. »Besorgen Sie ein Foto von der Zeichnung, die Sie an der Wand gesehen haben, und bringen Sie das ins Labor. Und auch die Zeichnung von dem, was der Junge in Bay View gesehen hat. Ich möchte wissen, was diese Zeichnungen bedeuten.«

»Das ist bereits in Arbeit«, erklärte ich.

»Und der Van? Das mutmaßliche Fluchtfahrzeug? Liegt da schon was vor?«

»Negativ.«

In Mercers Kopf schien sich eine Besorgnis erregende Möglichkeit abzuzeichnen. »Falls es sich um irgendeine Verschwörung handelt, werden wir nicht untätig dasitzen, während man die Stadt mit einer Terrorkampagne als Geisel hält.«

»Wir ermitteln wegen des Vans. Geben Sie mir etwas Zeit für das Symbol.« Ich wollte ihm von meinen schlimmsten Befürchtungen noch nichts sagen. Wenn Vandervellen Recht hatte, dass Estelle Chipmans Mörder schwarz war, und Claire Recht hatte, dass Tasha Catchings ganz bewusst als Ziel ausgesucht worden war, dann handelte es sich womöglich nicht um eine rassistisch motivierte Terrorkampagne.

Selbst am Telefon konnte ich sehen, wie sich die Falten in Mercers Doppelkinn vertieften. Ich bat ihn, ein Risiko einzugehen, ein großes Risiko. Schließlich hörte ich, wie er ausatmete. »Lassen Sie mich nicht im Stich, Lieutenant. Klären Sie Ihren Fall auf.«

Als ich auflegte, spürte ich, dass der Druck intensiver wurde.

Jetzt erwartete die Welt von mir, die Tür jeder Hass-Gruppe westlich von Montana einzutreten, dabei hatte ich aber erhebliche Zweifel.

Auf meinem Schreibtisch entdeckte ich eine Nachricht von Jill. »Wie wär's mit einem Drink? Sechs Uhr?«, stand drauf. *Wir alle!*«

Ein ganzer Tag mit diesem Fall... Wenn es etwas gab, das meine Ängste zu lindern vermochte, dann waren es Jill, Cindy, Claire und ein Krug Margaritas im Susie's.

Ich hinterließ auf Jills Mailbox die Nachricht, dass ich kommen würde.

Mein Blick fiel auf eine verblasste blaue Baseballmütze, die auf dem hölzernen Kleiderständer in der Ecke meines Büros hing. Die Worte »Es ist *himmlisch*...« waren auf dem Schirm eingestickt. Die Mütze hatte Chris Raleigh gehört. Er hatte sie mir während eines phantastischen Wochenendes oben im Heavenly Valley geschenkt, wo für eine Zeit lang der Rest der Welt für uns verschwunden war und wir uns ganz dem hingeben konnten, was zwischen uns entstanden war.

»Bitte, hilf mir, dass ich den Fall nicht versaue«, flüsterte ich. Ich spürte, wie Tränen in meinen Augen brannten. *Mein Gott, ich wünschte mir, er wäre jetzt bei mir!* »Du elender Dreckskerl...« Ich schüttelte den Kopf. »Du fehlst mir so furchtbar.«

15

Ich brauchte nicht länger als eine Minute, nachdem ich mich in unserer Stamm-Nische im Susie's niedergelassen hatte, als ich spürte, wie der Zauber zu wirken begann. Ja, alles wiederholte sich, das wurde mir klar.

Ein schwieriger Fall wurde noch verzwickter. Die Karaffe mit hochprozentigen Margaritas. Meine drei besten Freundinnen, alle hochrangige Vertreter des Gesetzes. Ich hatte die Befürchtung, unser Club der Ermittlerinnen war wieder im Geschäft.

»Ganz wie in den alten Zeiten?« Claire lächelte und rutschte ein Stück, um mir mehr Platz zu machen.

»Viel mehr, als du denkst.« Ich stöhnte. Dann goss ich mir einen schaumigen Cocktail ein. »O Gott, den habe ich ehrlich nötig.«

»Schwerer Tag?«, erkundigte sich Jill.

»Nein.« Ich schüttelte den Kopf. »Reine Routine. Zuckerschlecken.«

»Dieser Papierkrieg treibt jeden in den Alkoholismus.« Claire zuckte die Schultern und leerte ihr Glas. »Prost. Wie schön, euch Weiber zu sehen.«

Eine spürbare Atmosphäre der Erwartung umgab die Gruppe. Ich trank einen Schluck und schaute in die Runde. Alle sahen mich an.

»Nichts da!« Beinahe hätte ich in meinen Drink gespuckt. »Ich kann nichts erklären, nicht mal ansatzweise.«

»Ich hab's doch gleich gesagt!«, erklärte Jill mit rauer Stimme und bestätigendem Lächeln. »Die Zeiten haben sich geändert. Lindsay ist jetzt ein hohes Tier.«

»Das ist es überhaupt nicht, Jill. Es gibt eine Hackordnung. Mercer hat die Sache unter Verschluss gestellt. Außerdem habe ich gedacht, wir wären deinetwegen hier.«

In Jills scharfen blauen Augen funkelte es. »Die Vertreterin der Distriktstaatsanwaltschaft ist bereit, der geschätzten Kollegin aus dem zweiten Stock den Vortritt zu überlassen.«

»Herrgott, Leute, ich bin an diesem Fall erst seit *zwei Tagen* dran.«

»Aber in der Stadt wird über nichts anderes geredet, verdammt noch mal«, sagte Claire. »Möchtest du hören, was ich heute so gemacht habe? Na schön, um zehn eine Schädelöffnung, dann ein Vortrag in der Pathologie an der San Francisco University, dann –«

»Wir könnten über die globale Erwärmung sprechen«, schlug Cindy vor. »Oder über das Buch, das ich gerade lese: *Der Tod Vishnus.*«

»Es ist ja nicht so, dass ich nicht darüber reden will«, protestierte ich. »Der Fall ist aber Verschlusssache, streng vertraulich.«

»So *vertraulich* wie die Geschichte in Oakland, die ich dir erzählt habe?«, fragte Cindy.

»Darüber müssen wir reden«, sagte ich. »*Danach.*«

»Ich schlage dir einen Handel vor«, meinte Jill. »Du vertraust dich uns an, wie *immer*. Dann vertraue ich euch was an, und du beurteilst, was heißer ist. Der Gewinner zahlt für alle.«

Mir war bewusst, dass es nur eine Frage der Zeit war, bis ich weich wurde. Wie konnte ich vor meinen Mädels ein Geheimnis wahren? Außerdem kam die Sache in sämtlichen Nachrichten – zumindest ein Teil davon. Und im gesamten Präsidium gab es keine klügeren Köpfe als diese Frauen.

Ich seufzte. »Aber alles bleibt unter uns.«

»Selbstverständlich«, sagten Jill und Claire wie aus einem Mund.

Ich schaute Cindy an. »Und das bedeutet, du gehst nicht damit zur Presse. Mit nichts, bis ich dir grünes Licht gebe.«

»Wieso habe ich das Gefühl, dass ich von dir immer erpresst werde?« Sie schüttelte den Kopf, nickte dann jedoch. »In Ordnung. Abgemacht.«

Jill füllte mein Glas. »Ich wusste, wir würden dich schließlich doch drankriegen.«

Ich trank einen Schluck. »Nein, ich hatte bereits vor, euch alles zu erzählen, als du gefragt hast: ›Schwerer Tag heute?‹«

Stück für Stück erläuterte ich ihnen den Fall, alles, was wir bisher wussten. Den Aufkleber, den Bernard Smith auf dem Fluchtfahrzeug gesehen hatte, die identische Zeichnung, die ich in Oakland entdeckt hatte. Die Möglichkeit, dass Estelle Chipman ermordet worden sein könnte. Claires Idee, dass Tasha Catchings doch kein Zufallsopfer war.

»Ich wusste es!«, rief Cindy und strahlte triumphierend.

»Du musst herausfinden, was dieses Löwenbild bedeutet«, meinte Claire eindringlich.

Ich nickte. »Bin schon dran. Volle Pulle.«

Jill, die Stellvertretende Bezirksstaatsanwältin, fragte: »Liegt irgendwas vor, das diese beiden Opfer tatsächlich in Verbindung bringt?«

»Bis jetzt nicht.«
»Was ist mit dem Motiv?«, bohrte sie nach.
»Alle halten es für ein Verbrechen aus Rassenhass, Jill.«
Sie nickte. »Und du?«
»So ganz allmählich drängt sich mir eine andere Sichtweise auf. Ich glaube, wir müssen die Möglichkeit in Betracht ziehen, dass jemand dieses Hass-Verbrechen-Szenario als Tarnung benutzt.«
Es folgte langes Schweigen.
»Ein rassistischer Serienmörder«, sagte Claire.

16

Ich war meine Neuigkeiten losgeworden, und jetzt saßen alle mit bedrückten Gesichtern da und dachten nach.

Ich nickte Jill zu. »Und jetzt du.«
Ehe Jill etwas sagen konnte, platzte Cindy heraus: »Bennett kandidiert nicht noch mal, richtig?«
Während der achtjährigen Tätigkeit bei der Staatsanwaltschaft hatte Jill sich zur Nummer Zwei emporgearbeitet. Sollte der alte Mann sich entschließen aufzuhören, war sie zwangsläufig die nächste Bezirksstaatsanwältin von San Francisco.
Jill lachte und schüttelte den Kopf. »Der sitzt hinter dem Eichenschreibtisch, bis er stirbt. Das ist die Wahrheit.«
»Und, du hast uns doch auch was mitzuteilen, mach schon!«, bohrte Claire.
»Du hast Recht«, gab Jill zu. »Hab ich...«
Jill blickte einer nach der anderen tief in die Augen, um die Spannung noch zu steigern. Ihre durchdringenden kobaltblauen Augen hatten nie so heiter dreingeschaut. Schließlich

schlich sich ein spitzbübisches Lächeln in ihr Gesicht. Sie seufzte und sagte: »*Ich bin schwanger.*«

Wir saßen starr da und warteten darauf, dass sie zugab, sich einen Scherz mit uns erlaubt zu haben. Aber dem war nicht so. Sie blickte mit strahlenden Augen in die Runde. Mindestens dreißig Sekunden lang.

»D-d-das ist ein Scherz, oder?«, stammelte ich. Jill war die arbeitswütigste Frau, die ich kannte. Man konnte sie fast jeden Abend noch nach acht Uhr an ihrem Schreibtisch erwischen. Ihr Mann, Steve, war Anlageberater für die Bank of America. Beide hatten Blitzkarrieren hinter sich und waren leistungsorientiert: Mountain-Biking in Moab, Windsurfen auf dem Columbia River in Oregon. *Ein Baby...*

»He, manchmal treiben es Menschen miteinander!«, rief sie.

»Ich hab's gewusst.« Claire schlug mit der flachen Hand auf den Tisch. »Ich hab's doch gleich gewusst, als ich den Blick in deinen Augen gesehen habe und dein strahlendes Gesicht. Ich habe zu mir gesagt: Da ist doch ein Braten in der Röhre! Du sprichst nämlich mit einer Expertin, wie du weißt. Wie weit?«

»Acht Wochen. Ende May ist Stichtag.« Jills Augen funkelten wie die eines jungen Mädchens. »Abgesehen von unseren Familien, seid ihr die Ersten, denen ich es gesagt habe. Das ist doch s*elbstverständlich.*«

»Bennett wird Schokoladenkekse scheißen«, stieß Cindy lachend hervor.

»Er hat selbst drei Kinder. Und es ist ja nicht so, als würde ich aussteigen und in Petaluma Wein anbauen. Ich bekomme lediglich ein Baby.«

Unwillkürlich lächelte ich. Ein Teil von mir freute sich so für sie, dass ich am liebsten losgeheult hätte. Ein Teil von mir war sogar ein wenig neidisch. Doch größtenteils konnte ich es immer noch nicht glauben. »Das Kind sollte wissen, was ihm bevorsteht.« Ich grinste. »In den Schlaf wird es von Tonbandaufnahmen über kalifornische Gesetze gesungen werden.«

»Nie und nimmer.« Jill lachte empört. »Das werde ich nicht tun. Ich verspreche es feierlich. Ich werde eine richtig gute Mama sein.«

Ich stand auf und beugte mich über den Tisch zu ihr. »Es ist einfach großartig, Jill.« Einen Moment lang schauten wir uns nur an, unsere Augen waren feucht. Ich freute mich so verdammt für sie. Dann erinnerte ich mich an die Zeit, als ich aus Angst vor einer Blutkrankheit, die ich hatte, fast den Verstand verloren hatte. Damals hatte Jill ihre Arme entblößt und uns ihre schrecklichen Narben gezeigt. Sie hatte gestanden, dass sie sich auf der Highschool und der Universität ständig geschnitten hatte, da die Herausforderung, an die Spitze zu gelangen, ihr Leben so gnadenlos bestimmt hatte, dass sie den Frust nur an sich selbst auslassen konnte.

Wir umarmten einander und drückten uns fest.

»Hast du das längerfristig geplant?«, fragte Claire.

»Wir haben seit ein paar Monaten geübt«, antwortete Jill und setzte sich wieder. »Ich bin nicht sicher, ob es eine bewusste Entscheidung war, aber irgendwie schien es der richtige Zeitpunkt zu sein.« Sie blickte Claire an. »Als ich dich zum ersten Mal gesehen habe, als Lindsay mich zu euch in die Gruppe brachte, hast du über *deine* Kinder gesprochen... das hat in mir etwas geweckt. Ich erinnere mich, wie ich gedacht habe: ›Sie leitet die Gerichtsmedizin, sie ist eine der fähigsten Frauen, die ich kenne, hat eine Spitzenkarriere gemacht, aber sie redet nur über die Kinder.‹«

»Wenn man anfängt zu arbeiten, hat man ungeheuren Ehrgeiz und große Zielstrebigkeit. Als Frau hat man das Gefühl, man müsste sich unbedingt überall beweisen. Aber wenn man Kinder hat, ist es anders, natürlich. Dir wird klar, dass es nicht mehr allein um dich geht. Dir wird bewusst, dass du nicht länger etwas beweisen musst. Du hast es bereits getan.«

»Hey, von dem Gefühl will ich auch ein bisschen«, sagte Jill mit feuchten Augen.

»Ich habe euch das nie erzählt«, fuhr sie fort, »aber ich war schon einmal schwanger. Vor fünf Jahren.« Sie trank einen Schluck Wasser und schüttelte das dunkle Haar zurück. »Meine Karriere verlief im Schnellgang – ihr erinnert euch, da gab es die La-Frade-Anhörung –, und Steve hatte sich gerade erst selbstständig gemacht.«

»Damals war nicht die richtige Zeit, Schätzchen«, sagte Claire.

»Das war's nicht«, erklärte Jill. »Ich wollte das Kind. Aber alles andere war so intensiv. Ich habe bis zehn Uhr abends im Büro geschuftet. Außerdem war Steve ständig unterwegs...« Sie machte eine Pause, ihre Augen verschleierten sich kurz. »Ich hatte leichte Blutungen. Der Arzt warnte, riet mir zurückzustecken. Ich versuchte es, aber alle machten wegen dieses Falls Druck, und ich war immer allein. Eines Tages spürte ich, wie mein Inneres explodierte. Ich habe es verloren... im vierten Monat.«

»O Gott!« Claire atmete durch. »Arme Jill.«

Jill holte Luft, bedrücktes Schweigen breitete sich aus.

»Und wie fühlst du dich jetzt?«, fragte ich.

»Ekstatisch...«, antwortete sie. »Körperlich kräftiger als je zuvor...« Sie schloss kurz die Augen, dann schaute sie uns wieder an. »Die Wahrheit ist: Ich bin ein komplettes Wrack.«

Ich griff nach ihrer Hand. »Was meint dein Arzt?«

»Er meint, wir würden alles ständig genau beobachten, und ich sollte die Sensationsfälle auf ein Minimum beschränken. Im Schongang laufen.«

»Hast du diesen Gang?«, fragte ich.

»Jetzt schon«, antwortete sie spitz.

»Wow!« Cindy lachte. »Jill hat plötzlich die Kunst des Blaumachens entdeckt.«

Ich sah, wie in Jills Augen ein wunderbare Verwandlung stattfand, etwas, das ich nie zuvor gesehen hatte. Jill war immer erfolgreich. Sie hatte ein wunderschönes Gesicht, das bisher von Zielstrebigkeit bestimmt war. Jetzt aber sah ich, dass sie endlich glücklich war.

In ihren schönen Augen standen Tränen. Diese Frau hatte ich vor Gericht gesehen, wie sie gegen einige der zähesten Hurensöhne der Stadt angetreten war. Ich hatte gesehen, wie sie mit unbeirrbarer Entschlossenheit Mörder gejagt hatte. Ich hatte sogar die Narben ihrer Selbstverstümmelung auf den Armen gesehen.

Aber bis zu diesem Moment hatte ich Jill noch nie weinen sehen.

»*Verdammt...*« Ich lächelte und griff nach der Rechnung. »Ich schätze, ich zahle.«

17

Ich umarmte Jill noch ein paar Mal aufgeregt, dann machte ich mich auf den Heimweg zu meiner Wohnung am Potrero Hill.

Sie befand sich im ersten Stock eines renovierten blauen Hauses im viktorianischen Stil. Gemütlich und hell, mit einem Erker mit großen Fenstern, von dem aus man auf die Bucht schaute. Martha, meine anhängliche Border-Collie-Hündin, begrüßte mich an der Tür.

»Hallo, Süße«, sagte ich. Sie wedelte freudig mit dem Schwanz und sprang an mir hoch.

»Und wie war *dein* Tag?« Ich nahm ihren Kopf zwischen die Hände und barg mein Gesicht in ihrem weichen Fell.

Dann ging ich ins Bad, zog meine Dienstkleidung aus, band das Haar hoch, streifte das viel zu große Sweatshirt der Giants über und zog die Schlafanzughosen aus Flanell an, in denen ich lebte, wenn das Wetter kühl wurde. Ich fütterte Martha, machte mir eine Tasse Orangen-Ingwer-Tee und setzte mich auf die Kissen im Erker.

Martha legte den Kopf in meinen Schoß, ich trank einen Schluck Tee. Draußen blinkten in der Ferne die Lichter eines Flugzeugs im Anflug auf den Flughafen von San Francisco. Wieder dachte ich an das unglaubliche Bild von Jill als Mutter... ihre schlanke Figur mit dem sich wölbenden Bauch... die Party, die wir Mädels für sie ausrichten würden. Ich musste lachen und lächelte Martha an. »Jill wird Mama.«

Ich hatte Jill noch nie so glücklich gesehen. Erst vor wenigen Monaten waren auch meine Gedanken darauf ausgerichtet gewesen, ein Kind zu bekommen. Das wäre mein Herzenswunsch gewesen. Wie Jill gesagt hatte: *Ich möchte dieses Gefühl auch haben.* Aber es hatte nicht sein sollen...

In meiner Familie war offensichtlich Elternschaft nicht die natürliche Beschäftigung.

Meine Mutter war vor elf Jahren gestorben, als ich vierundzwanzig war und gerade in die Polizeiakademie eintrat. Man hatte bei ihr Brustkrebs festgestellt, und die letzten beiden Jahre meines Studiums hatte ich bei ihrer Pflege geholfen. Ich war zwischen den Seminaren zum Emporium gerast, wo sie gearbeitet hatte, um sie abzuholen. Ich hatte Essen gekocht und auf meine jüngere Schwester Cat aufgepasst.

Mein Vater, ein San-Francisco-Bulle, hatte sich verdrückt, als ich dreizehn war. Bis heute habe ich keine Ahnung, weshalb. Als ich größer wurde, hörte ich die Geschichten, wie er seinen Gehaltsscheck bei Buchmachern gelassen hatte, dass er meine Mutter durch ein Doppelleben hintergangen hatte, dass der Drecksker[l über ungemeinen Charme verfügte, dass er eines Tages sein Herz verloren hätte und danach nicht mehr die Uniform tragen konnte.

Meine letzte Nachricht stammte von Cat, danach war er unten in Redondo Beach und hatte sich mit einem Sicherheitsdienst selbstständig gemacht. Alte Kollegen in der Stadtmitte fragten mich immer noch zuweilen, wie es Marty Boxer ginge, und erzählten wilde Geschichten über ihn. Vielleicht war es gut, dass sich einige lachend an ihn erinnerten. Marty, der mal drei Zuhälter mit denselben Handschellen gefesselt hatte... Marty Boxer, der anhielt, um eine Wette abzuschließen, während der mutmaßliche Täter im Streifenwagen saß. Meine Gedanken kreisten nur darum, dass der Mistkerl mich im Stich gelassen hatte, so dass ich allein meine sterbende Mutter pflegen musste. Er war nie wiedergekommen.

Ich hatte meinen Vater seit fast zehn Jahren nicht mehr gesehen, seit dem Tag, an dem ich Polizistin wurde. Als ich an der Polizeiakademie graduierte, hatte ich ihn im Publikum entdeckt. Aber wir hatten kein Wort gewechselt. Ich vermisste ihn auch nicht mehr.

Mein Gott, es war ewig her, dass ich diese alte Narben angeschaut hatte. Mom war seit elf Jahren tot. Inzwischen hatte ich geheiratet und war geschieden worden. Ich hatte es bis zur Mordkommission geschafft. Jetzt leitete ich das Dezernat. Irgendwo auf dem Weg war ich auch dem Mann meiner Träume begegnet...

Ich hatte Recht gehabt, als ich Mercer erklärte, dass das alte Feuer wieder da sei.

Aber ich belog mich selbst, wenn ich mir einredete, dass Chris Raleigh der Vergangenheit angehörte.

18

Es waren immer die Augen, die ihn faszinierten. Er saß nackt auf dem Bett in dem kahlen, zellenähnlichen Raum und starrte auf die alten Schwarzweißfotos, die er schon tausend Mal betrachtet hatte.

Immer waren es die Augen… die verlöschenden Augen, die hoffnungslose Resignation.

Wie sie *posierten*, obwohl sie wussten, dass ihre Leben enden würden. Sogar, wenn die Henkersschlinge bereits um ihren Hals lag.

In dem lose gebundenen Album hatte er siebenundvierzig Fotos und Postkarten in chronologischer Reihenfolge gesammelt. Seit vielen Jahren. Das erste alte Foto, vom 9. Juni 1901, hatte ihm sein Vater geschenkt. *Dez Jones, in Great River, Indiana, gelyncht.* An den Rand hatte jemand etwas geschrieben. Die Schrift war verblasst. »Zu diesem Tanz bin ich neulich gegangen. Und hinterher haben wir so richtig *gespielt*. Dein Sohn Sam.« Im Vordergrund sah man Männer in Gehröcken mit Melone, und dahinter die schlaff herabhängende Leiche.

Er blätterte um. *Frank Taylor, Mason, Georgia, 1911.* Es hatte ihn fünfhundert Dollar gekostet, das Foto zu bekommen, aber es war jeden Penny wert. Der zum Tode verurteilte Mann stand hinten auf einer leichten Kutsche, die unter einer Eiche parkte. Sein starrer Blick war nur Sekunden vom Tod entfernt. Auf seinem Gesicht lag weder Widerstand noch Angst. Eine kleine Schar ordentlich gekleideter Männer und Frauen grinsten in die Kamera, als sähen sie gerade Lindbergh in Paris landen. Sie hatten sich fein gemacht wie zu einem Familienporträt.

Ihre Augen besagten, dass das Hängen etwas ganz Natürliches und Schickliches sei. Die Augen Taylors besagten, dass er schlichtweg nichts dagegen machen konnte.

Er stand vom Bett auf und trat vor den Spiegel. Er war schon immer kräftig, schlank und muskulös gewesen. Seit zehn Jahren betrieb er Gewichtheben. Er zuckte zusammen, als er die Bizepse anspannte und aus einem Kratzer Blut quoll. Er massierte die Wunde. Das alte Miststück hatte ihre Fingernägel in seine Brust geschlagen, als er das Kabel um die Heizungsrohre an der Decke gewickelt hatte. Es hatte kaum geblutet, aber er betrachtete den Kratzer angewidert. Er hasste es, wenn die Oberfläche seiner Haut verunstaltet war.

Er posierte vor dem Spiegel und betrachtete die wütende Löwen-Ziege, die auf seine Brust tätowiert war.

Schon bald würden diese dämlichen Arschlöcher sehen, dass es nicht nur um Hass ging. Sie würden sein Muster erkennen. Die Schuldigen mussten bestraft, der gute Ruf wiederhergestellt werden. Er hatte keine besondere Abneigung gegen einen von ihnen. Es war kein Rassenhass. Er kletterte zurück ins Bett und masturbierte vor dem Foto von Missy Preston, deren kleines Genick in Childers County, Tennessee, im August 1931 durch ein Seil gebrochen worden war.

Ohne zu stöhnen ejakulierte er. Nach dem starken Ausstoß zitterten ihm die Knie. Die alte Lady hatte den Tod verdient. Das Mädchen aus dem Kinderchor ebenfalls. Er war jetzt aufgepeitscht!

Wieder massierte er die Tätowierung auf der Brust. *Schon bald lasse ich dich frei, mein liebes Tierchen...*

Er schlug im Fotoalbum die letzte Seite auf, die leer war, direkt hinter Morris Tulo und Sweet Brown in Longbow, Kansas, 1956.

Diese Seite hatte er für das richtige Bild reserviert. Und jetzt hatte er es.

Er bestrich die Rückseite des Fotos mit Klebstoff, dann drückte er es auf die leere Seite.

Ja, genau dorthin gehörte es.

Er erinnerte sich, wie sie ihn angestarrt hatte. Diese traurige Unausweichlichkeit war in ihr Gesicht eingeätzt.

Die Augen...

Er bewunderte den Neuzugang: Estelle Chipman, Augen weit aufgerissen. Sie blickte direkt in die Kamera, Sekunden, ehe er den Hocker unter ihren Füßen umstieß.

Sie posierten immer.

19

Am nächsten Morgen rief ich als Erstes Stu Kirkwood an, der im Dezernat für Gewaltverbrechen zuständig war. Ich fragte ihn *persönlich* nach irgendwelchen Hinweisen auf Gruppierungen von Typen, die vielleicht in der Bay Area tätig waren. Meine Leute hatten schon früher mit Stu geredet, aber ich brauchte etwas Handfestes – und zwar schnell.

Bis jetzt hatte Clappers Spurensicherungsmannschaft die Umgebung der Kirche ohne Resultat abgesucht. Einziges Ergebnis war, dass niemand etwas Negatives über Aaron Winslow gesagt hatte.

Kirkwood teilte mir telefonisch mit, dass ein paar organisierte, sich rassisch überlegen fühlende Gruppen von Nord-Kalifornien aus tätig seien, Trittbrettfahrer des Klans oder irgendwelcher verrückten Neo-Nazi-Skinheads. Er meinte, am besten sei es, die örtliche Abteilung des FBI zu kontaktieren, die diese Gruppen sehr viel genauer beobachtete. In seine Abteilung fiel eher das Klatschen von Schwulen.

Die Idee, zu diesem Zeitpunkt das FBI ins Spiel zu bringen, erfüllte mich nicht gerade mit Enthusiasmus. Ich bat Kirkwood, mir alles zu geben, was er hatte. Eine Stunde später erschien er mit einer Plastikkiste voller blauer und roter Aktenordner. »Hintergrund-Informationen.« Er zwinkerte mir zu und knallte die Kiste auf meinen Schreibtisch.

Angesichts der Aktenberge sanken meine Hoffnungen.
»Haben Sie irgendwelche Ideen, Stu?«

Er zuckte mitfühlend die Schultern. »San Francisco ist nicht gerade eine Brutstätte für derartige Gruppen. Das meiste, was ich Ihnen hergeschleppt habe, scheint ziemlich harmlos zu sein. Diese Burschen scheinen sich hauptsächlich damit zu beschäftigen, ein paar Biere zu kippen und herumzuballern.«

Ich bestellte einen Salat, da ich wohl die nächsten Stunden am Schreibtisch verbringen würde, mit Recherchen über Leute, die gegen Juden und Afroamerikaner Parolen gröhlten. Ich holte eine Hand voll Akten heraus und schlug aufs Geratewohl eine auf.

Eine Gruppe, einer Bürgerwehr ähnlich, die in Greenview, kurz vor der Grenze zu Oregon, ihr Unwesen trieb. *Die Patrioten Kaliforniens.* Zusammenfassende Informationen des FBI: Typ von Aktivität: *Miliz*, sechzehn bis zwanzig Mitglieder. Waffen: geringfügige Bedeutung, kleine bis semi-automatische Waffen, über dem Ladentisch. Ganz unten stand: Bedrohung: niedrig/moderat.

Ich überflog die Akte. Einige Druckerzeugnisse mit Logos von gekreuzten Gewehren, wirre Vorwürfe vom Untergang der »weißen europäischen Minorität«, was in den Medien vertuscht würde, und von Regierungsprogrammen, wonach künstliche Befruchtung von Minoritäten befürwortet würde.

Ich konnte mir nicht vorstellen, dass mein Mörder sich diesem Schwachsinn verschrieben hatte. Nein, das war nicht seine Wellenlänge. Unser Mann ging systematisch und waghalsig vor, war jedoch kein verblendeter Rambo aus der Provinz. Er hatte sich größte Mühe gegeben, die Morde wie Hass-Verbrechen aussehen zu lassen. Und er hatte seine Signatur hinterlassen.

Wie die meisten Serientäter *wollte er, dass wir seine Handschrift erkannten.*

Und er wollte, dass wir wussten, dass es weitere Morde geben würde.

Ich stöberte noch mehrere Akten durch. Nichts, was mir ins Auge fiel. Langsam hatte ich das Gefühl, dass es Zeitverschwendung war.

Plötzlich stürzte Lorraine in mein Büro. »Wir haben einen Durchbruch, Lieutenant. Wir haben den weißen Van gefunden.«

20

Ich schnallte meine Glock um und griff mir unterwegs Cappy und Jacobi, noch ehe Lorraine mir sämtliche Details berichtet hatte.

»Ein SWAT-Team soll sofort dorthin fahren!«, brüllte ich.

Zehn Minuten später hielten wir mit quietschenden Reifen vor einer provisorischen Straßensperre auf der San Jacinto, einer ruhigen Straße in einer reinen Wohngegend.

Ein Streifenwagen hatte auf einem Routineeinsatz einen Dodge Caravan entdeckt, der vor einem Haus im eleganten Forest Hill parkte. Die betreffenden Polizisten waren sicher, dass es der von uns gesuchte Wagen war, weil auf der Hecktür der Aufkleber mit dem zweiköpfigen Löwen war.

Vasquez, der jüngere Kollege, der den Van gemeldet hatte, deutete auf ein im Schatten von hohen Bäumen stehendes Fachwerkhaus, einen halben Block entfernt. Ja, der weiße Van parkte am Ende der Einfahrt. Das war doch verrückt! Dies hier war eine reiche Wohngegend, kein wahrscheinlicher Aufenthaltsort für Kriminelle und Mörder.

Aber der Van stand da.

Unser weißer Van.
Und Bernard Smiths Mufasa.

Gleich darauf fuhr ein SWAT-Fahrzeug, als Reparaturwagen für Kabelfernsehen getarnt, auf die Straße. Das Team wurde von Lieutenant Skip Arbichaut geführt. Ich hatte keine Ahnung, ob die Situation sich zu einer Belagerung entwickeln würde oder ob wir stürmen müssten.

»Cappy, Jacobi und ich gehen als Erste rein«, erklärte ich.

Es war eine Operation der Mordkommission, und ich würde niemand anderen der Gefahr aussetzen. Arbichaut ließ seine Männer ausschwärmen, zwei nach hinten, drei vorne, und einer mit einem Vorschlaghammer, falls wir die Tür aufbrechen mussten.

Wir schnallten die kugelsicheren Westen um und zogen schwarze Nylonjacken über, die uns als Polizei identifizierten. Ich entsicherte meine Glock-9mm. Es blieb keine Zeit, um nervös zu werden.

Der SWAT-Einsatzwagen kam langsam die Straße herabgefahren, drei Scharfschützen in schwarzen Westen waren auf seiner anderen Seite.

Cappy, Jacobi und ich folgten dem Wagen, um ihm Deckung zu geben, bis er vor dem Briefkasten mit der Nummer 610 hielt. Vasquez hatte Recht. *Die Beschreibung passte haargenau auf den weißen Van.*

Mein Herz raste. Ich war schon oft dabei, wenn wir uns gewaltsam Einlass verschaffen mussten, aber nie stand so viel auf dem Spiel. Vorsichtig schlichen wir uns zur Vorderseite des Hauses.

Drinnen brannte Licht, Geräusche vom Fernseher.

Auf mein Nicken hin schlug Cappy mit der Waffe gegen die Tür. »*San Francisco Polizei.*« Jacobi und ich gingen mit schussbereiten Waffen in die Hocke.

Keine Antwort.

Nach etlichen nervenzermürbenden Sekunden gab ich Arbichaut das Zeichen, die Tür aufzubrechen.

Da öffnete sich plötzlich die Tür einen Spalt breit.

»*Keine Bewegung*!«, rief Cappy und schwang die Waffe. »San Francisco Polizei.«

Eine Frau in hellblauem Gymnastikanzug stand mit großen Augen wie erstarrt auf der Schwelle. »O mein Gott!«, schrie sie, als sie unsere Waffen sah.

Cappy riss sie aus dem Haus, als Arbichauts SWAT-Team das Haus stürmte.

»Ist noch jemand im Haus?«, brüllte er.

»Nur meine Tochter«, schrie die verängstigte Frau. »Sie ist zwei Jahre alt.«

Das SWAT-Team stürmte an ihr vorbei ins Haus.

»Gehört dieser Van Ihnen?«, fragte Jacobi barsch.

Die Augen der Frau huschten zur Straße. »Worum geht es eigentlich?«

»Ist das Ihr Van?«, wiederholte Jacobi.

»Nein«, antwortete sie zitternd. »Nein...«

»Wissen Sie, wem er gehört?«

Sie schaute noch mal hin und schüttelte den Kopf. »Den habe ich nie im Leben gesehen.«

Es war alles falsch. Das sah ich. Die Gegend, die Plastikrutsche für das Kind auf dem Rasen, die völlig verstörte Frau im Gymnastikanzug. Ich stieß einen enttäuschten Seufzer aus. Man hatte den Van hier abgestellt.

Plötzlich schoss ein grüner Audi die Straße herauf, gefolgt von zwei Polizeifahrzeugen. Der Audi musste unsere Straßensperre durchbrochen haben. Ein gut gekleideter Mann mit Schildpattbrille sprang heraus und rannte zum Haus. »Kathy, was, zum Teufel, ist hier los?«

»*Steve...*« Erleichtert fiel ihm die Frau um den Hals. »Das ist mein Mann. Ich habe ihn angerufen, als ich die vielen Polizisten vor unserem Haus gesehen habe.«

Der Mann betrachtete die acht Streifenwagen, den SWAT-Einsatzwagen und die Polizisten, die mit gezogenen Waffen dastanden.

»Was machen Sie bei meinem Haus? Das ist Wahnsinn! Totaler Irrsinn!«

»Wir glauben, dass dieser Van als Fluchtfahrzeug bei einem Mord verwendet wurde«, erklärte ich. »Wir haben jedes Recht, hier zu sein.«

»Bei einem Mord...?«

Zwei von Arbichauts Männern kamen aus dem Haus und zeigten an, dass alles in Ordnung sei. Allmählich kamen die Menschen aus den Häusern auf der anderen Straßenseite. »Seit zwei Tagen suchen wir intensiv nach diesem Van. Es tut mir Leid, dass ich Ihnen so einen Schreck eingejagt habe. Aber es gab keine andere Möglichkeit sicherzugehen.«

Die Empörung des Manns wuchs. Sein Gesicht und sein Hals waren krebsrot. »Sie glauben tatsächlich, dass wir mit dieser Sache etwas zu tun hätten? Mit einem Mord?«

Ich fand, ich hatte die beiden genug verstört. »Die Schießerei bei der La-Salle-Heights-Kirche.«

»Haben Sie völlig den Verstand verloren? Sie haben uns verdächtigt, auf eine Kirche zu schießen?« Ungläubig starrte er mich mit offenem Mund an. »Wissen Sie Idioten eigentlich, welchen Beruf ich ausübe?«

Ich musterte seinen grauen Nadelstreifenanzug, das blaue Hemd mit Button-down-Kragen. Ich hatte das demütigende Gefühl, dass man mich soeben unsterblich blamiert hatte.

»Ich bin der Rechtsbeistand der Ortsgruppe der Anti-Diffamierungsliga Nordkaliforniens.«

21

Der Mörder hatte uns alle zu Idioten gemacht. Niemand in dieser Straße wusste etwas über den gestohlenen Van. Man hatte ihn absichtlich hier abgestellt, um uns zu blamieren. Als Clappers Spurensicherung alles Zentimeter für Zentimeter absuchte, wusste ich bereits, dass das Ergebnis gleich null sein würde. Ich schaute mir den Aufkleber ganz genau an und war sicher, dass das Bild exakt dem glich, das ich in Oakland gesehen hatte. Der eine Kopf war der eines Löwen, der andere ähnelte einer Ziege, der Schwanz wies auf eine Schlange hin. Aber was, zum Teufel, bedeutete das?

»Wenigstens haben wir herausgefunden, dass der Hurensohn über einen ausgesprochenen Sinn für Humor verfügt«, meinte Jacobi bissig.

»Ich freue mich, dass du sein Fan bist«, erwiderte ich.

Zurück im Präsidium wandte ich mich an Lorraine. »Ich möchte wissen, woher der Van stammt. Ich will wissen, wem er gehört hat, wer Zugang zu ihm hatte, jeden Kontakt, den der Besitzer einen Monat vor dem Diebstahl hatte.«

Ich kochte vor Wut. Wir hatten da draußen einen bösartigen Mörder, aber nicht den geringsten Hinweis darauf, was ihn zum Ticken brachte. War es eine organisierte Gruppe oder ein einsamer Wolf? Wir wussten, dass der Kerl ziemlich intelligent war. Seine Taten waren gut geplant, und wenn Ironie zu seiner Methode gehörte, war das Abstellen des Fluchtfahrzeugs vor diesem Haus wirklich ein Knüller gewesen.

Karen kam herein und teilte mir mit, dass Ron Vandervellen am Telefon sei. Der Kollege aus Oakland lachte. »Wie man hört, ist es Ihnen gelungen, eine echte Gefahr für unsere Gesellschaft zu überwältigen, die sich als Rechtsbeistand der Anti-Diffamierungsliga getarnt hatte.«

»Ich schätze, damit sind unsere Ermittlungen gleich gut, Ron«, gab ich zurück.

»Entspannen Sie sich, Lindsay. Ich rufe nicht an, um Ihnen die Pleite unter die Nase zu reiben.« Er wechselte den Tonfall. »Eigentlich wollte ich Ihnen den Tag so richtig verschönen.«
»Ich kann alles gebrauchen, Ron. Was haben Sie für uns?«
»Sie wissen doch, dass Estelle Chipman Witwe war, richtig?«
»Ich glaube, Sie haben es erwähnt.«
»Schön, wir haben Standardermittlungen über ihren Hintergrund durchgeführt und einen Sohn in Chicago gefunden. Er kommt her, um die Leiche zu holen. In Anbetracht der Umstände halte ich das, was er uns erzählt hat, nicht für einen reinen Zufall.«
»Was, Ron?«
»Ihr Mann ist vor fünf Jahren gestorben. Herzinfarkt. Und raten Sie mal, womit der Kerl seinen Lebensunterhalt verdient hat?«
Ich hatte das Gefühl, dass Vandervellen im Begriff war, den Fall entscheidend vorwärts zu bringen.
»Estelle Chipmans Mann war in San Francisco Polizist.«

22

Cindy Thomas parkte ihren Mazda gegenüber der La-Salle-Heights-Kirche und seufzte tief. Die weiße Holzfassade der Kirche war durch hässliche Einschusslöcher und Risse verunstaltet. Wo das schöne bunte Glasfenster gewesen war, hing jetzt eine schwarze Leinwand.

Sie erinnerte sich an den Tag, an dem sie zugesehen hatte, wie das Fenster enthüllt worden war. Sie war damals noch bei der Lokalredaktion gewesen. Der Bürgermeister, etliche örtliche Würdenträger, Aaron Winslow – sie alle hatten Reden darüber gehalten, wie diese wunderschöne Arbeit durch die Gemeinde bezahlt worden war. Sie erinnerte sich an das Interview mit Winslow und wie beeindruckt sie von seiner Leidenschaft, aber auch von der unerwarteten Bescheidenheit gewesen war.

Cindy bückte sich, um unter dem gelben Polizeiband hindurchzukriechen, und ging näher an die zerschossene Wand heran. Bei ihrer Arbeit für den *Chronicle* hatte sie mehrfach Artikel über Menschen schreiben müssen, die gestorben waren. Aber hier fühlte sie zum ersten Mal, dass die Menschheit auch ein wenig gestorben war.

Eine Stimme erschreckte sie. »Sie können so lange hinschauen, wie Sie wollen, es wird nicht schöner.«

Cindy wirbelte herum und stand vor einem sehr gut aussehenden Mann mit glattem Gesicht. Freundliche Augen. Sie kannte ihn. »Ich war hier, als das Fenster enthüllt wurde. Es brachte sehr viel Hoffnung.«

»Das tut es immer noch«, sagte Winslow. »Wir haben die Hoffnung nicht verloren. Machen Sie sich deshalb keine Sorgen.«

Sie lächelte und schaute in seine tiefbraunen Augen.

»Ich bin Aaron Winslow«, sagte er und schob einen Stapel Kinderbücher unter den Arm, um ihr die Hand zu geben.

»Cindy Thomas.« Sein Händedruck war warm und freundlich.

»Sagen Sie nur nicht, dass unsere Kirche jetzt eine Sehenswürdigkeit bei der Vierzig-Meilen-Besichtigungstour ist.« Winslow ging zur Rückseite der Kirche. Cindy folgte ihm.

»Ich bin keine Touristin«, erklärte Cindy. »Ich wollte es nur sehen.« Sie schluckte. »Hören Sie, ich würde gern so tun, als sei ich gekommen, um mein Beileid auszusprechen … das habe ich getan. Aber ich arbeite auch für den *Chronicle*. Polizeireporterin.«

»Reporterin.« Winslow atmete tief durch. »Jetzt ergibt es einen Sinn. Seit Jahren war nichts, was hier vorging – Nachhilfe, Rechtschreibunterricht, ein landesweit anerkannter Chor –, wichtig genug, um darüber zu schreiben. Aber ein Wahnsinniger dreht durch, und jetzt will *Nightlife* eine Stadtversammlung abhalten. Was möchten Sie wissen, Ms Thomas? Was will der *Chronicle*?«

Seine Worte versetzten ihr einen kleinen Stich, aber er hatte Recht. Sie nahm es ihm nicht übel.

»Ich habe schon einmal einen Artikel über diese Kirche geschrieben. Als das Fenster enthüllt wurde. Es war ein ganz besonderer Tag.«

Er blieb stehen, musterte sie scharf und lächelte dann. »Es war ein ganz besonderer Tag. Und, Ms Thomas, eigentlich habe ich gewusst, wer Sie sind, als Sie auf mich zukamen. Ich erinnere mich an Sie. Sie haben mich damals interviewt.«

Jemand rief aus der Kirche heraus Winslows Namen. Eine Frau trat durch die Tür und erinnerte ihn daran, dass er um elf Uhr eine Besprechung hätte.

»So, haben Sie alles gesehen, was Sie sehen wollten, Ms Thomas? Dürfen wir Sie dann in einigen Jahren wieder hier erwarten?«

»Nein. Ich möchte wissen, wie Sie mit allem fertig werden. Diese Gewalt angesichts von all dem, was Sie hier geschafft haben. Und wie man in der Nachbarschaft darüber denkt.«

Winslow lächelte. »Ich gebe Ihnen einen kleinen Tipp. Ich bin kein Unschuldslamm. Ich habe zu viel Zeit in der realen Welt verbracht.«

Sie erinnerte sich daran, dass Aaron Winslows Glaube nicht durch ein abgeschiedenes Leben geformt worden war. Er kam von der Straße. Er war Feldkaplan gewesen. Erst vor wenigen Tagen hatte er sich in die Schusslinie geworfen und möglicherweise Leben gerettet.

»Sie sind hergekommen, um herauszufinden, wie diese Nachbarschaft auf den Angriff reagiert? Kommen Sie und sehen Sie selbst, wie. Morgen halten wir den Gedenkgottesdienst für Tasha Catchings ab.«

23

Vandervelles verblüffende Eröffnung ging mir den ganzen Tag über nicht aus dem Kopf.

Beide Mordopfer waren mit Polizisten aus San Francisco verwandt.

Es musste nicht unbedingt etwas bedeuten. Es war durchaus möglich, dass die Opfer rein zufällig ausgewählt waren und kein Zusammenhang zwischen ihnen bestand. Menschen in verschiedenen Städten, getrennt durch sechzig Jahre.

Oder es war der entscheidende Hinweis.

Ich griff zum Telefon und rief Claire an. »Du musst mir einen Riesengefallen tun«, sagte ich.

»Wie riesig?« Ich spürte, wie sie grinste.

»Du musst dir den Obduktionsbericht der Frau ansehen, die in Oakland erhängt wurde.«

»Kann ich machen. Schick ihn mir rüber. Dann werfe ich einen Blick darauf.«

»Jetzt kommt die Riesenbitte, Claire. Der Bericht liegt noch bei der Gerichtsmedizin in Oakland und ist noch nicht freigegeben.«

Ich wartete auf ihren Seufzer. »Das ist nicht dein Ernst, Lindsay. Ich soll meine Nase in eine Untersuchung stecken, die noch nicht abgeschlossen ist?«

»Hör zu, Claire. Ich weiß, dass es nicht dem Procedere entspricht, aber sie haben einige ziemlich wichtige Mutmaßungen angestellt, die für diesen Fall entscheidend sein könnten.«

»Kannst du mir sagen, wegen welcher Mutmaßung ich einem respektierten Kollegen auf die Zehen treten soll?«

»Claire, es gibt einen Zusammenhang zwischen diesen Fällen. Es gibt ein Muster. Estelle Chipman war mit einem Polizisten verheiratet. Tasha Catchings Onkel war ebenfalls Bulle. Meine ganze Ermittlung hängt davon ab, ob wir es mit einem einzigen Mörder zu tun haben oder nicht. Oakland glaubt, dass ein Afroamerikaner beteiligt ist.«

»Ein Schwarzer?« Sie rang nach Luft. »Warum sollte ein Schwarzer etwas Derartiges tun?«

»Ich weiß es nicht. Aber es gibt verblüffend viele Indizien, die beide Verbrechen verbinden. Ich muss es wissen.«

Claire zögerte. »Und wonach, zum Teufel, soll ich suchen?«

Ich berichtete ihr von den Hautproben, die sie unter den Fingernägeln des Opfers gefunden hatten, und von der Schlussfolgerung des Pathologen.

»Teitleman ist ein guter Mann«, sagte Claire. »Ich traue seinen Ergebnissen wie meinen eigenen.«

»Ich weiß, Claire, aber er ist nicht du. Bitte. Es ist wichtig.«

»Eines kann ich dir sagen«, erklärte sie. »Wenn Art Teitleman seine Nase in meine vorläufigen Untersuchungen stecken würde, würde ich dafür sorgen, dass sein Parkschein gestempelt wird. Aber dann würde ich ihn höflich auffordern, sich wieder auf seine Seite der Bucht zu begeben. Ich würde das für niemand anderen tun, Lindsay.«

»Das weiß ich, Claire«, sagte ich dankbar. »Weshalb hätte ich mich sonst all die Jahre um deine Freundschaft bemüht?«

24

Am späten Nachmittag saß ich an meinem Schreibtisch, als sich von meinen Leuten einer nach dem anderen verabschiedete und nach Hause ging.

Ich konnte noch nicht gehen.

Ich zermarterte mir immer wieder den Kopf, um die Teile zusammenzufügen. Alles, was ich hatte, beruhte auf Vermutungen. War der Mörder schwarz oder weiß? Hatte Claire Recht, dass Tasha Catchings absichtlich getötet worden war? Aber das Löwensymbol war eindeutig da gewesen. *Verknüpfe die Opfer*, sagte mir mein Instinkt. *Es gibt eine Verbindung. Aber welche, verdammt noch mal?*

Ich warf einen Blick auf die Uhr und rief Simone Clark in der Personalabteilung an. Ich erwischte sie gerade, als sie nach Hause gehen wollte. »Simone, ich brauche Sie. Sie müssen mir morgen früh eine Akte heraussuchen.«

»Klar, von wem?«

»Ein Polizist, der vor acht oder zehn Jahren in Pension gegangen ist. Er hieß Edward Chipman.«

»Das ist schon ein Weilchen her. Die Akte dürfte draußen auf den Docks sein.« Die Abteilung lagerte alte Unterlagen bei einer Dokumenten-Lagerungsfirma. »Früher Nachmittag, okay?«

»Selbstverständlich, Simone. Tun Sie, was Sie können.«

Ich war immer noch voller nervöser Energie und legte noch einen Stapel von Kirkwoods Hass-Akten vor mich auf den Schreibtisch.

Willkürlich schlug ich eine auf. Americans for Constitutional Action... Pflüge und Querpfeifen, noch so eine durchgeknallte Miliz-Gruppe. Diese Arschlöcher, was für ein Haufen rechtsradikaler Wichser. Verschwendete ich meine Zeit? Nichts sprang mir ins Auge. Nichts gab mir Hoffnung, auf der richtigen Spur zu sein.

Geh heim, Lindsay, drängte mich eine innere Stimme. *Vielleicht ergeben sich morgen neue Hinweise. Da ist der Van, Chipmans Akte... Mach Schluss für heute. Nimm Martha und jogge mit ihr.*

Geh heim...

Ich stapelte die Akten und wollte gerade aufgeben, als die oberste meine Neugier erregte. *Die Templer.* Ein Ableger der Hell's Angels draußen in Vallejo. Ursprünglich waren die Templer christliche Ritter aus der Zeit der Kreuzzüge. Ich schaute gleich nach der Einschätzung der Bedrohung durch das FBI: *Gefahr – groß.*

Ich nahm die Akte vom Stapel und las sie durch. Ein FBI-Bericht über eine Reihe ungelöster Verbrechen, an denen die Templer mutmaßlich beteiligt waren: Bankraub, brutale Auftragsschläger gegen Latinos und afroamerikanische Gangs.

Ich blätterte weiter. Polizeiberichte, Gefängnisunterlagen, Überwachungsfotos der Gruppe. Plötzlich entwich die Luft aus meiner Lunge.

Meine Augen hingen wie gebannt an einem Foto: Ein Haufen muskelbepackter, mit Tätowierungen übersäter Biker hockte vor einer Bar in Vallejo, die sie als Hauptquartier benutzten. Einer hing über seiner Maschine und drehte der Kamera den Rücken zu. Er hatte den Kopf kahl rasiert, eine Bandana um die Stirn gewickelt und trug eine ärmellose Jeansjacke.

Die Stickerei auf dem Rücken der Jacke war mir ins Auge gefallen.

Ich starrte auf einen zweiköpfigen Löwen mit einem Schlangenschwanz.

25

Südlich von der Market Street, in einer heruntergekommenen Gegend der Stadt mit vielen Lagerhäusern, schlich ein Mann in einer grünen Armeejacke im Schatten der Mauern entlang. Der Mörder.

Um diese Zeit, nachts, und in dieser verkommenen Gegend war niemand außer ein paar Pennern da, die um ein Feuerchen in einer Mülltonne hockten. Verlassene Lagerhäuser, kleine Buden und Läden, deren Leuchtschilder flackerten: SOFORT BAR FÜR SCHECKS... METALLBEARBEITUNG... EARL

KING, KAUTIONEN, DER MANN, DEM SIE IN DER STADT AM MEISTEN VERTRAUEN.

Seine Blicke schweiften über die Straße zur Hausnummer 303 auf der Seventh hinüber, zu der halb verfallenen Pension, die er während der vergangenen drei Wochen sorgfältig ausspioniert hatte. Die Hälfte der Zimmer stand leer, die andere diente als Ruhestätte für Obdachlose, die nirgendwo anders hingehen konnten.

Er spuckte auf einen Müllhaufen auf der Straße, warf eine schwarze Adidas-Sporttasche über die Schulter, bog um die Ecke und ging weiter in Richtung Sixth und Townsend. Er überquerte die schmutzige Straße vor einem mit Brettern vernagelten Lagerhaus, an dem nur ein verkratztes Schild hing: AGUELLO'S ... COMIDAS ESPANOL.

Der Mörder vergewisserte sich, dass er allein war, ehe er die Metalltür aufschob, von der die Farbe abblätterte. Dann ging er hinein. Sein Herz schlug ziemlich schnell. Tatsache war, dass er nach diesem Gefühl süchtig war.

Fauliger Gestank drang ihm in die Nase. Vor einem Notausgang lagen alte Zeitungen und ölverschmierte Kartons. Er drückte die Tür auf und nahm die Treppe, wobei er hoffte, niemandem von diesem obdachlosen Abschaum zu begegnen, der in diesen Lagerhallen nächtigte.

Er ging bis in den vierten Stock, dann schnell zum Ende des Korridors. Er öffnete eine Gittertür und trat auf die Feuerleiter hinaus. Von hier aus erreichte man problemlos das Dach.

Dort oben versanken die tristen Straßen, man sah nur die leuchtende Silhouette der Stadt. Er befand sich im Schatten der Bay Bridge, die über ihm wie ein riesiges Schiff aufragte. Er legte die schwarze Sporttasche neben den Luftschacht der Klimaanlage, öffnete den Reißverschluss und holte vorsichtig die Teile eines PSG-1-Präzisionsgewehrs heraus.

Bei der Kirche brauchte ich ein Maximum an flächendeckendem Beschuss. Hier habe ich nur einen Schuss.

Verkehr dröhnte über ihm über die Bay Bridge. Er schraubte den langen Lauf auf den Schaft und sicherte ihn. Für ihn war der Umgang mit Waffen so selbstverständlich wie der mit Messer und Gabel. Er konnte es im Schlaf.

Dann befestigte er das Infrarot-Zielfernrohr. Er schaute hindurch und sah bernsteinfarbene Schemen.

Er war so viel klüger als sie. Während sie nach weißen Vans und dämlichen Symbolen suchten, saß er hier oben und machte sich daran, die Katze aus dem Sack zu lassen. Heute Abend würden sie endlich kapieren.

Sein Herzschlag wurde langsamer, als er über die Straße auf die Rückseite der Pension mit der Nummer 303 schaute. Im dritten Stock war ein Zimmer schwach erleuchtet.

Das war's. Der Moment der Wahrheit.

Er verlangsamte den Atemrhythmus und leckte sich die trockenen Lippen. Er zielte auf das Bild in seinem Kopf, das er im Geiste schon so lange vor sich sah. Der Anblick versetzte ihn in *Hochstimmung*.

Und dann, als alles stimmte, drückte er ab.

Klick...

Diesmal musste er die Tat nicht signieren. Sie würden es aufgrund des Schusses wissen. Und wegen des Ziels.

Morgen würde jeder Mensch in San Francisco seinen Namen kennen.

Chimäre.

Zweiter Teil

Die Gerechtigkeit nimmt ihren Lauf

26

Ich klopfte an Stu Kirkwoods gläserne Bürotür und störte ihn bei seinem Morgenkaffee mit Bagel. Ich warf ihm das Foto von dem Biker mit dem Löwen mit Schlangenschwanz auf den Tisch. »Ich muss wissen, was das ist. Und ich brauche es so schnell wie möglich, Stu.«

Danach legte ich ihm zwei weitere Versionen dieses Bildes vor: der Aufkleber hinten auf dem weißen Van und ein Polaroid-Foto, das ich in der Waschküche aufgenommen hatte, wo Estelle Chipman ermordet worden war. *Löwe, Ziege und Schwanz einer Schlange oder einer Echse.*

Kirkwood lehnte sich zurück. »Ich habe keine Ahnung«, erklärte er.

»Das ist *unser* Mörder, Stu. Wie finden wir ihn? Ich dachte, das sei Ihre Spezialität.«

»Ich habe Ihnen doch erklärt, dass ich eher fürs Schwulen-Klatschen zuständig bin. Wir könnten die Bilder per E-Mail nach Quantico schicken.«

»Okay.« Ich nickte. »Wie lange dauert das?«

Kirkwood richtete sich auf. »Ich kenne da den Chef einer Recherchen-Abteilung. Ich habe bei ihm ein Seminar gemacht. Den rufe ich an.«

»Ja, Stu, gleich. *Danach* können Sie Ihr Bagel aufessen. Und sagen Sie mir sofort Bescheid, wenn Sie etwas erfahren. Noch in derselben Minute.«

Oben bat ich Jacobi und Cappy in mein Büro. Ich schob Kirkwoods Templer-Akte und eine Kopie des Biker-Fotos über den Schreibtisch. »Erkennt ihr den Künstler, Männer?«

Cappy schaute sich das Foto an, dann blickte er auf. »Sie glauben, diese Staubmilben haben etwas mit dem Fall zu tun?«

»Ich möchte wissen, wer diese Typen sind«, sagte ich. »Und geht vorsichtig vor. Diese Kerle waren an Aktionen beteiligt, mit denen verglichen die Schießerei bei La Salle Heights ein Kindergeburtstag war. Waffenschieberei, schwere Körperverletzung, Auftragsmorde. Laut Akte operieren sie von einer Bar drüben in Vallejo aus, die ›Blue Parrot‹ heißt. Ich möchte nicht, dass ihr da hineinstürmt, als sei es eine Razzia in der Geary Street, um einen Zuhälter zu finden. Und denkt daran, *es ist nicht unser Zuständigkeitsbereich.*«

»Wir haben es kapiert«, sagte Cappy. »Kein gewaltsamer Zugriff. Nur ein kleiner Freundschaftsbesuch. Ich freue mich schon, einen Tag außerhalb der Stadt zu verbringen.« Er nahm die Akte und tippte Jacobi auf die Schulter. »Die Golfschläger im Kofferraum?«

»Männer, *Vorsicht*!«, erinnerte ich sie. »Unser Killer ist Scharfschütze.«

Nachdem die beiden gegangen waren, blätterte ich die Hand voll Nachrichten durch und schlug die Morgenausgabe des *Chronicle* auf. Die Schlagzeile, an der Cindy beteiligt war, lautete: POLIZEI ERWEITERT UNTERSUCHUNG DER SCHIESSEREI BEI DER KIRCHE – MÖGLICHE VERBINDUNG ZUM TOD EINER FRAU IN OAKLAND.

Zitiert wurden »Quellen aus dem Umkreis der Ermittlungen« und »ungenannte Polizeikontakte«. Cindy erwähnte die Möglichkeit, dass wir unsere Ermittlungen ausgedehnt hätten, und auch den Mord in Oakland. So weit hatte ich ihr grünes Licht gegeben.

Ich rief Cindy gleich an. »Hier spricht die Quelle aus dem Umkreis der Ermittlungen«, sagte ich.

»Stimmt nicht. Du bist der ungenannte Kontakt. Die Quelle aus dem Umkreis ist Jacobi.«

»O Scheiße.« Ich lachte.

»Ich bin froh, dass du noch deinen Sinn für Humor hast. Hör zu, ich habe etwas Wichtiges, was ich dir zeigen muss. Gehst du zu Tasha Catchings Beerdigung?«

Ich schaute auf die Uhr. Mir blieb weniger als eine Stunde.

»Ja, ich komme.«

»Halt nach mir Ausschau«, sagte Cindy.

27

Ein ekelhafter Nieselregen setzte ein, als ich bei der La-Salle-Heights-Kirche eintraf.

Hunderte schwarz gekleideter Trauergäste drängten sich in der von Einschusslöchern verunstalteten Kirche. Über das gähnende Loch, wo früher das bunte Glasfenster gewesen war, hatte man ein Tuch gehängt, das wie eine Trauerfahne im Wind wehte.

Sogar Bürgermeister Fernandez war, neben anderen Würdenträgern der Stadt, anwesend. Vernon Jones, der Aktivist, stand in Armeslänge von der Familie entfernt. Auch Chief Mercer war da. Dieses kleine Mädchen bekam die größte Beerdigung, die ich seit Jahren in der Stadt erlebt hatte. Dadurch wurde Tashas Tod noch trauriger.

Ich entdeckte Cindy, die im kurzen schwarzen Kostüm hinten in der Kirche stand. Wir nickten einander zu, als sich unsere Blicke trafen.

Ich setzte mich neben Mercer zu der Abordnung unserer Abteilung. Bald begann der berühmte La-Salle-Heights-Chor mit einer tief bewegenden Wiedergabe von »I'll Fly Away«. Nichts rührt die Herzen mehr als eine Hymne in einer vollen Kirche. Ich habe mein privates Glaubensbekenntnis, und das beginnt nicht unweit von dem, was ich auf den Straßen gesehen habe. Nichts im Leben ist einfach nur gut oder böse, Erlösung oder Verurteilung. Doch als die Stimmen in der Kirche emporstiegen, schien es nicht falsch zu sein, dafür zu beten, dass Gottes Güte und Milde auf diese unschuldige Seele scheinen möge.

Nachdem der Chor verstummt war, trat Aaron Winslow ans Mikrofon. In dem schwarzen Anzug sah er sehr elegant aus. Er sprach über Tasha Catchings, wie es nur jemand konnte, der sie fast ihr gesamtes Leben gekannt hatte. Ihr Kleines-Mädchen-Kichern; wie sie auftrat, obgleich sie die Jüngste im Chor war; dass sie eine Diva werden wollte oder eine Architektin, die dieses Viertel umbauen würde; und dass jetzt die Engel ihre wunderschöne Stimme hören würden.

Er sprach nicht wie ein Geistlicher, der die Gemeinde aufforderte, auch die andere Wange hinzuhalten. Seine Rede war hoffnungsvoll, sehr emotional, aber auch sehr realistisch. »Nur Heilige fällen kein Urteil«, sagte er. »Und glaubt mir, ich bin kein Heiliger. Ich bin einer von euch, jemand, der es satt hat, sich mit Ungerechtigkeit abzufinden.« Er blickte Chief Mercer an. »Finden Sie den Mörder. Dann möge das Gericht über ihn urteilen. Es geht nicht um Politik, Religion oder Rasse. Es geht um das Recht, frei von Hass zu leben. Ich bin überzeugt, dass die Welt selbst angesichts des schrecklichsten Verbrechens nicht zerbricht. Die Welt heilt sich selbst.«

Die Menschen erhoben sich, klatschten und weinten. Ich stand unter ihnen. Auch meine Augen waren feucht. Aaron Winslow brachte Würde in diese Trauerfeier. Sie war nach einer Stunde vorüber. Keine Feuer spuckende Predigt, nur ein stilles Amen. Aber die Trauer würde keiner von uns je vergessen.

Tashas Mutter wirkte ungemein stark, als sie hinter dem Sarg herschritt, der ihre kleine Tochter beherbergte.

Ich ging hinaus, als der Chor »Will the Circle Be Unbroken« sang. Ich fühlte mich wie betäubt.

28

Draußen vor der Kirche wartete ich auf Cindy. Ich beobachtete Aaron Winslow, wie er sich zwischen den Trauergästen und weinenden Schulkindern bewegte. Er hatte etwas an sich, das mir gefiel. Er war authentisch und liebte seine Arbeit und diese Menschen hier wirklich.

»Also das wäre ein Mann, mit dem ich gern ein Schützenloch teilen würde«, meinte Cindy und trat neben mich.

»Und wie meinst du das?«, fragte ich.

»Ich bin nicht sicher... Ich kann nur sagen, dass ich gestern hierher gekommen bin, um mit ihm zu reden. Und als ich gegangen bin, standen sämtliche Haare auf meinen Armen zu Berge. Ich hatte das Gefühl, ich hätte Denzel Washington interviewt oder vielleicht den neuen Typen in *NYPD Blue*.«

»Du weißt, dass er Pastor, aber kein Priester ist?«, sagte ich.

»Und was soll das heißen?«

»Das heißt, dass es okay ist, mit so einem in ein Schützenloch zu steigen. Selbstverständlich nur, um sich aus der Schusslinie zu bringen.«

»Selbstverständlich.« Sie nickte.

»Er ist beeindruckend. Seine Rede hat mich zum Weinen gebracht. Wolltest du mir das zeigen?«

»Nein.« Sie seufzte und holte aus ihrer schwarzen Schultertasche ein zusammengefaltetes Blatt Papier. »Ich weiß, du hast gesagt, ich soll mich nicht einmischen... aber ich schätze, ich habe es mir einfach angewöhnt, deinen Arsch zu retten.«

»Stimmt«, meinte ich. »Und was hast du für mich? Wir sind ein Team, richtig?«

Ich faltete das Papier auseinander. Schockiert starrte ich auf dasselbe Bild von Löwe, Ziege und Schlange, das ich gerade Kirkwood zur Identifizierung gegeben hatte. Meine Augen wurden groß, obwohl ich als Polizistin schon viel gesehen hatte. »Woher hast du das?«

»Ist dir klar, was du da anschaust, Lindsay?«

»Gehe ich recht in der Annahme, dass es sich nicht um das neueste Kinderspielzeug handelt?«

Cindy lachte nicht. »Es ist das Symbol einer Hass-Gruppe. Steht für Überlegenheit der weißen Rasse. Ein Kollege bei der Zeitung hat über diese Gruppen recherchiert. Nach unserem Gespräch neulich abends habe ich mir seine Ergebnisse mal näher angesehen. Das war früher eine kleine elitäre Gruppe. Deshalb war es so schwierig, irgendwas herauszufinden.«

Ich starrte auf das Bild, das ich mir immer wieder angesehen hatte, seit Tasha Catchings ermordet worden war. »Dieses Ding hat einen Namen, oder?«

»Man nennt es Chimäre, Lindsay. Aus der griechischen Mythologie. Vorn Löwe, in der Mitte Ziege, hinten Schlange. Laut meiner Quelle bedeutet der Löwe Mut, die Ziege Zähigkeit und Willensstärke und der Schlangenschwanz Verschlagenheit und List. Und ganz gleich, was du tust, um das Ungeheuer zu vernichten – es wird immer überleben.«

Ich starrte das Symbol, diese Chimäre, an. Mir stieg die Galle hoch. »Dieses Mal nicht.«

»Ich bin damit nicht hausieren gegangen«, fuhr Cindy fort. »Alle glauben, dass diese Morde miteinander verknüpft sind. Das Symbol ist der Schlüssel, richtig? Ich sage dir jetzt noch eine Definition, die ich gefunden habe: ›*Ein groteskes Produkt der Fantasie*‹. Das passt, nicht wahr?«

Ich nickte unwillkürlich. *Zurück zum Anfang auf Spielfeld Eins. Hass-Gruppen.* Vielleicht sogar die Templer. Sobald Mercer informiert war, würden wir bei jeder Hass-Gruppe, die wir finden konnten, die Türen eintreten. Aber wieso konnte der Mörder schwarz sein? Das ergab für mich keinen Sinn.

»Du bist mir doch nicht böse, oder?«, fragte Cindy.

Ich schüttelte den Kopf. »Selbstverständlich nicht. Hat deine Quelle dir auch erzählt, wie sie damals diese Chimäre umgebracht haben?«

»Ja, so ein großer Held auf einem geflügelten Ross hat ihm den Kopf abgeschlagen. Schön, solche Helden oder Heldinnen zu haben, wenn man in der Klemme sitzt.« Sie schaute mich ernst an. »Hast du ein solches Ross, Lindsay?«

»Nein.« Wieder schüttelte ich den Kopf. »Ich habe einen Border-Collie.«

29

Claire begegnete mir im Eingangsbereich des Präsidiums, als ich mit einer Plastikbox mit Salat zurückkam. »Wohin willst du?«, fragte ich.

Sie trug ein attraktives purpurrotes Mantelkleid und eine Aktentasche von Tumi über der Schulter. Sie lächelte verschmitzt. »Eigentlich wollte ich zu dir.«

Ich kannte den Ausdruck auf Claires Gesicht, und man konnte ihn nicht als Selbstzufriedenheit bezeichnen. Das lag Claire ganz und gar nicht. Es war eher ein *Zwinkern*, das bedeutete: *Ich habe etwas gefunden.* Oder noch besser: *Manchmal verblüffe ich mich selbst.*

»Hast du schon zu Mittag gegessen?«, fragte ich.

Sie lachte. »Gegessen? Wer hat Zeit für ein Mittagessen? Seit halb elf sitze ich auf der anderen Seite der Bucht hinter dem Mikroskop und schufte für dich.« Sie warf einen Blick auf meinen Curry-Hühner-Salat. »Das sieht verführerisch aus.«

Ich hielt die Salatbox fest. »Kommt darauf an, was du gefunden hast.«

Sie schob mich in den Aufzug.

»Ich musste Teitleman Logensitze im Parterre für das nächste Symphoniekonzert versprechen, um ihn zu beschwichtigen«, sagte Claire, als wir zu meinem Büro gingen. »Dafür kannst du dich bei Edmund bedanken.« Edmund war ihr Mann, der seit sechs Jahren für das San Francisco Symphonieorchester Kesselpauke spielte.

»Ich schicke ihm einen Dankesbrief«, sagte ich, als wir uns an meinen Schreibtisch setzten. »Vielleicht kann ich Karten für die Giants besorgen.« Dann stellte ich meine Lunchtüte ab.

»Darf ich?«, fragte Claire und hielt eine Plastikgabel über den Salat. »Deinen Arsch zu retten ist ein Scheißjob.«

Ich zog den Behälter weg. »Ich habe gesagt, es hängt davon ab, was du für mich hast.«

Ohne Zögern spießte Claire ein Stück Huhn auf. »Irgendwie hat es einfach keinen Sinn ergeben, dass ein Schwarzer gegen seine eigene Rasse Hass-Verbrechen begeht, richtig?«

»Richtig«, sagte ich und schob ihr den Salat hinüber. »Was hast du herausgefunden?«

Sie nickte. »Zuerst mal das, was du mir schon gesagt hattest. Keine normalen Abschürfungen oder Verletzungen, wie man sie bei einem Kampf findet. Aber unter den Fingernägeln der Toten waren diese ungewöhnlichen Hautpartikel. Wir haben sie genau untersucht. Hyperpigmentierte Haut. Wie im Bericht stand: ›normalerweise vorhanden bei Nicht-Kaukasiern.‹ Während wir hier plaudern, werden die Proben histopathologisch untersucht.«

»Und was willst du damit sagen?«, fragte ich. »Dass die Person, die die alte Frau tötete, schwarz war?«

Claire beugte sich vor und nahm sich das letzte Stück Hühnerfleisch. »Ich kann verstehen, wie jemand zu diesem Schluss gelangen kann. Wenn nicht Afroamerikaner, dann ein dunkler Latino oder Asiate. Teitleman stimmte mir zu, bis ich auf einen letzten Test bestand.«

Sie blickte mich mit ihren großen braunen Augen kokett an. »Habe ich dir je gesagt, dass ich als Assistent am Moffitt in Dermapathologie gearbeitet habe?«

»Nein, Claire, hast du nicht.« Ich musste lächeln. Sie war einfach Klasse.

»Nein? Ich verstehe nicht, wie wir das übersehen konnten! Also, im Labor schaut man als Erstes nach, ob diese Hyperpigmentation *intra*zellular ist, wie in den Melanozyten, das sind die dunklen Pigmentzellen, die bei Nicht-Kaukasiern sehr viel konzentrierter vorhanden sind, oder *inter*zellular ... *im* Gewebe, dort konzentrierter als in der Hautoberfläche.«

»Rede Klartext, Claire. Ist das Subjekt weiß oder schwarz?«

»Melanozyten sind die dunklen Hautzellen, die bei Farbigen konzentriert vorhanden sind«, fuhr sie fort, als hätte ich nichts gesagt. Sie schob die Ärmel hoch. »Hier siehst du Melanozyt-Zentral. Das Problem ist, dass die Probe, die unter den Nägeln der Chipman gefunden wurde, dem nicht entsprach. Sämtliches Pigment war *inter*zellular ... Oberflächenkolorierung. Außerdem war noch ein bläulicher Schimmer dabei, atypisch für natürlich auftretendes Melanin. Keinem ordentlichen Dermapathologen wäre das entgangen.«

»Wäre *was* entgangen, Claire?«, fragte ich.

»Dass es kein Schwarzer war, der dieses schreckliche Verbrechen begangen hat«, erklärte sie nachdrücklich. »Sondern ein Weißer mit topischer Pigmentierung. *Tinte*, Lindsay. Die arme Frau hat ihre Nägel in die *Tätowierung* des Mörders gegraben.«

30

Nachdem Claire gegangen war, hatte mich ihre Entdeckung in Hochstimmung versetzt. Das war ein Knüller. Karen klopfte an die Tür und brachte mir einen gelben Aktenordner. »Von Simone Clark.« Es war die Personalakte, die ich angefordert hatte. *Edward R. Chipman.*

Ich las die Akte.

Chipman hatte als Streifenpolizist im Zentrum Karriere gemacht und war 1994 im Rang eines Sergeants in Pension gegangen. Zweimal hatte er die Auszeichnung für Tapferkeit im Dienst von seinem Captain erhalten.

Bei seinem Foto stockte ich. Ein schmales gemeißeltes Gesicht mit buschiger Afrofrisur, wie sie in den Sechzigerjahren beliebt war. Wahrscheinlich war es an dem Tag aufgenommen worden, als er in den Polizeidienst trat. Ich sichtete den Rest. Was konnte jemanden dazu bringen, die Witwe dieses Mannes zu töten? In seiner Akte war nicht ein einziger Verweis; nichts wegen unangemessener Gewaltanwendung oder sonst irgendetwas. In seiner dreißigjährigen Karriere hatte er nie seine Pistole abgefeuert. Er hatte zu der Polizei-Einheit gehört, die für die Potrero-Hills-Siedlungen zuständig gewesen war. Außerdem war er Mitglied einer Minderheitengruppe, die sich Officers for Justice, Polizisten für Gerechtigkeit, nannte und die sich für die Interessen schwarzer Polizisten einsetzte. Wie die meisten Polizisten hatte Chipman eine dieser stolzen, ereignislosen Karrieren gehabt, nie Ärger, nie unter Beobachtung, nie im Blick der Öffentlichkeit. Nichts in dieser Akte bot auch nur die leiseste Verbindung zu Tasha Catchings oder zu ihrem Onkel Kevin Smith.

Hatte ich in die Sache mehr hineingelesen, als vorhanden war? Handelte es sich überhaupt um Serienmorde? Meine Antenne knisterte. *Ich weiß, da ist was. Los, Lindsay.*

Plötzlich wurde ich in die Wirklichkeit zurückgerissen, als

Lorraine Stafford an meine Tür klopfte. »Haben Sie eine Minute, Lieutenant?«

Ich bat sie herein. Das gestohlene Fahrzeug gehöre einem Ronald Stasic, teilte sie mir mit. Er unterrichtete Anthropologie an einem Community College unten in Mountain View. »Offenbar wurde der Van von dem Parkplatz vor dem College gestohlen. Der Grund, warum er ihn erst so spät als gestohlen gemeldet hat, ist, dass er über Nacht nach Seattle geflogen war. Ein Vorstellungsgespräch.«

»Wer wusste, dass er fortwollte?«

Sie blätterte in ihren Notizen. »Seine Frau. Der Direktor des College. Er unterrichtet zwei Kurse am College und ist Tutor für andere Studenten aus der Gegend.«

»Hat einer seiner Studenten Interesse für seinen Van oder wo dieser geparkt ist, bekundet?«

Sie kicherte. »Er hat gesagt, die Hälfte dieser Studenten fahren mit einem BMW oder Saab vor. Weshalb sollte einer Interesse an einem sechs Jahre alten Van haben?«

»Was ist mit dem Aufkleber hinten?« Ich hatte keine Ahnung, ob Stasic mit den Morden etwas zu tun hatte, aber sein Van trug das gleiche Symbol, das in der Waschküche in Oakland an der Wand war.

Lorraine zuckte die Schultern. »Er hat gesagt, er hätte ihn nie zuvor gesehen. Ich habe erklärt, ich würde seine Aussage überprüfen, und fragte ihn, ob er einer sich einem Lügendetektortest unterziehen würde. Er meinte, jederzeit.«

»Sie sollten sicherheitshalber überprüfen, ob einer aus seinem Freundeskreis oder einer seiner Studenten abartige politische Neigungen hegt.«

Lorraine nickte. »Mach ich, aber dieser Bursche ist sauber, Lindsay. Er hat sich benommen, als hätte ihn ein Blitz aus heiterem Himmel getroffen.«

Im Laufe des Nachmittags beschlich mich das ungute Gefühl, dass wir in diesem Fall in einer Sackgasse steckten. Ich war sicher, dass es sich um Serienmorde handelte, aber unsere einzige Chance war dieser Kerl mit der aufgestickten Chimäre auf der Jacke.

Ich schrak zusammen, als das Telefon klingelte. Es war Jacobi. »Schlechte Nachrichten, Lieutenant. Wir haben den ganzen Tag vor diesem verfluchten Blue Parrot gesessen. *Nichts.* Es ist uns nur gelungen, aus dem Bartender herauszukitzeln, dass die Burschen, nach denen du suchst, längst Geschichte sind. Sie haben sich vor fünf oder sechs Monaten getrennt. Der härteste Bursche, den wir gesehen haben, war ein Gewichtheber in einem T-Shirt mit der Aufschrift ›Rock Rules‹.«

»Was meinst du mit *getrennt*, Warren?«

»*Vamos*, weitergezogen. Irgendwo nach Süden. Laut dem Bartender kommt immer mal wieder einer von den Typen, mit denen sie rumgehangen haben, vorbei. So ein Muskelberg mit roten Haaren. Aber im Grunde haben sie sich verpisst. *Permanente…*«

»Bleib dran. Finde mir diesen rothaarigen Muskelberg.« Nachdem der Van zu nichts geführt hatte, blieb mir als Verbindung zwischen den Opfern nur noch das Löwe-Ziege-Schlange-Symbol.

»Bleib dran? Wie lange?« Jacobi stöhnte. »Das könnte Tage dauern, die wir hier draußen verbringen müssen.«

»Ich schicke dir Unterwäsche zum Wechseln«, tröstete ich ihn und legte auf.

Eine Zeit lang saß ich nur da und schaukelte auf meinem Stuhl. Angst stieg in mir auf, sie wurde stärker. Drei Tage waren vergangen, seit Tasha Catchings ermordet worden war, und wiederum drei Tage zuvor Estelle Chipman.

Ich hatte nichts. Keinen signifikanten Hinweis. Nur das, was der Mörder uns zurückgelassen hatte. Diese verfluchte Chimäre.

Und die Gewissheit… *Serienmorde. Serienmorde hören nicht auf, bis man den Mörder hat.*

31

Streifenpolizist Sergeant Art Davidson reagierte auf 1-6-0, sobald er den Funkruf hörte.

»*Ruhestörung, Familienstreit. Drei Null Drei Seventh Street, oben. Alle verfügbaren Einheiten melden.*«

Er war mit seinem Partner, Gil Herrera, nur vier Blocks von Bryant entfernt. Es war kurz vor acht. Ihre Schicht war in zehn Minuten zu Ende.

»Sollen wir das übernehmen, Gil?«, fragte Davidson und schaute auf seine Armbanduhr.

Sein Partner zuckte die Schultern. »Deine Entscheidung, Artie. Du hast schließlich die wilde Party heute Abend.«

Wilde Party. Seine siebenjährige Tochter Audra hatte Geburtstag. Er hatte sie in der Pause angerufen, und Carol hatte gesagt, wenn er vor halb neun heimkäme, würde sie die Kleine bis dahin wach halten, damit er ihr den Make-up-Spiegel Britney Spears geben könnte, den er für sie ausgesucht hatte. Davidson hatte fünf Kinder, und sie bedeuteten ihm alles.

»Was, zum Teufel, soll's.« Davidson zuckte die Schultern. »Dafür bekommen wir schließlich die Kohle, richtig?«

Sie stellten die Sirene an. In weniger als einer Minute hielt Streifenwagen Mobile 2-4 vor dem heruntergekommenen Eingang von 303 auf der Seventh. Das Schild des ehemaligen Driscoll Hotels hing schief über der Tür.

»Hausen immer noch Leute in dieser Müllkippe?« Herrera seufzte. »Wer, zum Teufel, möchte hier wohnen?«

Die beiden Polizisten nahmen ihre Schlagstöcke und eine große Taschenlampe. Davidson machte die Eingangstür auf, und sie betraten das Gebäude. Drinnen stank es nach Abfall, Exkrementen und Urin. Wahrscheinlich gab es Ratten. »He, irgendjemand da?«, rief Davidson. »Polizei.«

Plötzlich hörten sie weiter oben Geschrei. Offensichtlich ein Streit.

»Na dann«, sagte Herrera und nahm die ersten Treppenstufen.

Davidson folgte ihm.

Im ersten Stock lief Gil Herrera den Korridor entlang und schlug mit der Taschenlampe gegen die Türen. »*Polizei... Polizei...*«

Davidson hörte auf der Treppe wieder laute, hektische Stimmen. Ein Knall, als wäre etwas zerbrochen. Der Lärm kam von oben. Schnell rannte er die beiden Treppen allein hinauf.

Die Stimmen wurden lauter. Er blieb vor einer geschlossenen Tür stehen. Appartement 42. »*Hure...*«, schrie ein Mann. Dann das Geräusch von klirrendem Geschirr. Eine Frauenstimme flehte: »Hör auf. Hilfe, er bringt mich um. Bitte, hör auf. Hilfe... Bitte, bitte... Hilfe.«

»Polizei«, rief Davidson und zückte die Waffe. »Herrera, komm rauf. *Sofort!*«, schrie er.

Dann warf er sich mit seinem gesamten Gewicht gegen die Tür. Sie sprang auf. In der kleinen Diele herrschte trübe Beleuchtung, aber aus dem nächsten Zimmer drang mehr Licht... und die Stimmen... näher... Schreie.

Art Davidson entsicherte seine Waffe. Dann stürzte er ins Zimmer. Verblüfft stellte er fest, dass niemand da war.

Von einer kahlen Glühbirne kam Licht. Ein Metallstuhl mit einem riesigen Lautsprecher darauf. Aus ihm drangen laute Stimmen.

Die Worte hatte er bereits gehört. »Hör auf. Er bringt mich um.«

»Was, zum Teufel...?« Ungläubig schüttelte Davidson den Kopf.

Er ging zur Stereoanlage, kniete nieder und schaltete sie aus. Das Geschrei keifender Stimmen verstummte.

»*Also, leck mich doch!*«, murmelte Davidson. »Da hat sich jemand einen Scherz erlaubt.«

Er blickte sich um. Der Raum sah so aus, als sei er seit längerer Zeit nicht bewohnt gewesen. Dann schweiften seine Blicke zum Fenster: ein Hinterhof, ein tristes Gebäude. Er glaubte, dort eine Bewegung zu sehen. Was war das?

Peng...

Er sah noch den winzigen, stecknadelkopfgroßen gelben Funken, wie ein Glühwürmchen in einer dunklen Nacht.

Dann zersplitterte das Fenster, ein gewaltiger Schlag traf Art Davidsons rechtes Auge. Er war tot, ehe er auf dem Boden aufschlug.

32

Ich war beinahe schon zu Hause angekommen, als der Alarmruf ertönte: »An alle Einheiten, fahren Sie nach drei null drei Seventh, Nähe Townsend.«

1-0-6... Polizist in Notlage.

Ich lenkte meinen Explorer an den Straßenrand und lauschte dem Funk. *Notarzt sofort zum Tatort.* Das war der Captain des Distrikts. Die hastigen, dringenden Aufrufe überzeugten mich, dass die Situation kritisch war.

Auf meinen Armen standen die Haare zu Berge. Es war ein Hinterhalt, ein Schuss aus großer Entfernung. Wie in La Salle Heights. Ich legte den Gang ein, wendete schnell, fuhr die Potrero runter und dann mit Vollgas auf die Third Street und weiter ins Zentrum.

Schon vier Blocks vor der Townsend und Seventh war die Hölle los. Blauweiße Barrikaden, Blinklichter, überall Uniformen, Funksprüche krächzten durch die Nacht.

Ich fuhr weiter, während ich meine Polizeimarke aus dem Fenster hielt. Dann stieg ich aus und rannte zum Zentrum der

Aufregung. Ich packte den erstbesten Polizisten am Ärmel und fragte: »Wer ist es? Wissen Sie das?«

»Kollege von der Streife«, antwortete er. »Von Zentral. Davidson.«

»O *Scheiße...!*« Mein Herz sank. Mir wurde schwindlig. Ich kannte Art Davidson. Wir hatten zur selben Zeit die Akademie absolviert. Er war ein guter Polizist und ein prima Kerl. Hatte es etwas zu bedeuten, dass ich ihn kannte?

Die zweite Welle von Angst und Schwindel. *Art Davidson war schwarz.*

Ich bahnte mir einen Weg durch die Menge, bis zu dem Ring von Notarztwagen, die vor dem Eingang des verkommenen Gebäudes standen. Dort traf ich den Chief der Detectives, Sam Ryan, als er gerade das Haus verließ. Er hielt das Funkgerät ans Ohr.

Ich nahm ihn beiseite. »Sam, ich habe gehört, dass es Art Davidson ist... Irgendeine Chance...?«

Ryan schüttelte den Kopf. »*Chance?* Man hat ihn hergelockt, Lindsay. Gewehrschuss in den Kopf. Ein einziger Schuss, glauben wir. Man hat ihn bereits für tot erklärt.«

Ich stand da. In meinem Kopf wirbelte ein ständig lauter werdender Klageschrei, als offenbarte sich nur mir allein ein unbekannter Angstschrei. Es war sicher, dass *er* es gewesen war: Chimäre. Mord Nummer drei. Diesmal brauchte er nur einen einzigen Schuss.

Ich hielt meine Marke dem uniformierten Polizisten am Eingang unter die Nase und hastete in das Gebäude. Einige Mitarbeiter des Notarztteams kamen die Treppe herunter. Ich ging an ihnen vorbei. Meine Beine waren schwer wie Blei, und ich konnte kaum atmen.

Auf dem Treppenabsatz im zweiten Stock rannte ein Polizist an mir vorbei und brüllte: »Wir kommen runter. Macht den Weg frei!«

Zwei Sanitäter erschienen – und zwei Polizisten. Sie trugen

eine Bahre. Ich konnte den Kopf nicht abwenden. »Einen Moment mal«, sagte ich.

Es war Davidson. Seine Augen waren noch offen. Ein karmesinrotes Loch, so groß wie eine Münze, war über dem rechten Auge. Ich hatte das Gefühl, als erschlaffe jeder Nerv in meinem Körper. Ich erinnerte mich, dass er Kinder hatte. *Spielten Kinder bei diesen Morden eine Rolle?*

»O mein Gott, Art«, flüsterte ich. Dann zwang ich mich, die Leiche genau anzuschauen, vor allem die Wunde. Schließlich streichelte ich ihm die Schläfe. »Sie können ihn jetzt runterbringen«, sagte ich. *Verflucht!*

Irgendwie schaffte ich es zum nächsten Stockwerk. Vor einem offenen Mini-Appartement standen etliche verärgerte Zivilbeamte. Ich sah Pete Starcher, einen ehemaligen Detective von der Mordkommission, der jetzt beim IAB, der Dienststelle für Korruption innerhalb der Polizei, arbeitete.

Ich ging zu ihm. »Pete, was, zum Teufel, ist vorgefallen?«

Starcher war einer dieser Zyniker und hatte mir gegenüber immer den Überlegenen gespielt. »Sind Sie dienstlich hier, Lieutenant?«

»Ich kannte Art Davidson. Wir sind zusammen auf die Akademie gegangen.« Ich wollte ihm keinen Hinweis geben, weshalb ich eigentlich hier war.

Starcher verzog das Gesicht, aber er schilderte mir kurz den Sachverhalt. Die beiden Streifenpolizisten hatten auf einen Notruf reagiert, aber im Gebäude nur das Tonbandgerät vorgefunden. Alles eine Falle, genau geplant. »Man hat ihn verarscht. Irgendein Hurensohn wollte einen Polizisten ermorden.«

Ich hatte das Gefühl, völlig betäubt zu sein. Mit Sicherheit war *er* es. »Ich möchte mich mal umsehen.«

Drinnen fand ich alles so vor, wie Starcher es geschildert hatte. Unheimlich, abartig, irreal. Das Zimmer war leer. Keine Farbe an den Wänden, überall Risse. Eine große Blutlache auf dem Boden und Blutspritzer an der Wand, wo sich die Kugel hineingebohrt hatte. *Armer Davidson.* Ein tragbares Tonbandgerät mit riesigem Lautsprecher stand auf einem Metallstuhl in der Raummitte.

Ich blickte zum Fenster, zur zersplitterten Scheibe.

Plötzlich war mir alles klar. In meiner Brust spürte ich einen Eisklumpen.

Ich ging zum offenen Fenster, beugte mich hinaus und blickte über die Straße. Kein Zeichen von Chimäre oder von sonst jemandem. Aber ich wusste es ... ich wusste es, weil er es mir gesagt hatte – der Schuss, das Opfer.

Er wollte, dass wir wussten, dass er es getan hatte.

33

»Das war er, Lindsay, nicht wahr?«

Cindy war am Telefon. Es war nach elf Uhr. Ich bemühte mich am Ende eines entsetzlichen, grauenvollen Abends, meine Gedanken zu ordnen. Gerade war ich von einem langen Spaziergang mit Martha zurückgekommen und wollte nur noch heiß duschen und das Bild des toten Art Davidson aus meinem Kopf spülen.

»Du *musst* es mir sagen. Es war derselbe Dreckskerl, *Chimäre*. Richtig?«

Ich warf mich aufs Bett. »Das wissen wir nicht. Am Tatort gab es keinerlei Hinweise dafür.«

»Aber du weißt es, Lindsay. Da bin ich absolut sicher. Wir wissen beide, dass er es war.«

Ich wollte nur meine Ruhe und mich auf dem Bett zusammenrollen. »Ich weiß es nicht«, meinte ich müde. »Möglich wär's.«

»Welches Kaliber hatte die Waffe? Dasselbe wie bei Catchings?«

»Bitte, Cindy, spiel bei mir nicht Detektiv. Ich habe den Mann gekannt. Sein Partner hat mir erzählt, dass sein Kind heute den siebten Geburtstag feiern wollte. Er hatte fünf Kinder.«

»Tut mir Leid, Lindsay«, sagte Cindy mit leiser und verständnisvoller Stimme. »Es ist nur, weil es genau wie beim ersten Mord ist, Lindsay. Der Schuss, den kein anderer schaffen könnte.«

Wir saßen noch ein Weilchen am Telefon, ohne zu sprechen. Sie hatte Recht. Ich wusste, dass sie Recht hatte. Schließlich sagte Cindy: »Du hast mal wieder so einen, nicht wahr, Lindsay?«

Ich antwortete nicht, wusste jedoch, was sie meinte.

»Wieder einen Serienmörder. Einen eiskalten Scharfschützen, und er zielt auf Schwarze.«

»Nicht nur Schwarze.« Ich seufzte.

»Nicht nur Schwarze...?« Cindy zögerte kurz, dann fuhr sie hastig fort: »Der Polizeireporter in Oakland hat bei der Mordkommission ein Gerücht aufgeschnappt. Über die Witwe Chipman. Ihr Mann war Polizist. Erst Tashas Onkel. Dann sie. Jetzt Davidson – das ergibt drei. O mein Gott, Lindsay.«

»Das bleibt aber unter uns«, erklärte ich. »Bitte, Cindy. Ich muss jetzt schlafen. Dir ist nicht klar, wie schwer das für uns ist.«

»Dann lass dir helfen, Lindsay. Wir alle wollen dir helfen.«

»Ja, Cindy, ich brauche eure Hilfe. Von euch allen.«

34

Während der Nacht fiel mir etwas auf. *Der Mörder hatte 911, den Notruf, angerufen.*

Ich ging der Sache sofort am nächsten Morgen nach. Lila McKendree leitete die Zentrale. Sie war im Einsatz, als der Davidson-Anruf hereinkam.

Lila war pummelig, hatte rosige Wangen und war stets bereit zu lächeln, aber niemand war professioneller als sie. Sie jonglierte mit heiklen Situationen so kühl wie ein Fluglotse.

Sie legte das Band mit dem Anruf 911 im Mannschaftsraum auf. Die gesamte Meute drängte sich sofort darum. Cappy und Jacobi waren auch gerade aus Vallejo zurückgekommen.

»Es ist auf einer Drei-Schleifen-Spule«, erklärte Lila. Sie drückte auf den Knopf zum Abspielen.

In wenigen Sekunden würden wir zum ersten Mal die Stimme des Mörders hören.

»San Francisco Polizei, neun eins eins, Notrufzentrale«, sagte eine Stimme.

Im Mannschaftsraum war kein anderer Laut zu hören.

Eine aufgeregte männliche Stimme: »Ich muss eine Störung melden... irgendein Typ misshandelt seine Frau.«

»Okay...«, antwortete die Zentrale. »Zuerst brauche ich die genaue Adresse. Wo findet dieser Streit statt?«

Störende Hintergrundgeräusche, ein Fernseher oder Verkehrslärm, erschwerten das Verstehen. »Drei Null Drei Seventh. Dritter Stock. Schicken Sie lieber jemanden her. Es klingt wirklich übel.«

»Sie sagten, die Adresse sei drei null drei auf der Seventh Street?«

»Das ist richtig«, bestätigte der Mörder.

»Und mit wem spreche ich?«, fragte die Vermittlung.

»Ich heiße Billy. Billy Reffon. Ich wohne auf demselben Korridor. Beeilen Sie sich!«

Wir blickten uns verblüfft an. Der Mörder nannte einen Namen? O Gott!

»Hören Sie, Sir«, sagte die Vermittlung. »Können Sie hören, was los ist, während wir sprechen?«

»Ich höre, wie ein Wahnsinniger seine Frau brutal zusammenschlägt und vielleicht umbringt.«

Die Vermittlung zögerte. »Verstanden, Sir. Können Sie feststellen, ob es schon zu Verletzungen gekommen ist?«

»Ich bin kein Doktor, Lady. Ich versuche nur, das Richtige zu tun. Schicken Sie endlich jemanden her!«

»Okay, Mr. Reffon, ich rufe sofort den Streifenwagen. Hören Sie zu. Tun Sie, was ich sage. Verlassen Sie das Gebäude, und warten Sie draußen auf den Streifenwagen. Er ist unterwegs.«

»Sie sollten sich lieber beeilen«, sagte der Mörder. »*Klingt so, als würde jemand ernstlich verletzt.*«

Nachdem das Gespräch beendet war, folgte noch die Aufzeichnung des ausgesendeten Notrufs an die Einsatzwagen.

»Der Anruf kam von einem Handy«, erklärte Lila und zuckte die Schultern. »Zweifellos geklont. Hier kommt alles noch mal auf der Dreier-Schleife.« Gleich darauf lief das Band zum zweiten Mal ab. Diesmal hörte ich ganz genau zu, was die Stimme mir verraten könnte.

Ich muss eine Störung melden... Die Stimme klang besorgt, in Panik, aber dennoch kühl.

»Der Arsch ist ein irre guter Schauspieler«, stieß Jacobi wütend hervor.

Ich heiße Billy. Billy Reffon...

Ich umklammerte die Kanten meines Holzstuhls, als ich mir die wohlmeinenden Ratschläge der Vermittlung anhörte. »Verlassen Sie das Gebäude, und warten Sie draußen auf den Streifenwagen.« Und die ganze Zeit über hatte er hinter dem Zielfernrohr gesessen und gewartet, dass sein Opfer auftauchte.

Sie sollten sich lieber beeilen, sagte er. *Klingt so, als würde jemand ernstlich verletzt.*

Wir hörten uns die Aufnahme noch mal an.

Diesmal stellte ich eine spöttische Gleichgültigkeit in seiner Stimme fest. Nicht die leiseste Spur von Mitgefühl für das, was er gleich tun würde. In der letzten Warnung entdeckte ich sogar den Anflug eines eiskalten Lachens.

Sie sollten sich lieber beeilen... Klingt so, als würde jemand ernstlich verletzt.

»Das ist alles, was ich habe«, erklärte Lila McKendree. »Die Stimme des Mörders.«

35

Der Mord an Davidson änderte alles.

Die fette Schlagzeile im *Chronicle* verkündete: ERMORDETER POLIZIST WAHRSCHEINLICH DRITTES OPFER EINER TERROR-SERIE. Cindys Artikel auf der Titelseite erwähnte den zielgenauen Gewehrschuss aus großer Entfernung und das Symbol, das aktive Hass-Gruppen verwendeten und das an den Tatorten gefunden wurde.

Ich lief hinunter ins Labor der Spurensicherung. Charlie Clapper saß im Laborkittel hinter einem metallenen Schreibtisch und frühstückte aus einem Beutel Dorito-Chips. Sein Salz-und-Pfeffer-Haar war fettig und zerzaust, unter den Augen lagen schwere Tränensäcke. »Diese Woche habe ich zwei Mal an diesem Schreibtisch geschlafen.« Er musterte mich finster. »Wird denn keiner mehr tagsüber ermordet?«

»Falls es Ihnen entgangen ist – auch ich habe in der vorigen Woche meinen Schönheitsschlaf nicht abhalten können.« Ich zuckte die Schultern. »Los, Charlie. Ich brauche etwas im Davidson-Fall. Der Kerl bringt unsere eigenen Leute um.«

»Das weiß ich.« Der rundliche Mann seufzte, wuchtete sich hoch und schlurfte zu einer Arbeitsplatte. Dort nahm er eine kleine verschlossene Plastiktüte, in der sich eine dunkle abgeflachte Kugel befand.

»Hier ist Ihre Kugel, Lindsay. Die habe ich aus der Wand geholt, vor der Art Davidson getötet wurde. Ein Schuss. Lichter aus. Wenn Sie wollen, können Sie mit Claire sprechen. Dieser Hurensohn kann schießen, das steht fest.«

Ich hob die Tüte hoch und versuchte die Markierung zu lesen.

»Kaliber siebenzweiundsechzig«, sagte Clapper. »Auf den ersten Blick würde ich sagen, dass sie von einem PSG-Eins stammt.«

Ich runzelte die Stirn. »Sind Sie da sicher, Charlie?« Tasha Catchings war mit einem M-16 getötet worden.

Er deutete auf ein Mikroskop. »Seien Sie mein Gast, Lieutenant. Ich nehme an, Sie haben sich Ihr ganzes Leben lang mit Ballistik befasst.«

»Das habe ich nicht so gemeint, Charlie. Ich hatte nur gehofft, es wäre dieselbe Waffe wie bei der kleinen Catchings.«

»Reese arbeitet noch daran.« Er holte noch einen Chip aus der Tüte. »Aber ich würde nicht darauf wetten. Dieser Bursche war ordentlich, Lindsay. Genau wie bei der Kirche. Keine Abdrücke, absolut nichts zurückgelassen. Das Tonband ist ein Standardgerät, könnte überall gekauft worden sein. Eingeschaltet durch Fernauslöser. Wir haben sogar seine vermutliche Spur durchs Gebäude verfolgt. Wir haben sämtliche Geländer und Fenstergriffe untersucht. Gefunden haben wir lediglich...«

»Ja, was?«, unterbrach ich ihn ungeduldig.

Er ging zu einem Arbeitstisch. »Partielle Abdrücke von Turnschuhen. Die haben wir von dem Teerdach abgenommen, von dem aus geschossen wurde. Sieht wie ein Standardschuh aus. Wir haben Spuren von feinem weißem Staub festgestellt, aber keine Garantie, dass der von ihm stammt.«

»Staub?«

»Kreide«, erklärte Charlie. »Das engt es auf ungefähr fünfzig Millionen Möglichkeiten ein. Falls dieser Kerl seine Bilder signiert, macht er es ungemein schwierig, ihn zu finden, Lindsay.«

»Er hat sie signiert, Charlie«, erklärte ich mit Überzeugung. »Es war der Schuss.«

»Wir schicken das Band mit dem Notruf zur Stimmerkennung. Ich sage Ihnen Bescheid, wenn wir es zurückbekommen haben.«

Ich klopfte ihm dankend auf den Rücken. »Schlafen Sie ein bisschen, Charlie.«

Er hob die Chips-Tüte. »Klar, gleich nach dem Frühstück.«

36

Ich ging zurück ins Büro und sank enttäuscht auf meinen Stuhl am Schreibtisch. Ich musste mehr über diese Chimäre wissen. Gerade wollte ich Stu Kirkwood von der Abteilung für Hass-Verbrechen anrufen, als drei Männer in dunklen Anzügen in den Mannschaftsraum kamen.

Einer von ihnen war Mercer. Das war keine Überraschung. Er war in den morgendlichen Talk-Shows gewesen und hatte sich bemüht, für Ruhe zu sorgen. Ich wusste, dass es ihm ganz und gar nicht behagte, knallharte Fragen beantworten zu müssen, ohne konkrete Resultate vorweisen zu können.

Aber der zweite Mann, begleitet von seinem Pressechef, war jemand, den ich in den sieben Jahren bei der Mordkommission noch nie auf dieser Etage gesehen hatte.

Es war der Bürgermeister von San Francisco.

»Ich verbitte mir jede Art von Verarschung«, sagte Art Fernandez, der Bürgermeister von San Francisco in der zweiten Amtsperiode. »Ich möchte nicht das übliche Geschwafel und den Schutz für die eigenen Reihen, auch keine unangemessene Reaktion, um die Situation zu kontrollieren.« Er richtete den Blick auf einen Punkt zwischen Mercer und mir. »Ich verlange eine ehrliche Antwort. Haben wir irgendein handfestes Ergebnis?«

Wir standen alle dicht gedrängt in meinem winzigen Büro. Durch die Glasscheiben sah ich draußen die Neugierigen, die den Zirkus genossen.

Ich tastete mit einem Fuß unter dem Schreibtisch, um meine Pumps wieder anziehen zu können. »Haben wir nicht«, gab ich zu.

»Dann hat Vernon Jones Recht.« Der Bürgermeister ließ sich tief ausatmend in den Sessel gegenüber meinem Schreibtisch sinken. »Demnach haben wir eine unkontrollierte Serie hassmotivierter Morde, bei der die Polizei machtlos zu sein scheint, das FBI aber vielleicht nicht.«

»Nein, so ist es nicht«, widersprach ich.

»Ach, nicht?« Er zog die Brauen hoch. Dann schaute er Mercer an. »Was kapiere ich denn nicht? Sie haben bei zwei von drei Schauplätzen der Verbrechen ein bekanntes Symbol einer Hass-Gruppe gefunden, diese Chimäre. Die Gerichtsmedizin ist überzeugt, dass die kleine Catchings das beabsichtigte Ziel dieses Irren war.«

»Lieutenant Boxer will sagen, dass es sich womöglich nicht einfach um ein Verbrechen aus Hass handelt«, warf Mercer ein.

Ich hatte das Gefühl, Baumwolle im Mund zu haben, und ich schluckte. »Ich glaube, dass es tiefer geht als eine Serie von Hass-Verbrechen.«

»*Tiefer*, Lieutenant Boxer? Und womit haben wir es Ihrer Meinung dann zu tun?«

Ich starrte Fernandez an. »Meiner Meinung nach dürfte es sich um jemanden mit einer persönlichen Vendetta handeln. Vielleicht ein Einzeltäter. Er vertuscht seine Morde durch das Vorgehen, als handele es sich um Hass-Verbrechen.«

»Eine Vendetta, sagen Sie«, wiederholte Carr, der Adlatus des Bürgermeisters. »Eine Vendetta gegen Afroamerikaner, aber kein Hass-Verbrechen. Gegen schwarze Kinder und Witwen... *aber kein Hass-Verbrechen?*«

»Gegen schwarze *Polizisten*«, verbesserte ich ihn.

Ich legte dar, dass Tasha Catchings und Estelle Chipman mit Polizisten verwandt gewesen seien. »Es muss noch eine weitere Verknüpfung geben, allerdings wissen wir noch nicht, was das ist. Der Killer geht ausgesprochen systematisch vor und scheint arrogant zu sein, denn er lässt die Hinweise wie eine Provokation zurück. Ich glaube *nicht*, dass ein Mörder eines Hass-Verbrechens so klare Hinweise zurücklassen würde. Das Fluchtfahrzeug, der Van, die Zeichnung in der Waschküche von Estelle Chipman, der freche Anruf. Ich glaube nicht, dass es sich um eine Mordserie aus Rassenhass handelt. Es ist eine Vendetta – eiskalt kalkuliert und sehr *persönlich*.«

Der Bürgermeister schaute Mercer an. »Teilen Sie diese Auffassung, Earl?«

»Abgesehen vom Schutz der eigenen Reihen...« Mercer rang sich ein Lächeln ab. »Ja, das tue ich.«

»Aber ich nicht«, sagte Carr. »Alles deutet auf ein Hass-Verbrechen hin.«

Schweigen herrschte in dem engen Raum. Plötzlich glaubte ich, die Temperatur sei auf fünfzig Grad gestiegen.

»Demnach habe ich die Wahl zwischen zwei Möglichkeiten«, sagte der Bürgermeister. »Laut Absatz vier der gesetzlichen Verordnungen gegen Hass-Verbrechen kann ich das FBI hinzuziehen, das meiner Meinung nach diese Gruppen scharf beobachtet...«

»Verdammt, die haben doch keinen blassen Schimmer, wie

man eine Ermittlung in einem Mordfall durchführt«, protestierte Mercer.

»Oder... ich kann den Lieutenant ihren Job tun lassen und dem FBI sagen, dass wir die Sache selbst durchziehen«, sagte der Bürgermeister.

Ich blickte ihm in die Augen. »Ich bin mit Art Davidson auf die Akademie gegangen. Glauben Sie, dass Sie den Mörder schneller als ich kriegen wollen?«

»Dann kriegen Sie ihn«, antwortete der Bürgermeister und stand auf. »Ich will nur, dass alle wissen, was auf dem Spiel steht.«

Ich nickte. Da stürzte Lorraine herein. »Tut mir Leid, wenn ich störe, Lieutenant, aber es ist dringend. Jacobi hat aus Vallejo angerufen. Er meinte, wir sollten alles schön gemütlich für einen wichtigen Besucher vorbereiten. Sie haben den Biker vom Blue Parrot gefunden. Sie haben Red gefunden.«

37

Ungefähr eine Stunde später kamen Jacobi und Cappy in den Mannschaftsraum. Sie schoben einen hünenhaften rothaarigen Biker vor sich her. Seine Hände steckten auf dem Rücken in Handschellen.

»Nun seht mal, wer uns unbedingt besuchen wollte.« Jacobi grinste.

Red entriss Cappy trotzig den Arm, als dieser ihn ins Verhörzimmer 1 schob. Dann stolperte er über einen Holzstuhl und stürzte zu Boden.

»Tut mir Leid, Fleischberg«, meinte Cappy ungerührt. »Ich dachte, ich hätte Sie vor dem ersten Schritt gewarnt.«

»Richard Earl Evens«, verkündete Jacobi. »Alias Red, Boomer, Duke. Sei nicht beleidigt, wenn er nicht aufsteht und dir die Hand schüttelt.«

»Das habe ich nicht gemeint, als ich sagte: keinen Kontakt.« Ich bemühte mich, verärgert dreinzuschauen, war aber entzückt, dass sie den Kerl hergebracht hatten.

»Der Kerl hat ein ellenlanges Vorstrafenregister. Angefangen mit Diebstahl, grober Unfug, Mordversuch und zwei Anzeigen wegen Waffendelikten.« Jacobi grinste.

»Seht euch das mal an.« Cappy holte aus einer Einkaufstüte von Nordstrom's einen kleinen Beutel mit Marihuana heraus, dazu ein Jagdmesser mit einer zwölfeinhalb Zentimeter langen Klinge und eine Beretta 22er Kaliber, die man in der Hand verbergen konnte.

»Weiß er, weshalb er hier ist?«, fragte ich.

»Nein«, antwortete Cappy. »Wir haben ihn wegen der Waffe festgenommen und ihn auf dem Rücksitz mal ein bisschen abkühlen lassen.«

Es war ziemlich eng in dem kleinen Raum. Der Kerl grinste uns frech ins Gesicht. Beide Arme waren von unten bis oben tätowiert. Er trug ein schwarzes T-Shirt, auf dem hinten in Großbuchstaben stand: WENN DU DAS *LESEN* KANNST... MUSS DIE SCHLAMPE RUNTERGEFALLEN SEIN!

Ich nickte, und Cappy nahm ihm die Handschellen ab. »Sie wissen, weshalb Sie hier sind, Mr Evans?«

»Ich weiß nur, dass ihr bis zum Hals in der Scheiße steckt, wenn ihr glaubt, dass ich mit euch rede.« Evans zog eine Mischung aus Schleim und Blut in der Nase hoch. »In Vallejo dürft ihr nicht zubeißen.«

Ich hob den Beutel mit Rauschgift. »Santa Claus scheint Ihnen 'ne Menge schlechter Spielsachen gebracht zu haben. Zwei Verbrechen... und immer noch auf Bewährung wegen der Waffensache. Zeit abgesessen in Folsom und Quentin. Mein Gefühl sagt mir, dass es Ihnen dort gefallen muss, denn beim nächsten Mal sind Sie für einen dreißigjährigen Mietvertrag qualifiziert.«

»Eines weiß ich genau« – Evans verdrehte die Augen –, »Sie haben mich nicht wegen so 'ner Mickey-Mouse-Waffensache hergeschleppt. An der Tür steht auf dem Schild *Mordkommission*.«

»Stimmt genau, Junge«, warf Cappy ein. »Für uns ist es nur ein Hobby, so ein armseliges Arschloch wie dich wegen eines Vergehens gegen das Waffengesetz in den Knast zu bringen. Aber es hängt von deinen Antworten auf ein paar Fragen ab, wo du die nächsten dreißig Jahre verbringst.«

»Einen Scheißdreck habt ihr Wichser gegen mich in der Hand«, erklärte der Biker wütend und richtete seine kalten harten Augen auf Cappy.

Cappy zuckte die Schultern und knallte eine ungeöffnete Limonadendose kräftig auf die Hand des Bikers.

Evans schrie vor Schmerz auf.

»Ach, verdammt, ich dachte, du hättest gesagt, du wolltest was trinken«, sagte Cappy reumütig.

Red funkelte Cappy an und stellte sich zweifellos vor, wie er mit seinem Motorrad über das Gesicht des Polizisten fuhr.

»Aber Sie haben Recht, Mr Evans«, sagte ich, »wir haben Sie nicht hergebracht, um Ihre derzeitigen Besitztümer zu inspizieren. Allerdings wäre es kein Problem, Sie der Polizei in Vallejo zu übergeben. Aber heute könnte Ihr Glückstag sein. Cappy, fragen Sie Mr Evans, ob er noch etwas trinken möchte.«

Cappy hob die Dose. Sofort zog Evans die Hand weg.

Dann öffnete der große Polizist die Dose und stellte sie, übers ganze Gesicht grinsend, vor ihn hin. »Ist das so in Ordnung, oder hätten Sie lieber ein Glas?«

»Sehen Sie, wir können auch nett sein«, erklärte ich ihm. »Ehrlich gesagt, sind Sie uns scheißegal. Sie müssen nur ein paar Fragen beantworten, dann sind Sie wieder auf dem Weg nach Hause, mit den besten Wünschen der Polizei von San

Francisco. Sie müssen uns dann nie wieder sehen. Oder wir können Sie armseligen Verlierer für ein paar Tage im neunten Stock einbuchten, bis wir uns erinnern, dass Sie dort sind, und die Polizei in Vallejo verständigen. Und dann werden wir ja sehen, wie viele Zähne zum Beißen wir haben.«

Evans rieb sich die Nasenwurzel. »Vielleicht trinke ich einen Schluck von der Limonade, wenn Sie mir sie immer noch anbieten.«

»Glückwunsch, Sohn«, sagte Jacobi. »Das ist das erste vernünftige Wort, das du gesagt hast, seit wir dich entdeckt haben.«

38

Ich legte ihm ein Schwarzweißfoto von der Überwachung der Templer vor. Red schaute verblüfft drein. »Als Erstes müssen wir wissen, wo wir Ihre Kumpel finden.«

Jetzt grinste Evans. »Und was soll der ganze Scheiß?«

»Hör mal, du Klugscheißer, der Lieutenant hat dir eine Frage gestellt«, sagte Jacobi drohend.

Langsam legte ich drei weitere Fotos – eines nach dem anderen – auf den Tisch, auf denen verschiedene Mitglieder abgebildet waren.

Evans schüttelte den Kopf. »Mit diesen Typen hab ich nie was zu tun gehabt.«

Auf dem letzten Überwachungsfoto, das ich hinlegte, war *er* zu sehen.

Cappy baute sich mit seinen gesamten zweieinhalb Zentnern vor Evans auf. Dann packte er den Biker am Hemd und hob ihn vom Stuhl hoch. »Hör zu, du Kabeljauscheiße, du hast Glück, dass es uns scheißegal ist, was ihr traurigen Typen verbrochen habt. Also, ich rate dir, benutze dein Hirn, dann bist du hier schnell wieder raus, und wir können mit dem weitermachen, was uns nicht scheißegal ist, kapiert?«

Evans zuckte die Schultern. »Kann schon sein, dass ich mich ab und zu mal mit denen getroffen habe, aber mehr nicht. Der Verein hat sich aufgelöst. Zu viel Druck von den Bullen. Seit Monaten habe ich keinen von den Typen mehr gesehen. Sie haben sich verpisst. Wenn Sie sie finden wollen, fangen Sie bei *Five South* an.«

Ich blickte meine beiden Kollegen an. Ich bezweifelte zwar, dass Evans seine Kumpel verraten würde, aber trotzdem glaubte ich ihm.

»Noch eine Frage«, sagte ich. »Ganz wichtig.« Ich legte das Foto mit dem Biker hin, der auf der Jacke die Chimäre trug. »Was sagt Ihnen das?«

Evans schnüffelte. »Der Arsch hat einen grauenvollen Geschmack.«

Cappy beugte sich vor.

Evans wich zurück. »Es ist ein Symbol, Mann. Das bedeutet, er ist bei der Bewegung. Ein Patriot.«

»Ein Patriot?«, fragte ich nach. »Was, zum Teufel, soll das heißen?«

»Ein Befürworter der reinen weißen Rasse, des Rechts zur Selbstbestimmung und einer freien und ordentlichen Gesellschaft.« Er lächelte Cappy an. »Anwesende natürlich ausgenommen. Logisch, dass diese Scheiße nicht unbedingt meine persönliche Meinung sein muss.«

»Ist dieser Kerl auch in Richtung Sun Belt abgehauen?«, fragte Jacobi.

»Der? Warum? Was soll er denn verbrochen haben?«

»Und schon wieder!« Cappy baute sich vor ihm auf. »Fragen mit Fragen beantworten.«

»Hören Sie, der Bruder war nur ganz kurz bei uns«, sagte

Evans hastig. »Ich weiß nicht mal, wie er richtig heißt. Mac… McMillan, McArthur? Was hat er gemacht?«

Ich sah keinen Grund, ihm nicht zu sagen, was wir dachten. »Was denkt man so über die Schießerei bei der La-Salle-Heights-Kirche?«

Red zuckte zusammen. Seine Augen weiteten sich. Urplötzlich kapierte er. »Sie glauben doch nicht etwa, dass einer meiner alten Kumpels bei der Kirche um sich geballert hat? *Dieser Typ… Mac?*«

»Irgendeine Ahnung, wo wir mit ihm reden können?«, fragte ich.

Evans grinste. »Das ist verdammt schwierig, selbst für Sie.«

»Probieren Sie es mal«, sagte ich. »Wir sind erfindungsreich.«

»Das glaube ich, aber der Wichser ist tot. Vorigen Juni. Er hat sich mit seinem Partner oben in Oregon in die Luft gejagt. Irgendwo muss das Arschloch gelesen haben, dass man Kuhscheiße in eine Bombe verwandeln kann.«

39

Auf dem kleinen asphaltierten Parkplatz neben der La-Salle-Heights-Kirche stieg Cindy aus ihrem Mazda. Ihr Magen knurrte und tat ihr kund, dass er nicht wusste, was sie hier eigentlich wollte.

Sie holte tief Luft und öffnete die Eichentür zur Kirche. Gestern noch war das Kirchenschiff von dem herrlichen Chorgesang erfüllt gewesen. Jetzt lag es gespenstisch still da, die Bänke waren leer. Sie ging durch die Kirche in einen Anbau.

Ein mit Teppich belegter Korridor führte zu mehreren Büros.

Eine Afroamerikanerin schaute vom Kopierer auf und fragte: »Kann ich Ihnen helfen? Zu wem möchten Sie?«

»Ich möchte Reverend Winslow sprechen.«

»Er empfängt zurzeit keine Besucher«, sagte die Frau.

»Schon gut, Carol«, ertönte Winslows Stimme aus einem Büro.

Die Frau führte Cindy zu ihm. Winslows Büro war klein und voll mit Büchern. Er trug ein schwarzes T-Shirt und Khakihosen und sah nicht so aus, wie sie sich einen Geistlichen vorgestellt hatte.

»Dann ist es uns doch gelungen, Sie zurückzulocken«, sagte er und lächelte.

Er bat sie, auf der kleinen Couch Platz zu nehmen, und setzte sich in einen ziemlich abgenutzten roten Ledersessel. Auf einem Buch lag eine Brille. Instinktiv riskierte Cindy einen Blick: *Ein herzzerreißendes Werk von umwerfender Genialität.* Damit hätte sie nie gerechnet.

»Heilen die Wunden?«, fragte sie.

»Ich gebe mir Mühe. Heute habe ich Ihren Artikel gelesen. Das mit dem Polizisten ist schrecklich. Ist es wahr, dass Tashas Mörder vielleicht in zwei andere Morde verwickelt ist?«

»Die Polizei glaubt das«, antwortete Cindy. »Die Gerichtsmedizinerin ist überzeugt, dass Tasha absichtlich erschossen wurde.«

Ungläubig schaute Winslow sie an. »Das verstehe ich nicht. Tasha war nur ein kleines Mädchen. Welche Verbindung könnte da sein?«

»Es ging nicht so sehr um Tasha, sondern um ihr Umfeld.« Cindy hielt Blickkontakt mit Aaron Winslow. »Offenbar haben alle Mordopfer eine Verbindung zu Polizisten in San Francisco.«

Winslows Augen verengten sich. »Sagen Sie mir, was Sie hierher gebracht hat. Seelenschmerzen? Warum sind Sie hier?«

Cindy senkte die Augen. »Der Gottesdienst gestern. Er war so bewegend. Mir ist es eiskalt über den Rücken gelaufen wie seit langem nicht. Eigentlich glaube ich, dass meine Seele schmerzt. Ich habe mir nur nicht die Mühe gemacht, es zur Kenntnis zu nehmen.«

Winslows Blick wurde weicher. Sie hatte ihm ein kleines Stück Wahrheit über sich anvertraut, und das hatte ihn gerührt. »Gut, ich bin froh zu hören, dass Sie bewegt waren.«

Cindy lächelte. Es war unglaublich, dass dieser Mann es fertig brachte, dass sie sich entspannt fühlte. Er schien authentisch zu sein, in sich ruhend, und sie hatte nur Gutes über ihn gehört. Sie wollte einen Artikel über ihn schreiben, und sie wusste, dass er gut werden würde, vielleicht eine großartige Geschichte.

»Wetten, dass ich weiß, was Sie denken«, sagte Aaron Winslow.

»Okay, schießen Sie los«, sagte Cindy.

»Sie machen sich Gedanken... Der Mann scheint sich gut im Griff zu haben, ist nicht völlig durchgeknallt. Er sieht überhaupt nicht aus wie ein Geistlicher und benimmt sich auch nicht so. Wieso verbringt er sein Leben mit dieser Arbeit hier?«

Cindy lächelte verlegen. »Ich gebe zu, dass mir ähnliche Gedanken gekommen sind. Ich möchte gern einen Artikel über Sie und die Nachbarschaft hier in Bay View schreiben.«

Er schien darüber nachzudenken. Aber dann wechselte er das Thema.

»Was tun Sie wirklich gern, Cindy?«

»Ich... tun?«

»In der großen schlechten Welt von San Francisco, über die Sie berichten. Nachdem Sie einen Artikel geschrieben haben. Was bewegt Sie, abgesehen von Ihrer Arbeit am *Chronicle*? Welche Leidenschaften haben Sie?«

Unwillkürlich lächelte sie. »He, ich stelle die Fragen, nicht umgekehrt. Ich möchte über *Sie* schreiben«, sagte sie. »Na schön, ich mag Yoga und gehe zweimal die Woche zu einem Kurs in der Chestnut Street. Haben Sie jemals Yoga gemacht?«

»Nein, aber ich meditiere jeden Tag.«

Cindy lächelte noch mehr, obwohl sie nicht wusste, weshalb. »Ich bin in einem Frauen-Buchclub, eigentlich in zwei Frauenclubs. Ich mag Jazz.«

Winslows Augen leuchteten auf. »Was für Jazz? Ich mag Jazz auch sehr gern.«

»Progressiv. Interpretativ. Alles von Pinetop Perkins bis Coltrane.«

»Kennen Sie das ›Blue Door‹ auf Geary?«, fragte sie.

»Selbstverständlich kenne ich das Blue Door. Immer wenn Carlos Reyes in der Stadt ist, gehe ich hin. Vielleicht könnten wir mal gemeinsam hingehen. Als Teil Ihres Interviews. Sie müssen nicht gleich antworten.«

»Dann willigen Sie ein, dass ich über Sie schreibe?«

»Ja, ich willige ein... dass Sie etwas über diese Nachbarschaft schreiben. Dabei will ich Ihnen gern helfen.«

Eine halbe Stunde später saß Cindy in ihrem Auto und startete den Motor. Sie war immer noch so verblüfft, dass sie den Gang nicht einlegen konnte. *Ich kann nicht fassen, was ich gerade getan habe...* Lindsay würde sich an die Stirn tippen und fragen, ob sie noch richtig ticke.

Sie *tickte* richtig, ja, sie summte sogar. Sie hatte den Anfang einer richtig guten Geschichte, vielleicht sogar einer preisverdächtigen.

Außerdem hatte sie eine Verabredung mit Tasha Catchings Pastor – und konnte es kaum erwarten, ihn wiederzusehen.

Vielleicht hat meine Seele tatsächlich geschmerzt, dachte Cindy, als sie schließlich von der Kirche wegfuhr.

40

Es war Samstag, kurz vor sieben. Das Ende einer langen, verrückten und unglaublich anstrengenden Woche. Drei Menschen waren gestorben. Gute verwertbare Hinweise waren aufgetaucht und sofort wieder verschwunden.

Ich musste mit jemandem reden. Also ging ich in den siebten Stock, wo die Mitarbeiter der Staatsanwaltschaft untergebracht waren. Zwei Türen neben dem hohen Herrn war Jills Eckbüro.

Die Büros der Chefs waren dunkel und verlassen, alle waren bereits ins Wochenende aufgebrochen. Obwohl ich mir dringend Luft verschaffen musste, hoffte ich trotzdem, dass Jill – die *neue* Jill – zu Hause wäre und Kataloge mit Kinderzimmerausstattungen studierte.

Doch als ich näher kam, hörte ich klassische Musik, die durch die halb geöffnete Tür von Jills Büro drang.

Ich klopfte leise und ging hinein. Jill saß in ihrem Lieblingssessel, die Knie zur Brust hochgezogen, darauf ein gelber Schreibblock. Auf ihrem Schreibtisch stapelten sich die Akten.

»Warum bist du noch hier?«, fragte ich.

»Kleben geblieben.« Sie seufzte und hob die Hände, als wolle sie kapitulieren. »Es ist diese verfluchte Perrone-Sache. Montagmorgen Schlussplädoyer.« Jill stand vor dem Abschluss eines hochkarätigen Falls, in dem der Besitzer eines baufälligen Hauses wegen Totschlags angeklagt war, weil eine Zimmerdecke auf ein achtjähriges Kind gestürzt war.

»Du bist schwanger, Jill, und es ist nach sieben Uhr.«

»Ja, und Connie Sperling ist der Verteidiger. Man nennt den Prozess die Ardennenschlacht.«

»Ganz gleich, wie sie es nennen, du musst langsamer machen.«

Jill stellte die Musik leiser und streckte die langen Beine aus. »Außerdem ist Steve nicht in der Stadt. Wenn ich zu Hause wäre, würde ich genau dasselbe machen.« Sie legte den Kopf schief und lächelte. »Kontrollierst du mich?«

»Nein, aber vielleicht sollte das jemand tun.«

»Herrgott, Lindsay, ich mache mir nur Notizen und laufe nicht zehn Kilometer. Mir geht's bestens. Und überhaupt« – sie blickte auf die Uhr –, »seit wann bist du das Mädchen auf dem Poster, das alles in der richtigen Perspektive sieht?«

»Ich bin nicht schwanger, Jill. Schon gut, schon gut – ich höre auf, dir gute Ratschläge zu erteilen.«

Ich betrachtete ihre Fotos, Jill in der Frauenfußballmannschaft von Stanford, gerahmte Diplome, sie und Steve beim Klettern und mit ihrem schwarzen Labrador Snake Eyes.

»Ich habe noch ein Bier im Kühlschrank, wenn du bleiben willst«, sagte sie und warf den Notizblock auf den Schreibtisch.

»Hole für mich ein alkoholfreies Buckler heraus.«

Das tat ich. Dann nahm ich die schwarze Kostümjacke, die auf einem Kissen lag, legte sie zur Seite und ließ mich auf die Ledercouch sinken. Wir griffen nach unseren Flaschen und fragten gleichzeitig: »Und wie steht's mit deinem Fall?«

»Du zuerst.« Jill lachte.

Ich zeigte mit Daumen und Zeigefinger ein winziges Stück an und berichtete ihr über das Labyrinth von Sackgassen: der Van, die Chimären-Zeichnung, das Überwachungsfoto der Templer und dass die Spurensicherung bei dem Überfall auf Davidson nichts gefunden hatte.

Jill setzte sich neben mich auf die Couch. »Willst du reden, Lindsay? Da du doch nicht hergekommen bist, um nachzusehen, ob ich mich gut benehme.«

Ich lächelte schuldbewusst und stellte meine Bierflasche auf den Couchtisch. »Ich muss die Ermittlungen anders anpacken, Jill.«

»Okay«, sagte sie. »Ich höre ... und alles bleibt absolut unter uns.«

Stück für Stück führte ich meine Theorie aus, wonach der

Mörder nicht irgendein von Hass verblendeter Rassist sei, sondern ein eiskalter, methodisch vorgehender Serienmörder mit persönlicher Vendetta.

»Vielleicht übertreibst du«, meinte Jill. »Tatsächlich hast du doch nur drei Verbrechen gegen Afroamerikaner.«

»Aber weshalb diese Opfer, Jill? Ein elfjähriges Mädchen? Ein hochdekorierter Polizist? Estelle Chipman, deren Mann seit fünf Jahren tot ist?«

»Ich weiß es nicht, Schätzchen. Ich nagle sie nur an die Wand, wenn du sie mir bringst.«

Ich lächelte. Dann beugte ich mich vor. »Jill, ich brauche deine Hilfe. Ich muss eine Verbindung zwischen den Opfern finden. Ich weiß, dass es sie gibt. Ich muss alte Fälle überprüfen, in denen ein Weißer von schwarzen Polizisten misshandelt wurde. In diese Richtung führt mich mein Gefühl. Meiner Meinung nach liegt der Grund für die Morde dort. Sie haben etwas mit Rache zu tun.«

»Was passiert, wenn das nächste Opfer nie etwas mit einem Polizisten zu schaffen hatte? Was machst du dann?«

Beschwörend schaute ich sie an. »Hilfst du mir?«

»Selbstverständlich helfe ich dir. Kannst du mir irgendwas sagen, das die Suche einengt?«

Ich nickte. »Männlich. Weiß. Vielleicht eine oder mehrere Tätowierungen.«

»Na super!« Sie verdrehte die Augen.

Ich drückte ihre Hand. Ich wusste, ich konnte auf sie zählen. Dann blickte ich auf die Uhr. Halb acht. »Ich lasse dich lieber weiterarbeiten, solange du noch im ersten Trimester bist.«

»Geh nicht, Lindsay.« Jill hielt meinen Arm fest. »Bleib noch.«

Ich sah an ihrem Gesicht, dass sie etwas bedrückte. Das war nicht der klare professionelle Blick. Sie schien etwas zu sehen, das tausend Meter entfernt war.

»Stimmt etwas nicht, Jill? Hat der Arzt etwas gesagt?«

In ihrer ärmellosen Weste und den dunklen Locken sah sie

hundertprozentig wie die fähige Staatsanwältin aus, die Nummer zwei in der Rechtspflege der Stadt. Aber ihr Atem war zittrig. »Mir geht's prima. Wirklich, körperlich ist alles bestens. Ich sollte glücklich sein, richtig? Ich bekomme ein Baby. Ich sollte auf Wolken schweben.«

»Du solltest das fühlen, was du fühlst, Jill.« Ich nahm ihre Hand.

Sie nickte. Dann zog sie die Knie hoch. »Als ich ein Kind war, bin ich manchmal nachts aufgewacht und hatte Angst, weil ich das Gefühl hatte, die ganze Welt ringsum, der ganze riesige Planet schliefe und ich sei der einzige Mensch auf der Welt, der wach war. Manchmal kam mein Vater und wiegte mich in den Schlaf. Er war unten in seinem Arbeitszimmer und bereitete seine Fälle vor. Aber er sah immer nach mir, ehe er ins Bett ging. Er nannte mich seinen zweiten Stuhl. *Aber selbst wenn er da war*, fühlte ich mich schrecklich allein.«

Sie schüttelte den Kopf, Tränen glitzerten in ihren Augen. »Schau mich an. Steve ist zwei Nächte weg, und ich werde zu einer beschissenen Idiotin.«

»Ich denke nicht, dass du eine Idiotin bist«, widersprach ich und streichelte ihr hübsches Gesicht.

»Ich kann dieses Baby nicht verlieren, Lindsay. Ich weiß, das klingt dämlich. Ich trage ein Leben in mir. Es ist *hier*, immer in mir, ganz nahe. Aber wieso fühle ich mich so allein?«

Ich hielt sie an den Schultern. Mein Vater war nie da gewesen, um mich in den Schlaf zu wiegen. Schon ehe er uns verlassen hatte, hatte er in der Nachtschicht gearbeitet und war danach immer zu McGoey's auf ein Bier gegangen. Manchmal hatte ich das Gefühl, dass der Herzschlag der Dreckskerle, die ich verfolgen musste, mir am nächsten war.

»Ich weiß, was du meinst«, sagte ich leise und drückte Jill an mich. »Manchmal fühle ich mich auch so.«

41 An der Ecke von Ocean und Victoria duckte sich der Mann in der grünen Armeejacken, der ein Burrito aß, als der schwarze Lincoln langsam die Straße heraufuhr. Dutzende Nächte hatte er hier gewartet und sein nächstes Opfer wochenlang beobachtet.

Die Person, der er seit so langer Zeit nachstellte, wohnte in einem hübschen Stucco-Haus in den Ingleside Heights, nur ein paar Schritte entfernt. Dieser Mensch hatte eine Familie, zwei Mädchen in einer katholischen Schule. Seine Frau war Krankenschwester. Er hatte einen schwarzen Labrador, der manchmal aus dem Haus lief, um ihn zu begrüßen, wenn das Auto hielt. Der Labrador hieß Bullitt wie der alte Film.

Für gewöhnlich fuhr der Wagen gegen halb acht Uhr abends vor. Mehrmals pro Woche stieg der Mann an derselben Stelle aus, an der Victoria Street, und ging das letzte Stück zu Fuß. Er ging auch gern in den koreanischen Laden, plauderte mit dem Besitzer und nahm eine Melone oder einen Kohlkopf mit. Er spielte den großen Max bei seinen Leuten.

Manchmal ging er auch in Tiny's News und holte sich einige Zeitschriften: *Car and Driver, PC World, Sports Illustrated*. Einmal hatte er sogar hinter dem Mann in der Schlange gestanden, als dieser für seine Lektüre zahlte.

Er hätte ihn leicht erledigen können. Sehr oft schon. Ein eleganter Schuss aus einiger Entfernung.

Nein, dieser Schuss musste aus der Nähe erfolgen. Auge in Auge. Dieser Mord würde für Aufruhr sorgen und die gesamte Stadt San Francisco alarmieren. Das würde ein großer Fall werden. Nicht viele Morde waren so spektakulär.

Sein Herz schlug schneller, als er sich in dem feuchten Nieselregen duckte, aber diesmal fuhr der schwarze Lincoln vorbei.

Heute Abend nicht. Er atmete aus. *Geh nach Hause zu dei-*

nem Frauchen und dem Hund... aber bald... du bist vergesslich geworden, dachte er. Dann warf er den Rest des Burritos in einen Abfalleimer. *Vergesslich in Bezug auf die Vergangenheit.* Aber sie holt dich immer ein.
Ich lebe jeden Tag mit der Vergangenheit.
Er schaute zu, wie der schwarze Lincoln mit den abgedunkelten Scheiben wie immer nach links auf die Cerritos einbog und in den Ingleside Heights verschwand.
Du hast mein Leben gestohlen. Jetzt werde ich dir deines nehmen.

42

Sonntagmorgen nahm ich mir frei, um mit Martha an der Bucht zu laufen und im Marina Green Tai Chi zu üben. Gegen Mittag war ich in Jeans und einem Sweatshirt wieder an meinem Schreibtisch. Die Ermittlungen steckten in einer Sackgasse, keine neuen brauchbaren Hinweise, mit denen wir arbeiten konnten. Wir gaben Erklärungen ab, nur um uns die Presse vom Hals zu halten. Jede Spur führte ins Nichts. Es war total frustrierend. Und die Zeit wurde knapp, bis die Chimäre wieder zuschlagen würde.

Ich wollte Jill einige Akten zurückbringen, als die Tür des Aufzugs sich öffnete und Chief Mercer heraustrat. Er wirkte überrascht, aber nicht unangenehm berührt, als er mich sah.

»Kommen Sie, machen Sie mit mir eine Spazierfahrt«, sagte er.

Mercers Wagen parkte neben dem Seitenausgang auf der Eight Street. Wir stiegen ein, und Mercer sagte zum Fahrer, auch ein Polizist: »West Portal, Sam.«

West Portal war eine Multi-Kulti-Nachbarschaft der Mittelklasse, ein Stück vom Stadtzentrum entfernt. Ich hatte keine Ahnung, weshalb Mercer mich mitten am Tag dorthin schleppte.

Unterwegs stellte mir Mercer einige Fragen, aber die meiste Zeit schwiegen wir. Mir lief es eiskalt über den Rücken. *Er nimmt mir den Fall weg.*

Der Fahrer bog in eine Wohnstraße ein, in der ich noch nie gewesen war. Dann hielt er vor einem kleinen blauen Haus im viktorianischen Stil, gegenüber von einem Spielplatz einer Highschool. Dort fand gerade ein Basketballspiel statt.

Ich war verwirrt. »Worüber wollen Sie mit mir reden, Chief?«

Mercer schaute mich an. »Haben Sie irgendwelche persönlichen Helden, Lindsay?«

»Sie meinen so wie Amelia Earhart oder Margaret Thatcher?« Ich schüttelte den Kopf. Mit derartigen Leitfiguren war ich nicht aufgewachsen. »Vielleicht Claire Washburn.« Ich lächelte.

Mercer nickte. »Arthur Ashe war immer meiner. Jemand fragte ihn mal, ob es schwierig sei, mit AIDS fertig zu werden, und er hat geantwortet: ›Längst nicht so schwierig, wie in den Vereinigten Staaten als Schwarzer aufzuwachsen.‹«

Seine Miene wurde besorgt. »Vernon Jones erzählt dem Bürgermeister, dass ich aus den Augen verloren hätte, was in diesem Fall auf dem Spiel stünde.« Er deutete auf das viktorianische Haus auf der gegenüberliegenden Straßenseite. »Sehen Sie das Haus? Mein Elternhaus. Dort bin ich aufgewachsen. Mein Vater war Mechaniker bei den Verkehrsbetrieben, und meine Mutter hat die Bücher für eine Elektrofirma geführt. Beide haben ihr ganzes Leben lang gearbeitet, um mich und meine Schwester studieren zu lassen. Sie ist jetzt Juristin in Atlanta. Aber von hier stammen wir.«

»Mein Vater hat auch für die Stadt gearbeitet.« Ich nickte.

»Ich habe Ihnen nie gesagt, dass ich Ihren Vater gekannt habe, Lindsay.«

»Sie haben ihn gekannt?«

»Ja, wir haben gemeinsam angefangen. Streifenpolizei beim Zentralrevier. Wir haben sogar mehrmals gemeinsam Schichtdienst gemacht. *Marty Boxer*... Ihr Vater war so eine Art Legende, Lindsay, aber nicht unbedingt wegen seiner vorbildlichen Dienstauffassung.«

»Erzählen Sie mir lieber etwas, das ich noch nicht weiß.«

»Na schön...« Er machte eine kurze Pause. »Damals war er ein guter Polizist. Ein verdammt guter Bulle. Viele von uns haben zu ihm aufgeschaut.«

»Ehe er abgehauen ist.«

Mercer schaute mich an. »Inzwischen sollten Sie wissen, dass es im Leben eines Polizisten Ereignisse geben kann, die nicht so leicht zu verstehen sind, dass wir anderen das beurteilen könnten.«

Ich schüttelte den Kopf. »Ich habe seit zwanzig Jahren nicht mit ihm gesprochen.«

Mercer nickte. »Ich kann nicht für ihn als Vater sprechen, auch nicht als Ehemann, aber es besteht die Chance, dass Sie ihn als Mann oder zumindest als Polizisten verurteilen, ohne alle Fakten zu kennen.«

»Er ist nie lange genug geblieben, um die Fakten zu präsentieren.«

»Das tut mir Leid«, sagte Mercer. »Ich werde Ihnen ein paar Dinge über Marty Boxer erzählen, aber ein andermal.«

»Was denn? Wann?«

Er ließ die Trennscheibe herab und gab dem Fahrer die Anweisung, zurück ins Präsidium zu fahren. »Wenn Sie die Chimäre gefunden haben.«

43

Als Chief Mercer später am Abend desselben Tages im Abendverkehr nach Hause fuhr, sagte er zum Fahrer, als sie kurz vor seinem Haus waren: »Ich steige hier aus, Sam.«

Sein Fahrer, Sam Mendez, blickte nach hinten. Sein dienstlicher Auftrag lautete, keinerlei unnötige Risiken einzugehen.

Aber Mercer war fest entschlossen auszusteigen. »Sam, im Radius von fünf Blocks sind hier mehr Polizisten als im Präsidium.« Für gewöhnlich fuhr auf der Ocean ständig ein Streifenwagen, und ein anderer parkte immer gegenüber seinem Haus.

Der Lincoln hielt an. Mercer schob sich hinaus. »Morgen holen Sie mich wieder ab, Sam. Ich wünsche Ihnen einen schönen Abend.«

Als der Wagen davonfuhr, nahm Mercer seinen dicken Aktenkoffer in die eine Hand und warf mit der anderen einen Regenmantel über seine Schulter. Er hatte das Gefühl von Freiheit und Erleichterung. Nur bei diesen kleinen Spaziergängen nach der Arbeit fühlte er sich richtig frei.

Er ging noch in Kim's Market und suchte das Körbchen mit den Erdbeeren heraus, die am süßesten aussahen. Dazu noch einige Pflaumen. Dann schlenderte er auf die andere Straßenseite zum Ingleside Wine Shop. Dort entschied er sich für einen Beaujolais, der gut zu dem Lammeintopf passte, den Eunice heute kochte.

Auf der Straße schaute er auf die Uhr und ging weiter nach Hause. Auf der Cerritos trennten zwei steinerne Säulen die Ocean von der sicheren Enklave der Ingleside Heights. Der Verkehr blieb hinter ihm zurück.

Er ging an dem niedrigen Haus der Taylors vorbei. Da raschelte es hinter der Hecke. »N'Abend, Chief...«

Mercer blieb stehen. Sein Herz schlug heftig.

»Nur keine Schüchternheit. Ich habe Sie seit Jahren nicht

mehr gesehen«, sagte die Stimme. »Wahrscheinlich erinnern Sie sich nicht mehr an mich.«

Was, zum Teufel, war los?

Ein großer, muskulöser Mann trat hinter der Hecke hervor. Er grinste frech und trug eine grüne Armeejacke.

Langsam dämmerte es Mercer. Eine vage Erinnerung. Das Gesicht kam ihm bekannt vor, aber er wusste nicht, woher. Und dann traf ihn die Erkenntnis wie ein Blitz. Plötzlich ergab alles einen Sinn, ihm stockte der Atem.

»Es ist wirklich eine große Ehre«, sagte der Mann. »Für *Sie*!«

Er hielt eine schwere, silbrig glänzende Waffe in der Hand. Die Mündung zeigte auf Mercers Brust. Mercer wusste, dass er etwas tun musste. Den Mann rammen, irgendwie seine eigene Waffe herausholen. Er musste sich wieder wie ein Polizist im Streifendienst auf der Straße benehmen.

»Ich wollte, dass Sie mein Gesicht sehen. Ich wollte, dass Sie wissen, weshalb Sie sterben müssen.«

»Tun Sie es nicht. Hier wimmelt es von Polizisten.«

»Gut, das macht es noch besser für mich. Keine Angst, Chief. Sie werden eine Menge alter Freunde dort treffen, wohin Sie jetzt gehen.«

Der erste Schuss traf ihn in die Brust. Ein brennender Schmerz, seine Knie wurden weich. Mercers erster Gedanke war zu schreien. Stand Parks oder Velasquez vor seinem Haus Wache? Nur wenige kostbare Meter entfernt. Aber seine Stimme erstarb ihm in der Brust. *O Gott, bitte rette mich!*

Der zweite Schuss traf ihn in den Hals. Er wusste nicht mehr, ob er stand oder lag. Er wollte sich auf den Mörder stürzen und das Schwein zu Boden werfen. Aber seine Beine waren – gelähmt, unbeweglich.

Der Mann mit der Waffe stand über ihm. Das Schwein redete immer noch mit ihm, aber er konnte kein Wort hören. Sein Gesicht war klar, dann wurde es verschwommen. Ein Name blitzte in seinem Kopf auf. Das war doch unmöglich! Er sprach ihn zweimal aus, um sicher zu sein. Das Blut brauste in seinen Ohren.

»Das stimmt«, sagte der Mörder und senkte die silbrige Waffe. »Sie haben den Fall gelöst. Sie haben herausgefunden, wer die Chimäre ist. Glückwunsch.«

Mercer dachte, er sollte die Augen schließen – doch dann explodierte der nächste, grell orangefarbene Blitz in seinem Gesicht.

44

Ich werde mich immer daran erinnern, was ich gerade tat, als ich die Nachricht hörte. Ich war zu Hause und rührte auf dem Herd in einem Topf mit Farfalle. Aus der Stereoanlage ertönte »Adia« von Sarah McLachlan.

Claire wollte gleich kommen. Ich hatte sie mit meiner berühmten Pasta mit Spargel und Zitronensoße hergelockt. Nein, nicht hergelockt... tatsächlich hatte ich sie *angefleht*. Ich wollte über etwas anderes als den Fall sprechen. Über ihre Kinder, Yoga, den Wahlkampf des Senators von Kalifornien, warum das Team der Warriors so schlecht spielte. Über *irgendetwas*...

Ich werde es nie vergessen... Martha spielte mit einem Bär ohne Kopf, einem Maskottchen der San Francisco Giants, das sie in ihren Besitz gebracht hatte. Ich hackte Basilikum. Dann probierte ich die Pasta. Tasha Catchings und Art Davidson waren aus meinem Kopf verschwunden. Gott sei Dank.

Das Telefon klingelte. Mir kam ein selbstsüchtiger Gedanke. Ich hoffte, dass Claire unsere Verabredung nicht in letzter Minute absagte.

Ich klemmte das Telefon unters Kinn und meldete mich: »Ja bitte.«

Es war Sam Ryan, der Leiter des Dezernats und verwaltungsmäßig mein Vorgesetzter. Beim Klang seiner Stimme wusste ich sofort, dass etwas Schlimmes passiert sein musste.

»Lindsay, es ist etwas Grauenvolles passiert.«

Mein Körper war wie gelähmt. Es war, als hätte jemand in meine Brust gegriffen und mein Herz zusammengedrückt. Ich hörte, wie Ryan sagte: *Drei Schüsse, aus nächster Nähe... nur wenige Meter vom Haus entfernt. O mein Gott... Mercer...*

»Wo ist er, Sam?«

»Moffitt. Notoperation. Er kämpft.«

»Ich komme sofort. Bin schon unterwegs.«

»Lindsay, hier können Sie nichts tun. Fahren Sie lieber zum Tatort.«

»Chin und Lorraine übernehmen das. Ich komme gleich.«

Es klingelte an der Tür. Wie in Trance lief ich hin und öffnete.

»Hallo«, sagte Claire.

Ich brachte kein Wort heraus. Sie warf einen Blick auf mein leichenblasses Gesicht. »Was ist passiert?«

Meine Augen wurden feucht. »Claire... er hat Chief Mercer erschossen.«

45

Wir rannten die Treppe hinunter, kletterten in Claires Pathfinder und fuhren von Potrero zum California Medical Center auf den Parnassus Heights. Während der ganzen Fahrt schlug mein Herz wie verrückt – aber voll Hoffnung. Die Straßennamen flogen wie im Traum vorüber – Twenty-fourth, Guerrero, dann über die Castro auf die Seventh zum Krankenhaus oben auf dem Mt. Sutro.

Kaum zehn Minuten nachdem ich den Anruf erhalten hatte, lenkte Claire den Pathfinder auf den reservierten Parkplatz gegenüber vom Krankenhauseingang.

Claire wies sich bei der Schwester am Empfang aus und fragte nach dem neuesten Befund. Mit besorgter Miene stürmte sie durch die Schwingtüren. Ich traf Sam Ryan. »Wie steht es?«

Er schüttelte den Kopf. »Er liegt jetzt im OP. Wenn jemand drei Kugeln wegstecken und überleben kann, dann er.«

Ich nahm mein Handy und informierte Lorraine Stafford am Tatort. »Hier ist die Hölle los«, sagte sie. »Leute von der Behörde für Interne Angelegenheiten und ein verdammter *Krisenstab* der Stadt. Und die Scheißpresse. Bis jetzt ist es mir noch nicht gelungen, zu dem Streifenpolizisten vorzudringen, der als Erster am Tatort war.«

»Lassen Sie *niemanden,* abgesehen von Ihnen und Chin, an den Tatort ran«, sagte ich zu ihr. »Ich komme, sobald ich kann.«

Claire kam aus der Intensivstation. Ihr Gesicht war angespannt. »Sie haben ihn jetzt aufgemacht, Lindsay. Es sieht nicht gut aus. Seine Großhirnrinde wurde verletzt. Er hat Unmengen Blut verloren. Es ist ein Wunder, dass er so lange durchgehalten hat.«

»Claire, ich muss rein und ihn sehen.«

Sie schüttelte den Kopf. »Er lebt kaum noch, Lindsay. Außerdem ist er in Narkose.«

Ich hatte das immer stärker werdende Gefühl, ich schuldete es Mercer. Dass er wissen müsste, dass die Wahrheit mit ihm stürbe, wenn er starb. »Ich gehe rein.«

Ich wollte in die Intensivstation stürmen, aber Claire hielt mich am Arm zurück. Als ich in ihre Augen blickte, schwand das letzte Hoffnungsfünkchen aus meinem Körper. Ich hatte immer mit Mercer gekämpft. Er war jemand gewesen, bei dem ich stets das Gefühl hatte, ihm etwas beweisen zu müssen –

immer wieder. Aber letztendlich hatte er an mich geglaubt. Es war seltsam, aber ich hatte das Gefühl, als verlöre ich noch mal einen Vater.

Keine Minute später kam ein Arzt in grünem Kittel heraus und streifte die Latexhandschuhe ab. Er sagte zu den Leuten des Bürgermeisters etwas, dann zu Anthony Tracchio, dem stellvertretenden Polizeichef.

»Der Chief ist tot«, stammelte Tracchio.

Alle starrten wie betäubt ins Leere. Claire legte den Arm um mich und zog mich an sich.

»Ich weiß nicht, ob ich das tun kann«, sagte ich und klammerte mich an ihre Schulter.

»Doch, du kannst«, sagte sie.

Ich erwischte Mercers Arzt, als er auf dem Weg zurück in die Intensivstation war, und stellte mich vor. »Hat er etwas gesagt, als er eingeliefert wurde?«

Der Arzt zuckte die Schultern. »Er war noch kurz bei Bewusstsein. Aber was er gesagt hat, war unzusammenhängend. Reine Reflexe. Sofort nach der Einlieferung wurde er an die künstliche Beatmung angeschlossen.«

»Aber sein Hirn hat noch gearbeitet, richtig, Doktor?« Er hatte seinen Mörder von Angesicht zu Angesicht gesehen, drei Schüsse. Ich sah Mercer, wie er so lange wie möglich weiterlebte, um noch etwas zu sagen. »Können Sie sich an *irgendetwas* erinnern?«

Mit müden Augen musterte er mich und dachte nach. »Tut mir Leid, Inspector. Wir haben versucht, sein Leben zu retten. Probieren Sie es doch beim Notarztteam, das ihn hergebracht hat.«

Er ging hinein. Durch die Scheiben der Intensivstation sah ich auf dem Korridor Eunice Mercer und eine ihrer Töchter. Beide weinten und hielten sich umarmt.

Ich hatte das Gefühl, dass meine Innereien zerrissen. Übelkeit stieg in mir auf.

Ich rannte zur Damentoilette, beugte mich übers Waschbecken und spritzte mir kaltes Wasser ins Gesicht. »Verdammt! Verdammt!«

Als sich mein Körper beruhigt hatte, schaute ich in den Spiegel. Meine Augen waren leer und lagen in dunklen Höhlen. Stimmen trommelten in meinem Kopf.

Vier Morde schrien sie ... *vier schwarze Polizisten.*

46

Lorraine Stafford ging mit mir zu den Steinsäulen am Eingang der Cerritos. »Der Chief war auf dem Heimweg«, sagte sie und biss sich auf die Unterlippe. »Er hat ein paar Häuser weiter gewohnt, in dieser Richtung. Keine Zeugen, aber sein Fahrer wartet dort drüben.«

Ich ging zu der Stelle, an der man Mercer gefunden hatte. Charlie Clappers Mannschaft war bereits bei der Arbeit und kämmte alles genau durch. Es war eine stille Straße in einer Wohngegend. Der Gehsteig wurde von einer hohen Hecke begrenzt, die verhinderte, dass jemand den Mörder hätte sehen können.

Die Körperumrisse waren mit Kreide aufgemalt, Blutlachen auf dem Pflaster. Die Überreste seiner letzten Minuten, Zeitschriften, Obst, eine Flasche Wein und seine Aktentasche, lagen umher.

»Hatte er keinen Streifenwagen vor dem Haus postiert?«, fragte ich.

Lorraine nickte zu dem jungen uniformierten Polizisten hinüber, der am Kühler eines blauweißen Streifenwagens lehnte. »Als er herkam, war der Dreckskerl schon verschwunden und der Chief verblutete.«

Es wurde klar, dass der Mörder sich auf die Lauer gelegt hatte. Er musste sich im Gebüsch versteckt haben, bis Mercer vorbeikam. Er musste sich ausgekannt haben. Genauso, wie er bei Davidson Bescheid gewusst hatte.

Von der Ocean kamen Jacobi und Cappy herauf. Bei ihrem Anblick atmete ich erleichtert auf.

»Danke, dass ihr gekommen seid«, flüsterte ich.

Dann tat Jacobi etwas, das für ihn völlig uncharakteristisch war. Er nahm mich bei den Schultern und schaute mir tief in die Augen. »Das wird einen Riesenwirbel geben, Lindsay. Das FBI wird kommen. Alles, was wir tun können, alles, was du brauchst, ich bin immer für dich da. Auch wenn du dich mal ausquatschen willst.«

Ich wandte mich an Lorraine und Chin. »Was ist noch zu tun, bis ihr hier fertig seid?«

»Ich möchte mir den möglichen Fluchtweg ansehen«, sagte Chin. »Wenn er irgendwo ein Auto geparkt hatte, muss das jemand gesehen haben. Ansonsten hat ihn vielleicht jemand auf der Ocean gesehen.«

»Verflucht, der Chief«, sagte Jacobi. »Ich habe immer gedacht, er würde auf seiner eigenen Beerdigung eine Pressekonferenz abhalten.«

»Verbuchen wir das immer noch unter Hass-Verbrechen, Lieutenant?«, fragte Cappy.

»Ich weiß nicht, wie es Ihnen geht, aber ich hasse diesen Dreckskerl von ganzem Herzen«, antwortete ich.

47

In einem Punkt hatte Jacobi Recht. Am nächsten Morgen hatte sich alles verändert. Vor der Treppe zum Präsidium hatten sich aufgebrachte Journalisten der Nachrichtensender des Landes versammelt. Sie postierten Kameraleute und schlugen sich um Interview. Anthony Tracchio agierte als Chief. Er war in Verwaltungsangelegenheiten Mercers rechte Hand gewesen, aber er hatte sich nie hochgedient. Jetzt machte ich ihm über den Chimäre-Fall Meldung. »Keinerlei undichte Stellen«, warnte er barsch. »Keinen Kontakt mit der Presse. Alle Interviews nur über mich.«

Eine gemeinsame Soko wurde zur Aufklärung von Mercers Mord zusammengestellt. Erst als ich nach oben kam, fand ich heraus, was »gemeinsam« bedeutete.

Im Vorraum zu meinem Büro warteten zwei FBI-Agenten in hellbraunen Anzügen. Ein glatter geschniegelter Afroamerikaner, der Ruddy hieß und ein Oxford-Hemd mit gelber Krawatte trug. Er schien das Sagen zu haben. Dann noch der typische abgebrühte FBI-Kämpfer, der Hull hieß.

Als Erstes erklärte mir Ruddy, wie schön es sei, mit dem Inspector zusammenzuarbeiten, der die Honeymoon-Morde gelöst hätte. Als Zweites bat er mich um die Chimäre-Akten. Alle. Tasha. Davidson. Und alles, was wir über Mercer hatten.

Zehn Sekunden nachdem sie verschwunden waren, hing ich schon am Telefon und rief meinen neuen Chef an. »Jetzt weiß ich, was Sie mit *gemeinsam* gemeint haben.«

»Verbrechen gegen städtische Beamte sind Sache der Bundesregierung, Lieutenant. Dagegen kann ich nicht viel machen«, sagte Tracchio.

»Mercer hat gesagt, es handle sich um ein *Stadt*-Verbrechen, Chief. Er meinte, die Stadtpolizei sollte den Fall lösen.«

Tracchios nächste Worte schickten mein Herz in einen Sturzflug. »Tut mir Leid. Jetzt nicht mehr.«

48

Später am Nachmittag fuhr ich nach Inglewood Heights, um mit Chief Mercers Frau zu sprechen. Ich hatte das Gefühl, das unbedingt selbst tun zu müssen. Vor dem Haus des Chiefs parkte schon eine lange Reihe von Autos. Eine Verwandte öffnete mir die Tür und sagte, dass Mrs Mercer mit der Familie oben sei.

Ich blieb stehen und musterte die Gesichter der Menschen, die sich im Wohnzimmer versammelt hatten. Einige kannte ich. Nach wenigen Minuten kam Eunice Mercer die Treppe herunter. Sie wurde von einer Frau im mittleren Alter begleitet, die sehr sympathisch wirkte. Wie sich herausstellte, war es ihre Schwester. Eunice erkannte mich und kam direkt auf mich zu.

»Es tut mir ja so unsäglich Leid. Ich kann es einfach nicht fassen«, sagte ich und drückte ihre Hand. Dann umarmte ich sie.

»Ich weiß«, sagte sie leise. »Sie haben ja selbst vor kurzem einen schmerzlichen Verlust erlitten.«

»Ich weiß, wie hart das für Sie ist, aber ich muss Ihnen unbedingt ein paar Fragen stellen«, sagte ich.

Sie nickte. Ihre Schwester mischte sich unter die Gäste. Eunice Mercer nahm mich ins Arbeitszimmer mit.

Ich stellte ihr weitgehend die gleichen Fragen, die ich den anderen Angehörigen der Opfer gestellt hatte. Hatte jemand in letzter Zeit ihren Mann bedroht? Anrufe zu Hause? Hatte in letzter Zeit ein Verdächtiger das Haus beobachtet?

Sie schüttelte verneinend den Kopf. »Earl hat immer gesagt, hier sei der einzige Platz, wo er das Gefühl hätte, in der Stadt zu leben, nicht nur die Polizei zu leiten.«

Ich wechselte die Taktik. »Haben Sie vor dieser Woche schon mal den Namen Art Davidson gehört?«

Eunice Mercers Gesicht wurde starr. »Sie glauben, dass Earl

von demselben Mann getötet wurde, der diese anderen grauenvollen Verbrechen begangen hat?«

Ich nahm ihre Hand. »Ja, ich glaube, dass ein und derselbe Mann diese Morde begangen hat.«

Sie massierte sich die Stirn. »Lindsay, im Augenblick ergibt *gar nichts* Sinn für mich. Earls Tod. Dieses Buch.«

»Buch...?«, fragte ich.

»Ja. Earl hat immer Autozeitschriften gelesen. Er hatte einen Traum. Nach seiner Pensionierung... in der Garage eines Cousins hat er einen alten GTO stehen. Den wollte er dann völlig auseinander nehmen und wieder zusammenbauen. Aber dieses Buch, das in seiner Jacke gesteckt hat...«

»Welches Buch?« Ich drückte ihre Hand.

»Ein junger Arzt hat es mir im Krankenhaus gegeben, zusammen mit seinen Schlüsseln und der Brieftasche. Ich habe nicht gewusst, dass er sich für derartige Dinge interessiert. Diese alten Mythen...«

Plötzlich raste mein Puls. »Können Sie mir das Buch zeigen?«

»Selbstverständlich«, sagte Eunice Mercer. »Es liegt drüben.« Sie verließ das Arbeitszimmer, kam eine Minute später zurück und reichte mir ein Taschenbuch. Es war ein Buch, das jedes Schulkind lesen musste. *Mythology* von Edith Hamilton.

Das Buch hatte Eselsohren und sah aus, als hätte man schon tausendmal darin geblättert. Ich sah es durch, konnte aber nichts Auffälliges feststellen.

Ich las das Inhaltsverzeichnis. Dann sah ich es. Seite 141, in der Mitte. Es war unterstrichen. *Bellerophon tötet die Chimäre.*

Bellerophon... Billy Reffon.

Mir stockte der Atem. Den Namen hatte er benutzt, als er den Notruf 911 bei Art Davidson getätigt hatte. Er hatte sich Billy Reffon genannt.

Ich schlug Seite 141 auf. Da stand es. Mit Abbildung. Ein

sich aufbäumender Löwe. Der Körper der Ziege. Der Schwanz der Schlange.
Chimäre.
Dieser Hurensohn teilte uns mit, dass er Chief Mercer getötet hatte.
Mich überlief ein Zittern. Auf der Seite stand noch etwas. Eine scharfe kantige Schrift, nur wenige Worte waren mit Tinte über die Abbildung geschrieben:
Es wird weitergehen… Gerechtigkeit wird geschehen.

49

Nachdem ich Mrs Mercers Haus verlassen hatte, fuhr ich schweißgebadet durch die Stadt. Ich kannte die Wahrheit, und sie erfüllte mich mit Grauen.

Meine Instinkte waren richtig gewesen. Es handelte sich nicht um eine Serie zufälliger Morde. Dieser Mann war ein eiskalter, berechnender Killer. Er spielte mit uns, forderte uns heraus. So wie mit dem weißen Van und mit dem Tonband. Billy Reffon.

Schließlich sagte ich wütend »Verdammt« und rief die Mädels an. Ich konnte mich nicht mehr zurückhalten. Diese drei Frauen besaßen den schärfsten Verstand der Stadt, wenn es um Verbrechen ging. Und dieses Schwein hatte mir angekündigt, dass es weitere Morde geben würde. Wir verabredeten uns bei Susie's.

»Ich brauche eure Hilfe«, sagte ich und schaute in die Runde, nachdem wir an unserem Stammtisch in der Nische Platz genommen hatten.

»Deshalb sind wir da«, sagte Claire. »Du rufst, wir rennen.«

Cindy lachte. »Endlich gibt sie zu, dass sie ohne uns eine Null ist.«

»This Kiss« von Faith Hill übertönte ein Basketball-Spiel im Fernsehen, aber wir vier saßen in unserer Ecke und waren in unserer Welt versunken. Herrgott, war es schön, alle mal wieder versammelt zu haben.

»Nach Mercers Tod herrscht reines Chaos. Das FBI mischt jetzt mit. Ich weiß nicht einmal, wer das Kommando führt. Ich weiß nur, dass noch mehr Menschen getötet werden, je länger wir warten.«

»Diesmal muss es aber ein paar Regeln geben«, sagte Jill und nippte an ihrem alkoholfreien Buckler-Bier. »Das ist kein Spiel. Beim letzten Mal habe ich jede Dienstvorschrift verletzt, auf die ich den Eid geleistet habe. Beweise zurückgehalten, die Staatsanwaltschaft für persönliche Interessen benutzt. Wenn davon was rausgekommen wäre, würde ich jetzt Dienst im neunten Stock tun.«

Wir lachten. Im neunten Stock des Präsidiums befanden sich die Zellen.

»Einverstanden«, sagte ich. Auf mich traf das ebenfalls zu. »Alles, was wir herausfinden, teilen wir der Soko mit.«

»Nur nicht gleich über Bord gehen«, sagte Cindy und lachte verschmitzt. »Wir sind hier, um dir zu helfen, nicht damit irgendein Bürohengst Karriere macht.«

»Die Margarita-Bande lebt«, jubelte Jill. »Herrgott, bin ich froh, dass wir wieder dabei sind.«

»Hast du je daran gezweifelt?«, fragte Claire.

Ich schaute meine Freundinnen an. Der Club der Ermittlerinnen. Ich hatte ein mulmiges Gefühl. Vier Menschen waren tot, darunter der ranghöchste Polizist der Stadt. Der Mörder hatte bewiesen, dass er überall zuschlagen konnte, wo er wollte.

»Jeder Mord ist eine Verfeinerung des vorhergehenden und immer waghalsiger«, sagte ich. Dann erzählte ich ihnen von den jüngsten Ermittlungsergebnissen, auch von dem Buch, das man Mercer in die Tasche gesteckt hatte. »Jetzt braucht er nicht mehr den Vorwand, es handele sich um Verbrechen aus Rassenhass. Aber Rassismus spielt eine Rolle. Ich weiß nur noch nicht, welche.«

Claire berichtete uns von der Obduktion des Chiefs, mit der sie am Nachmittag fertig geworden war. Es war aus großer Nähe drei Mal mit einer 38er auf ihn geschossen worden. »Meinem Eindruck nach wurden die Schüsse wohl überlegt in klaren Intervallen abgegeben. Das habe ich an dem Muster gesehen, mit dem die Wunden ausgeblutet sind. Der letzte Schuss war der in den Kopf. Mercer lag bereits auf dem Boden. Das bringt mich zu dem Schluss, dass beide sich angesehen haben. Er wollte ihn langsam töten. Vielleicht haben sie sich sogar unterhalten. Meiner Schätzung nach kannte Mercer seinen Mörder.«

»Hast du die Möglichkeit überprüft, dass all diese Polizisten irgendwie in Verbindung standen?«, fragte Jill. »Selbstverständlich hast du, schließlich bist du Lindsay Boxer.«

»Natürlich habe ich das. Es gibt keinerlei Hinweise, dass sie sich auch nur gekannt haben. Ihre Karrieren scheinen sich nicht gekreuzt zu haben. Tasha Catchings Onkel ist zwanzig Jahre jünger als die anderen. Wir sind nicht imstande, etwas zu finden, das sie verknüpft.«

»Jemand hasst Bullen. Aber das tun viele Leute«, sagte Cindy.

»Ich finde einfach das Verbindungsstück nicht. Angefangen hat alles mit der Tarnung eines Mordes als Hass-Verbrechen. Der Mörder wollte, dass wir die Morde in ganz bestimmter Weise betrachten. Er wollte, dass wir seine Hinweise finden. Und er wollte, dass wir die Chimäre finden. Sein Symbol.«

»Aber wenn es sich um eine persönliche Vendetta handelt, ergibt es doch keinen Sinn, dass er uns zu einer organisierten Gruppe führt«, meinte Jill.

»Außer, er wollte jemanden belasten«, sagte ich.

»Oder die Chimäre führt gar nicht zu einer rassistischen

Gruppe«, sagte Cindy und biss sich auf die Lippe. »Vielleicht will er uns mit diesem Buch etwas anderes sagen.«
Ich starrte sie an. Wir alle schauten sie an. »Wir warten, Einstein.«
Sie schüttelte den Kopf. »Ich habe nur laut gedacht.«
Jill versprach, sämtliche Beschwerdefälle zu überprüfen, wo ein schwarzer Polizist einen Weißen misshandelt oder ihm sonstwie übel mitgespielt hatte. Jeder Racheakt, der vielleicht die geistige Verfassung des Mörders erklären könnte. Cindy wollte das Gleiche beim *Chronicle* machen.
Es war ein langer Tag gewesen, und ich war erschöpft. Am nächsten Tag hatte ich eine Besprechung der Soko um halb acht Uhr früh. Ich blickte meinen Freundinnen in die Augen. »Ich danke euch allen.«
»Wir werden diesen Scheißfall mit dir lösen«, sagte Jill. »Wir kriegen die Chimäre.«
»Wir müssen los«, sagte Claire. »Aber wir brauchen dich, damit du die Rechnung bezahlst.«
Einige Minuten plauderten wir darüber, was wir am nächsten Tag tun mussten und wann wir uns wieder treffen wollten. Jill und Claire hatten ihre Autos auf dem Parkplatz stehen. Ich fragte Cindy, die in meiner Nähe in Castro wohnte, ob ich sie mitnehmen sollte.
»Nein danke, ich habe eine Verabredung«, sagte sie lächelnd.
»Schön für dich. Wer ist dein nächstes Opfer?«, rief Claire. »Wann können wir ihn in Augenschein nehmen?«
»Wenn ihr angeblich erwachsenen, gescheiten Frauen wie Schulkinder die Augen aufreißen wollt – *gleich*. Er holt mich ab.«
»Ich reiße gern die Augen auf«, sagte Claire.
Ich lachte. »Du könntest heute Mel Gibson *und* Russell Crowe treffen, es würde mein Boot nicht erschüttern.«
Als wir uns durch die Eingangstür schoben, zupfte Cindy mich am Ärmel. »Halte deine Ruder fest, Schätzchen.«

Wir sahen ihn gleichzeitig, machten alle große Augen, und mein Boot schwankte.

Der gut aussehende, sexy Mann, ganz in Schwarz gekleidet, der draußen wartete, war Aaron Winslow.

50

Ich konnte es nicht glauben und stand mit offenem Mund da. Ich schaute Cindy an, dann wieder Winslow. Langsam wich meine Verblüffung, und ich lächelte voller Begeisterung.

»*Lieutenant.*« Winslow nickte mir zu und brach das peinliche Schweigen. »Als Cindy gesagt hat, sie würde sich hier mit Freundinnen treffen, hatte ich nicht erwartet, Sie zu sehen.«

»Ja, ich Sie auch nicht«, stammelte ich.

»Wir gehen ins Blue Door«, erklärte Cindy und stellte alle vor. »Pinetop Perkins ist in der Stadt.«

»Großartig.« Claire nickte.

»*Himmlisch*«, meinte Jill.

»Möchte eine von Ihnen mitkommen?«, fragte Aaron Winslow. »Falls Sie es noch nicht gehört haben, nichts ist mit dem Memphis Blues vergleichbar.«

»Ich muss morgen um sechs wieder im Büro sein«, sagte Claire. »Geht ihr nur allein.«

Ich beugte mich zu Cindy und flüsterte: »Weißt du, als wir neulich von Schützenlöchern gesprochen haben, habe ich nur einen Scherz gemacht.«

»Das weiß ich«, sagte Cindy und löste ihre Hand aus meiner Armbeuge. »Ich aber nicht.«

Mit offenen Mündern standen Claire, Jill und ich da und

schauten den beiden hinterher, wie sie um die Ecke bogen und verschwanden. Eigentlich sahen die zwei gut zusammen aus, und überhaupt war es nur eine Verabredung, um gemeinsam Musik zu hören.

»Okay«, sagte Jill. »Sagt mir, dass ich das nicht geträumt habe.«

»Du hast nicht geträumt, Mädchen«, antwortete Claire. »Ich hoffe nur, dass Cindy weiß, worauf sie sich da einlässt.«

»Ja.« Ich schüttelte den Kopf. »Und ich hoffe, er auch.«

Als ich in den Wagen einstieg, hing ich den erfreulichen Gedanken über Cindy und Aaron Winslow nach und vergaß beinahe den Grund, weshalb wir uns getroffen hatten.

Ich steuerte meinen Explorer auf die Brannan und winkte Claire zu, die zur 280 hinüberfuhr. Als ich abbog, sah ich einen weißen Toyota, der einen Block hinter mir fuhr.

In Gedanken war ich damit beschäftigt, was ich soeben getan hatte. Ich hatte meine Freundinnen in diesen schrecklichen Fall verwickelt. Ich hatte gerade eine klare Anordnung des Bürgermeisters *und* meines Vorgesetzten missachtet. Diesmal hatte ich niemanden, der mir Rückendeckung gab. Keinen Roth, keinen Mercer.

Ein Mazda mit zwei Teenagern, Mädchen, hielt hinter mir. Wir standen vor einer roten Ampel auf der Seventh. Die Fahrerin sprach wie ein Wasserfall in ihr Handy, während ihre Begleiterin zu einem Lied aus dem Radio sang.

Als wir losfuhren, behielt ich sie noch einen Block lang im Auge, bis sie auf die Ninth abbogen. Ein blauer Minivan übernahm den Platz des Mazda.

Ich kam auf dem Weg zum Potrero Hill zur Unterführung der 101 und fuhr nach Süden weiter. Der blaue Van bog ab.

Verblüfft sah ich wieder den weißen Toyota ungefähr dreißig Meter hinter mir.

Ich fuhr weiter. Ein silberner BMW kam auf der linken Fahrbahn näher und hielt sich dann hinter mir. Dahinter fuhr ein

Bus. Es sah so aus, als sei der mysteriöse Toyota verschwunden.

Wer kann dir übel nehmen, dass du nervös bist, nach dem, was alles geschehen war?, sagte ich zu mir. Mein Foto war in der Zeitung und in den Fernsehnachrichten gewesen.

Wie immer fuhr ich auf der Connecticut nach rechts und erklomm den Potrero Hill. Ich hoffte, dass Mrs. Taylor, meine Nachbarin, mit Martha Gassi gegangen war. Und ich überlegte, ob ich am Markt auf der Twentieth halten und Vanilleeis mitnehmen sollte.

Nach zwei Blocks warf ich einen letzten Blick in den Rückspiegel. Der weiße Toyota kam in Sicht.

Entweder wohnte der Scheißkerl im selben Block wie ich, oder der Wichser verfolgte mich.

Es musste die Chimäre sein.

51

Mein Herz schlug wie verrückt, meine Nackenhaare sträubten sich. Ich blickte in den Rückspiegel und las das Nummernschild: Kalifornien… PCV 182. Den Fahrer konnte ich nicht erkennen. *Das war heller Wahnsinn…* Aber ich bildete es mir mit Sicherheit nicht ein.

Ich fuhr in eine Parklücke direkt vor meiner Wohnung und wartete im Auto, bis ich die Kühlerhaube des weißen Toyotas über dem höchsten Punkt der Twentieth Street auftauchen sah. Am Fuß des letzten Hügels blieb er stehen. Mein Blut wurde zu Eis.

Ich hatte den Scheißkerl direkt zu meiner Wohnung geführt.

Ich holte aus dem Handschuhfach meine Glock und überprüfte das Magazin. *Ruhig bleiben! Du erledigst dieses elende Arschloch. Jetzt wirst du die Chimäre erwischen.*

Ich saß im Auto und dachte über meine Möglichkeiten nach. Ich konnte anrufen. In wenigen Minuten würde ein Streifenwagen da sein. Aber ich musste herausfinden, wer es war. Das Auftauchen eines Polizeifahrzeugs würde ihn verscheuchen.

Mein Herz raste. Ich nahm die Pistole in die Hand und öffnete die Autotür. Dann schlich ich mich in die Nacht hinaus. *Und was jetzt?*

Im Erdgeschoss meines Hauses gab es eine Hintertür, die zu einem Hinterhof unter meiner Terrasse führte. Von dort aus konnte ich um den Block in der Nähe des Parks oben auf dem Hügel herumlaufen. Wenn der Dreckskerl draußen blieb, konnte ich zurückkommen und ihn womöglich überraschen.

Ich zögerte vor der Tür lange genug, bis ich den Toyota die Straße heraufkriechen sah. Mit zitternden Fingern holte ich den Schlüssel aus meiner Tasche und rammte ihn ins Schloss.

Jetzt war ich drinnen. Durch ein kleines Fenster beobachtete ich den Toyota. Ich bemühte mich, den Fahrer zu erkennen, aber die Innenbeleuchtung war ausgeschaltet.

Ich schob den Riegel der Hintertür zurück und schlich mich auf den Hof hinter meinem Gebäude.

Dann rannte ich im Schutz der Mauern zu der Sackgasse oben auf dem Hügel. Von dort aus lief ich zurück, wobei ich mich im Schatten der Häuser auf der anderen Straßenseite hielt.

Hinter ihn...

Der Toyota parkte mit ausgeschalteten Scheinwerfern auf der meiner Wohnung gegenüberliegenden Straßenseite.

Der Fahrer saß vorn und rauchte eine Zigarette.

Ich duckte mich hinter einem geparkten Honda Accord und hielt die Waffe schussbereit. *Jetzt geht's ums Ganze, Lindsay...*

Konnte ich die Chimäre im Auto überwältigen? Was war, wenn die Türen verschlossen waren?

Plötzlich sah ich, wie die Autotür aufging, die Innenbeleuchtung flammte kurz auf. Der Dreckskerl wandte mir beim Aussteigen den Rücken zu.

Er trug eine dunkle Wetterjacke und eine weiche Mütze, die er tief über die Augen gezogen hatte. Er blickte zu meinem Haus hinauf. *Zu meiner Wohnung.*

Dann ging er über die Straße. Keinerlei Anzeichen von Angst.

Schnapp ihn dir. Jetzt. Dieses Schwein war tatsächlich hinter mir her. Er hatte mir durch den Eintrag in Mercers Buch gedroht. Ich verließ die Deckung der geparkten Autos.

Mein Herz klopfte so heftig und so laut, dass ich Angst hatte, er würde sich plötzlich umdrehen. *Jetzt! Los! Du hast ihn!*

Die Glock fest in der rechten Hand, schlich ich mich hinter ihn. Ich legte ihm den linken Arm um die Kehle, drückte zu und trat ihm die Beine weg.

Er stürzte zu Boden und landete unsanft auf dem Gesicht. Ich hielt ihn eisern fest und drückte ihm die Mündung meiner Pistole gegen den Hinterkopf.

»Polizei, Arschloch! Hände ausbreiten!«

Schmerzliches Stöhnen war zu hören. Er breitete die Arme aus. *War er die Chimäre?*

»Du wolltest mich haben, du Hurensohn. Na schön, jetzt hast du mich. Umdrehen!«

Ich lockerte meinen Griff, damit er sich umdrehen konnte. Und dann blieb mir fast das Herz stehen.

Ich starrte in das Gesicht meines Vaters.

52

Marty Boxer rollte auf den Rücken und stöhnte. Die Luft wich aus seiner Lunge. Immer noch besaß er einen Hauch des guten Aussehens, an das ich mich erinnerte. Aber er hatte sich verändert, war älter geworden, magerer und müder. Seine Haare waren dünner, und die einst so lebendigen blauen Augen schienen verblasst zu sein.

Ich hatte ihn seit zehn Jahren nicht gesehen und seit zwanzig Jahren nicht mit ihm gesprochen.

»Was machst du denn hier?«, wollte ich wissen.

»Im Augenblick lasse ich mich von meiner Tochter windelweich prügeln.« Er stöhnte und rollte auf die Seite.

Ich spürte einen harten Gegenstand in seiner Jackentasche. Dann holte ich eine alte Polizeiwaffe heraus, eine Smith & Wesson, 40er Kaliber. »Was, zum Teufel, ist das? Deine Art von Begrüßung?«

»Die Welt da draußen ist furchtbar schlecht.« Wieder stöhnte er.

Ich ließ ihn los. Sein Anblick war wie ein Angriff, blitzartig stiegen Erinnerungen auf, die ich seit Jahren verdrängt hatte. Ich bot ihm nicht an, ihm auf die Beine zu helfen. »Was hast du gemacht? Bist du mir gefolgt?«

Langsam richtete er sich in eine sitzende Position auf. »Ich tue so, als hättest du nicht gewusst, dass dein alter Herr dich besuchen wollte, Butterblume.«

»*Bitte*, nenn mich nicht so!«, fuhr ich ihn wütend an.

Butterblume war sein Kosename für mich gewesen, als ich sieben Jahre alt und er noch zu Hause gewesen war. Meine Schwester Cat war »Bremse« und ich »Butterblume«. Als ich den Namen hörte, stieg eine Woge bitterer Erinnerungen in mir auf. »Du glaubst, du kannst nach all den Jahren einfach hier auftauchen, mich fast zu Tode erschrecken und einfach so davonkommen, wenn du mich Butterblume nennst? Ich bin nicht mehr dein kleines Mädchen. Ich bin Lieutenant bei der Mordkommission.«

»Das weiß ich, und du hast eine verdammt harte Handschrift, Baby.«

»Du hast noch mal Glück gehabt.« Ich legte den Sicherungshebel meiner Glock um.

»Wen, um alles auf der Welt, hattest du denn erwartet?«, fragte er und massierte sich die Rippen. »Den Rock?«

»Das spielt keine Rolle. Ich möchte nur wissen, was du hier zu suchen hast.«

Er schnüffelte schuldbewusst. »Langsam kapiere ich, dass du nicht außer dir vor Begeisterung bist, mich zu sehen.«

»Warum sollte ich. Bist du krank?«

Seine blauen Augen funkelten. »Darf ein Mann nicht nachsehen, wie es seiner Erstgeborenen geht, ohne dass man seine Motive in Frage stellt?«

Ich studierte die Linien in seinem Gesicht. »Seit zehn Jahren habe ich dich nicht gesehen, und du tust, als wäre es eine Woche gewesen. Soll ich dich auf den neuesten Stand bringen? Ich war verheiratet, jetzt bin ich geschieden. Ich habe es geschafft, in die Mordkommission zu kommen. Jetzt bin ich Lieutenant. Ich weiß, das war die Kurzfassung, Dad, aber jetzt weißt du Bescheid.«

»Ist deiner Meinung nach so viel Zeit vergangen, dass ich dich nicht mehr wie ein Vater ansehen darf?«

»Ich habe keine Ahnung, wie du mich anschaust«, entgegnete ich.

Plötzlich wurden die Augen meines Vaters weich, und er lächelte. »O Gott, du bist so schön... *Lindsay*.«

Dann war seine Miene wieder die des zwinkernden unschuldigen Burschen, die ich als Kind tausendmal gesehen hatte. Frustriert schüttelte ich den Kopf. »Marty, beantworte nur meine Frage.«

»Schau mal« – er schluckte –, »ich weiß, dass ich mir keine

Punkte wegen guten Benehmens eingehandelt habe, weil ich mich an dich rangeschlichen habe, aber kann ich dich nicht wenigstens überreden, mir eine Tasse Kaffee zu kochen?«

Ungläubig starrte ich den Mann an, der unsere Familie im Stich gelassen hatte, als ich dreizehn war, der die ganze Zeit über ferngeblieben war, als meine Mutter krank war, den ich den Großteil meines Lebens als Erwachsene für einen Feigling, ein gemeines Schwein oder Schlimmeres gehalten hatte. Ich hatte meinen Vater nicht gesehen, seit er an dem Tag, als ich meinen Eid als Polizistin leistete, in der letzten Reihe gesessen hatte. Jetzt war ich nicht sicher, ob ich ihm eine knallen oder ihn in die Arme nehmen wollte.

»Nur *eine*...«, sagte ich, streckte die Hand aus und half ihm auf die Beine. Dann wischte ich ihm losen Split vom Revers. »Du hast mich überredet. Eine Tasse Kaffee, *Butterblume*.«

53

Ich kochte für meinen Vater Kaffee und für mich Tee. Ich zeigte ihm schnell die Wohnung und stellte ihn Martha vor, die, entgegen meinen stummen Anweisungen, meinem alten Dad sofort zeigte, dass sie ihn mochte.

Wir saßen auf der Couch mit dem weißen Leinenbezug. Martha hatte sich neben den Füßen meines Vaters zusammengerollt. Ich gab ihm einen nassen Lappen, mit dem er den Kratzer auf seiner Wange betupfte.

»Tut mir Leid wegen dem Kratzer«, sagte ich und hielt den Becher mit dem heißen Tee auf den Knien. *Na ja, ein bisschen.*

»Ich habe Schlimmeres verdient.« Er zuckte lächelnd die Schultern.

»Ja, allerdings.«

Wir saßen da und schauten einander an. Keiner von uns wusste, wo er anfangen sollte. »Ich schätze, jetzt bist du dran, mich auf den neuesten Stand zu bringen. Was hast du in den letzten zwanzig Jahren so getrieben?«

Er schluckte und stellte seinen Becher ab. »Klar, mache ich.« Er berichtete mir von seinem Leben, das eine einzige Pechsträhne gewesen zu sein schien. Er war unten in Redondo Beach stellvertretender Chief gewesen. Dann machte er seine private Sicherheitsfirma auf. Prominentenschutz. Kevin Costner. Whoopi Goldberg. »Bin sogar zur Oscar-Verleihung dabei gewesen.« Er lachte. Er hatte wieder geheiratet, diesmal nur für zwei Jahre. »Habe festgestellt, dass ich für diesen Job nicht qualifiziert bin«, meinte er spöttisch. Jetzt arbeitete er wieder als Sicherheitsmann, aber nicht mehr für Promis, sondern für alle möglichen Firmen.

»Spielst du immer noch?«, fragte ich.

»Nur im Geist. Im Kopf schließe ich noch Wetten ab«, antwortete er. »Musste es aufgeben, als meine finanziellen Mittel versiegten.«

»Immer noch ein Fan von den Giants?« Als Kind nahm er mich oft nach seiner Schicht in seine Stammkneipe *das Alibi* auf dem Sunset mit. Er setzte mich auf die Theke, während er mit seinen Freunden die Nachmittagsspiele im Candlestick Park im Fernsehen anschaute. Damals war ich liebend gern mit ihm zusammen.

Er schüttelte den Kopf. »Nein, nachdem sie Will Clark verschachert haben, nicht mehr. Jetzt bin ich ein Dodger-Fan. Aber ich würde gern ins neue Stadion gehen.« Dann schaute er mich lange stumm an.

Jetzt war ich an der Reihe. Wie konnte ich die letzten zwanzig Jahre meines Lebens meinem Vater erzählen?

Ich erzählte ihm alles, soweit ich dazu imstande war. Das, was mit Mom zu tun hatte, ließ ich weg. Ich sprach von meinem Ex, Tom, und dass es nicht geklappt hatte. »Der Apfel fällt nicht weit vom Stamm«, meinte er lachend. »Aber ich bin zumindest geblieben«, erwiderte ich. Erzählte, wie ich mich bemüht hatte, zur Mordkommission versetzt zu werden, und es endlich geschafft hatte.

Er nickte. Seine Miene hatte sich verdüstert. »Ich habe von deinem spektakulären Fall unten im Süden gelesen. Es war ja in allen Nachrichten.«

»Ein echter Karrieresprung.« Ich erzählte ihm, wie man mir einen Monat nach Abschluss des Brautpaarfalls die Stellung als Lieutenant angeboten hatte.

Mein Vater beugte sich vor und legte eine Hand auf mein Knie. »Ich wollte dich sehen, Lindsay... hundert Mal... Ich weiß nicht, warum ich nicht gekommen bin. Ich bin so stolz auf dich. Die Mordkommission ist wirklich Spitze. Wenn ich dich so anschaue... du bist so... stark, so kontrolliert. So wunderschön. Ich wünschte, ich könnte mir davon ein bisschen was als meinen Anteil anrechnen.«

»Kannst du. Du hast mich gelehrt, dass ich mich auf niemanden, nur auf mich selbst verlassen kann.«

Ich stand auf, schenkte seinen Becher noch mal voll und setzte mich wieder hin. »Es tut mir Leid, dass du so viel Pech gehabt hast. Ehrlich. Aber es waren zwanzig Jahre. Weshalb bist du hier?«

»Ich habe Cat angerufen und gefragt, ob du mich sehen wolltest. Sie hat mir gesagt, dass du krank warst.«

Das musste ich nicht noch mal durchleben. Es war schlimm genug, ihn anschauen zu müssen. »Ja, ich war krank, aber jetzt geht's mir besser. Hoffentlich bleibt es so.«

Mein Herz war schwer. Langsam wurde die Situation unangenehm. »Und wie lange hast du mich verfolgt?«

»Seit gestern. Ich habe drei Stunden gegenüber vom Präsidium im Auto gesessen und mir überlegt, wie ich mich dir nähern könnte. Ich wusste nicht, ob du mich sehen willst.«

»Ich bin mir nicht sicher, Daddy.« Ich rang um die richtigen Worte und spürte, wie Tränen in meine Augen stiegen. »Du warst nie da. Du bist einfach abgehauen und hast uns im Stich gelassen. Ich kann meine Gefühle nicht so schnell ändern.«

»Das erwarte ich auch gar nicht, Lindsay«, sagte er. »Ich werde ein alter Mann. Ein alter Mann, der weiß, dass er eine Million Fehler gemacht hat. Jetzt kann ich nur versuchen, einige davon wieder gutzumachen.«

Ich blickte ihn an. Ungläubig schüttelte ich den Kopf, gleichzeitig lächelte ich und betupfte meine Augen. »Hier ist die Hölle los. Hast du das mit Mercer gehört?«

»Selbstverständlich.« Mein Vater atmete tief durch. Ich wartete darauf, dass er etwas sagte, aber er zuckte nur die Schultern. »Ich habe dich in den Nachrichten gesehen. Du bist *atemberaubend*, weißt du das, Lindsay?«

»Dad, bitte, nicht.« Dieser Fall erforderte meine gesamte Kraft. Es war heller Wahnsinn. Hier saß ich meinem Vater gegenüber. »Ich weiß nicht, ob ich das im Moment verkraften kann.«

»Das weiß ich auch nicht«, sagte er und streckte mir die Hand entgegen. »Aber wollen wir es nicht versuchen?«

54

Um neun Uhr am nächsten Morgen machte Morris Ruddy, der FBI-Agent, der das Kommando führte, einen Punkt auf einen gelben Schreibblock. »Okay, Lieutenant, wann sind Sie zum ersten Mal zu der Erkenntnis gelangt, dass dieses Chimären-Symbol auf die Bewegung weißer Rassenfanatiker hinweist?«

In meinem Kopf schwirrten noch die Ereignisse des gestrigen Abends umher. Der letzte Ort, an dem ich sein wollte, war eine Besprechung der Soko in einem engen Büro. Eine Unterredung mit den FBI-Leuten.

»Ihr Büro hat uns mit Hinweisen versorgt«, sagte ich. »In Quantico.«

Das war ein bisschen gelogen. Stu Kirkwood hatte lediglich bestätigt, was ich bereits von Cindy erfahren hatte.

»Und wie viele Gruppen haben Sie überprüft, nachdem Sie diese Hinweise erhalten hatten?«, bohrte der FBI-Mann nach.

Ich warf ihm einen frustrierten Blick zu, der besagte: *Wir könnten vielleicht sogar Fortschritte machen, wenn wir aus diesem Scheißbüro rausgingen.*

»Sie haben die Akten gelesen, die ich Ihnen gegeben habe. Wir haben uns zwei oder drei näher angeschaut.«

»Sie haben *eine* überprüft.« Er hob eine Braue.

»Schauen Sie«, erklärte ich. »Wir haben nicht die Geschichten der Gruppen zur Verfügung, die in dieser Gegend operieren. Die bei diesen Morden angewendete Methode schien mir mit der bei anderen Fällen übereinzustimmen, die ich bearbeitet habe. Ich bin zu dem Schluss gekommen, dass wir es mit einem Serienmörder zu tun haben. Ich gebe zu, dass ich das aus dem Bauch entschieden habe.«

»Aufgrund dieser vier Morde haben Sie die Möglichkeiten eingegrenzt und glauben jetzt, dass es sich um die Verbrechen eines einzigen Täters handelt, richtig?«, sagte Ruddy.

»Ja, und aufgrund von *sieben* Jahren Tätigkeit bei der Mordkommission.« Mir missfiel sein Ton.

»Hören Sie, Agent Ruddy, das ist hier kein Verhör«, mischte sich endlich mein Chief ein.

»Ich versuche lediglich herauszufinden, welche Mühe wir aufwenden müssen, um alles hier zu koordinieren«, erklärte der FBI-Mann.

»Gut, diese Chimären-Hinweise sind uns nicht aus Presseveröffentlichungen zugeflogen. Der weiße Van wurde von einem sechsjährigen Kind gesehen. Der zweite Hinweis war die Zeichnung auf der Wand eines Tatorts. Unsere Gerichtsmedizinerin ist der Meinung, dass die Kugeln bei der kleinen Tasha Catchings keineswegs Querschläger waren.«

»Aber selbst nachdem Ihr Polizeichef ermordet wurde, glauben Sie immer noch, dass diese Morde nicht politisch motiviert sind?«, fragte Ruddy.

»Die Morde können politisch motiviert sein. Ich kenne nicht den genauen Plan des Mörders. Aber es ist ein einziger Mann, und er ist geisteskrank. Wohin führt das?«

»Das führt zu Mord Nummer *drei*«, warf der andere Agent, Hull, ein. »Zum Mord an Davidson.« Er wuchtete sich vom Stuhl hoch und ging zu einem großen Papierbogen, auf dem jeder einzelne Mord, samt sachdienlichen Details, sauber aufgeschrieben war.

»Mord eins, zwei und vier«, erklärte er, »sind alle mit dieser Chimäre verknüpft. Der Mord an Davidson aber überhaupt nicht. Wir würden gern wissen, weshalb Sie so sicher sind, dass wir es mit demselben Täter zu tun haben.«

»Sie haben den Schuss nicht gesehen«, sagte ich.

»Laut dem, was ich hier habe« – Hull blätterte in seinen Notizen –, »wurde Davidson von einer Kugel aus einer anderen Waffe getötet.«

»Ich habe nicht von der Ballistik gesprochen, Hull, sondern von dem *Schuss*. Das war eindeutig der präzise Schuss eines Scharfschützen. Genau wie der, der Tasha Catchings tötete.«

»Der Punkt, den ich hier machen will, ist, dass wir keinerlei *greifbare Beweise* haben, die den Mord an Davidson mit den anderen drei verknüpfen«, fuhr Hull fort. »Wenn wir uns strikt an Fakten halten, nicht an Lieutenant Boxers Ahnung, gibt es nichts, was darauf hinweist, dass wir es *nicht* mit einer politisch motivierten Serie zu tun haben. Nichts. Aber auch gar nichts.«

In diesem Moment klopfte es an der Tür des Konferenzraums, und Charlie Clapper streckte den Kopf herein, ähnlich wie ein Erdhörnchen, das aus seinem Bau schaut.

Clapper nickte in Richtung der FBI-Leute, dann zwinkerte er mir zu. »Ich glaube, Sie können das brauchen.«

Er legte eine Schwarzweißvergrößerung mit dem Trittmuster von Turnschuhen vor.

»Erinnern Sie sich, dass wir beim Mord an Art Davidson vom Teerdach, wo sich der Schütze befunden hatte, eine Fußspur abgenommen haben?«

»Selbstverständlich«, sagte ich.

Er legte ein zweites Foto neben das erste. »Und dann ist es uns gelungen, diesen Abdruck von einem Stück feuchter Erde am Tatort von Mercers Ermordung abzunehmen.«

Die Abdrücke waren identisch.

Schweigen breitete sich aus. Ich schaute zuerst Agent Ruddy an, dann Agent Hull.

»Allerdings sind es Standard-Laufschuhe der Marke Reebok«, erklärte Charlie.

Aus der Tasche seines weißen Laborkittels holte er ein Glasplättchen, auf dem feine Staubkörner waren. »Das haben wir am Tatort vom Chief gesichert.«

Ich beugte mich vor und betrachtete die weiße Kreide.

»Ein Mörder«, erklärte ich, »ein Schütze.«

55

Ich trommelte meine Freundinnen zu einem Lunch zusammen. Ich konnte kaum erwarten, sie zu sehen.

Wir trafen uns im Yerba Buena Gardens im Innenhof vor dem neuen IMAX-Gebäude. Wir schauten den Kindern beim Spielen zu und aßen unsere mitgebrachten Salate und Sandwiches. Ich erklärte noch mal alles, von dem Moment an, an dem ich sie bei Susie's verlassen hatte, bis zu dem Verdacht, dass mich jemand verfolgte, und wie ich meinen Vater vor meiner Wohnung überwältigt hatte.

»Mein Gott, der verlorene Vater«, stieß Claire hervor.

Einen Moment lang war es, als hätte uns eine Glasglocke des Schweigens vom Rest der Welt getrennt. Alle blickten mich mit ungläubigen Augen an.

»Wann hast du ihn zum letzten Mal gesehen?«, fragte Jill.

»Er war bei meiner Abschlussfeier an der Akademie. Ich habe ihn nicht eingeladen, aber irgendwie hat er es erfahren.«

»Und er ist dir gefolgt?«, sagte Jill. »Nach unserem Treffen? Wie so ein widerlicher Spanner? *Pfui Teufel!*« Sie schüttelte sich.

»Typisch Marty Boxer«, meinte ich. »Das ist mein Vater.«

Claire legte ihre Hand auf meinen Arm. »Und was hat er gewollt?«

»Da bin ich immer noch nicht sicher. Es hat so ausgesehen, als wollte er irgendwie Besserung geloben. Er sagte, dass meine Schwester ihm erzählt hätte, dass ich krank sei. Er hat die Brautpaar-Fälle genau verfolgt und wollte mir sagen, wie stolz er auf mich ist.«

»Das war doch schon vor Monaten.« Jill schnaubte verächtlich und biss in ihr Huhn-Avocado-Sandwich. »Da hat er sich aber gehörig Zeit gelassen.«

»Das habe ich auch gesagt.« Ich nickte.

Cindy schüttelte den Kopf. »Nach *zwanzig Jahren* ist ihm

urplötzlich der Einfall gekommen, vor deiner Tür aufzutauchen?«

»Ich glaube, dass es gut so ist, Lindsay«, warf Claire ein. »Du kennst mich – denk positiv.«

»*Gut ist*, dass er nach zwanzig Jahren mit einem schlechten Gewissen wieder abgezogen ist.«

»Nein, gut ist, dass er dich braucht, Lindsay. Er ist allein, richtig?«

»Er hat gesagt, er sei zwei Jahre verheiratet gewesen, aber inzwischen geschieden. Stell dir vor, Claire, nach so langer Zeit erfährst du, dass dein Vater wieder geheiratet hat.«

»Das ist doch nicht der Punkt, Lindsay«, antwortete Claire. »Er streckt dir seine Hand entgegen. Du solltest nicht zu stolz sein, sie zu ergreifen.«

»Wie fühlst du dich eigentlich?«, fragte Jill.

Ich wischte mir den Mund ab, trank einen Schluck Tee und atmete tief durch. »Die Wahrheit? Ich habe keine Ahnung. Er ist wie ein Gespenst aus der Vergangenheit, das eine Menge schlimmer Erinnerungen heraufbeschwört. Alles, was er getan hat, hat andere Menschen verletzt.«

»Er ist dein Vater, Schätzchen«, sagte Claire. »Seit ich dich kenne, hast du diese Wunde mit dir rumgeschleppt. Du solltest ihn hereinlassen, Lindsay. Du könntest etwas bekommen, was du noch nie zuvor gehabt hast.«

»Er könnte sie aber auch wieder gegen das Schienbein treten«, sagte Jill.

»Hoppla.« Cindy schaute zu Jill hinüber. »Die Aussicht auf Mutterschaft hat dich nicht gerade sanft und weich gemacht.«

»Ein Rendezvous mit dem Reverend, und plötzlich bist du das Gewissen der Gruppe?«, schoss Jill zurück. »Ich bin tief beeindruckt.«

Wir schauten Cindy an und unterdrückten ein Lächeln.

»Das stimmt.« Claire nickte. »Du glaubst doch nicht etwa, dass du so leicht vom Haken kommst.«

Cindy wurde rot. Seit ich Cindy Thomas kannte, hatte ich sie nie rot werden sehen.

»Ihr beide seid ein schönes Paar«, fügte ich hinzu.

»Ich mag ihn«, stieß Cindy hervor. »Wir haben uns stundenlang unterhalten. In einer Bar. Dann hat er mich nach Hause gebracht. Ende.«

»Klar.« Jill grinste. »Er sieht gut aus, hat einen festen Job, und falls du je tragisch ums Leben kommen solltest, brauchst du dir keine Sorgen zu machen, wer den Gedenkgottesdienst für dich abhält.«

»Daran hatte ich noch nicht gedacht.« Endlich lächelte Cindy. »Hört zu, es war nur eine Verabredung. Ich schreibe über ihn und dieses Stadtviertel einen Artikel. Ich bin sicher, dass er mich nicht noch mal um ein Rendezvous bittet.«

»Aber vielleicht bittest du ihn ja darum«, meinte Jill.

»Wir sind Freunde. Nein, wir gehen freundlich miteinander um. Es waren großartige Stunden. Ich garantiere, ihr alle hättet sie auch genossen. Das war eine *Recherche*«, erklärte Cindy und verschränkte die Arme.

Wir lächelten. Aber Cindy hatte Recht – keine von uns hätte ein paar Stunden mit Aaron Winslow abgelehnt. Mich überlief immer noch ein Schauder, wenn ich an seine Rede bei Tasha Catchings Beerdigung dachte.

Als wir unseren Abfall zusammenknüllten, wandte ich mich an Jill. »Und wie fühlst du dich? Alles okay?«

Sie lächelte. »Ziemlich gut.« Dann legte sie die Hände auf ihr kaum sichtbares Bäuchlein und blies die Backen auf, als wollte sie sagen: *fett*... »Ich muss noch diesen letzten Fall abschließen. Danach – wer weiß – nehme ich mir vielleicht sogar einige Zeit frei.«

»Das glaube ich erst, wenn ich es sehe.« Cindy lachte. Claire und ich gaben ihr mit den Augen zu verstehen, dass wir ganz ihrer Meinung seien.

»Durchaus möglich, dass ich euch überrasche«, sagte Jill.

»Und was willst du jetzt tun?«, fragte mich Claire, als wir gingen.

»Ich versuche weiterhin, eine Verbindung zwischen den Opfern zu finden. Die muss es geben.«

Sie blickte mir tief in die Augen. »Ich meinte wegen deines Vaters.«

»Ich weiß es nicht. Es ist eine schlimme Zeit. Und plötzlich taucht Marty auf und fordert den Erlass seiner Schuld. Er soll in der Schlange warten.«

Claire stand auf und schenkte mir eines ihrer weisen Lächeln.

»Offenbar hast du einen Vorschlag«, sagte ich.

»Natürlich. Warum tust du nicht das, was man normalerweise in einer Situation voller Zweifel und Stress tut?«

»Und das wäre...?«

»Koch dem Mann was Gutes.«

56

An diesem Nachmittag saß Cindy im Redaktionsbüro des *Chronicle* vor ihrem Computer und nippte an einem Stewart's Orange and Cream und war erneut mit einer unergiebigen Recherche beschäftigt.

Irgendwo in den tiefsten Tiefen ihres Gedächtnisses war etwas, das sie gespeichert hatte, eine nagende Erinnerung, die sie nicht einordnen konnte. *Chimäre...* das Wort war ihr in einem anderen Zusammenhang untergekommen, der vielleicht für den Fall hilfreich war.

Sie war die Online-Archive des *Chronicle* durchgegangen, hatte aber nichts gefunden. Dann hatte sie die üblichen Suchmaschinen ausgewertet: Yahoo, Jeeves, Google. Sie streckte ihre Fühler in alle Richtungen aus. Wie Lindsay hatte sie das Gefühl, dass dieses Fantasie-Monster irgendwohin anders hinführte als zu den Hass-Gruppen. Es führte zu einem abartig veranlagten, sehr gerissenen Individuum.

Los, weiter. Sie atmete aus und drückte frustriert auf die Tasten. *Ich weiß, dass du hier irgendwo steckst.*

Es wurde bereits Abend, und sie hatte noch nichts zustande gebracht. Nicht mal eine Schlagzeile für die Morgenausgabe. Ihr Redakteur würde stinksauer sein. *Wir haben Leser*, würde er mürrisch murmeln, *und Leser wollen Kontinuität*. Sie musste ihm irgendwas versprechen. *Aber was?* Die Ermittlungen steckten in einer Sackgasse.

Schließlich fand sie es in Google, als sie mit müden Augen die achte Seite der Antworten las. Es traf sie wie ein Schlag.

Chimäre... Höllenloch, ein Exposé über das Leben im Gefängnis in Pelican Bay, von Antoine James. Posthume Veröffentlichung der Leiden, Grausamkeiten und Verbrecherkarrieren im Gefängnis.

Pelican Bay... Pelican Bay, dorthin brachten sie die schlimmsten Unruhestifter in den kalifornischen Gefängnissen. Gewalttäter, die nirgendwo anders gezähmt werden konnten.

Sie erinnerte sich, dass sie vor ungefähr zwei Jahren im *Chronicle* einen Artikel über Pelican Bay gelesen hatte. Damals hatte sie von Chimäre gehört. *Das* hatte ihr keine Ruhe gelassen.

Sie schob die Brille hoch und tippte die Anfrage beim Archiv des *Chronicle* ein: *Antoine James*.

Fünf Sekunden später kam die Antwort. Ein Artikel, 10. August 1998. Vor zwei Jahren. Geschrieben von Deb Meyer, die oft für die Sonntagsbeilage arbeitete. Überschrift: »POSTHUMES TAGEBUCH SCHILDERT IM DETAIL DIE ALBTRAUM-WELTEN DER GEWALT HINTER GITTERN.«

Noch zweimal klicken, und nach wenigen Sekunden war der Artikel auf dem Monitor. Es war ein Lifestyle-Beitrag in der Sonntagsbeilage. Antoine James hatte wegen bewaffneten Raubüberfalls eine Zehn-bis-fünfzehn-Jahre-Strafe in Pelican Bay abgesessen und war dort bei einer Gefängnisprügelei erstochen worden. Er hatte ein Tagebuch geführt und das albtraumhafte Leben im Knast festgehalten. Die ständigen Diebstähle, rassistische Übergriffe, Schläge vom Wachpersonal und die immer währende Gewalt durch Gangs.

Sie druckte den Artikel aus, schaltete den Computer ab und setzte sich an ihren Schreibtisch. Sie lehnte sich im Stuhl zurück und legte die Beine auf einen Bücherstapel. Dann las sie den Artikel.

»Von dem Moment an, in dem sie dich durch das Tor schaffen, ist das Leben in Pelican Bay ein ständiger Krieg gegen die Einschüchterung durch das Wachpersonal und die Gewalt der Gangs.« James hatte alles in ein schwarzes Wachstuchheft geschrieben. »Die Gangs geben dir Status, deine Identität und auch Schutz. Alle müssen sich durch einen Eid binden, und diejenige Gruppe, zu der du gehörst, bestimmt, wer du bist und was man von dir erwartet.«

Cindy las hastig weiter. Das Gefängnis war ein Schlangennest von Gangs und Vergeltung. Die Schwarzen hatten die Bloods und die Daggers, ebenso die Muslime. Die Latinos hatten ihre Nortenos mit roten Stirnbändern und die Serranos mit blauen. Außerdem gab es noch die mexikanische Mafia, Los Eme. Bei den Weißen gab es die Guineas und die Biker, und ganz üblen Abschaum, der sich Stinky Toilet People nannte. Und dann die Arier, die Übermenschen.

»Einige weiße Gruppen waren ultrageheim«, schrieb James. »Sobald man zu diesen Gruppen gehörte, wagte niemand mehr, dich anzurühren.

Eine dieser weißen Gruppen war besonders schlimm. Alle mit maximaler Strafe wegen Gewaltverbrechen. Sie würden einen Bruder locker aufschneiden, nur um zu wetten, was er gegessen hat.«

Adrenalin schoss durch Cindy, als sie den nächsten Satz las. James hatte den Namen dieser Gruppe genannt: *Chimäre*.

57

Ich machte gerade Schluss für heute – nichts Neues über die vier Opfer. Die weiße Kreide war immer noch mysteriös. Da erhielt ich Cindys Anruf.

»Steht das Präsidium noch unter Kriegsrecht?«, fragte sie spitz und bezog sich auf die Erklärung des Bürgermeisters an die Presse.

»Glaube mir, hier drinnen ist es kein Picknick.«

»Warum treffen wir uns nicht? Ich habe etwas für dich.«

»Klar. Wo?«

»Schau aus dem Fenster. Ich bin direkt unter dir.«

Ich blickte hinaus und sah Cindy an einem geparkten Auto lehnen. Es war beinahe sieben Uhr. Ich räumte den Schreibtisch auf, rief Lorraine und Chip einen hastigen Gutenachtgruß zu und verdrückte mich durch den Hinterausgang. Ich lief über die Straße zu Cindy. Sie trug einen kurzen Rock und eine bestickte Jeansjacke. Über der Schulter hing ein verblasster khakifarbener Beutel.

»Chorprobe?« Ich zwinkerte ihr zu.

»Du musst ja reden. Nächstes Mal, wenn ich dich in der MEK-Ausrüstung sehe, gehe ich davon aus, dass du eine Verabredung mit deinem Dad hast.«

»Da wir gerade von Marty sprechen. Ich habe ihn angerufen und für morgen Abend eingeladen. So, was ist so wichtig, dass wir uns hier treffen müssen?«

»Gute Nachrichten, schlechte Nachrichten.« Cindy nahm den Beutel und holte einen großen Umschlag heraus.

Sie reichte mir den Umschlag, und ich öffnete ihn. Ein *Chronicle*-Artikel von vor zwei Jahren über ein Gefängnistagebuch: *Höllenloch* von einem gewissen Antoine James. Einige Passagen waren mit gelbem Marker hervorgehoben. Ich fing an zu lesen.

»Arier… schlimmer als Arier. Alles Max-Typen. Weiß, böse und voller Hass. Wir wussten nicht, wen sie mehr hassten, uns, die ›Horde‹, mit denen sie die Mahlzeiten teilen mussten, oder die Aufseher und die Bullen, die sie in den Knast gebracht hatten.

Diese Schweine hatten sich einen Namen gegeben. Sie nannten sich Chimäre…«

Meine Augen hingen an diesem Wort.

»Das sind Tiere, Lindsay. Die schlimmsten Unruhestifter im gesamten Strafsystem. Sie haben sich sogar geschworen, auch draußen füreinander zuzuschlagen. Das sind die guten Nachrichten«, sagte sie. »Die schlechten sind, es handelt sich um Pelican Bay.«

58

In der Anatomie des staatlichen Gefängnissystems Kaliforniens war Pelican Bay *der Ort, an dem die Sonne nie schien.*

Am folgenden Tag forderte ich für mich und Jacobi einen Polizeihubschrauber an, um die Küste hinauf nach Crescent City, nahe der Grenze zu Oregon, zu fliegen. Ich war schon zweimal in Pelican Bay gewesen, einmal, um mit einem Spitzel zu sprechen, und dann zu einer

Anhörung wegen vorzeitiger Haftentlassung von jemandem, den ich ins Gefängnis gebracht hatte. Jedes Mal, wenn ich über die dichten Redwood-Wälder flog, die die Haftanstalt umgaben, spürte ich einen Kloß im Magen.

Wenn man im Polizeidienst tätig war – besonders als Frau –, war das ein Ort, den man nicht freiwillig aufsuchte. Wenn man durch den Haupteingang geschleust wird, sieht man ein Schild, das darauf hinweist, dass man auf sich selbst gestellt ist, sollte man als Geisel genommen werden. *Keinerlei Verhandlungen.*

Ich hatte ein Treffen mit dem stellvertretenden Anstaltsleiter, Roland Estes, im Verwaltungsgebäude vereinbart. Er ließ uns ein paar Minuten warten. Dann kam er. Estes war ein großer ernster Mann, mit hartem Gesicht und schmalen blauen Augen. Er strahlte diese beinharte Unzugänglichkeit aus, die in den vielen Jahren eines Lebens unter höchster Disziplin entsteht.

»Ich muss mich entschuldigen, dass ich zu spät komme«, sagte er und setzte sich hinter einen großen Eichenschreibtisch. »Wir hatten eine Störung unten in Block Null. Einer unserer einsitzenden Nortenos stach einem Rivalen in den Hals.«

»Wie ist er an ein Messer gekommen?«, fragte Jacobi.

»Kein Messer.« Estes lächelte. »Er hat die zurechtgefeilte Klinge einer Gartenhacke benutzt.«

Nicht um alles auf der Welt hätte ich Estes' Job auch nur einen Herzschlag lang haben wollen, aber ich hatte auch etwas gegen den schlechten Ruf dieser Einrichtung, wegen der Schläge, den Einschüchterungen und dem Motto: »Singen, Haftentlassung oder Tod.«

»Sie sagten, es hätte mit dem Mord an Chief Mercer zu tun, Lieutenant.« Der Leiter beugte sich vor.

Ich nickte und holte eine Akte aus der Tasche. »Möglicherweise mit einer ganzen Serie von Morden. Mich interessiert, was Sie über eine Gang in Ihrem Gefängnis wissen.«

Estes zuckte die Schultern. »Die meisten unserer Insassen

waren in Gangs, seit sie zehn Jahre alt waren. Sie werden feststellen, dass jede Gang, die es in Oakland oder Ost-Los-Angeles gibt, auch hier existiert.«

»Diese Gang nennt sich Chimäre«, sagte ich.

Estes zeigte keine Verblüffung. »Mit Kleinvieh fangen Sie nicht an, richtig, Lieutenant? Gut, was wollen Sie wissen?«

»Ich möchte wissen, ob diese Morde zu den Männern von Chimäre führen. Und ich will wissen, ob diese Kerle tatsächlich so schlimm sind, wie man sie schildert. Und ich will den Namen jedes Mitglieds wissen, das jetzt draußen lebt.«

»Die Antwort auf alles lautet: Ja.« Estes nickte. »Es ist eine Art Fegefeuer zur Bewährung. Gefangene, die das Schlimmste aushalten können, kann ich Ihnen anbieten. Das sind diejenigen, die längere Zeit im Bunker, in Isolationshaft verbracht haben. Damit gewinnen sie an Status – und gewisse Privilegien.«

»Privilegien?«

»Freiheit. So wie wir das hier drinnen definieren. Freiheit, nicht ausgequetscht zu werden, nicht singen zu müssen.«

»Ich hätte gern eine Liste aller entlassenen Mitglieder der Gang.«

Der stellvertretende Anstaltsleiter lächelte. »Nicht viele werden entlassen. Einige werden in andere Anstalten verlegt. Ich vermute, dass es Ableger von Chimäre in jedem Hochsicherheitsgefängnis dieses Staates gibt. Wir führen hier auch keine Aufstellung, wer in welchem Verein ist oder nicht. Hier geht es mehr darum, wer beim Essenfassen neben dem Großen Wichser sitzt.«

»Aber Sie wissen, wer in welcher Gang ist, oder?«

»*Wir* wissen das.« Er nickte. Dann stand er auf, als sei unser Gespräch beendet. »Das erfordert eine gewisse Zeit. Wegen einiger Punkte muss ich rückfragen. Aber ich werde sehen, was ich für Sie tun kann.«

»Solange ich hier bin, hätte ich ihn gern gesprochen.«

»Wen, Lieutenant?«

»Den Großen Wichser. Den Kopf von Chimäre.«

Estes blickte mich verblüfft an. »Tut mir Leid, Lieutenant, aber das ist unmöglich. Niemand betritt den Pool.«

Ich schaute Estes in die Augen. »Soll ich mit einer staatlichen Anordnung wiederkommen? Hören Sie, unser Chief ist tot. Jeder Politiker in diesem Staat will, dass wir den Kerl erwischen. Ich habe Rückhalt von ganz oben. Das wissen Sie aber bereits. Schaffen Sie das Schwein her.«

Die straffen Züge Estes entspannten sich etwas. »Seien Sie mein Gast, Lieutenant. Aber er bleibt, wo er ist. Sie müssen sich schon zu ihm bemühen.«

Estes griff zum Telefon und wählte eine Nummer. Nach kurzer Pause befahl er: »Machen Sie Weiscz fertig. Er hat Besuch. Eine Frau.«

59

Wir gingen durch einen langen unterirdischen Korridor, begleitet von Estes und einem Oberaufseher, der O'Koren hieß und ständig seinen Schlagstock schwang.

Als wir zu einer Treppe kamen, sahen wir ein Schild SHU-C, was Security Housing Unit, Hochsicherheitstrakt, heißt. Der Aufseher führte uns durch eine Sicherheitsschleuse, dann durch eine schwere Drucklufttür, hinter der die ultramoderne Abteilung lag.

Unterwegs klärte Estes uns auf. »Wie die meisten unserer Insassen kam Weiscz von einer anderen Anstalt. Folsom. Dort war er der Anführer der arischen Bruderschaft, bis er einen schwarzen Aufseher erwürgte. Jetzt ist er hier seit achtzehn

Monaten in Iso-Haft. Bis wir in diesem Staat Leute ins Todeshaus schicken, können wir nichts mehr für ihn tun.«

Jacobi lehnte sich zu mir und flüsterte: »Du bist sicher, dass du weißt, was du tust, Lindsay?«

Ich war überhaupt nicht sicher. Mein Herz galoppierte, meine Handflächen waren schweißnass. »Deshalb habe ich dich ja mitgenommen.«

»Klar«, meinte Jacobi nur.

Nichts, was ich bisher im Leben gesehen hatte, kam dem Isolationsbau in Pelican Bay gleich. Alles war in stumpfem, sterilem Weiß gestrichen. Massige Aufseher in Khakiuniformen, beiderlei Geschlechts, aber nur Weiße, flankierten die verglasten Aufsichtsposten in den Glaskabinen.

Überall waren Monitore und Überwachungskameras angebracht. *Überall.* Die Einheit war wie eine Erbsenschote gebaut, mit zehn Zellen, durch Luftdrucktüren hermetisch verschlossen.

Estes blieb vor einer Metalltür mit einem großen Fenster stehen. »Willkommen auf Ground Zero der menschlichen Rasse«, sagte er.

Ein muskulöser älterer Aufseher mit beginnender Glatze, einem Gesichtsschutz und einer Art Uzi-Betäubungsgewehr kam herbei. »Weiscz musste erst herausgezogen werden. Ich glaube, er braucht noch ein paar Momente, um locker zu werden.«

Ich schaute Estes an. »*Herausgezogen?*«

Estes verzog den Mund. »Man sollte meinen, dass er glücklich wäre, nach so vielen Monaten im Bunker herauszukommen. Nur, damit Sie wissen, was auf Sie zukommt. Weiscz war nicht kooperativ. Wir mussten ein Team hineinschicken, um ihn gesellschaftsfähig zu machen.«

Er nickte zum Fenster. »Da ist Ihr Mann...«

Ich trat vor die mit Druckluft verschlossene Tür. Auf einem Metallstuhl saß ein muskulöser Fleischberg. Hände und Füße waren mit Handschellen gefesselt, die Hände auf dem Rücken. Sein langes Haar war fettig und strähnig, er hatte einen dünnen, ungepflegten Kinnbart. Er war mit einem orangefarbenen kurzärmeligen Overall bekleidet, der vorn offen war, so dass man die kunstvollen Tätowierungen auf Brust und Armen sehen konnte.

Der stellvertretende Anstaltsleiter sagte: »Ein Aufseher wird mit Ihnen da drinnen sein, außerdem laufen ständig die Überwachungskameras. *Halten Sie sich von ihm fern!* Gehen Sie auf keinen Fall näher als anderthalb Meter an ihn ran. Wenn er auch nur das Kinn in Ihre Richtung bewegt, wird er immobilisiert.«

»Der Kerl ist doch gefesselt«, sagte ich.

»Dieser Wichser frisst Ketten wie nichts«, sagte Estes. »Glauben Sie mir.«

»Kann ich ihm irgendwas versprechen?«

»Klar.« Estes lächelte. »Eine schöne Henkersmahlzeit. Sind Sie so weit...?«

Ich zwinkerte Jacobi zu, der warnend die Augen aufriss. Mein Herz blieb fast stehen, als würde es wie eine Tontaube am Himmel explodieren.

»Bon Voyage«, murmelte Estes. Dann gab er dem Kontrollraum ein Zeichen. Ich hörte das Zischen, als sich die schwere Druckkammertür öffnete.

60

Ich betrat die kahle weiße Zelle. Sie war völlig leer, abgesehen von einem Metalltisch und vier Stühlen, alle an den Fußboden geschraubt, und zwei Überwachungskameras hoch oben an den Wänden. In der Ecke stand ein Aufseher mit zusammengekniffenen Lippen, der ein Elektroschockgewehr hielt.

Weiscz nahm mich kaum zur Kenntnis. Hände und Beine waren hinter dem Stuhl befestigt. Seine Augen wirkten stählern und unmenschlich.

»Ich bin Lieutenant Lindsay Boxer«, sagte ich und blieb etwa anderthalb Meter vor ihm stehen.

Weiscz sagte nichts, richtete nur den Blick auf mich. Enge, beinahe phosphoreszierende Augen.

»Ich muss mit Ihnen über einige Morde sprechen, die in letzter Zeit vorgekommen sind. Versprechen kann ich Ihnen nicht viel. Ich hoffe, Sie hören mich an und helfen mir vielleicht.«

»Leck mich«, spuckte er mit heiserer Stimme aus.

Der Aufseher trat einen Schritt vor. Weiscz zuckte zusammen, als hätte er einen Schlag aus dem Elektroschockgewehr erhalten. Ich hob die Hand, um dem Aufseher Einhalt zu gebieten.

»Es ist möglich, dass Sie etwas darüber wissen«, fuhr ich fort. Mir lief es eiskalt über den Rücken. »Ich möchte nur wissen, ob es für Sie einen Sinn ergibt. Diese Morde...«

Weiscz musterte mich neugierig. Wahrscheinlich versuchte er abzuschätzen, ob er von mir irgendeine Vergünstigung herausholen konnte. »Wer ist tot?«

»Vier Menschen. Zwei Polizisten. Der eine war mein Chef. Eine Witwe und ein elfjähriges Mädchen. Alle schwarz.«

Ein amüsiertes Lächeln huschte über Weiscz' Gesicht. »Falls es Ihnen entgangen sein sollte, Lady, mein Alibi ist wasserdicht.«

»Ich hoffe, dass Sie vielleicht etwas über diese Opfer wissen.«

»Warum ich?«

Ich hole aus der Jackentasche die beiden Chimäre-Fotos heraus, die ich auch Estes gezeigt hatte, und hielt sie Weiscz vors Gesicht. »Das hat der Mörder zurückgelassen. Ich glaube, Sie wissen, was dieses Symbol bedeutet.«

Weiscz grinste breit. »Ich habe keine Ahnung, warum Sie hergekommen sind, aber Sie haben, verdammt noch mal, keinen blassen Schimmer, was mein Herz wärmt.«

»Der Mörder ist eine Chimäre, Weiscz. Wenn Sie kooperieren, könnten Sie einige Privilegien zurückgewinnen. Man könnte Sie, zum Beispiel, aus diesem Loch herausholen.«

»Wir beide wissen verdammt genau, dass ich nie aus diesem Loch rauskomme.«

»Es gibt immer etwas, Weiscz, jeder will irgendwas.«

»Da gäbe es etwas«, sagte er nach kurzer Pause. »Kommen Sie näher.«

Ich erstarrte. »Das kann ich nicht. Das wissen Sie doch.«

»Sie haben bestimmt einen Spiegel, richtig?«

Ich nickte. Ich hatte einen Make-up-Spiegel in der Handtasche.

»Halten Sie ihn mir vor.«

Ich schaute den Aufseher an. Er schüttelte entschieden den Kopf. Nein.

Zum ersten Mal blickte mir Weiscz direkt in die Augen. »Halten Sie ihn mir vor. Ich habe mich seit über einem Jahr nicht gesehen. Hier sind sogar die Armaturen in der Dusche stumpf, damit man sein Spiegelbild nicht sehen kann. Diese Wichser hier wollen, dass du, verdammt noch mal, vergisst, wer du warst. Ich möchte mein Gesicht sehen.«

Der Aufseher trat einen Schritt vor. »Du weißt, dass das unmöglich ist, Weiscz.«

»Ach, fick dich, Labont.« Wütend blickte er in die Kameras.

»Fick dich auch, Estes.« Dann wandte er sich wieder mir zu. »Sie haben Sie reingelassen, aber sie haben Ihnen nicht viel zum Verhandeln gegeben, richtig?«

»Sie haben gesagt, ich könnte Sie zu einer guten Mahlzeit einladen«, sagte ich mit leichtem Lächeln.

»Nur Sie und ich, ja?«

Ich schaute auf den Aufseher. »Und *er*.«

Weiscz grinste. »Diese Schweine, sie wissen, wie sie einem den Spaß verderben können.«

Da stand ich und war nervös. Ich lachte nicht. Ich wollte ihm auch nicht den kleinsten Funken Sympathie zeigen.

Dann setzte ich mich an den Tisch, Weiscz gegenüber. Ich wühlte in meiner Handtasche und holte meine Puderdose heraus. Ich rechnete damit, sofort aus der Lautsprecheranlage angebrüllt zu werden oder dass der Aufseher mit der steinernen Miene zu mir stürzen und mir die Dose aus der Hand schlagen würde. Zu meinem Erstaunen mischte sich niemand ein. Ich öffnete die Puderdose, schaute Weiscz an und drehte sie so, dass er sich im Spiegel sehen konnte.

Ich weiß nicht, wie er früher ausgesehen hatte, aber jetzt bot er einen schrecklichen Anblick. Er starrte sich mit geweiteten Augen an. Die Wahrheit seiner harten Haft dämmerte ihm. Sein Blick hing am Spiegel, als wäre dies das Letzte, was er auf dieser Erde sehen würde. Dann schaute er mich an und grinste. »Nicht mehr viel übrig von dem Mann, dem Sie einen blasen könnten, richtig?«

Ich weiß nicht, weshalb, aber gegen meinen Willen lächelte ich ihn an.

Plötzlich wandte er das Gesicht den Kameras zu. »Fick dich, Estes«, brüllte er. »Siehst du? Ich bin immer noch da. Du willst mich zerquetschen, aber ich bin immer noch da. Deine Rechnung geht nicht auf ohne mich. Chimäre, Baby... Ruhm und Ehre der unbefleckten Hand, die den Abschaum zum Schweigen bringt.«

»Wer könnte das tun?«, fragte ich. »Sagen Sie es mir, Weiscz.«
Er wusste etwas. Er wusste aber auch, dass ich das wusste. Jemand, mit dem er die Zelle geteilt hatte. Jemand, mit dem er beim Hofgang im Gefängnis Geschichten ausgetauscht hatte.

»Helfen Sie mir, Weiscz. Jemand, den Sie kennen, tötet diese Menschen. Sie haben doch nichts mehr zu verlieren.«

In seinen Augen blitzte unvermittelt Wut auf. »Glauben Sie etwa, mich interessieren Ihre toten Nigger? Die gehen mir am Arsch vorbei. Ebenso wie die toten Bullen. Schon bald wird der Staat diesen Abschaum einsammeln und einschließen. Eine elfjährige Niggerhure, irgendwelche Affen, die sich als Bullen verkleidet haben. Ich wünschte nur, ich hätte den Finger am Abzug gehabt. Wir beide wissen, dass, ganz gleich, was ich Ihnen sage, mir das nicht mal einen Nachschlag bei diesen Wichsern verschafft. In der Minute, in der Sie gehen, wird Labont mich mit der elektrischen Keule außer Gefecht setzen. Die Chancen, dass Sie mir einen blasen, sind viel größer.«

Ich schüttelte den Kopf, stand auf und schaute zur Tür.

»Vielleicht ist eines Ihrer eigenen Arschlöcher zur Besinnung gekommen«, brüllte er bösartig grinsend. »Vielleicht ist es genau das. Einer aus den eigenen Reihen.«

Ich bebte vor Wut und Empörung. Weiscz war ein Tier. In ihm war kein Gramm Menschlichkeit mehr. Am liebsten hätte ich ihm die Tür ins Gesicht geknallt. »Ich habe Ihnen etwas gegeben, auch wenn es nur für einen Moment war«, sagte ich.

»Ja, und seien Sie nicht so sicher, dass ich mich nicht revanchiert habe. Ich habe Ihnen auch was gegeben. Sie werden ihn nie erwischen. Er ist Chimäre...« Weiscz ließ ruckartig den Kopf auf die Brust sinken und deutete mit dem Kinn auf eine Tätowierung auf seiner rechten Schulter. Ich sah nur den Schwanz der Schlange. »Wir können alles wegstecken, was Sie austeilen, Bullenlady. Schauen Sie mich an... Sie haben mich in dieses Höllenloch gesteckt. Sie zwingen mich, meine eigene Scheiße zu fressen, aber ich kann immer noch gewinnen.« Wütend zerrte er an den Handschellen. »Am Ende kommt der Sieg. Gott liebt die weiße Rasse. Lang lebe Chimäre...«

Ich wich vor ihm zurück. »Und was ist jetzt mit dem Festmahl, alte Fotze?«

Als ich zur Tür ging, hörte ich ein Zischen, danach ein gedämpftes Stöhnen. Ich drehte mich um. Der Aufseher hatte soeben tausend Watt in Weiscz' zuckende Brust geschossen.

61

Wir kehrten mit einigen wenigen Namen nach San Francisco zurück, eine Gefälligkeit von Estes. Häftlinge, die kürzlich auf Bewährung entlassen worden und vielleicht Mitglieder von Chimäre gewesen waren. Zurück im Präsidium legte Jacobi die Liste Cappy und Chin vor.

»Ich werde mal ein paar Telefonate führen«, sagte Jacobi. »Machst du mit?«

Ich schüttelte den Kopf. »Ich muss heute früh weg, Warren.«

»Was ist los? Sag bloß, du hast ein Rendezvous.«

»Stimmt.« Ich nickte. Auf seinem Gesicht erschien ein ungläubiges Lächeln.

»Ja, ich habe tatsächlich ein Rendezvous.«

Um sieben Uhr klingelte es unten.

Ich drückte auf den Türöffner. Als ich die Wohnungstür aufmachte, lugte mein Vater hinter der Maske eines Baseball-Fängers hervor und streckte die Hände wie zur Verteidigung vor.

»*Freunde...?*«, fragte er und lächelte um Entschuldigung bittend.

»*Abendessen...*« Gegen meinen Willen lächelte ich auch. »Mehr kann ich nicht für dich tun.«

»Das ist ein Anfang«, sagte er und trat ein. Er hatte sich schick gemacht. Er trug ein braunes Sportjackett, gebügelte Hosen und ein am Kragen offenes weißes Hemd. Er reichte mir eine Flasche Rotwein, die in braunes Papier gewickelt war.

»Das wäre doch nicht nötig gewesen«, sagte ich und wickelte den Wein aus. Als ich das Etikett las, blieb mir die Luft weg. Bordeaux, Chateau Latour, aus dem Jahr 1965.

Ich schaute ihn an. 1965 war ich geboren worden.

»Ich habe ihn ein Jahr nach deiner Geburt gekauft. Er war ungefähr das Einzige, das ich mitgenommen habe, als ich wegging. Ich habe mir immer vorgestellt, dass wir ihn bei deinem Abschluss oder bei deiner Hochzeit trinken würden.«

»Du hast ihn all die Jahre aufgehoben.« Ungläubig schüttelte ich den Kopf.

Er zuckte die Schultern. »Wie schon gesagt, ich habe ihn für dich gekauft. Aber lassen wir das, Lindsay. Für mich gibt es nichts Schöneres, als ihn heute Abend mit dir zu trinken.«

Ein warmes Gefühl stieg in mir hoch. »Du machst es mir schwer, dich weiterhin so abgrundtief zu hassen.«

»Hasse mich nicht, Lindsay.« Er warf mir die Ledermaske zu. »Die passt nicht. Ich möchte sie nie wieder benutzen.«

Ich führte ihn ins Wohnzimmer und goss ihm ein Bier ein. Dann setzten wir uns. Ich trug einen bordeauxfarbenen Pullover und hatte die Haare zu einem Pferdeschwanz hochgebunden. Er zwinkerte mir zu.

»Du siehst phantastisch aus, Butterblume«, sagte mein Vater.

Als ich eine finstere Miene machte, lächelte er. »Ich kann mir nicht helfen. Das ist nun mal so.«

Eine Zeit lang unterhielten wir uns. Martha lag neben ihm, als sei er ein alter Freund. Wir plauderten über unwichtige Dinge: wer von seinen alten Kumpels noch bei der Polizei war, über Cat und ihre Tochter, die er noch nicht gesehen hatte, ob Jerry Rice bald aufhören würde. Um Mercer und meinen Fall machten wir einen großen Bogen.

Es war, als träfe ich ihn zum ersten Mal. Er war ganz anders, als ich bisher gedacht hatte. Keineswegs so ein Schwätzer und Angeber, voll von Geschichten, wie ich ihn in Erinnerung hatte, sondern bescheiden und reserviert. Beinahe zerknirscht. Und er hatte immer noch Sinn für Humor.

»Ich muss dir etwas zeigen«, sagte ich und ging zum Wandschrank in der Diele. Ich kam mit einer Baseballjacke der Giants aus Satin zurück, die er mir vor über fünfundzwanzig Jahren geschenkt hatte. Die Zahl 24 war eingestickt, und vorn stand der Name Mays.

Mein Vater blickte völlig überrascht drein. »Die hatte ich völlig vergessen. Ich habe sie neunzehnhundertachtundsechzig vom Technischen Leiter bekommen.« Er hielt die Jacke mit ausgestreckten Armen vor sich und betrachtete sie ziemlich lange wie ein Relikt, das plötzlich seine Vergangenheit zum Leben erweckt hatte. »Hast du eine Vorstellung, was das Ding heutzutage wert ist?«

»Ich habe es immer als mein Erbe betrachtet«, antwortete ich.

62

Ich machte gegrillten Lachs mit Ingwer-Miso-Soße, Bratreis mit Paprika, Lauch und Erbsen. Ich erinnerte mich, dass mein Vater liebend gern Chinesisch aß. Wir öffneten den '65er Latour. Es war ein Traumwein, wie Seide. Wir saßen im Erker, von dem aus man auf die Bucht hinausschaute. Mein Vater erklärte, es sei der beste Wein, den er je getrunken habe.

Das Gespräch wechselte zu persönlichen Dingen. Er fragte

mich, welchen Typ Mann ich geheiratet hatte. Ich gestand ihm, dass es leider jemand wie er gewesen war. Er fragte, ob ich ihn nicht mochte, und ich musste ihm die Wahrheit sagen: »Doch, sehr, Dad.«

Und dann kamen wir auch auf meinen Fall zu sprechen. Ich sagte ihm, wie schwierig die Ermittlungen seien, dass ich mir Vorwürfe machte, weil ich ihn nicht knacken konnte, wie sicher ich war, dass es sich um einen Serienmörder handelte, aber dass ich nach vier Morden immer noch nichts Beweiskräftiges in Händen hielt.

Wir redeten noch drei Stunden lang, bis elf Uhr. Die Flasche Wein war leer, Martha schlief zu seinen Füßen. Ab und zu musste ich mir vergegenwärtigen, dass ich tatsächlich mit meinem Vater redete und ihm zum ersten Mal als Erwachsene gegenübersaß. Und allmählich begann ich zu verstehen. Er war ein Mann, der Fehler gemacht hatte und für diese bestraft worden war. Er war nicht länger jemand, den ich blind ablehnen oder hassen konnte. Er hatte keinen Menschen umgebracht. Er war nicht Chimäre. Nach dem Niveau, mit dem ich es täglich zu tun hatte, waren seine Sünden verzeihbar.

Allmählich vermochte ich die Frage nicht mehr zurückzuhalten, die ich ihm seit so vielen Jahren hatte stellen wollen. »Ich muss die Antwort wissen. Warum hast du uns verlassen?«

Er trank einen Schluck Wein und lehnte sich auf der Couch zurück. Seine blauen Augen schauten traurig. »Es gibt nichts, was ich sagen könnte, das für dich Sinn macht. Nicht jetzt... du bist eine erwachsene Frau. Du arbeitest bei der Polizei. Du weißt, wie es so läuft. Deine Mutter und ich... sagen wir mal, wir haben nie gut zueinander gepasst. Ich hatte das meiste, was wir besaßen, verspielt. Ich hatte Riesenschulden, habe mir auf der Straße Geld geliehen. Das ist für einen Polizisten nicht gerade koscher. Ich habe viel getan, worauf ich nicht stolz bin... als Mann und als Polizist.«

Ich sah, dass seine Hände zitterten. »Du weißt schon...

manchmal begeht jemand ein Verbrechen nur aus dem Grund, weil seine Lebenssituation sich nach und nach so verschlechtert hat, dass er keinen Ausweg mehr sieht. Und so war's bei mir. Die Schulden, die Schwierigkeiten bei der Arbeit... ich sah keine Alternative. Ich bin einfach abgehauen. Ich weiß, dass es jetzt etwas spät ist zu sagen, dass ich es jeden Tag meines Lebens bereut habe.«

»Und als Mom krank wurde...?«

»Es hat mir Leid getan, dass sie krank war, aber inzwischen hatte ich ein neues Leben begonnen und nicht das Gefühl, dass jemand sich freuen würde, wenn ich wieder auftauchte. Ich dachte, es würde ihr eher wehtun als helfen.«

»Mom hat immer gesagt, du seist ein pathologischer Lügner.«

»Das ist die Wahrheit, Lindsay«, sagte mein Vater. Mir gefiel, dass er es so unumwunden zugab. Eigentlich mochte ich meinen Vater.

Ich trug das Geschirr in die Küche. Ich hatte das Gefühl, gleich in Tränen auszubrechen. Mein Vater war zurück, und ich begann zu begreifen, wie sehr ich ihn vermisst hatte. Es war verrückt, aber irgendwie wollte ich immer noch sein kleines Mädchen sein.

Mein Vater half beim Abwasch. Ich hielt das Geschirr unter fließendes Wasser, und er steckte es in den Geschirrspüler. Wir sprachen nicht.

Als der Abwasch erledigt war, schauten wir uns in die Augen. »Und wo wohnst du jetzt?«, fragte ich.

»Bei einem ehemaligen Kollegen, Ron Fazio. Er war früher Distrikt-Sergeant draußen in Sunset. Er lässt mich auf der Couch schlafen.«

Ich spülte noch den Reis-Topf aus. »Ich habe auch eine Couch«, sagte ich.

63

Am folgenden Tag arbeiteten wir an der Namensliste, die Estes uns gegeben hatte. Zwei Namen strichen wir sofort aus. Eine Computer-Überprüfung ergab, dass diese Männer erneut mit den kalifornischen Gesetzen kollidiert waren und zurzeit in anderen Gefängnissen einsaßen.

Mir ging etwas nicht aus dem Kopf, das Weiscz gestern gesagt hatte.

»*Ich habe Ihnen etwas gegeben*«, hatte ich gesagt, als er die Überlegenheit der weißen Rasse pries.

»*Ich habe Ihnen auch was gegeben*«, hatte er erklärt. Diese Worte hatten sich in meinem Kopf festgesetzt. Um zwei Uhr morgens hatten sie mich geweckt, dann war ich wieder eingeschlafen. Sie hatten mich auf der Fahrt zur Arbeit begleitet, und sie arbeiteten auch jetzt noch in meinem Kopf.

Ich habe Ihnen auch was gegeben...

Ich schlüpfte aus den Pumps und starrte aus dem Fenster auf die Zufahrt des Freeway, auf der sich der Verkehr staute. Ich bemühte mich, die Begegnung mit Weiscz so vollständig wie möglich zu rekonstruieren.

Er war ein Tier, das nie die Chance hatte, das Tageslicht zu sehen. Dennoch hatte ich das Gefühl gehabt, als hätte uns etwas – einen Moment lang – verbunden. Eine Gemeinsamkeit. In diesem Höllenloch hatte er nur einen Wunsch gehabt: zu sehen, wie er aussah. Ich habe Ihnen auch was gegeben.

Was hatte er mir gegeben?

Glauben Sie etwa, mich interessieren Ihre toten Nigger? Die gehen mir am Arsch vorbei, hatte er gebrüllt. Und *Lang lebe Chimäre!* Das war am Schluss gewesen.

Langsam dämmerte mir etwas.

Vielleicht ist eines Ihrer eigenen Arschlöcher zur Besinnung gekommen. Vielleicht ist es genau das. Einer aus den eigenen Reihen.

Ich hatte keine Ahnung, ob ich mich total verrannte. Griff ich nach etwas, das gar nicht da war? Interpretierte ich etwas in Weiscz' Worte hinein, das er gar nicht gemeint hatte?

Einer aus den eigenen Reihen...

Ich rief Estes in Pelican Bay an. »War oder ist einer Ihrer Insassen ein Ex-Polizist?«, fragte ich.

»Ein Polizist...?« Estes machte eine Pause.

»Ja, genau.« Ich erklärte ihm, weshalb ich das wissen wollte.

»Entschuldigen Sie meine Ausdrucksweise«, meinte Estes. »Aber Weiscz hat Sie total verarscht. Er wollte in Ihren Kopf eindringen. Dieser Hurensohn hasst Polizisten.«

»Sie haben meine Frage nicht beantwortet, Estes.«

»*Ein Polizist?*« Er lachte verächtlich. »Wir hatten mal einen Beamten vom Drogendezernat aus L.A., Bellacora. Hat drei seiner Informanten erschossen. Aber er wurde verlegt. Meines Wissens sitzt er aber noch in Fresno.« Ich erinnerte mich, über den Bellacora-Fall gelesen zu haben. Es war eine ganz schmutzige Sache gewesen. Eine Schande für die gesamte Polizei.

»Wir hatten einen vom Zoll, Benes, der nebenbei auf dem San Diego Flughafen einen Drogenhandel betrieb.«

»Sonst noch jemand?«

»Nein, nicht in meinen sechs Jahren.«

»Und was war vor Ihrer Zeit?«

Er brummte unwirsch. »Wie weit soll ich zurückgehen, Lieutenant?«

»Wie lang ist Weiscz schon drin?«

»Zwölf Jahre.«

»Dann so weit.«

Es war klar, dass der Anstaltsleiter mich für verrückt hielt. Er meinte, er würde sich bei mir melden, und legte auf.

Ich legte das Telefon auf den Tisch. Es war gewagt – Weiscz irgendetwas zu glauben. Er hasste Polizisten. Wahrscheinlich hasste er auch Frauen.

Unvermittelt stürzte Karen, meine Sekretärin, herein. Sie

blickte mich entsetzt an. »Jill Bernhardts Assistent hat gerade angerufen. Ms Bernhardt ist zusammengebrochen.«
»Zusammengebrochen?«
Karen nickte. »Sie hat Blutungen. Sie braucht Sie jetzt.«

64

Ich rannte über den Korridor zum Aufzug und dann zu Jills Büro.
Ich riss die Tür auf. Jill saß zurückgelehnt auf der Couch.
Ein Notarzt-Team, das glücklicherweise gerade beim Leichenschauhaus gewesen war, war schon da. Ich sah Handtücher, *blutige* Handtücher, die man ihr unter den dunkelblauen Rock gestopft hatte. Sie schaute zur Seite. Ihr Gesicht war so aschfahl und verängstigt, wie ich es noch nie gesehen hatte. Sofort war klar, was geschehen war.

»Ach, Jill«, sagte ich und kniete neben ihr nieder. »Meine Liebe, ich bin da.«

Sie lächelte verängstigt und verzweifelt, als sie mich sah. Ihre sonst so klaren Augen zeigten die Farbe eines düsteren Himmels. »Ich werde es verlieren, Lindsay«, sagte sie. »Ich hätte aufhören müssen zu arbeiten. Ich hätte auf dich hören sollen. *Auf dich.* Ich habe geglaubt, dass ich dieses Baby mehr als alles andere auf der Welt haben will, aber vielleicht war es nicht so. Ich werde es verlieren.«

»Ach, Jill.« Ich nahm ihre Hand. »Es war nicht deine Schuld. Sag das nicht. Du hast gewusst, dass diese Möglichkeit bestand. Es hat immer ein gewisses Risiko bestanden.«

»Nein, es war meine Schuld, Lindsay.« Tränen stiegen in ihre Augen. »Ich glaube, ich habe es nicht genügend stark gewollt.«

Die Notärztin bat mich, beiseite zu gehen. Sie legten Jill eine

Infusion an und schlossen sie an einen Monitor an. Mir zerriss es fast das Herz. Immer war sie so stark und unabhängig gewesen. Aber ich hatte ihre Veränderung gesehen. Sie hatte sich sehr auf dieses Baby gefreut. Warum musste ihr das passieren?

»Wo ist Steve, Jill?« Ich beugte mich zu ihr hinab.

Sie holte tief Luft. »Denver. April hat ihn verständigt. Er ist auf dem Weg hierher.«

Plötzlich stürmte Claire herein. »Ich bin sofort gekommen, als ich es gehört habe«, erklärte sie. Sie warf mir einen besorgten Blick zu und wandte sich an die Notärztin. »Wie sieht's aus?«

Diese erklärte, dass Jill außer Gefahr sei, aber viel Blut verloren habe. Als Claire das Baby erwähnte, schüttelte die Ärztin nur den Kopf.

»Ach, Schätzchen.« Claire nahm Jills Hand und kniete neben ihr nieder. »Wie fühlst du dich?«

Tränen strömten über Jills Gesicht. »Ach, Claire, ich werde es verlieren. Ich werde mein Baby verlieren.«

Claire strich eine feuchte Locke aus Jills Stirn. »Alles wird gut. Mach dir keine Sorgen. Wir alle werden dich umsorgen.«

»Wir müssen sie jetzt fortbringen«, sagte die Notärztin. »Wir haben ihre Gynäkologin angerufen. Sie wartet im Cal-Pacific-Krankenhaus auf uns.«

»Wir kommen mit«, sagte ich. »Wir bleiben bei dir.«

Jill rang sich ein Lächeln ab. »Sie werden die Wehen einleiten, nicht wahr?«

»Das glaube ich nicht«, sagte Claire.

»Doch, ich bin ganz sicher.« Jill schüttelte den Kopf. Sie hatte mehr Mut als irgendjemand, den ich kannte, aber die schreckliche Wahrheit, die ich jetzt in ihren Augen las, werde ich für den Rest meines Lebens nicht vergessen.

Die Tür öffnete sich, und ein Sanitäter brachte eine Trage herein. »So, jetzt müssen wir«, sagte die Ärztin.

Ich beugte mich zu Jill vor. »Wir kommen mit«, wiederholte ich.

»Lasst mich nicht allein«, sagte sie und umklammerte meine Hand.

»So leicht wirst du uns nicht los«, sagte Claire.

»Mordsweiber«, murmelte Jill und lächelte gequält.

Claire und ich halfen, sie auf die Trage zu legen. Ein blutiges Handtuch fiel auf den makellos sauberen Boden ihres Büros.

»Es sollte ein Junge werden«, flüsterte Jill. »Ich habe mir einen Jungen gewünscht. Das kann ich jetzt ruhig zugeben.« Dann stöhnte sie.

Ich streichelte ihre Hände.

»Ich habe ihn nicht genügend stark gewollt«, sagte Jill. Dann brach sie in haltloses Schluchzen aus.

65

Wir fuhren hinten im Notarztwagen mit Jill ins Krankenhaus, gingen neben ihrer Trage her, als man sie zur Entbindungsstation rollte. Dann warteten wir und hofften, dass die Ärzte ihr Kind retten konnten.

Noch ehe sie in den OP kam, hatte sie meine Hand ergriffen. »Sie scheinen immer zu gewinnen«, hatte sie gesagt. »Ganz gleich, wie viele Drecksfkerle du aus dem Verkehr ziehst – sie finden immer einen Weg zu gewinnen.«

Cindy stieß zu uns, und wir warteten zu dritt. Ungefähr zwei Stunden später kam Jills Mann, Steve, angerannt. Wir umarmten uns. Am liebsten hätte ich ihn angebrüllt. *Ist dir nicht klar, dass dieses Baby für dich war?* Als die Gynäkologin herauskam, ließen wir ihn mit ihr allein.

Jill hatte Recht gehabt. Sie hatte das Baby verloren. Sie nannten es eine Plazenta-Ablösung, auch verursacht durch den Arbeitsstress. Die einzige gute Nachricht war, dass man den Fötus chirurgisch entfernt hatte und Jill ihn nicht hatte gebären müssen.

Später verließen Claire, Cindy und ich das Krankenhaus und gingen auf die California Street. Keine wollte nach Hause fahren. In der Nähe war ein japanisches Restaurant, das Cindy kannte. Wir gingen dorthin und tranken Bier und Sake.

Es war schwer zu akzeptieren, dass Jill, die unermüdlich in ihrem Büro arbeitete, die in Moab kletterte und mit dem Mountainbike jedes Gelände in Sedona bezwang, zwei Mal ein Kind verloren hatte.

»Das arme Mädchen ist einfach zu hart gegen sich selbst«, sagte Claire und seufzte. Sie wärmte sich die Hände an dem Sakebecher. »Wir alle haben ihr gesagt, sie solle langsamer machen.«

»Jill hat diesen Gang einfach nicht«, meinte Cindy.

Ich tunkte ein Blätterteigröllchen in die Soße. »Sie war Steve zuliebe schwanger. Das konnte man an ihrem Gesicht sehen. Sie hat einen unmöglich engen Zeitplan und gibt nichts ab. Und er saust im ganzen Land umher und besucht Investment-Banker.«

»Sie liebt ihn«, protestierte Cindy. »Die beiden sind ein Team.«

»Das stimmt nicht, Cindy«, widersprach ich. »Claire und Edmund sind ein Team. Jill und Steve sind in einem Wettrennen.«

»Wahr ist, dass Jill immer Nummer eins sein musste«, sagte Claire. »Sie kann nicht verlieren.«

»Und wer von uns ist anders?«, fragte Cindy, schaute uns an und wartete.

Betretenes Schweigen. Wir blickten einander schuldbewusst an.

»Es geht tiefer«, sagte ich. »Jill ist anders. Sie ist hart wie

Stahl, aber im Herzen ist sie einsam. Jede von uns könnte jetzt dort sein, wo sie ist. Wir sind unbesiegbar. Abgesehen von dir, Claire. Du hast diesen Mechanismus, der alles zusammenhält, dich, Edmund und die Kinder – für immer.«

Claire lächelte. »Jemand muss hier fürs Gleichgewicht sorgen. Du hast gestern deinen Vater getroffen, richtig?«

Ich nickte. »Es ist ziemlich gut gelaufen. Wir haben viel geredet und ein paar Dinge aus der Welt geschafft.«

»Keine Prügelei?«, fragte Cindy.

»Keine Prügelei.« Ich lächelte. »Als ich die Tür aufgemacht habe, hatte er eine Baseball-Maske vor dem Gesicht. Ehrlich.«

Claire und Cindy lachten laut.

»Er hat mir eine Flasche Wein mitgebracht. Französische Spitzenklasse. Neunzehnhundertfünfundsechziger Jahrgang. Er hat die Flasche in dem Jahr gekauft, in dem ich geboren wurde, und hat sie all die Jahre aufbewahrt. Wie findet ihr das? Dabei hat er nicht gewusst, ob er mich je im Leben wiedersieht.«

»Er hat gewusst, dass er dich wiedersieht«, sagte Claire mit einem Lächeln. Sie nippte am Sake. »Du bist seine wunderschöne Tochter. Er liebt dich.«

»Und wie seid ihr verblieben, Lindsay?«, fragte Cindy.

»Na ja, man könnte sagen, wir haben uns auf ein zweites Rendezvous geeinigt. Ich habe ihm gesagt, er könne eine Zeit lang bei mir wohnen.«

Cindy und Claire wirkten überrascht.

»Wir haben dir zwar gesagt, du solltest locker werden und dich mit ihm treffen, Lindsay«, sagte Cindy, »aber nicht, dass du dir mit ihm die Miete teilen sollst.«

»Was kann ich sagen? Er hat bei jemandem auf der Couch kampiert. Irgendwie schien es mir richtig, ihm meine anzubieten.«

»Ist es auch, Schätzchen.« Claire lächelte. »Auf dich!«

»Nein.« Ich schüttelte den Kopf. »Auf Jill.«

»Ja, auf Jills Wohl«, sagte Cindy und hob ihr Bierglas hoch. Wir stießen an. Dann schwiegen wir kurz.

»Ich will ja nicht das Thema wechseln«, meinte Cindy, »aber möchtest du uns nicht mitteilen, wie weit du mit deinem Fall bist?«

Ich nickte. »Wir überprüfen die Chimäre-Namen, die der Anstaltsleiter Estes uns gegeben hat. Aber heute ist mir eine neue Theorie eingefallen.«

»Eine neue Theorie?« Cindy runzelte die Stirn.

Ich nickte. »Hört zu, dieser Kerl ist ein ausgebildeter Schütze. Er hat bisher keine Fehler gemacht. Jedes Mal war er uns einen Schritt voraus. Er weiß genau, wie wir arbeiten.«

Cindy und Claire hörten gespannt und schweigend zu. Ich berichtete ihnen, was Weiscz zu mir gesagt hatte. *Einer aus den eigenen Reihen…*

»Was ist, wenn die Chimäre kein verrückter rassistischer Mörder aus einer dieser Radikalengruppen ist?« Ich beugte mich vor. »Was, wenn er Polizist ist?«

66

In einer dunklen Bar trank die Chimäre ihr Guiness. Das Beste für den Besten, dachte er.

Neben ihm kippte ein weißhaariger Mann mit rotem Gesicht, das so trocken wie Pergament war, einen Tom Collins nach dem anderen und schaute zum Fernseher hinauf. Die Nachrichten liefen gerade. Ein träger Reporter brachte das Neueste im Chimären-Fall. Es war alles falsch. Beleidigend für die Öffentlichkeit, beleidigend für *ihn*.

Er schaute durch das große Fenster der Bar auf die gegenüberliegende Straßenseite. Dorthin war er seinem nächsten Opfer gefolgt. Das nächste Mal würde er ungemein genießen. Alle diese Bullen, die der falschen Spur nachjagten. Dieser Mord würde ihnen die Sinne rauben.

»Es ist noch nicht vorbei«, murmelte er vor sich hin. *Und glaubt ja nie, dass ich voraussagbar bin. Das bin ich nicht.*

Der alte Säufer neben ihm stieß ihn mit dem Ellbogen an. »Ich glaube, das Schwein ist einer von *denen*«, sagte er.

»Einer von *denen*?«, fragte die Chimäre. »Passen Sie auf Ihren Ellbogen auf. Und was, zum Teufel, reden Sie für blödes Zeug.«

»Schwarz wie Pik-Ass«, sagte der Alte. »Sie durchkämmen diese Hass-Gruppen. Ha, da kann ich nur lachen! Das ist irgendein kranker Dschungelhase, der nicht mehr alle Tassen im Schrank hat. Wahrscheinlich spielt er in der NFL. He, Ray«, rief er dem Bartender zu, »wahrscheinlich spielt er in der NFL...«

»Warum sagen Sie das?«, fragte die Chimäre, richtete aber sogleich seine Augen wieder auf die Straße. Er war neugierig, was sein Publikum dachte. Vielleicht sollte er öfter den »Mann auf der Straße« befragen.

»Dieser Wichser würde doch nicht so viele Hinweise zurücklassen, wenn er einen Funken Verstand hätte«, flüsterte der Alte verschwörerisch.

»Ich glaube, du ziehst da vorschnelle Schlüsse, Alter«, sagte die Chimäre und grinste. »Ich glaube, der Mörder ist verdammt schlau.«

»Wie kann man schlau und ein verdammter Mörder sein?«

»So schlau, dass man sich nicht erwischen lässt«, erklärte die Chimäre.

Der Mann blickte mit finsterer Miene zum Fernseher hinauf. »Na ja, wir werden's ja sehen, wenn sie ihn kriegen. Meiner Meinung nach suchen sie unter dem falschen Teppich. Das wird 'ne Riesenüberraschung. Vielleicht ist es O.J. He, Ray, jemand sollte nachsehen, ob O.J. in der Stadt ist...«

Die Chimäre hatte genug von dem alten Säufer. Aber in einem Punkt hatte der Kerl Recht. Die San Franciscoer Bullen waren im Weltraum verloren. Mann, sie hatten keinen blassen Schimmer. Lieutenant Lindsay Boxer lag völlig daneben und war ihm nicht mal annähernd auf den Fersen.

»Ich wette mit Ihnen.« Die Chimäre grinste den Alten an. »Wenn sie ihn kriegen, werden Sie sehen, dass er grüne Augen hat.«

Plötzlich sah er sein Zielobjekt auf der Straße. *Nun, vielleicht hilft das Lieutenant Boxer, die Sache im richtigen Licht zu sehen. Ein Schlag ganz nahe an daheim. Eine kleine Zugabe, der er nicht widerstehen konnte.* Er warf ein paar Dollar auf den Tresen.

»He, warum so eilig?«, rief der alte Mann. »Ich kaufe dir noch ein Bier. He, was ist das denn? *Du hast grüne Augen, Kumpel.*«

Die Chimäre stieg vom Hocker. »Muss weg. Da ist meine Verabredung.«

67

Auf der langen Heimfahrt dachte Claire Washburn über das nach, was Jill zugestoßen war. Während der Fahrt auf der 101 bis Burlingame und zu ihrem Haus konnte sie diese schrecklichen Gedanken nicht loswerden.

Sie nahm die Burlingame-Ausfahrt und schlängelte sich die Hügel hinauf. Vor Müdigkeit hatte sie Kopfschmerzen. Es war ein langer Tag gewesen. Diese schrecklichen Morde spalteten die Stadt. Und dann verlor Jill auch noch ihr Baby.

Die Digitaluhr im Armaturenbrett zeigte zwanzig nach zehn an. Edmund spielte heute Abend. Er würde erst nach elf Uhr zurückkommen. Sie wünschte, er wäre heute zu Hause. Ausgerechnet heute.

Claire bog auf die Skytop ein, und nach wenigen Metern fuhr sie über die Zufahrt zu ihrem modernen Haus im georgianischen Stil. Das Haus war dunkel. Das war oft so, seit Reggie fort war und studierte. Willie, der im ersten Jahr die Highschool besuchte, saß zweifellos in seinem Zimmer und war in Videospiele vertieft.

Sie wollte nur die Arbeitskleidung abstreifen und in den Schlafanzug schlüpfen. Diesen grauenvollen Tag beenden...

Im Haus rief Claire nach Willie. Als sie keine Antwort bekam, sah sie die Post auf dem Küchentisch durch und nahm sie mit ins Arbeitszimmer. Gedankenverloren blätterte sie im Katalog von Ballard Designs.

Das Telefon klingelte. Claire legte den Katalog weg und nahm den Hörer auf. »Hallo...«

Eine Pause, als wartete jemand.

Vielleicht einer von Willies Freunden.

»*Hallo?*«, rief Claire. «Zum Ersten, zum Zweiten... zum Letzten...« Immer noch keine Antwort. »Auf Wiedersehen.«

Sie legte auf.

Vor Nervosität überlief sie ein Schauder. Selbst nach all den Jahren fing sie an zu zittern, wenn sie allein im Haus war und ein unerwartetes Geräusch hörte oder Licht im Keller brannte.

Wieder klingelte das Telefon. Diesmal nahm sie sofort ab. »*Hallo...?*«

Wieder ein quälendes Schweigen. Sie wurde stinksauer. »Wer ist da?«, fragte sie.

»Raten Sie mal«, sagte eine männliche Stimme.

Claire stockte der Atem. Sie schaute auf das Display, wo die Nummer des Anrufers stand. »Hören Sie, 901-4476«, sagte sie. »Ich weiß nicht, was für ein Spiel das sein soll oder woher Sie unserer Nummer haben. Wenn Sie etwas zu sagen haben, dann sagen Sie es.«

»Sie wissen über die Chimäre Bescheid?«, fragte die Stimme. »Sie sprechen mit ihr. Fühlen Sie sich nicht geehrt?«

Claire erstarrte. *Chimäre war der Name, der nur der Polizei bekannt war.* War er je gedruckt worden? Wer wusste, dass sie in die Ermittlungen eingeschaltet war?

Sie drückte auf eine separate Leitung, um den Notruf 911 zu wählen.

»Sagen Sie mir lieber, wer Sie wirklich sind«, sagte sie.

»Ich habe es Ihnen gesagt. Das kleine Mädchen aus dem Chor war Nummer eins«, erklärte die Stimme. »Dann die alte Schachtel, der fette ahnungslose Bulle, der Chief... Sie wissen doch, was sie alle gemeinsam hatten, oder? Denken Sie nach, Claire Washburn. Haben *Sie* mit den ersten vier Opfern etwas gemeinsam?«

Claire zitterte am ganzen Leib. Vor ihrem geistigen Auge tauchten die Bilder der kunstvoll ausgeführten Schüsse auf, die zwei Opfer getötet hatten.

Sie blickte durch die Fenster nach draußen. Ums Haus herum war es dunkel.

Dann ertönte wieder die Stimme: »*Lehnen Sie sich ein bisschen nach links, Doc!*«

68

Claire wirbelte herum, als die erste Kugel durch die Scheibe schlug.

Sofort folgte ein zweiter Schuss. Claire spürte brennende Schmerzen am Hals. Sie lag flach auf dem Boden, als der dritte und vierte Schuss im Raum explodierten.

Ein Angstschrei entrang sich ihrer Kehle. Auf dem Boden war Blut, Blut durchtränkte ihr Kleid und tropfte auf ihre

Hände. Ihr Herz schlug wie verrückt. *Wie schlimm war es? War die Halsschlagader durchtrennt?*

Dann blickte sie zur Schwelle und erstarrte. *Willie...*

»Mom!«, rief er. Vor Angst waren seine Augen geweitet. Er trug nur ein T-Shirt und Unterhosen. Er war ein Ziel.

»Willie, leg dich hin!«, schrie sie ihm zu. »Jemand schießt auf das Haus.«

Der Junge warf sich zu Boden. Claire kroch zu ihm. »Schon gut. Alles in Ordnung. Bleib unten«, flüsterte sie. »Und heb ja nicht den Kopf, nicht einen Zentimeter.«

Die Schmerzen im Hals waren grauenvoll, als hätte man ihr die Haut abgezogen. Aber sie konnte atmen. Hätte die Kugel die Schlagader durchtrennt, würde sie ersticken. Die Verletzung musste oberflächlich sein.

»Mom, was ist los?«, flüsterte Willie. Er zitterte am ganzen Leib wie Espenlaub. So hatte sie ihn noch nie gesehen.

»Ich weiß es nicht... aber *bleib unten*, Willie!«

Plötzlich gab es vier weitere Schüsse. Sie presste ihren Sohn an sich. Wer auch immer da draußen war, er schoss blindlings um sich. *Wusste der Mörder, dass sie noch lebte?* Panik ergriff sie. *Was war, wenn er ins Haus eindrang? Wusste der Mörder, dass ihr Sohn hier war? Er kannte ihren Namen!*

»Willie.« Sie nahm seinen Kopf zwischen ihre Hände. »Geh in den Keller. *Schließe die Tür ab!* Ruf neun eins eins an. Krieche auf dem Bauch. Los jetzt!«

»Ich lass dich nicht allein«, rief er.

»*Los jetzt!*«, befahl sie ihm mit scharfer Stimme. »*Tu, was ich sage! Bleib unten! Ich liebe dich, Willie.*«

Claire schob Willie vorwärts. »Ruf neun eins eins an und sage ihnen, wer du bist und was passiert ist. Dann ruf Dad im Auto an. Er müsste auf dem Heimweg sein.«

Willie warf ihr einen letzten flehenden Blick zu, aber er hatte kapiert. Dicht über dem Boden kroch er hinaus. *Guter Junge. Deine Mutter hat keine Schwachköpfe großgezogen!*

Draußen wurde noch eine Gewehrsalve abgefeuert. Claire betete: »Bitte, lieber Gott, mach, dass dieses Schwein nicht ins Haus kommt. Bitte, lass das nicht zu. Ich flehe dich an.«

69

Die Chimäre feuerte vier weitere Salven durch das zersplitterte Fenster. Das PSG-1 lag ruhig in seinen Händen.

Er wusste, dass er sie getroffen hatte. Nicht mit dem ersten Schuss, denn sie war in letzter Sekunde herumgewirbelt. Aber mit dem nächsten, als sie sich zu Boden werfen wollte. Aber er wusste nicht, ob er sie wirklich tödlich getroffen hatte. Er wollte Lieutenant Lindsay Boxer eine Botschaft senden. Ihre Freundin nur zu verwunden war nicht gut genug. Claire Washburn musste sterben.

Er saß im Schatten auf der dunklen Straße, der Gewehrlauf ragte aus dem Autofenster. Er musste sich vergewissern, dass sie tot war. Verdammt! Er wollte das Haus nicht betreten. Sie hatte einen Sohn. Vielleicht war der drinnen. Vielleicht hatte einer der beiden 911 angerufen.

Plötzlich ging vor einem Haus ein Stück weiter unten auf der Straße die Außenbeleuchtung an. Vor einem anderen trat jemand auf den Rasen.

»Verdammte Scheiße!« Er kochte vor Wut. Am liebsten wäre er zu dem kaputten Fenster gelaufen und hätte eine Salve ins Haus abgefeuert. Washburn musste sterben! Er wollte nicht wegfahren, ohne sie zu erledigen.

Hinter ihm wurde es laut. Ein Auto raste die Straße herauf und hupte wie verrückt. Grelle Scheinwerfer trafen ihn. Der Wagen raste wie ein Meteor direkt vor sein Zielfernrohr.

»Was, zum Teufel, ist jetzt los?«

Vielleicht hatte sie die Bullen angerufen. Vielleicht hatten das auch die Nachbarn getan, sobald sie die Schüsse gehört hatten. Er durfte kein Risiko eingehen. Nicht bei Claire Washburn! Er würde sich nicht erwischen lassen.

Der hupende Wagen hielt mit quietschenden Reifen vor dem Haus. Noch mehr Nachbarn liefen aus ihren Häusern.

Er schlug mit der Hand aufs Lenkrad und zog das Gewehr ins Auto. Dann legte er den Gang ein und gab Gas.

Da hast du noch mal Glück gehabt, Doc. Aber wenigstens warst du eine Übungszielscheibe.

Auf den Nächsten kam es an.

70

Ich hatte mich gerade abgeschminkt und auf der Couch zusammengerollt, um die Spätnachrichten zu sehen, als Edmunds Anruf kam.

Claires Mann war in Panik und stammelte zusammenhanglos. Das Unmögliche, das er mir zu beschreiben versuchte, traf mich wie ein Blitz. »Sie wird wieder gesund, Lindsay. Sie ist jetzt im Peninsula-Krankenhaus.«

Ich streifte einen Fleecepullover über, zog Jeans an, steckte den Zylinder aufs Wagendach und raste nach Burlingame. Ich schaffte die Vierzig-Minuten-Fahrt in zwanzig.

Ich fand Claire noch in einem Behandlungszimmer. Sie saß aufrecht da und trug immer noch das rostbraune Kostüm, in dem ich sie noch vor drei Stunden gesehen hatte. Ein Arzt wickelte ihr einen Verband um den Hals. Edmund und Willie waren an ihrer Seite.

»Mein Gott, Claire...« Mehr brachte ich nicht heraus. Meine Augen brannten, dann kamen die Tränen. Ich ging zu Edmund und lehnte den Kopf an seine Schulter. Ich umarmte ihn innig und voller Dankbarkeit. Dann schlang ich meine Arme um Claire.

»Vorsicht, Schätzchen.« Sie zuckte zusammen und deutete auf ihren Hals. Es gelang ihr ein Lächeln. »Ich habe immer gesagt, eines Tages würden sich die Fettzellen auszahlen. Man muss schon verdammt gut schießen, um bei mir zu etwas Lebenswichtigem durchzudringen.«

Ich drückte sie immer noch. »Hast du überhaupt eine Vorstellung, wie viel Glück du gehabt hast?«

»Jaaaa.« Sie atmete aus. »Glaub mir, das weiß ich.« Ich las die Bestätigung in ihren Augen.

Die Kugel hatte sie nur gestreift. Der Arzt in der Notaufnahme hatte die Wunde gereinigt und verbunden. Sie durfte nach Hause gehen und musste nicht über Nacht im Krankenhaus bleiben. Allerdings ein oder zwei Zentimeter weiter nach innen, und wir könnten uns jetzt nicht unterhalten.

Claire griff nach Edmunds und Willies Händen und lächelte. »Meine Männer waren prima, ja? Beide. Edmunds Auto hat den Scharfschützen in die Flucht gejagt.«

Edmund verzog das Gesicht. »Ich hätte das Schwein verfolgen sollen. Wenn ich ihn erwischt hätte, dann...«

»Beruhige dich, Tiger.« Claire strahlte ihn an. »Überlass Lindsay die Verbrecherjagd. Du bleibst Schlagzeuger.« Sie drückte seine Hand. »Lindsay, ich habe immer gesagt, er hat vielleicht nur Rachmaninoff im Kopf, aber im Herzen ist dieser Mann ein reißender Tiger.«

Unvermittelt schien die Realität von dem, was beinahe geschehen wäre, Edmund zu überwältigen. Sein Mut schmolz dahin. Er setzte sich und lehnte sich an Claire. Er vermochte nicht zu sprechen, legte die Hände über die Augen. Claire hatte wortlos den Arm um ihn gelegt.

Eine knappe Stunde später, nachdem ich alles mit der Polizei in Burlingame durchgegangen war, spazierten wir vor Claires Haus auf und ab.

»Er war es, Claire, richtig? Es war die Chimäre.« Sie nickte bejahend.

»Er ist ein eiskalter Hurensohn, Lindsay. Er hat zu mir gesagt: ›Lehnen Sie sich ein bisschen nach links, Doc.‹ Dann hat er geschossen.«

Im ganzen Haus und im Garten wimmelte es vor örtlicher Polizei und den Beamten vom Sheriff's Büro in San Mateo County. Ich hatte schon Clapper angerufen und gebeten, uns hier zur Hand zu gehen.

»Warum *ich*, Lindsay?«, fragte Claire.

»Ich weiß es nicht, Claire. Du bist schwarz. Du arbeitest für die Polizei. Ich kapiere es selbst nicht. Warum hat er seine Methode geändert?«

»Wir haben uns ruhig und vernünftig unterhalten, Lindsay. Ich hatte das Gefühl, er spielt mit mir. Er klang so... *persönlich*.«

Ich glaubte, etwas in ihren Augen zu sehen, das ich noch nie zuvor dort gesehen hatte: *Angst*. Wer konnte ihr das verübeln? »Vielleicht solltest du dir eine Zeit lang frei nehmen, Claire«, sagte ich. »Unsichtbar bleiben.«

»Glaubst du etwa, ich lasse mich von dem Schwein unter einen Stein jagen? Nein, Lindsay, kommt überhaupt nicht in Frage. Ich werde ihn nicht gewinnen lassen.«

Ich legte den Arm um sie. »Bist du okay?«

»Ich bin okay. Er hatte seine Chance. Jetzt will ich meine.«

71

Schließlich schleppte ich mich zurück in meine Wohnung. Es war nach zwei Uhr morgens.

Die Ereignisse dieses langen grauenvollen Tages – Jill hatte ihr Kind verloren, Claires furchtbares Martyrium – liefen vor mir wie ein albtraumhafter Film ab. Der Mann, den ich verfolgte, hatte beinahe meine beste Freundin umgebracht. *Warum Claire? Was hatte das zu bedeuten?* Teilweise fühlte ich mich verantwortlich und auch beschmutzt durch dieses Verbrechen.

Mir tat alles weh. Ich wollte nur noch schlafen. Ich musste den Tag abwaschen. Plötzlich ging die Tür meines Gästezimmers auf, und mein Vater schlurfte heraus. Der Wahnsinn dieses Tages hatte mich beinahe vergessen lassen, dass er bei mir war.

Er trug ein langes weißes T-Shirt und Boxer-Shorts mit Muschelmuster. Ich fand sie lustig. Vielleicht lag das aber an meinem Schlafmangel.

»Du trägst Boxer, Boxer«, sagte ich. »Du bist ein witziger alter Mistkerl.« Dann setzte ich mich auf die Couch und berichtete ihm von den Ereignissen. Als ehemaliger Polizist würde er es verstehen. Seltsamerweise war mein Vater ein sehr guter Zuhörer. Genau das, was ich in diesem Moment brauchte.

»Möchtest du Kaffee? Ich mache dir eine Tasse, Lindsay.«

»Brandy wäre besser. Aber da ist noch Mondschein-Tee im Schrank, wenn du mir davon eine Tasse machst, wäre das nett.« Es war schön, jemanden da zu haben, und er schien sich zu bemühen, mich zu beruhigen.

Ich lehnte mich auf der Couch zurück, schloss die Augen und versuchte zu überlegen, was ich als Nächstes tun sollte. *Davidson, Mercer und jetzt Claire Washburn...* Warum wollte die Chimäre Claire umbringen? Was bedeutete das?

Mein Vater kam mit einer Tasse Tee und einem fast vollen

Cognacschwenker Courvoisier zurück. »Ich finde, du bist jetzt ein großes Mädchen. Warum nicht *beides*?«

Ich nippte am Tee und leerte das halbe Glas Cognac auf einen Zug. »Ja, das hatte ich nötig. Beinahe so nötig wie einen Durchbruch bei diesem Fall. Er hinterlässt Hinweise, aber ich blicke immer noch nicht durch.«

»Sei nicht so hart mit dir, Lindsay«, sagte mein Vater mit liebevoller Stimme.

»Was machst du, wenn die ganze Welt dich beobachtet und du keine Ahnung hast, was du als Nächstes tun sollst?«, fragte ich. »Wenn dir klar wird, dass du gegen Mauern läufst und gegen ein Ungeheuer kämpfst?«

»Deswegen werden wir von der Mordkommission üblicherweise gerufen«, sagte mein Vater lächelnd.

»Versuche nicht, mich zum Lachen zu bringen«, bat ich. Aber meinem Vater war es gelungen, dass ich trotz allem lächelte. Noch überraschender war für mich, dass ich langsam an ihn wie an meinen Vater dachte.

Unvermittelt änderte sich sein Ton. »Ich kann dir sagen, was ich gemacht habe, wenn es wirklich übel wurde. Ich habe mir frei genommen. Du machst das nicht, Lindsay, das sehe ich. Du bist so viel besser als ich.«

Er schaute mich eindringlich an und lächelte nicht mehr.

Was als Nächstes passierte, hätte ich nie geglaubt. Mein Vater breitete die Arme aus, und ich fiel ihm einfach um den Hals und lehnte meinen Kopf an seine Schulter. Er schlang die Arme um mich, anfangs noch zögernd, dann aber drückte er mich, wie jeder Vater seine Tochter drückt. Ich wehrte mich nicht. Ich roch das gleiche Rasierwasser, das er schon benutzt hatte, als ich noch ein Kind war. Einerseits war diese Situation eigenartig, andererseits die natürlichste Sache der Welt.

Als mein Vater mich so unerwartet in den Armen hielt, hatte ich das Gefühl, als fielen Schichten von Schmerzen von mir ab.

»Du wirst ihn kriegen, Lindsay«, flüsterte er und wiegte mich hin und her. »Ganz bestimmt, Butterblume...«
Genau das wollte ich hören.
»Ach, Daddy«, sagte ich, mehr nicht.

72

»Lieutenant Boxer, Anstaltsleiter Estes aus Pelican Bay auf Leitung zwei«, verkündete mir Brenda am Montagmorgen. Ich nahm ab, ohne große Erwartungen.

»Sie hatten doch gefragt, ob wir je einen Polizisten als Insassen gehabt hätten«, sagte Estes.

Ich war augenblicklich hellwach. »Und?«

»Ich betone nochmals, dass mir die irren Äußerungen von Weiscz absolut egal sind. Aber ich habe die alten Akten durchgesehen. Es hat tatsächlich einen Fall gegeben, der relevant sein *könnte*. Vor *zwölf* Jahren. Ich war Anstaltsleiter in Soledad, als dieser Abschaum hier eingeliefert wurde.«

Ich schaltete den Lautsprecher aus und drückte den Hörer ans Ohr.

»Sie hatten ihn fünf Jahre lang hier. Davon zwei in Isolation. Danach haben sie ihn zurück nach Quentin geschickt. Ein ganz besonderer Fall. Vielleicht erinnern Sie sich an den Namen.«

Ich griff nach einem Stift und zermarterte mir den Kopf. Ein Polizist in Pelican? Quentin?

»Frank Coombs«, sagte Estes.

Der Name kam mir bekannt vor. Wie eine Schlagzeile aus meiner Jugend. *Coombs*. Ein Streifenpolizist. Er hatte vor ungefähr zwanzig Jahren einen Jugendlichen getötet, wurde angeklagt und verurteilt. Für jeden Polizisten in San Francisco war sein Name eine Warnung vor übertriebener Polizeigewalt.

»Coombs wurde im Gefängnis ein noch größeres Schwein, als er es draußen schon gewesen war«, fuhr Estes fort. »Er hat einen Zellengenossen in Quentin gewürgt, bis der blau angelaufen ist, deshalb haben sie ihn zu uns verlegt. Nach längerem Aufenthalt im Hochsicherheitstrakt konnten sie ihn von einigen seiner antisozialen Tendenzen heilen.«

Coombs... Ich schrieb den Namen auf. Ich konnte mich bei diesem Fall nur daran erinnern, dass er einen schwarzen Jugendlichen erwürgt hatte.

»Und was bringt Sie zu der Annahme, dass Coombs passen könnte?«, fragte ich.

»Wie gesagt...« Estes räusperte sich. »Weiscz' Geschwätz ist mir egal. Ich habe angerufen, weil ich mit einigen Mitarbeitern gesprochen habe. Als Coombs hier war, war er ein Gründungsmitglied Ihrer kleinen Gruppe.«

»Meiner Gruppe?«

»Jawohl, Lieutenant. *Chimäre.*«

73

Sie kennen alle das alte Sprichwort: Wenn eine Tür vor deiner Nase zuschlägt, öffnet sich eine andere. Eine halbe Stunde später klopfte ich an meine Glasscheibe, um Jacobi hereinzubitten. »Was weißt du über Frank Coombs?«, fragte ich ihn, nachdem er in mein Büro gekommen war.

Warren zuckte die Schultern. »Ein beschissener Streifenpolizist. Hat vor Jahren einen Teenager bei einer Drogenfahndung in den Würgegriff genommen. Der Junge ist gestorben. Ziemlicher Skandal damals. Hat er nicht zehn Jahre in Quentin bekommen?«

»Nein, *zwanzig*.« Ich schob ihm Coombs Personalakte hinüber. »Und du sollst mir jetzt etwas erzählen, was ich nicht *da drin* finde.«

Warren schlug die Akte auf. »Wenn ich mich recht erinnere, war Coombs ein harter Bulle, ausgezeichnet, solides Festnahmekonto, aber gleichzeitig jede Menge Verwarnungen wegen übertriebener Gewaltanwendung.«

Ich nickte. »Rede weiter.«

»Du hast die Akte gelesen, Lindsay. In einer Siedlung hat er ein Basketballspiel abgebrochen, weil er glaubte, einer der Spieler sei ein Kerl, den er wegen Drogen eingebuchtet hatte, den man aber wieder freigelassen hatte. Der Junge sagte etwas zu ihm, dann ist er abgehauen. Coombs hinterher.«

»Wir sprechen von einem schwarzen Jugendlichen«, warf ich ein. »Sie haben Coombs fünfzehn bis zwanzig Jahre gegeben, wegen vorsätzlicher Tötung.«

Jacobi schaute mich verständnislos an. »Und wohin soll das alles führen, Lindsay?«

»*Weiscz*, Warren. In Pelican Bay. Ich habe gedacht, er würde nur Phrasen dreschen, aber irgendwas, das er gesagt hat, ist hängen geblieben. Weiscz hat behauptet, er hätte mir auch etwas zurückgegeben. Er meinte, es klänge alles nach einem Verbrechen aus den eigenen Reihen.«

»Du hast diese alte Akte ausgegraben, weil Weiscz gesagt hat, es sei ein Verbrechen aus den eigenen Reihen?« Jacobi zog die Brauen hoch.

»Coombs war *Chimäre*. Er hat zwei Jahre im Hochsicherheitstrakt verbracht. Schau doch hin… Der Kerl hat die MEK-Ausbildung. *Er hatte sich als Scharfschütze qualifiziert.* Er war ein eingeschworener Rassist. Und er ist *draußen*. Coombs wurde vor einigen Monaten aus San Quentin entlassen.«

Jacobi saß mit steinernem Gesicht da. »Es fehlt aber immer

noch das Motiv, Lieutenant. Gut, zugegeben, der Kerl war ein Riesenarschloch, aber er war Polizist. Was könnte er gegen andere Polizisten haben?«

»Er hat sich auf Notwehr berufen, weil der Jugendliche sich gewehrt habe. Niemand hat seine Aussage bekräftigt. Nicht sein Partner oder die anderen Kollegen am Tatort, auch nicht die Vorgesetzten. Er hatte keinerlei Unterstützung, Warren.«

»Du glaubst, ich spinne?« Ich nahm die Akte, blätterte darin, bis ich zu der Stelle kam, die ich rot angestrichen hatte. »Du hast gesagt, Coombs hat den Jungen in einer Siedlung getötet?«

Jacobi nickte.

Ich schob ihm die Seite hinüber.

»*Bay View*, Warren. *La Salle Heights*. Dort hat er den Jungen erwürgt. Diese Siedlung wurde abgerissen und neunzehnhundertneunundneunzig neu aufgebaut. Und sie wurde umbenannt...«

»Whitney Young«, sagte Jacobi.

Ganz in der Nähe, wo Tasha Catchings ermordet worden war.

74

Als nächsten Schritt wählte ich die Nummer von Madeline Akers, stellvertretende Anstaltsleiterin in San Quentin. Maddie war eine Freundin. Sie sagte mir alles, was sie über Coombs wusste. »Ein übler Polizist, ein böser Kerl und ein wirklich übler Insasse. Ein eiskalter Hurensohn.«

Maddie versprach sich umzuhören. Vielleicht hatte Frank Coombs jemandem erzählt, was er zu tun gedachte, sobald er wieder draußen wäre.

»Madeline, das muss aber absolut geheim bleiben«, schärfte ich ihr ein.

»Mercer war ein Freund, Lindsay. Ich tue alles, was in meiner Macht steht. Lass mir ein paar Tage Zeit.«

»Einen Tag, Madeline. Das ist lebenswichtig. Er wird wieder morden.«

Danach saß ich lange an meinem Schreibtisch und bemühte mich, das zusammenzusetzen, was ich hatte. Ich konnte Coombs mit keinem Tatort in Verbindung bringen. Ich hatte keine Waffe. Ich wusste nicht einmal, wo er war. Aber zum ersten Mal, seit Tasha Catchings ermordet worden war, hatte ich das Gefühl, auf der richtigen Fährte zu sein.

Instinktiv bat ich Cindy, das Mausoleum vom *Chronicle* nach alten Artikeln zu durchforsten. Diese Ereignisse waren vor zwanzig Jahren geschehen. Im Dezernat gab es nicht mehr viele Kollegen aus dieser Zeit.

Dann fiel mir ein, dass ich jemanden hatte, der unter meinem Dach wohnte.

Als ich durch die Tür kam, schaute mein Vater gerade die Nachrichten. »He«, rief er, »du kommst ja zu einer anständigen Zeit nach Hause. Hast du den Fall gelöst?«

Ich zog mich um, holte mir ein Bier aus dem Kühlschrank und setzte mich ihm gegenüber.

»Ich muss mit dir reden.« Dann schaute ich ihm in die Augen. »Erinnerst du dich an einen Typen namens Frank Coombs?«

Mein Vater nickte. »Den Namen habe ich seit langer Zeit nicht mehr gehört. Manche Leute waren von ihm beeindruckt. Er hatte viele Festnahmen, erledigte prompt seine Arbeit. Auf seine eigene Art und Weise. Damals war alles anders. Wir hatten keine Aufsichtsbehörde, die uns über die Schulter blickte. Nicht alles, was wir gemacht haben, gelangte in die Presse.«

»Dieser Junge, den er erwürgt hat, Dad, war vierzehn.«

»Warum willst du was über Coombs wissen? Er sitzt im Knast.«

»Nicht mehr. Er ist draußen.« Ich zog meinen Stuhl näher. »Ich habe gelesen, dass Coombs behauptet hat, er hat den Jungen in Notwehr getötet.«

»Welcher Polizist würde das nicht sagen? Er hat gesagt, dass der Junge versucht hat, ihn mit einem scharfen Gegenstand zu verletzen, den er für ein Messer hielt.«

»Erinnerst du dich, wer damals sein Partner war, Dad?«

»Mein Gott.« Mein Vater zuckte die Schultern. »Stan Dragula, wenn ich mich recht erinnere. Ja, er hat beim Prozess ausgesagt. Aber ich glaube, er ist vor einigen Jahren gestorben. Niemand wollte mit Coombs zusammenarbeiten. Man hatte Angst, mit ihm auf die Straße zu gehen.«

»War Stan Dragula schwarz oder weiß?«, fragte ich.

»Stan war weiß«, antwortete er. »Ich glaube, Italiener oder vielleicht Jude.«

Das war nicht die Antwort, auf die ich gehofft hatte. Niemand hatte Coombs Rückendeckung gegeben. Aber weshalb tötete er *Schwarze*?

»Dad, wenn Coombs tatsächlich diese Verbrechen begangen hat... wenn es ihm um Rache geht, warum gegen Schwarze?«

»Coombs war ein Tier, aber er war auch Polizist. Damals war alles anders. Diese berühmte Mauer des Schweigens... Jeder Polizist lernte auf der Akademie: Halte die Klappe. Der Corpsgeist hilft dir. Aber bei Frank Coombs gab es den nicht. Die Mauer des Schweigens ist über ihm eingestürzt. Jeder war froh, ihn im Stich zu lassen. Aber das war vor – na ja – ungefähr zwanzig Jahren. Die Aktionen gegen Diskriminierung von Minderheiten waren damals sehr populär. Schwarze und Latinos hatten gerade erst begonnen, in Führungspositionen aufzusteigen. Damals gab es die schwarze Lobby, die PFG...«

»Polizisten für Gerechtigkeit«, sagte ich. »Die gibt's heute noch.«

Mein Vater nickte. »Die Spannungen waren stark. Die PFG drohte mit Streik. Dann kam noch der Druck der Stadt hinzu.

Was auch immer es war, Coombs hatte das Gefühl, dass man ihn am ausgestreckten Arm verhungern ließ.«

Langsam kapierte ich. Coombs hatte das Gefühl gehabt, dass die schwarze Lobby im Dezernat ihn abserviert hatte, und diesen Hass hatte er im Gefängnis genährt. Und jetzt war er nach zwanzig Jahren wieder auf den Straßen von San Francisco.

»Vielleicht hätte man zu einem anderen Zeitpunkt so eine Sache unter den Teppich gekehrt«, sagte ich. »Aber damals nicht. Die PFG hat ihn erledigt.«

Plötzlich bohrte sich eine erschreckende Erkenntnis in mein Hirn. »Earl Mercer war damals auch beteiligt, richtig?«

Mein Vater nickte. »Mercer war Coombs' Lieutenant.«

Dritter Teil

Die blaue Mauer des Schweigens

75

Am nächsten Morgen platzten die Ermittlungen gegen Frank Coombs, die gestern noch sehr fadenscheinig ausgesehen hatten, aus allen Nähten. Ich war in Hochstimmung.

Jacob klopfte an meine Tür. »Einen Punkt für dich, Lieutenant. Coombs wird immer wahrscheinlicher.«

»Wie das? Hast du Fortschritte beim Bewährungshelfer wegen Coombs Aufenthaltsort gemacht?«

»Man könnte sagen: Er ist weg, Lindsay. Laut Bewährungshelfer hat er das billige Hotel auf der Eddy verlassen. Keine Nachsendeadresse. Er hat sich nirgends eingemietet, auch keinen Kontakt mit seiner Exfrau aufgenommen.«

Ich war enttäuscht, dass Coombs noch nicht gefunden worden war, aber es war auch ein gutes Zeichen. Ich bat Jacobi weiterzusuchen.

Wenige Minuten später rief Madeline Akers aus San Quentin an.

»Ich glaube, ich habe, was du wolltest«, verkündete sie. Ich konnte es nicht fassen, dass sie so schnell reagierte.

»Während des vergangenen Jahrs saß Coombs mit vier verschiedenen Zellengenossen ein. Zwei davon sind auf Bewährung entlassen. Mit den beiden anderen habe ich selbst gesprochen. Der eine hat nur gemeint: Leck mich. Aber der andere, dieser Toracetti... Ich brauchte ihm eigentlich gar nicht zu sagen, wonach ich suchte. Er sagte, nachdem er die Nachrichten über Davidson und Mercer gehört hatte, wusste er sofort, dass es Coombs war. Coombs hatte ihm gesagt, er würde wegen dieser Sache für einen Riesenwirbel sorgen.«

Ich bedankte mich überschwänglich bei Maddie. *Tasha, Mercer, Davidson...* Allmählich fügte sich alles zusammen.

Aber wie passte Estelle Chipman in das Bild?

Mich packte der Tatendrang. Ich ging hinaus und suchte in den Akten. Es war mehrere Wochen her, seit ich sie durchgesehen hatte.

Das gesuchte Schriftstück fand sich am Boden des Stapels. Die Personalakte, die ich mir hatte bringen lassen. *Edward C. Chipman.*

In den dreißig unauffälligen Dienstjahren gab es nur ein herausragendes Ereignis.

Er war der Repräsentant seines Distrikts für die *Officers For Justice* gewesen... der *Polizisten für Gerechtigkeit.*

Es war an der Zeit, die Ergebnisse amtlich zu machen. Ich rief Chief Tracchio an. Seine Sekretärin Helen, die schon bei Mercer gearbeitet hatte, sagte, er sei in einer internen Besprechung. Ich teilte ihr mit, ich käme.

Ich nahm die Coombs-Akte und begab mich in die vierte Etage. Ich musste die Information weitergeben. Ich stürmte ins Büro des Chiefs.

Dann blieb ich sprachlos und wie angewurzelt stehen.

Schockiert sah ich Tracchio, die Spezialagenten vom FBI, Ruddy und Hull, den Pressefuzzy Carr und den Chief of Detectives Ryan.

Mich hatte man zu dieser Soko-Besprechung nicht eingeladen.

76

»Verfluchte Schweinerei«, sagte ich. »Das ist eine bodenlose Gemeinheit. Tagt hier irgendein Männerclub?«

Tracchio, Ruddy und Hull vom FBI, Carr, Ryan. Fünf Männer in der Runde – minus mich, die Frau.

Tracchio stand auf. Sein Gesicht war gerötet. »Lindsay, wir wollten Sie gerade anrufen.«

Ich wusste, was los war. Tracchio würde die Leitung des Falls, *meines Falls*, dem FBI übergeben. Und Ryan machte mit.

»Wir sind bei diesem Fall in einer kritischen Phase angelangt«, sagte Tracchio.

»Das ist verdammt richtig«, unterbrach ich ihn und musterte die Gruppe. »*Ich weiß, wer es ist.*«

Plötzlich hingen die Augen aller Männer an meinen Lippen. Die Jungs waren stumm. Es war, als hätte jemand eine Festbeleuchtung eingeschaltet, und meine Haut prickelte, als hätte man Säure darüber gegossen.

Ich richtete den Blick wieder auf Tracchio. »Soll ich die Akte auf den Tisch legen und gehen?«

Offensichtlich sprachlos zog er einen Stuhl für mich heraus.

Ich setzte mich nicht, sondern blieb stehen. Dann breitete ich alle Fakten vor ihnen aus und genoss jede Sekunde. Dass ich anfangs skeptisch gewesen war, aber wie sich dann allmählich die einzelnen Teile zusammenfügten. Chimäre, Pelican Bay... Coombs Wut auf die Polizei. Sobald Coombs Name fiel, machten die Kollegen aus dem Dezernat große Augen. Ich verknüpfte die Opfer, Coombs Qualifikation als Scharfschütze, und dass die tödlichen Schüsse nur von einem hervorragenden Scharfschützen abgegeben worden sein konnten.

Nachdem ich geendet hatte, herrschte Schweigen. Sie starrten mich nur an. Am liebsten hätte ich die Arme in Siegerpose hochgestreckt.

Agent Ruddy räusperte sich. »Bis jetzt habe ich nichts gehört, was Coombs direkt mit einem Tatort in Verbindung bringt.«

»Geben Sie mir noch einen oder zwei Tage, dann liefere ich Ihnen auch das«, sagte ich. »Coombs ist der Mörder.«

Hull, Ruddys breitschultriger Partner, blickte optimistisch zum Chief. »Sollen wir die Sache überprüfen?«

Ich konnte es nicht fassen. Es war *mein* Fall. Mein Durchbruch. Der des *Morddezernats*. Unsere Leute waren ermordet worden.

Tracchio dachte nach. Er schürzte die dicken Lippen, als saugte er den letzten Tropfen durch einen Strohhalm. Dann blickte er den FBI-Mann an und schüttelte den Kopf.

»Das wird nicht nötig sein, Special Agent. Es war immer ein Fall der *Stadtpolizei*. Wir führen ihn mit unseren Leuten zu Ende.«

77

Jetzt hatten wir nur noch eine Sache zu erledigen: Wir mussten Frank Coombs finden.

In Coombs Gefängnisakte wurde seine Frau Ingrid erwähnt, die sich von ihm hatte scheiden lassen, während er im Gefängnis war. Inzwischen hatte sie wieder geheiratet. Es war nur eine vage Hoffnung, denn angeblich hatten sie laut Akte keine Verbindung gehabt.

»Los, Warren, du kommst mit«, sagte ich. »Es wird wie in alten Zeiten sein.«

»Hey, entzückend!«

Ingrid Thiasson wohnte in einer ruhigen Straße in einer netten Gegend in Laguna.

Wir parkten auf der gegenüberliegenden Straßenseite, gingen zum Haus und klingelten. Keine Reaktion. Wir wussten nicht, ob Coombs' Frau arbeitete. In der Auffahrt stand kein Auto.

Gerade als wir gehen wollten, fuhr ein alter Volvo in die Einfahrt.

Ingrid Thiasson war um die fünfzig und hatte strähnige braune Haare. Unter einem dicken Pullover trug sie ein einfaches blaues Kleid. Sie stieg aus dem Wagen und öffnete die Heckklappe, um die Lebensmittel herauszunehmen.

Als erfahrene Polizistenfrau wusste sie sofort, wer wir waren, als wir zu ihr gingen. »Was wollen Sie von mir?«, fragte sie.

»Hätten Sie eine Minute Zeit für uns? Wir versuchen herauszufinden, wo sich Ihr Mann aufhält.«

»Sie haben die Frechheit, hierher zu kommen?«, erwiderte sie empört und klemmte sich zwei Tüten unter die Arme.

»Wir gehen nur sämtlichen Möglichkeiten nach«, erklärte Jacobi.

»Wie ich schon dem Bewährungshelfer gesagt habe: Ich habe seit seiner Entlassung kein Wort von ihm gehört.«

»Er hat Sie nicht besucht?«

»Ein einziges Mal war er da und wollte ein paar persönliche Sachen abholen. Er hatte geglaubt, ich hätte sie für ihn aufbewahrt. Aber ich habe ihm gesagt, dass ich den ganzen Kram weggeschmissen hätte.«

»Was für Sachen waren das?«, fragte ich.

»Überflüssige Briefe, Zeitungsartikel über den Prozess. Und die alten Waffen, die er noch hatte. Frank war schon immer ein Waffennarr. Zeug, das nur für einen Mann, der in seinem Leben nichts vorzuweisen hat, wertvoll ist.«

Jacobi nickte. »Und was hat er dann gemacht?«

»Gemacht?«, wiederholte Ingrid Thiasson verächtlich. »Er ist abgerauscht, ohne auch nur mit einem Wort zu fragen, wie unser Leben während der letzten zwanzig Jahre gewesen ist. Ohne ein Wort über mich oder seinen Sohn. Können Sie das glauben?«

»Und Sie haben keine Idee, wo wir ihn finden könnten?«

»Keine. Dieser Mann war Gift. Ich habe jetzt jemanden gefunden, der mich mit Achtung behandelt und der meinem Jungen ein Vater ist. Ich will Frank Coombs nie wiedersehen.«

»Wissen Sie, ob er mit Ihrem Sohn Kontakt hat?«, fragte ich.

»Nie und nimmer. Ich habe sie immer getrennt gehalten. Mein Sohn hat keinerlei Verbindung zu seinem Vater. Und belästigen Sie ihn nicht. Er studiert in Stanford.«

Ich trat einen Schritt vor. »Fällt Ihnen irgendjemand ein, der wissen könnte, wo er ist, Ms Thiasson, es würde uns helfen. Es ist ein Mordfall.«

Ich bemerkte, dass sie kurz zögerte. »Seit zwanzig Jahren führe ich ein gutes Leben. Wir sind jetzt eine Familie. Ich will nicht, dass man erfährt, dass ich Ihnen den Tipp gegeben habe.«

Ich nickte und spürte, wie das Blut in meinen Kopf stieg.

»Frank hatte Verbindung mit Tom Keating, sogar noch als er saß. Wenn jemand weiß, wo er ist, dann der.«

Tom Keating. Den Namen kannte ich.

Er war ein pensionierter Polizist.

78

Weniger als eine Stunde später hielten Jacobi und ich vor dem Häuschen 3A der Blakesly Residential Community, an der Küste bei der Half Moon Bay.

Keatings Name war mir noch aus meiner Kinderzeit bekannt. Er war ein Stammgast im »Alibi« gewesen, nach der

Neun-bis-vier-Schicht, wo mein Vater mich oft nachmittags auf einen Barhocker gesetzt hatte. In meiner Erinnerung hatte Keating ein rötliches Gesicht und einen weißen Haarschopf. *O Gott*, dachte ich, *das war beinahe dreißig Jahre her.*

Wir klopften an die Tür von Keatings bescheidenem Häuschen. Eine adrette, nett aussehende Frau mit grauem Haar öffnete.

»Mrs Keating? Ich bin Lieutenant Lindsay Boxer von der San Francisco Mordkommission. Das ist Inspector Jacobi. Ist Ihr Mann zu Hause?«

»Mordkommission?«, sagte sie verblüfft.

»Nur ein alter Fall«, erklärte ich lächelnd.

Von drinnen ertönte eine Stimme. »Helen, ich finde die verdammte Fernbedienung nicht.«

»Eine Minute, Tom. Er ist hinten«, sagte sie und bat uns herein.

Wir gingen durch das einfach eingerichtete Haus in einen Wintergarten vor einer kleinen Terrasse. An der Wand hingen mehrere gerahmte Polizeifotos. Keating sah so aus wie in meiner Erinnerung – nur dreißig Jahre älter. Hager, der weiße Haarschopf etwas dünner, aber immer noch die rötliche Gesichtshaut.

Er saß da und schaute im Fernsehen eine nachmittägliche Nachrichtensendung an, wo gerade die Börsenkurse unten auf einem Band durchliefen. Dann sah ich, dass er im Rollstuhl saß.

Helen Keating machte uns bekannt, fand die Fernbedienung und stellte den Ton leiser. Keating schien sich zu freuen, Besuch von der Polizei zu haben.

»Seit meine Beine schlecht geworden sind, komme ich nicht mehr zu vielen Veranstaltungen. Arthritis, behaupten die Ärzte. Verursacht durch eine Kugel in Lumbar vier. Golf kann ich nicht mehr spielen.« Er lachte. »Aber ich kann zuschauen, wie meine Pension wächst.«

Er studierte mein Gesicht. »Sie sind Marty Boxers kleines Mädchen, richtig?«

Ich lächelte. »Das Alibi... ein paar Fünf-Null-Eins, richtig, Tom?« Ein 5-0-1 war der Funkspruch nach Verstärkung, und so nannten sie damals ihr Lieblingsgetränk: Irischen Whiskey und ein Bier zum Nachspülen.

»Ich habe gehört, dass Sie jetzt eine wichtige Position haben«, sagte Keating und lächelte übers ganze Gesicht. »Und was führt euch Leutchen zu einem alten Streifenbullen?«

»Frank Coombs«, sagte ich.

Unvermittelt wurden Keatings Züge hart. »Was ist mit Frank?«

»Wir suchen ihn, Tom. Man hat uns gesagt, Sie wüssten vielleicht, wo er sich aufhält.«

»Weshalb rufen Sie nicht seinen Bewährungshelfer an? Ich bin das nicht.«

»Er ist untergetaucht, Tom. Seit vier Wochen. Hat seinen Job geschmissen.«

»Ach was! Jetzt kümmert sich die Mordkommission auch um Leute, die gegen die Bewährungsauflagen verstoßen?«

Ich hielt Keatings Blick fest. »Was meinen Sie, Tom?«

»Wieso glauben Sie, dass ich etwas wüsste?« Er schaute auf seine Beine. »Das sind alte Geschichten. Vorbei und vergessen.«

»Ich habe gehört, ihr beiden hättet Verbindung gehalten. Es ist wirklich wichtig.«

»Also, Sie verschwenden hier bloß Ihre Zeit, Lieutenant«, erklärte er und wurde unvermittelt förmlich.

Ich wusste, dass er log. »Wann haben Sie das letzte Mal mit Coombs gesprochen?«

»Vielleicht kurz nachdem er raus war. Und ein- oder zweimal danach. Er brauchte ein bisschen Hilfe, um wieder auf die Beine zu kommen. Schon möglich, dass ich ihm ein bisschen geholfen habe.«

»Und wo hat er gewohnt, während Sie ihm ein bisschen geholfen haben?«, fragte Jacobi.

Keating schüttelte den Kopf. »In irgendeinem Hotel auf Eddy oder O'Farrell. War nicht das St. Francis«, sagte er.

»Und seitdem haben Sie nicht mehr mit ihm gesprochen?« Ich schaute Helen Keating an.

»Was wollt ihr überhaupt von dem Mann?«, fragte Keating barsch. »Er hat seine Zeit abgesessen. Warum lasst ihr ihn nicht in Ruhe?«

»Es wäre einfacher, wenn Sie mit uns sprechen würden, Tom«, sagte ich.

Keating schürzte die trockenen Lippen und überlegte, auf welche Seite er sich schlagen sollte.

»Sie haben dreißig Jahre lang Dienst gemacht, richtig?«, sagte Jacobi.

»Vierundzwanzig.« Er tätschelte sein Bein. »Das Ende kam etwas früher.«

»Vierundzwanzig gute Jahre. Es wäre eine Schande, jetzt diesen Dienst zu beschmutzen, indem Sie nicht mit uns kooperieren ...«

»Wollen Sie wissen, wer ein gottverdammter Experte auf dem Gebiet *mangelnder Kooperation* war? Frank Coombs. Der Mann hat lediglich seine Arbeit gemacht, und alle diese Wichser, seine angeblichen Freunde, haben weggeschaut. Vielleicht macht ihr jetzt ja alles besser. Mit euren Gemeindeaktionen-Treffen und dem Sensibilitätstraining. Damals mussten wir dafür sorgen, die Bösen von der Straße zu verjagen. Mit den Mitteln, die wir hatten.«

»Tom.« Seine Frau hob die Stimme. »Frank Coombs hat einen Jungen umgebracht. Diese Leute hier sind deine Freunde. Sie wollen mit ihm sprechen. Ich weiß nicht, wie weit du dieses Pflicht-und-Loyalitätsding treiben willst. Deine Pflicht ist hier.«

Keating warf ihr einen wütenden Blick zu. »Ja, klar, meine Pflicht ist hier.« Er nahm die Fernbedienung und schaute wieder mich an. »Sie können den ganzen Tag hierbleiben, wenn Sie dazu Lust haben. Ich habe keinen blassen Schimmer, wo Frank Coombs ist.«

Dann stellte er den Ton des Fernsehers lauter.

79

»Scheiße!«, sagte Jacobi wütend, als wir das Haus verließen. »Arschloch alter Schule.«

»Wir sind schon die halbe Peninsula abgefahren«, sagte ich. »Wollen wir nach Stanford weiterfahren? Und Frankies Jungen besuchen?«

»Klar, warum nicht, zum Teufel«, meinte er schulterzuckend. »Ein bisschen Bildung könnte nicht schaden.«

Wir fuhren zurück auf die 208 und waren eine halbe Stunde später in Palo Alto.

Dann kamen wir auf den Campus – hohe Palmen säumten die Straße, prächtige ockerfarbene Gebäude mit roten Dächern, und über dem Hauptplatz, dem Main Quad, der majestätisch aufragende Hoover Tower. Ich spürte den Zauber des Campuslebens. Jeder dieser Studenten war etwas Besonderes und hatte Talent. Selbst ich war irgendwie stolz, dass Coombs' Sohn es trotz seiner harten Kindheit so weit gebracht hatte, hier zu studieren.

Wir erkundigten uns im Verwaltungsbau am Main Quad. Die Dekanatssekretärin sagte uns, Rusty Coombs sei wahrscheinlich beim Football-Training. Sie meinte, Rusty sei ein guter Student und ein hervorragender Sportler. Wir fuhren zur Sporthalle. Ein Student mit roter Stanford-Kappe führte uns die Treppe hoch und bat uns, vor dem Kraftraum zu warten.

Gleich darauf kam ein kräftig gebauter junger Mann mit hellroten Haaren in einem verschwitzten T-Shirt mit dem Aufdruck »Cardinals« heraus. Rusty Coombs' freundliches Gesicht zierten Sommersprossen. Er hatte nicht die düstere Streitlust, die ich auf den Fotos seines Vaters gesehen hatte.

»Ich schätze, ich weiß, weshalb Sie hier sind«, sagte er. »Meine Mom hat angerufen und mir Bescheid gesagt.«

Im Hintergrund hörte man das dumpfe Aufsetzen von Gewichten und andere Fitnessgeräte. Ich lächelte freundlich. »Wir suchen Ihren Vater, Rusty. Wir wüssten gern, ob Sie eine Idee haben, wo wir ihn finden können?«

»Er ist nicht mein Vater«, erklärte der Junge und schüttelte den Kopf. »Mein Vater heißt Theodore Bell. Er und Mom haben mich erzogen. Teddy hat mir beigebracht, einen Football zu fangen. Er hat mir immer Mut gemacht, ich könnte es schaffen, in Stanford zu studieren.«

»Wann haben Sie das letzte Mal von Frank Coombs gehört?«

»Was hat er überhaupt verbrochen? Meine Mutter hat gesagt, Sie wären von der Mordkommission. Wir wissen, was in den Nachrichten gekommen ist. Aber er hat seine Zeit abgesessen, ganz gleich, was er vorher gemacht hat, richtig? Sie können doch nicht glauben, dass er für diese entsetzlichen Verbrechen verantwortlich ist, nur weil er vor zwanzig Jahren einige Fehler gemacht hat?«

»Wir wären nicht den ganzen Weg hierher gefahren, wenn es nicht wirklich wichtig wäre«, sagte Jacobi.

Der Footballspieler wiegte sich auf den Ballen vor und zurück. Er wirkte wie ein netter Bursche und sehr kooperativ. Er rieb sich die Hände. »Einmal ist er hergekommen. Kurz nachdem er draußen war. Ich hatte ihm ein paar Mal ins Gefängnis geschrieben. Getroffen haben wir uns in der Stadt. Ich wollte nicht, dass ihn jemand sieht.«

»Und was hat er Ihnen erzählt?«, fragte ich.

»Ich glaube, er wollte nur sein Gewissen erleichtern. Und er wollte wissen, wie meine Mutter über ihn dachte. Nicht ein einziges Mal hat er gesagt: ›He, Rusty, das machst du prima. Ich bin *stolz* auf dich.‹ Oder ›He, ich habe deine Spiele genau verfolgt…‹ Er war vielmehr daran interessiert, ob meine Mutter irgendwelchen alten Kram von ihm weggeworfen hatte.«

»Was für Kram?«, fragte ich. Was war so wichtig, dass Coombs bis hierher fuhr, um seinen Sohn danach zu fragen?

»Polizeikram«, antwortete Rusty. »Und vielleicht seine Waffen.«

Ich lächelte mitfühlend. Ich wusste, wie es war, seinen Vater nicht gerade zu bewundern. »Hat er irgendwelche Andeutungen gemacht, wohin er gehen wollte?«

Rusty Coombs schüttelte den Kopf. Er sah aus, als wollte er gleich fortlaufen. »Ich bin nicht Frank Coombs. Ich trage zwar seinen Namen, damit muss ich wohl leben, aber ich bin nicht *er*. Bitte lassen Sie unsere Familie in Ruhe. Bitte.«

80

Also, das war Scheiße gelaufen. Ich fühlte mich schrecklich, weil ich in Rusty Coombs schlimme Erinnerungen aufgerührt hatte. Jacobi war meiner Meinung.

Gegen vier Uhr kamen wir zurück ins Büro. Wir waren die ganze Strecke bis Palo Alto gefahren, um wieder in einer Sackgasse zu landen. Das machte Freude.

Eine Telefonnachricht erwartete mich. Ich rief Cindy sofort zurück. »Laut Gerüchteküche heißt es, du hättest einen Verdächtigen eingekreist«, sagte sie. »Wahrheit oder Lüge?«

»Wir haben einen Namen, Cindy, aber mehr kann ich nicht sagen. Wir wollen ihn lediglich zu einer Befragung herholen.«

»Also gibt's keinen Haftbefehl?«

»Cindy... nein, noch nicht.«

»Ich rede nicht wegen eines Artikels mit dir, Lindsay. Er wollte unsere Freundin umbringen. Erinnerst du dich? Wenn ich helfen kann...«

»Ich habe hundert Polizisten darauf angesetzt, Cindy. Einige davon haben schon mal die eine oder andere Ermittlung durchgeführt. Bitte, vertrau mir.«

»Aber wenn du ihn noch nicht festgenommen hast, dann habt ihr ihn noch nicht *gefunden*, richtig?«

»Oder es ist uns noch nicht gelungen, den Fall wasserdicht zu machen. Aber, Cindy, das ist nicht druckreif.«

»Du sprichst mit *mir*, Lindsay. Und es gibt noch Claire und Jill. Wir sind ein eingeschworenes Team, Lindsay.«

Sie hatte Recht. Im Gegensatz zu allen anderen Mordfällen, mit denen ich zu tun gehabt habe, wurde dieser Fall immer problematischer und persönlicher. *Warum war das so?* Ich hatte Coombs noch nicht gefunden und konnte tatsächlich Hilfe gebrauchen. Solange er frei umherlief, konnte alles Mögliche passieren.

»Ja, ich brauche deine Hilfe, Cindy. Geh deine alten Unterlagen noch mal durch. Vielleicht bist du nicht weit genug zurückgegangen.«

Sie machte eine Pause, dann atmete sie tief durch. »Du hast Recht, nicht wahr? Der Mörder ist ein Polizist?«

»Das kannst du nicht verwerten, Süße. Und wenn, dann würdest du dich irren. Aber du bist verdammt nahe dran.«

Ich spürte, wie sie analysierte und sich auf die Zunge biss. »Wir treffen uns aber trotzdem, ja?«

Ich lächelte. »Ja, natürlich treffen wir uns. Wir sind ein Team. Mehr als je zuvor.«

Ich wollte abends gerade Schluss machen, als ein Anruf kam. Ich hatte herumgesessen und darüber nachgedacht, weshalb Tom Keating mich angelogen und dass er sehr wohl mit Coombs geredet hatte. Aber bis wir eine gerichtliche Vorladung hatten, konnte Keating alles zurückhalten, was er wollte.

Zu meiner Überraschung war seine Frau am Telefon. Ich hätte beinahe den Hörer fallen lassen.

»Mein Mann ist ein Sturkopf, Lieutenant«, begann sie nervös. »Aber er hat die Uniform mit Stolz getragen. Ich habe ihn nie wegen irgendetwas zur Rede gestellt. Damit will ich auch jetzt nicht anfangen, aber ich kann nicht einfach dasitzen und mich zurücklehnen. Frank Coombs hat diesen Jungen umgebracht. Und sollte er noch mehr Verbrechen begangen haben, würde ich mich für den Rest meines Lebens weigern, morgens aufzuwachen, wenn ich wüsste, dass ich einem Mörder geholfen habe.«

»Ms Keating, es wäre für alle Beteiligten besser, wenn Ihr Mann uns sagen würde, was er weiß.«

»Ich habe keine Ahnung, was er weiß«, sagte sie. »Und ich glaube ihm, wenn er behauptet, er habe seit geraumer Zeit nicht mit Coombs gesprochen. Aber er hat nicht die ganze Wahrheit gesagt, Lieutenant.«

»Dann fangen Sie doch damit an.«

Sie zögerte. »Coombs *ist* zu uns gekommen. Ein einziges Mal. Ungefähr vor zwei Monaten.«

»Wissen Sie, wo er jetzt ist?« Mein Blut kochte.

»Nein«, antwortete sie. »Aber ich habe eine Nachricht von ihm für Tom entgegengenommen. Und ich habe die Nummer noch.«

Ich suchte nach einem Stift.

Sie las mir die Nummer vor. 434-9117. »Ich bin ziemlich sicher, dass es eine Pension oder ein Hotel war.«

»Vielen Dank, Helen.«

Ich wollte schon auflegen, als sie sagte: »Da ist noch etwas… Als mein Mann gesagt hat, er hätte Coombs geholfen, auf die Beine zu kommen, hat er auch nicht die ganze Wahrheit gesagt. Tom hat ihm Geld gegeben. Und dann hat er ihn die alten

Sachen durchsehen lassen, die wir im Abstellraum aufbewahren.«

»Was für Sachen?«, fragte ich.

»Seine alten *Polizei*-Sachen. Eine alte Uniform und eine Polizeimarke.«

Also danach hatte Coombs im Haus seiner Exfrau gesucht. Nach seinen alten Polizeiuniformen. *Vielleicht ist er deshalb so nah an Chipman und Mercer herangekommen...*

»Ist das alles?«, fragte ich.

»Nein«, sagte Helen Keating. »Tom hatte auch noch seine Waffen. Die hat Coombs ebenfalls mitgenommen.«

81

Innerhalb von Minuten hatte ich die Nummer, die Helen Keating mir genannt hatte, zu einer Pension an der Ecke Larkin und McAllister zurückverfolgt. Das Hotel William Simon. Mein Puls raste.

Ich rief Jacobi an. Er hatte sich gerade zum Abendessen hingesetzt. »Komm zur Ecke Larkin und McAllister. Hotel William Simon.«

»Du willst dich mit mir in einem Hotel treffen? Heiß. Bin schon unterwegs.«

Wir konnten Frank Coombs nicht festnehmen. Wir hatten nicht einen einzigen Beweis, der ihn direkt mit einem Verbrechen in Verbindung brachte. Vielleicht konnte ich einen Durchsuchungsbefehl für sein Zimmer bekommen. Im Moment war es am wichtigsten herauszufinden, ob er noch dort wohnte.

Zwanzig Minuten später war ich im ziemlich heruntergekommen Viertel zwischen dem Civic Center und Union

Square. Das Hotel William Simon war eine schäbige, eingeschossige Bruchbude unter einer riesigen Reklametafel, auf der ein aufreizendes Model Unterwäsche von Calvin Klein vorführte. Jill würde sagen: *Würg!*

Ich wollte nicht zur Rezeption gehen, meine Marke zücken und sein Foto zeigen, bis wir in der Lage waren zuzuschlagen. Aber dann dachte ich: *Ach was, zum Teufel!*, und wählte die Nummer, die Helen Keating mir gegeben hatte. Nach dreimaligem Klingeln meldete sich eine männliche Stimme. »*William Simon...*«

»Kann ich Frank Coombs sprechen...?«, fragte ich.

»Coombs...« Ich hörte, wie der Portier die Anmeldungen durchblätterte. »Nein, haben wir nicht.«

Scheiße! Ich bat ihn, noch mal nachzusehen. Wieder war die Antwort negativ.

In diesem Moment öffnete sich die Beifahrertür meines Explorers. Meine Nerven sangen wie eine Bassgitarre.

Jacobi stieg ein. Er trug ein gestreiftes Golfhemd und Shorts und eine kurze, grauenvoll geschmacklose Jacke mit der Aufschrift: Nur Mitglieder. Sein Bauch wölbte sich vor. Er grinste wie ein Idiot. »He, Lady, was kriege ich alles für'n Andrew Jackson?«

»Vielleicht ein Abendessen, wenn du zahlst.«

»Haben wir eine positive Meldung?«, fragte er.

Ich schüttelte den Kopf und berichtete ihm, was ich herausgefunden hatte.

»Vielleicht ist er weitergezogen«, meinte Jacobi. »Wie wär's, wenn ich mal reingehe, mit der Marke wedele und Coombs' Foto zeige?«

»Nein, lass uns lieber hier sitzen und warten.«

Wir warteten über zwei Stunden. Observierungen sind schrecklich stumpfsinnig. Jeder normale Mensch würde dabei den Verstand verlieren. Wir starrten auf das Hotel und unterhielten uns über Helen Keating und das, was Jacobis Frau zum

Abendessen gekocht hatte. Wir redeten über die 49er und wer mit wem aus dem Präsidium schlief. Jacobi holte uns Sandwiches.

Um zehn Uhr meinte Jacobi mürrisch: »Das kann ja ewig dauern. Warum lässt du mich nicht reingehen, Lindsay?«

Wahrscheinlich hatte er Recht. Wir wussten nicht mal, ob Helen Keatings Information aktuell war. Sie hatte die Telefonnummer vor Wochen aufgeschrieben.

Gerade wollte ich nachgeben, als ein Mann an der Larkin um die Ecke bog und aufs Hotel zuschritt. Ich packte Jacobis Arm. »Sieh mal dort drüben.«

Es war Coombs. Ich erkannte den Hurensohn auf Anhieb. Er trug eine Armeejacke, hatte die Hände in die Taschen gesteckt und einen weichkrempigen Hut tief ins Gesicht gezogen.

»Dieser verfluchte Wichser«, murmelte Jacobi.

Ich musste mich gewaltig zusammenreißen, um nicht aus dem Auto zu springen und ihn gegen die Wand zu knallen. Nein, ich musste ihn ungehindert zum Hotel gehen lassen. Ich wünschte mir, ich könnte ihm Handschellen anlegen. Ja, jetzt hatten wir die Chimäre. Wir wussten, wo sie war.

»Ich möchte, dass er vierundzwanzig Stunden überwacht wird«, sagte ich zu Jacobi. »Sobald es aussieht, als wolle er sich verdrücken, festnehmen! Die Anklage überlegen wir uns danach.«

Jacobi nickte.

»Ich hoffe, du hast eine Zahnbürste mitgebracht.« Ich zwinkerte ihm zu. »Du übernimmst die erste Wache.«

82

Zugegeben, sie hatte eine Scheißangst, als sie mit Aaron Winslow Hand in Hand zu ihrer Wohnung ging. Es war das fünfte Mal, dass Cindy mit ihm ausgegangen war. Sie hatten Cyrus Chestnut und Freddie Hubbard im Blue Door gehört, waren in der Oper gewesen, *La Traviata*, hatten die Fähre über die Bucht genommen und in einem winzigen jamaikanischen Café, das Aaron kannte, etwas getrunken. Heute Abend hatten sie diesen traumhaften Film gesehen – *Chocolat*.

Ganz gleich, wie dieser Abend enden würde, sie war ausgesprochen gern mit ihm zusammen. Er war anders als die meisten Männer, mit denen sie ausgegangen war, und er war eindeutig äußerst sensibel. Er las nicht nur außergewöhnliche Bücher, er lebte auch das Leben gemäß den Idealen, die er predigte. Er arbeitete zwölf bis sechzehn Stunden pro Tag und war in seiner Gemeinde sehr beliebt. Trotzdem gelang es ihm, sein Ego unter Kontrolle zu halten. Wenn Cindy Menschen für den Artikel über Aaron Winslow befragt hatte, hatte sie immer wieder gehört, dass er wirklich ein selten guter Mensch war.

Aber Cindy hatte die ganze Zeit über gewusst, dass dieser Moment einmal kommen würde. Anfangs war er in weiter Ferne gewesen, dann näher und näher gekommen. Die Bombe tickte. Das war doch die natürliche Folge, sagte sie sich. Lindsay würde sagen: Das Schützenloch steht kurz vor der Eroberung.

»Du bist so still heute Abend, Cindy«, sagte Aaron Winslow. »Ist alles in Ordnung?«

»Alles bestens«, antwortete sie. Für sie war er der sympathischste Mann, mit dem sie je ausgegangen war. Aber, *mein Gott, Cindy, er ist ein Geistlicher. Warum hast du daran nicht früher gedacht? Hältst du es wirklich für eine gute Idee? Überlege es dir genau. Tu ihm nicht weh. Tu dir selbst nicht weh.*

Sie blieben vor dem Eingang zu ihrem Haus stehen, im hell erleuchteten Torbogen. Er sang eine Zeile aus einem alten

R&R-Song, »I've Passed This Way Before«. Er hatte auch eine gute Stimme.

Es gab keine Galgenfrist mehr. »Aaron, hör mal, jemand muss das jetzt sagen. Willst du noch mit raufkommen? Ich würde mich sehr freuen, wenn du ja sagen würdest, und unglücklich sein, wenn du ablehnst.«

Er lächelte. »Ich weiß nicht genau, wohin das führt, Cindy. Es wächst mir ein bisschen über den Kopf. Ich – hm – ich bin noch nie mit einer Blondine ausgegangen. Ich habe auch nie mit so was gerechnet.«

»Das kann ich dir gut nachfühlen.« Sie lächelte ebenfalls. »Aber es ist nur zwei Stockwerke hoch. Dort können wir uns weiter unterhalten.«

Seine Lippe zitterte leicht, und als er ihren Arm berührte, lief ihr ein Schauder über den Rücken. O Gott, mochte sie diesen Mann. Und sie vertraute ihm.

»Ich habe das Gefühl, als würde ich eine Grenzlinie überschreiten«, sagte er. »Und das kann ich nicht so einfach tun. Ich muss es wissen. Sind wir zusammen? Sind wir am selben Ort?«

Cindy stellte sich auf die Zehenspitzen und drückte ihre Lippen auf seinen Mund. Im ersten Moment schien Aaron verblüfft zu sein und richtete sich kerzengerade auf, aber dann legte er langsam die Arme um sie und überließ sich ihrem Kuss.

Es war so, wie sie es sich erhofft hatte. Der erste echte Kuss. Zart und atemberaubend. Durch seine Jacke konnte sie spüren, wie sein Herz klopfte. Ihr gefiel, dass er auch aufgeregt war. Dadurch fühlte sie sich ihm noch enger verbunden.

Als sie sich trennten, schaute sie ihm in die Augen und sagte: »Wir sind am selben Ort.«

Sie nahm den Schlüssel aus der Tasche, und sie gingen die zwei Stockwerke in ihre Wohnung hinauf. Ihr Herz klopfte wie verrückt.

»Es ist wunderschön«, meinte er. »Und das sage ich nicht so einfach dahin.« Eine Wand mit Bücherregalen, eine offene

Küche. »Weißt du, Cindy, irgendwie ist es albern, dass ich bis jetzt noch nicht hier oben gewesen bin.«

»Du kannst nicht behaupten, dass ich mich nicht bemüht habe, dich abzuschleppen.« Cindy grinste. Mein Gott, war sie *nervös*.

Er schloss sie in die Arme. Diesmal dauerte der Kuss länger. Er wusste wirklich, wie man küsste! Jede Zelle in ihrem Körper war lebendig und kribbelte, ihre Schenkel waren warm. Sie presste sich an ihn. Sie wollte ihm ganz nahe sein. Das brauchte sie. Sein Körper war geschmeidig und eindeutig kraftvoll.

Cindy lächelte. »Und worauf wartest du?«

»Weiß ich nicht. Vielleicht auf ein Zeichen.«

Sie schmiegte sich noch enger an ihn und spürte, wie sich bei ihm auch etwas regte.

»Das ist das Zeichen«, flüsterte sie ihm ins Ohr.

»Ich schätze, damit ist mein Geheimnis gelüftet. Ja, Cindy, ich mag dich sehr. Sehr.«

Plötzlich klingelte das Telefon. Das schrille Geräusch tat ihnen in den Ohren weh.

»O Gott«, stöhnte sie. »Geh weg, lass uns in Ruhe.«

»Ich hoffe, das ist nicht noch ein Zeichen.« Er lachte.

Jeder Klingelton war schlimmer als der vorhergehende. Gnadenlos. Endlich schaltete sich der Anrufbeantworter ein.

»Cindy, hier Lindsay. Ich habe etwas Wichtiges. *Bitte*, nimm ab.«

»Nun geh schon ran«, sagte Aaron Winslow.

»Nachdem ich dich endlich hier oben habe, hoffe ich nur, dass du nicht deine Meinung änderst, während ich telefoniere.«

Sie griff hinter der Couch nach dem Telefon und hielt es ans Ohr. »Das würde ich nicht für jeden tun, nur für dich.«

»Komisch, das wollte ich auch gerade sagen. Hör mal zu.«

Lindsay gab ihre Neuigkeiten weiter. Cindy spürte, wie ein Triumphgefühl sie durchströmte. Das hatte sie beabsichtigt! Ihr Tipp hatte Lindsay auf die richtige Spur gebracht. Ja!

»Mañana«, sagte sie. »Danke für den Anruf.« Sie legte den Hörer auf, schmiegte sich an Aaron und schaute ihm in die Augen.

»Du wolltest ein Zeichen. Ich glaube, ich habe das beste in der ganzen Welt.« Ihr Gesicht strahlte.

»Sie haben ihn gefunden, Aaron.«

83

Wir hielten die ganze Nacht Wache vor dem William Simon. Inoffiziell. Bisher war Coombs nicht mehr herausgekommen. Jetzt wusste ich, wo er lebte, und musste nur noch den Fall abschließen.

An diesem Morgen erschien auch Jill wieder zur Arbeit. Ich machte mich auf den Weg zu ihrem Büro, um sie auf den neuesten Stand zu bringen. Als ich aus dem Aufzug kam, sah ich Claire, die offenbar dieselbe Idee gehabt hatte.

»Genies denken eben ähnlich«, meinte sie.

»Ich habe tolle Neuigkeiten«, teilte ich ihr mit und strahlte vor Vorfreude. »Komm!«

Wir klopften an und gingen hinein. Jill saß am Schreibtisch und sah immer noch ziemlich elend aus. Dokumentenstapel und Akten erweckten den Eindruck, als hätte sie keinen einzigen Tag gefehlt. Als sie uns sah, blitzten ihre blauen Augen. Aber als sie aufstand, um uns zu umarmen, hatte ich den Eindruck, dass sie sich nur mit halber Geschwindigkeit bewegte.

»Du musst dich noch schonen«, sagte ich und umarmte sie.

»Mir geht's gut«, antwortete sie hastig. »Der Unterbauch ist noch ein bisschen hart, und das Herz ist ein bisschen gebrochen. Aber ich bin hier. Und das ist das Beste für mich.«

»Bist du sicher, dass das vernünftig ist?«, fragte Claire.

»Für mich auf alle Fälle«, erklärte Jill. »Ich schwöre, Doc, mir geht's *gut*. Also bitte, versucht nicht, mir das Gegenteil einzureden. Wenn ihr mir bei der Heilung helfen wollt, dann bringt mich auf den neuesten Stand.«

Wir beäugten sie etwas skeptisch. Aber dann musste ich meine Neuigkeiten loswerden. »Ich glaube, wir haben ihn gefunden.«

»Wen?«, fragte Jill.

Ich strahlte. »Die *Chimäre*.«

Claire starrte mich an. Dann schloss sie die Augen, als betete sie. Nach einem tiefen Seufzer öffnete sie sie wieder.

Jill wirkte beeindruckt. »Herrgott, ihr elenden Weiber wart ja verdammt aktiv, während ich weg vom Fenster war.«

Die beiden stellten genau die richtigen Fragen. Ich erzählte ihnen alles. Als ich ihnen den Namen sagte, meinte Jill: »Coombs... Ich erinnere mich an den Fall, aus der Zeit meines Jurastudiums...« Ein Funke leuchtete in ihren Augen. »Frank Coombs. Er hat einen Teenager umgebracht.«

»Bist du sicher, dass *er* es ist?«, fragte Claire. Sie trug immer noch einen Verband um den Hals.

»Das hoffe ich«, sagte ich. Und dann: »Nein, ohne jeden Zweifel. Ich bin ganz sicher, dass er es ist.«

»Habt ihr ihn schon festgenommen?«, fragte Claire. »Kann ich ihn in der Zelle besuchen? Ich habe noch diesen Prügel, den ich immer schon mal ausprobieren wollte.«

»Noch nicht. Er hat sich in einem Loch verkrochen. Aber wir observieren ihn vierundzwanzig Stunden lang.«

Ich wandte mich an Jill. »Was meinst du, Staatsanwältin? Ich möchte ihn einlochen.«

Sie beugte sich über den Schreibtisch. »Okay, sag mir genau, was ihr gegen ihn habt.«

Ich trug ihr jedes Glied der Beweiskette vor. Die lose Verbindung zu dreien der Opfer, Coombs Vergangenheit als Scharfschütze, sein bewiesener Hass auf Schwarze, wie die *Officers For Justice* sein Schicksal besiegelt hatte. Aber ich sah, dass ihre Begeisterung abnahm.

»Jill, hör zu.« Ich hob beschwörend die Hand. »Er hat einem pensionierten Polizisten die Dienstwaffe, eine Achtunddreißiger, weggenommen, und Mercer wurde mit einer Achtunddreißiger umgebracht. Drei der Opfer stehen in direkter Verbindung zu seiner Vergangenheit. Ich habe einen Kerl in San Quentin, der behauptet, er habe sich rächen wollen...«

»Achtunddreißiger gibt es im Dutzend billiger, Lindsay. Hast du die Waffe als Tatwaffe identifiziert?«

»Nein, aber, Jill, Tasha Catchings ist in derselben Gegend ermordet worden, wo Coombs vor zwanzig Jahren seine Niederlage erlitten hat.«

»Gibt es einen Augenzeugen, der ihn am Tatort gesehen hat? Einen Zeugen, Lindsay?«

Ich schüttelte den Kopf.

»Einen Fingerabdruck, Teile der Kleidung. Irgendetwas, das ihn mit einem Mord verknüpft.«

Ich stöhnte verzweifelt. »Nein!«

»Man kann auch aufgrund von Indizienbeweisen verurteilt werden, Jill«, warf Claire ein. »Coombs ist ein Ungeheuer. Wir können ihn nicht frei auf den Straßen herumlaufen lassen.«

Jill musterte uns scharf. Herrgott, das war fast wieder die alte Jill. »Glaubt ihr etwa, ich wollte ihn nicht genauso haben wie ihr? Wenn ich dich ansehe, Claire, und daran denke, wie knapp es war... Aber es gibt keine Waffe und kaum ein Motiv. Ihr könnt nicht beweisen, dass er an einem der Tatorte war. Lindsay, wenn du ihn verhaftest und ihr ihm nichts beweisen könnt, habt ihr ihn für immer verloren.«

»Coombs ist die Chimäre, Jill«, erklärte ich. »Ich weiß, dass die Beweise noch nicht hieb- und stichfest sind, aber ich habe ein Motiv und Verbindungen zu drei Opfern. Außerdem einen Zeugen, der seine Absichten bestätigen kann.«

»Ein Zeuge aus dem Knast«, sagte Jill. »Darüber lachen die Geschworenen heutzutage.«

Sie stand auf, kam herüber und legte ihre Hände auf Claires und meine Hand. »Ich weiß, dass du diesen Fall unbedingt abschließen willst. Ich bin deine Freundin, aber ich vertrete auch das Gesetz. Bring mir etwas Handfestes. Jemanden, der ihn an einem Tatort gesehen hat, einen Fingerabdruck, den er an der Tür hinterlassen hat. *Irgendwas*, Lindsay. Dann trete ich mit euch seine Tür ein, weil ich ihn ebenfalls unbedingt haben will. Und ich werde ihn auf den Kopf stellen und schütteln, bis das letzte Kleingeld aus seinen Taschen fällt.«

Ich stand da und kochte innerlich vor Frustration und Wut, aber ich wusste, dass Jill Recht hatte. Ich schüttelte den Kopf und ging zur Tür.

»Was wirst du jetzt unternehmen?«, fragte Claire.

»Den Wichser *schütteln,* und sein gesamtes Leben auf den Kopf stellen.«

84

Fünfzehn Minuten später holten Jacobi und ich Cappy vor dem William Simon ab und gingen mit ihm zu der heruntergekommenen Rezeption des Hotels. Ein Sikh mit schläfrigen Augen blätterte hinter der Rezeption in einer Zeitung, die in seiner Muttersprache geschrieben war. Jacobi knallte ihm seine Polizeimarke und Coombs Foto auf die Theke, woraufhin der Mann die Augen weit aufriss.

»Welches Zimmer?«

Der Portier mit Turban brauchte nur ungefähr drei Sekunden, um einen Blick auf das Foto zu werfen, in ein Meldebuch mit schwarzem Einband zu schauen und mit schwerem Akzent zu sagen: »Drei-Null-Sieben. Hat sich unter dem Namen *Burns* eingeschrieben.« Dann deutete er. »Aufzug da rechts.«

Nur Momente danach standen wir im zweiten Stock auf dem schmuddeligen Korridor, wo die Farbe von den Wänden blätterte, vor Coombs' Zimmer und entsicherten unsere Pistolen.

»Denkt dran, wir wollen nur mit ihm reden«, warnte ich. »Haltet die Augen offen nach allem, was wir brauchen können.«

Jacobi und Cappy nickten, dann bezogen sie zu beiden Seiten der Tür Position. Cappy klopfte an.

Keine Antwort.

Er klopfte noch mal. »Mr Frank Burns?«

Schließlich ertönte eine mürrische Stimme. »Verflucht, verpiss dich. Hau ab. Ich habe bis Freitag bezahlt.«

»San-Francisco-Polizei, Mr Burns«, rief Jacobi. »Wir bringen Ihre Morgenzeitung.«

Es folgte eine lange Pause. Dann hörte ich Geräusche, ein Stuhl wurde über den Boden geschleift, eine Schublade geschlossen. Endlich näherten sich Schritte der Tür. »Was, zum Teufel, wollen Sie?«, brüllte eine Stimme.

»Nur ein paar Fragen. Würden Sie die Tür aufmachen?«

Wir mussten noch eine Minute warten. Unsere Finger am Abzug spannten sich. Dann wurde die Tür geöffnet.

Vor uns stand ein wütender Coombs.

Die Chimäre.

Sein Gesicht war rund und schwer, die Augen versanken in tiefen Falten. Kurzes graues Haar, eine große flache Nase, gefleckte Haut. Er trug ein weißes, kurzärmeliges Unterhemd über verknitterten grauen Hosen. In seinen Augen brannten Hass und Verachtung.

»Hier …« Jacobi knallte ihm den zusammengerollten *Chronicle* vor die Brust. »Ihre Morgenzeitung. Macht es Ihnen was aus, wenn wir reinkommen?«

»Allerdings, das macht mir was aus«, antwortete Coombs mit finsterer Miene.

Cappy lächelte. »Hat Ihnen schon jemand gesagt, dass Sie glatt ein Zwillingsbruder von diesem Typen sein könnten, der mal bei der Polizei war? Wie, zum Teufel, hieß der Kerl doch gleich wieder? Ach ja, Coombs. *Frank Coombs.* Haben Sie das schon mal gehört?«

Coombs schaute ihn ungerührt an. Dann verzog sich sein Mund zu einem schiefen Lächeln. »Wissen Sie, ich werde jedes Mal anstelle von ihm auf lange Flugreisen geschickt.«

Falls er Jacobi oder Cappy von früher erkannte, zeigte er das nicht. Erst als sein Blick auf mich fiel, leuchtete Erkennen auf. »Sagen Sie nicht, dass Sie das Willkommenskomitee der Polizei sind, nach all den Jahren.«

»Wir wär's, wenn Sie uns reinließen?«

»Haben Sie einen Durchsuchungsbefehl?«

»Ich habe Ihnen ganz höflich gesagt, dass wir lediglich die Morgenzeitung gebracht haben.«

»Dann macht mal einen Abgang«, stieß Coombs zwischen den Zähnen hervor. Seine Augen blickten bedrohlich, sie brannten einem förmlich ein Loch in den Hinterkopf.

Cappy drückte Coombs die Tür ins Gesicht, dann verschaffte er sich und Jacobi Zugang zum Zimmer. »Da wir gerade hier sind, können wir Ihnen ja ein paar Fragen stellen.«

Coombs rieb sich das unrasierte Kinn und starrte uns wütend an. Schließlich holte er den Holzstuhl unter dem Tisch hervor und setzte sich rittlings darauf. »Wichser«, murmelte er. »Nutzlose Scheißer.«

In dem kleinen Zimmer lagen überall Zeitungen herum. Budweiser-Flaschen waren auf dem Fenstersims aufgereiht, Zigarettenkippen in Cola-Dosen. Ich hatte das Gefühl, wenn ich mich hier lange genug umsah, *würde ich etwas finden.*

»Das ist Lieutenant Boxer von der Mordkommission«, sagte Jacobi. »Wir sind die Inspektoren Jacobi und McNeil.«

»Na Prost!« Coombs grinste. »Ich fühle mich schon viel sicherer. Und was wollt ihr drei Komiker?«

»Sie sollten die Zeitungen lesen und auf dem Laufenden bleiben, was sich so tut«, sagte Jacobi. »Verfolgen Sie die Fernsehnachrichten?«

»Wenn Sie was zu sagen haben, dann spucken Sie's aus.«

»Warum fangen wir nicht damit an, dass Sie uns sagen, wo Sie vor vier Tagen am späten Abend waren«, mischte ich mich ein. »So gegen elf Uhr.«

»Warum lecken Sie mich nicht am Arsch«, höhnte Coombs. »Sie wollen Spielchen spielen, gut, spielen wir. Entweder war ich im Ballett oder bei der Eröffnung einer neuen Kunstausstellung. Ich kann mich nicht erinnern. Zurzeit ist mein Terminkalender furchtbar voll.«

»Und jetzt im Klartext«, fuhr Cappy ihn an.

»Aber gern. Ich war bei Freunden.«

»Haben diese Freunde Namen, eine Telefonnummer?«, fragte Jacobi. »Ich bin sicher, dass sie für Sie bürgen werden.«

»*Warum?*« Coombs' Mund verzog sich zu einem schiefen Grinsen. »Haben Sie jemand, der behauptet, ich sei woanders gewesen?«

»Ich überlege gerade, wann Sie zum letzten Mal draußen in Bay View waren.« Ich schaute ihm in die Augen. »Ihr alter Wirkungskreis. Oder sollte ich lieber sagen: Ihr alter Würgegrund?«

Coombs funkelte mich an. Mir war klar, dass er mir am liebsten den Hals umgedreht hätte.

»Also, *Zeitungen* liest er«, meinte Cappy.

Der Exhäftling kochte vor Wut. »Was soll der Scheiß, Inspector? Glauben Sie etwa, Sie hätten so einen kleinen Gauner vor sich, dem die Knie schlottern, wenn Sie mit Ihrem Schlagstock wedeln? Klar lese ich Zeitung. Ihr Arschlöcher könnt euren Fall nicht aufklären, deshalb kommt ihr her und klopft bei mir auf den Busch, wegen der alten Zeiten. Ihr habt nichts gegen mich in der Hand, sonst würdet ihr hier nicht diesen Tanz aufführen, sondern wir würden uns im Präsidium unterhalten. Wenn ihr glaubt, ich hätte diese elenden Nigger getötet, dann nehmt mich fest. Wenn nicht ... *oh, wie die Zeit vergeht* ... meine Limousine wartet unten. Sind wir fertig?«

Jetzt hätte ich am liebsten *meine* Hände um seine Kehle gelegt und seine selbstgefällige Fresse gegen die Wand gedrückt. Aber Coombs hatte Recht. Wir konnten ihn nicht festnehmen. Nicht mit dem, was wir hatten. »Sie müssen noch ein paar Fragen beantworten, Mr. Coombs. Sie müssen uns beantworten, weshalb drei Menschen tot sind, die etwas mit der Anklage gegen Sie wegen vorsätzlicher Tötung, vor zwanzig Jahren, zu tun haben. Sie müssen uns beantworten, was Sie gemacht haben an den Abenden, an denen diese ermordet wurden.«

Die Venen auf Coombs' Stirn traten hervor. Dann beruhigte er sich wieder und grinste höhnisch. »Sie sind bestimmt hergekommen, Lieutenant, weil Sie Augenzeugen haben, die mich an einem der Tatorte gesehen haben.«

Ich starrte ihn an, ohne zu antworten.

»Oder meine Fingerabdrücke auf einer Waffe? Oder Fasern von diesem Teppich oder meiner Kleidung? Sind Sie nur hergekommen, damit ich mich mit Würde stellen kann?«

Ich stand dicht vor der Chimäre und sah ihr arrogantes Grinsen. »Sie glauben wohl, nur weil Ihre übereifrigen Lakaien mich mal schief anschauen, würde ich Ihnen meinen Arsch entgegenstrecken und sagen: ›He, hier, tretet zu.‹ Es macht mir einen Heidenspaß, zu sehen, wie diese Arschlöcher einer nach dem anderen auf die Schnauze fallen. Ihr habt mir mein Leben weggenommen. Sie wollen, dass ich schwitze, Lieutenant, dann *tun Sie wenigstens so*, als wären Sie echte Polizisten. Finden Sie etwas Stichhaltiges.«

Da stand ich nun und blickte in diese eiskalten, hochmütigen Augen. Ich wollte ihn so gern hinter Gitter bringen. »Betrachten Sie sich als unter Mordverdacht stehend, Mr Coombs.

Sie kennen die Routine. Verlassen Sie nicht die Stadt. Wir werden Sie bald wieder besuchen.«

Ich nickte Jacobi und Cappy zu. Dann gingen wir zur Tür.

»Ach, noch etwas.« Ich drehte mich um, und diesmal grinste ich. »Nur damit Sie Bescheid wissen... ein Gruß von Claire Washburn... *Lehnen Sie sich ein bisschen nach links, kapiert, Arschloch?*«

85

Nach der Arbeit war ich total überdreht. Ich konnte unmöglich nach Hause fahren und mich entspannen.

Ich fuhr die Brannan hinunter in Richtung Potrero. Im Geiste spielte ich immer wieder die entwürdigende Befragung von Coombs durch. Er hatte uns verarscht, uns ins Gesicht gelacht, weil er wusste, dass wir ihn nicht festnehmen konnten.

Ich wusste, wer die Chimäre war, aber ich konnte ihm nichts anhaben.

An einer Ampel hielt ich an. Nach Hause wollte ich nicht, aber ich wusste nicht, wo ich hingehen konnte. Cindy hatte ein Rendezvous. Jill und Claire waren daheim bei ihren Männern. Wahrscheinlich hätte ich auch verabredet sein können, wenn ich mehr Bereitschaft zeigen würde.

Ich dachte daran, Claire anzurufen, aber die Akkus meines Handys waren leer – ich musste sie erst wieder aufladen. Ich wollte *irgendwas* tun – dieser Drang quälte mich.

Wenn ich nur in Coombs' Hotelzimmer gehen könnte... Ich war hin und her gerissen. Sollte ich nach Hause fahren oder den größten Fehler in meiner Karriere begehen? Meine rationale Stimme sagte: *Lindsay, fahr nach Hause, du kriegst ihn morgen... er macht mit Sicherheit einen Fehler.*

Mein Herz sagte: *Nichts da... bleib dran an ihm.*

Ich lenkte meinen Explorer auf die Seventh und dann in Richtung Tenderloin Distrikt. Es war beinahe neun Uhr.

Wie von selbst schien mein Wagen zum William Simon zu fahren. Ich spürte einen Druck auf der Brust. Pete Worth und Ted Morelli hatten in dieser Nacht die Observierung übernommen. Als ich anhielt, sah ich sie in einem blauen Acura. Sie hatten Befehl, Coombs zu folgen, falls er das Hotel verließ, und es sofort per Funk zu melden. Coombs war an diesem Tag morgens herausgekommen und um den Block spaziert. Dann hatte er sich in ein Café gesetzt und Zeitung gelesen. *Er wusste, dass er beschattet wurde.*

Ich stieg aus meinem Explorer und ging zu Worth und Morelli hinüber. »Irgendein Zeichen?«

Morelli beugte sich aus dem Fenster der Fahrerseite. »Nichts, Lieutenant. Wahrscheinlich schaut er gemütlich fern. Das Spiel der Kings. Dieser Abschaum. Er weiß, dass wir hier unten sitzen. Warum fahren Sie nicht heim? Wir beschatten ihn die ganze Nacht.«

So ungern ich es zugab, aber wahrscheinlich hatte er Recht. Hier gab es nichts, was ich tun konnte.

Ich ließ den Motor an und winkte den Jungs zu, als ich an ihnen vorbeifuhr. Aber an der Ecke zu Eddy zwang mich ein unerklärlicher Impuls, nicht wegzufahren. Es ist, als sagte eine Stimme: *Was du willst, ist hier!*

Er weiß, dass er beschattet wird... Und? Er will die Polizei von San Francisco verarschen.

Ich fuhr zur Polk, dann zurück in Richtung William Simon. Ich kam an Pfandleihern, an einem Schnapsladen, der die ganze Nacht geöffnet war, und an einem Chinesen vorbei. Am Ende des Blocks parkte ein Streifenwagen. Ich fuhr an der Rückseite des Hotels vorbei. Mehrere Mülltonnen. Ansonsten nicht viel. Die Straße war verlassen. Ich schaltete das Licht aus und wartete. Ich hatte keine Ahnung, worauf ich wartete, aber ich verlor fast den Verstand.

Schließlich stieg ich aus dem Explorer aus und ging durch die Hintertür ins Hotel. *Den Wichser schütteln!* Ich überlegte, ob ich nach oben gehen und noch mal mit Coombs sprechen sollte. Ja, vielleicht konnten wir uns das Spiel der Kings gemeinsam anschauen.

Neben dem Eingang war eine kleine schmuddlige Bar. Ich warf einen Blick hinein und sah mehrere üble Typen, aber nicht Frank Coombs. Verdammt, ein Mörder war im Hotel, ein Polizistenmörder, und wir konnten nichts gegen ihn unternehmen.

Ich sah, dass sich bei der Hintertreppe etwas bewegte, und verdrückte mich in die schummrige Bar. Aus der Musikbox ertönte ein echter Oldie. Sam und Dave's »Soul Man«. Ich sah, wie eine Gestalt die Treppe herunterschlich und nach allen Seiten blickte, wie Dr. Kimble auf der Flucht.

Was, zum Teufel, ging hier vor?

Dann erkannte ich die Armeejacke und den Schlapphut, tief ins Gesicht gezogen. Ich strengte meine Augen an, um sicher zu sein.

Ja, es war Frank Coombs.

Die Chimäre war im Aufbruch.

86

Coombs verschwand in der dem Hotel angeschlossenen Küche. Ich wartete ein paar Sekunden, dann folgte ich ihm.

Ich hielt den Kopf gesenkt und blickte verstohlen um mich. Ich sah Coombs, aber er hatte sich *verändert*. Er hatte eine weiße Jacke und eine schmuddlige Küchenchefmütze aufgesetzt. Ich griff nach meinem Handy – aber dann fiel mir ein, dass es leer war. Ich war nicht im Dienst, da brauchte ich es eigentlich nicht.

Coombs verließ das Hotel ungehindert durch die Hintertür. Ehe ich eine Chance hatte, den Streifenwagen *unauffällig* zu verständigen, bog er in eine Seitengasse.

Ich schaute in die Gasse. Er ging in die Richtung der Straße, wo mein Wagen parkte. Ich rannte dorthin.

Gott sei Dank, ich konnte ihn noch sehen. Coombs hastete über die Straße, keine sieben Meter von mir entfernt. Ich hoffte, ich würde eine Chance bekommen, dem Streifenwagen ein Zeichen zu geben, aber vergeblich.

Coombs verschwand auf einem leeren Grundstück und lief zur Van Ness Street. Ich war auf meine Leute wütend – sie hatten ihn entkommen lassen. Sie hatten alles versaut.

Ich wartete kurz, bis er von dem Grundstück verschwunden war, dann fuhr ich zur Kreuzung. An der Ampel bog ich nach rechts ab und schaltete die Scheinwerfer ein. Die Straße war sehr belebt. Auch viele Fußgänger.

Ich wartete, bis er auftauchen würde.

Ich saß da und blickte die Straße auf und ab. *War es möglich, dass er vor mir hierher gekommen war? War er in der Menge untergetaucht? Scheiße!*

Da, ein Stück weiter vorne, entdeckte ich die Armeejacke. Er kam zwischen Kinko's und einem Favor-Schuhgeschäft heraus.

Die Jacke und Mütze des Kochs hatte er weggeworfen.

Ich war ziemlich sicher, dass er mich nicht gesehen hatte. Er schaute in beide Richtungen und marschierte dann, die Hände in den Taschen, nach Süden, zur Market Street. Am liebsten hätte ich ihn mit dem Wagen überfahren.

Bei der nächsten Kreuzung machte ich kehrt und fuhr auf der anderen Straßenseite zurück, knapp zwanzig Meter hinter Coombs. Er war gut und bewegte sich sehr sicher. Offenbar war er in bester körperlicher Verfassung. Schließlich schien er sicher zu sein, dass ihm die Flucht gelungen war. *Beinahe* hatte er es ja auch geschafft.

An der Market Street rannte Coombs mitten auf die Straße zu einer BART-Haltestelle und sprang in einen Elektrobus, der nach Süden fuhr.

Ich folgte dem Bus. Jedes Mal, wenn er hielt, trat ich auf die Bremse und passte auf, ob Coombs ausstieg. Aber das tat er nicht. Wir hatten das Stadtzentrum bereits verlassen.

In der Nähe von Bernal Heights, bei der Haltestelle Glen Park, hielt der Bus etwas länger. Gerade als er wieder weiterfahren wollte, sprang Coombs heraus.

Ich konnte nicht mehr bremsen. Mir blieb keine andere Wahl, als rechts vorbeizufahren. Ich duckte mich tief. Jeder Nerv meines Körpers vibrierte. Im Rückspiegel beobachtete ich ihn. Ich hatte schon viele Observierungen durchgeführt und Dutzende von Autos verfolgt, aber nie mit so viel Risiko.

Coombs blickte nach rechts und links. Ich musste weiterfahren. Ich hatte das Gefühl, als schaute er mir nach.

Verdammt... ich musste weiterfahren. Ich war unglaublich wütend, stinksauer. Als ich sicher war, dass er mich nicht mehr sehen konnte, gab ich Gas und fuhr den Hügel hinauf. Dann drehte ich in einer Einfahrt um und betete, dass Coombs noch da wäre.

Ich raste zur Haltestelle Glen Park zurück. Kein Zeichen von ihm. Wütend schlug ich auf das Lenkrad. »Elender Hurensohn!«, brüllte ich.

Dann sah ich – ungefähr dreißig Meter vor mir –, wie ein senffarbener Pontiac Bonneville aus einer Seitenstraße herausfuhr und am Straßenrand hielt. Er war mir nur deshalb aufgefallen, weil er das Einzige war, das sich bewegt hatte.

Und plötzlich erschien Coombs. Er rannte aus dem Schatten eines Geschäftseingangs, riss die Beifahrertür des Pontiac auf und stieg ein.

Hab ich dich wieder, sagte ich mir.

Dann brauste der Pontiac davon.

Ich ebenfalls.

87

Ich folgte im Abstand von ungefähr zehn Autolängen. Der Pontiac nahm die Auffahrt zur 280 und fuhr nach Süden. Mit rasendem Puls blieb ich dran. Ich hatte keine andere Wahl, als Coombs zu folgen.

Nach einigen Meilen blinkte der Pontiac und fuhr auf die Ausfahrt Richtung South San Francisco. Die Straße schlängelte sich durch das Arbeiterviertel der Stadt, dann einen steilen Hügel hinauf. Ich kannte ihn. Es war der South Hill. Die Straßen wurden dunkel, und ich schaltete die Scheinwerfer aus.

Der Pontiac bog in eine dunkle einsame Straße, deren Häuser ziemlich renovierungsbedürftig waren. Am Ende der Straße fuhr er in die Einfahrt zu einem weißen Holzhaus. Es stand ganz oben auf dem Hügel, und von dort aus überschaute man das Tal. Der Standort war schön, aber das Haus total verkommen.

Coombs und sein Partner stiegen aus und redeten miteinander. Dann gingen sie ins Haus. Ich parkte in der dunklen Auffahrt des dritten Hauses davor. Noch nie hatte ich ein derartig beklemmendes Gefühl gehabt, allein zu sein. Aber ich konnte Coombs nicht aufgeben und entwischen lassen.

Ich holte die Glock aus dem Handschuhfach und überprüfte das Magazin. Voll geladen. *Mein Gott, Lindsay. Keine kugelsichere Weste. Keine Verstärkung. Kein funktionierendes Handy.*

Ich schlich gebückt, die Automatic an der Seite, auf dem dunklen Gehweg auf das weiße Haus zu. Ich konnte gut mit der Waffe umgehen, aber so gut?

Neben und auf der Zufahrt parkten etliche schrottreife Autos und Pick-ups. Im Erdgeschoss brannte Licht. Ich hörte Stimmen. *Na schön, so weit war ich gekommen!*

Ich schlich mich bis zur Garage vor. Es war ein durch einen asphaltierten Weg getrenntes Gebäude für zwei Autos. Die Stimmen wurden lauter. Ich wollte lauschen, aber sie waren zu weit weg. Ich holte tief Luft und kroch näher. Dann schmiegte ich mich ans Haus und schaute durch ein Fenster. Wenn es so aussehen würde, dass Coombs eine Zeit lang bleiben würde, konnte ich Verstärkung holen.

Sechs wild aussehende Typen saßen um einen Tisch herum. Bierflaschen, Rauch. Coombs war einer davon. Auf dem Arm eines Mannes sah ich eine Tätowierung, die alles klarmachte.

Der Kopf eines Löwen, einer Ziege und der Schwanz einer Schlange.

Es war ein Treffen von Chimäre.

Ich schob mich näher, um besser zu hören. Plötzlich hörte ich den Motor eines Autos, das den South Hill heraufkam. Ich erstarrte und drückte mich ans Haus. Dann hörte ich Autotüren knallen und Stimmen, die sich mir näherten.

88

Ich sah zwei Männer. Der eine hatte einen blonden Bart und einen langen Pferdeschwanz, der andere war stark tätowiert und trug eine ärmellose Jeansjacke. Ich saß in der Klemme und konnte nirgendwohin fliehen.

Sie blieben stehen und schauten mich an. »Wer, zum Teufel, bist du?«

Zwei Möglichkeiten: rückwärts gehen, mit schussbereiter Waffe, oder versuchen, Coombs gleich hochzunehmen. Letzteres hielt ich für die bessere Idee.

»*Polizei!*«, brüllte ich. Die beiden Typen blieben wie angewurzelt stehen. Ich hielt meine Glock mit ausgestreckten Händen. »Mordkommission San Francisco. Hände hoch!«

Die beiden Männer reagierten ruhig und ohne Panik. Sie schauten einander an, dann mich. Ich war sicher, dass sie bewaffnet waren, ebenso die Kerle im Haus. Ein grauenvoller Gedanke schoss mir durch den Kopf: *Vielleicht sterbe ich hier.*

Dann wurde es laut. Zwei weitere Männer kamen von der Straße herbeigelaufen. Ich wirbelte herum und richtete meine Waffe auf sie.

Dann erloschen die Lichter im Haus. Auch die Zufahrt war plötzlich stockdunkel. *Wo war Coombs? Was machte er?*

Ich sank in die Hocke, denn jetzt ging es nicht mehr nur um Coombs.

Ich hörte hinter mir ein Geräusch. Jemand rannte. Ich drehte mich um – und dann packte mich jemand und riss mich zu Boden. Ich landete hart unter zwei Zentnern Gewicht.

Und dann blickte ich in ein Gesicht, das ich nicht sehen wollte. Ein Gesicht, das ich hasste.

»Schaut mal, was die Flut angespült hat«, sagte Frank Coombs grinsend. Er schwenkte eine 38er vor meinen Augen. »Marty Boxers kleines Mädchen.«

89

Coombs hockte vor mir und grinste mich höhnisch und arrogant an. Es war das widerliche Grinsen der Chimäre, das ich so hasste. »Sieht so aus, als hättest *du* dich jetzt ein bisschen nach links gelehnt.«

Ich war noch so weit bei klarem Verstand, um zu realisieren, in welch unglaublicher Klemme ich steckte. Alles war schief gegangen, was nur schief gehen konnte.

»Das ist eine Ermittlung in einer Mordsache«, erklärte ich den Männern um mich herum. »Frank Coombs wird in Zusammenhang mit vier Morden gesucht, darunter zwei Polizisten. Darin wollen Sie nicht verstrickt werden, oder?«

Coombs grinste weiter. »Du verschwendest deinen Atem, falls du glaubst, dass der Scheiß, den du hier redest, irgendeine Wirkung hat. Ich habe gehört, dass du mit Weiscz geredet hast. Netter Bursche, was? Ein Freund von mir.«

Ich zwang mich in eine sitzende Stellung. Woher, zum Teufel, wusste er, dass ich in Pelican Bay war? »Man weiß, dass ich hier bin.«

Plötzlich schoss Coombs' Faust vor und erwischte mich voll am Kinn. Ich spürte, wie eine warme Flüssigkeit meinen Mund füllte – mein eigenes Blut. Verzweifelt suchte ich nach einem Ausweg.

Coombs grinste immer noch. »Ich werde das tun, was ihr Schweine mit mir gemacht habt. Ich nehme dir etwas, das dir lieb und teuer ist. Etwas, das du nie wieder zurückbekommst. Bis jetzt hast du noch nichts, gar nichts, kapiert.«

»Ich kapiere genügend. Sie haben vier unschuldige Menschen ermordet.«

Coombs lachte laut. Dann streichelte er mit seiner rauen Hand meine Wange. Der Hass in seinem Blick und die Eiseskälte seiner Berührung bereiteten mir körperliche Übelkeit. Am liebsten hätte ich gekotzt.

Dann hörte ich den Gewehrschuss, laut und aus der Nähe. Aber nicht ich, sondern Coombs schrie auf und fasste sich an die Schulter.

Die anderen Männer liefen auseinander. In der Dunkelheit herrschte Chaos. Ich war ebenso verwirrt wie alle anderen. Noch eine Kugel zischte durch die Luft.

Der dünne Kerl mit den Tätowierungen schrie und presste die Hand auf den Schenkel. Die nächsten beiden Schüsse trafen die Garagenwand.

»Was, zum Teufel, ist los?«, brüllte Coombs. »Welcher Wichser schießt denn da?«

Es ertönten weitere Schüsse. Sie kamen aus dem Schatten am Ende der Zufahrt. Ich stand auf und rannte gebückt vom Haus weg. Niemand hielt mich auf.

»Hierher«, rief jemand vor mir. Ich rannte noch schneller in die Richtung, aus der ich die Stimme gehört hatte. Der Schütze hockte hinter dem senffarbenen Pontiac.

»Los, nichts wie weg«, schrie er.

Und dann sah ich ihn. Aber ich traute meinen Augen nicht. Ich fiel meinem Vater in die Arme.

90

Wir fuhren mit Höchstgeschwindigkeit nach San Francisco und legten fast den ganzen Weg schweigend zurück. Schließlich lenkte mein Vater sein Auto auf den belebten Parkplatz vor einem 7-Eleven-Laden. Immer noch heftig atmend und mit rasendem Herzen, schaute ich ihn an.

»Bist du in Ordnung?«, fragte er so liebevoll, wie ich es mir nur vorstellen konnte.

Ich nickte, war aber nicht so sicher. Ich machte gerade Inventur, wo es wehtat. *Mein Kinn... der Hinterkopf... mein Stolz.*

Langsam drangen die Fragen, die zu stellen waren, durch den Nebel.

»Was hast du dort gemacht?«, fragte ich.

»Ich habe mir Sorgen um dich gemacht. Besonders, nachdem jemand versucht hat, deine Freundin Claire zu ermorden.«

Dann der nächste Gedanke. »Bist du mir gefolgt?«

Er berührte meinen linken Mundwinkel mit dem Daumen, um das Blut abzuwischen. »Ich war zwanzig Jahre lang Polizist. Ich bin dir heute gefolgt, seit du nach der Arbeit vom Präsidium weggefahren bist. Okay?«

Das hielt ich im Kopf nicht aus! Aber irgendwie spielte es keine Rolle. Dann kam mir blitzartig ein Gedanke, als ich meinen Vater so anschaute. Irgendetwas passte nicht. Ich erinnerte mich, wie Coombs mich angegrinst hatte. »Er hat gewusst, wer ich bin.«

»Selbstverständlich wusste er das. Du hast ihm schließlich schon von Angesicht zu Angesicht gegenübergestanden. Du leitest den Fall.«

»Ich meine nicht, vom Fall her«, widersprach ich. »Er kannte dich.«

Mein Vater schien verwirrt zu sein. »Was meinst du?«

»Dass ich deine Tochter bin, das hat er gewusst. Er hat mich Marty Boxers kleines Mädchen genannt.«

Die blinkende Bierreklame des Ladens schien ins Auto und auf das Gesicht meines Vaters.

»Ich habe dir doch erzählt, dass Coombs und ich uns von früher kannten«, sagte er. »Damals hat mich jeder gekannt.«

»Das habe ich nicht gemeint.« Ich schüttelte den Kopf. »Er hat mich Marty Boxers kleines Mädchen genannt. Es ging um *dich*.«

Ich erinnerte mich an die Begegnung mit Coombs am Morgen im Hotelzimmer. Bereits da hatte ich den flüchtigen Eindruck, dass er mich kannte. Dass es etwas *zwischen ihm und mir* gab.

Ich wich zurück. »Warum bist du mir gefolgt?«, fragte ich mit harter Stimme. »Ich muss alles erfahren.«

»Um dich zu beschützen, das schwöre ich. Ein einziges Mal das Richtige tun.«

»Ich bin Polizistin, Dad, nicht deine kleine Butterblume. Du hältst mit etwas hinterm Berg. Irgendwie bist du in diesen Fall involviert. Wenn du ein einziges Mal das Richtige tun willst, dann wäre jetzt der richtige Zeitpunkt, damit anzufangen.«

Mein Vater lehnte sich zurück und blickte starr geradeaus. Dann atmete er tief ein. »Coombs hat mich angerufen, als er aus dem Gefängnis kam. Irgendwie ist es ihm gelungen, mich unten im Süden aufzuspüren.«

»Coombs hat *dich* angerufen?«, fragte ich total geschockt. »Aber weshalb, um alles auf der Welt, hat er dich angerufen?«

»Er hat mich gefragt, ob ich die letzten zwanzig Jahre meines Lebens genossen hätte, während er eingesperrt war. Ob ich es zu etwas gebracht hätte. Er meinte, jetzt sei es an der Zeit, es mir heimzuzahlen.«

»Heimzahlen? Weswegen heimzahlen?« Kaum hatte ich die Frage gestellt, wusste ich die Antwort. Ich blickte meinem verlogenen Vater in die Augen.

»Du warst in jener Nacht dabei, richtig? Du warst an der Sache vor zwanzig Jahren beteiligt.«

91

Mein Vater schlug die Augen nieder. Diesen beschämten schuldbewussten Blick hatte ich früher schon gesehen – zu oft –, als ich noch ein kleines Mädchen war.

Er begann zu erklären. *Wieder die alte Leier, Daddy?*

»Lindsay, wir waren zu sechst am Tatort. Ich bin rein zufällig dort gewesen, da ich für einen Kollegen eingesprungen bin, für Ed Dooley. Wir kamen als Letzte und haben nichts gesehen. Wir sind hingekommen, als alles schon vorbei war. Aber seitdem macht er uns die Hölle heiß, uns allen.«

Er machte eine Pause. »Ich habe nicht gewusst, dass er die Chimäre ist, Lindsay. Das musst du mir glauben. Von diesem Polizisten *Chipman* habe ich nie zuvor gehört, erst als du mir neulich von ihm erzählt hast. Ich habe geglaubt, dass er nur mich bedroht.«

»Dich bedrohen, Dad?« Ungläubig schaute ich ihn an. »Bedrohen? Womit? Bitte, erkläre es mir. Ich *möchte* es verstehen.«

»Er hat gesagt, er wollte, dass ich mich so fühlte, wie *er* sich in all den Jahren gefühlt hatte. Zusehen, wie man alles verliert. Und er hat gesagt, dass er *dir* etwas antun wollte.«

»Deshalb bist du wieder aufgetaucht, richtig?«, sagte ich mit einem Seufzer. »All das Geschwätz, alte Fehler wieder gutzumachen, sich mit mir versöhnen zu wollen! Das war nicht alles.«

»Nein.« Er schüttelte den Kopf. »Ich hatte schon so viel in den Sand gesetzt und durfte nicht zulassen, dass er mir auch noch den Rest nahm. Deshalb bin ich hier, Lindsay. Das schwöre ich. Diesmal lüge ich nicht.«

In meinem Kopf drehte sich alles. Ein mutmaßlicher Mörder lief frei herum. Man hatte auf mich geschossen, und ich hatte keine Ahnung, was los war. Und was sollte ich mit meinem Vater machen? Wie viel wusste er wirklich? Was sollte ich jetzt wegen Coombs unternehmen? Wegen *Chimäre*?

»Du sagst die Wahrheit? Tatsächlich? Es ist mein Fall. Mein großer wichtiger Fall. Ich muss die Wahrheit wissen. Bitte, lüge mich nicht an, Dad.«

»Ich schwöre es.« In seinen Augen stand Scham. »Was wirst du jetzt tun?«

Ich funkelte ihn wütend an. »Wegen Coombs oder uns...?«

»Wegen der ganzen Schweinerei. Wegen dem, was heute Abend passiert ist.«

»Ich habe keine Ahnung.« Ich schluckte. »Aber eines weiß ich... ich werde Coombs hinter Gitter bringen, wenn es irgendwie möglich ist.«

92

Um zehn Uhr am nächsten Morgen hielt ich einen Durchsuchungsbefehl in Händen. Damit war mir der Zugang zu Coombs' Zimmer im William Simon gestattet. In zwei Autos rauschten wir zu sechst hin.

Coombs war in Freiheit. Allerdings konnten wir ihn wegen einiger Delikte belangen: versuchter Mord an einem Polizisten und Widerstand gegen die Festnahme. Ich leitete die Fahndung gegen ihn ein und schickte ein Team zu dem Haus, wo sich die Bande in alle Winde zerstreut hatte.

Jill bat ich, mich und Jacobi im William Simon zu treffen. Obgleich die Chancen praktisch null waren, hoffte ich, in Coombs' Zimmer doch etwas zu finden, das ihn mit den anderen Morden verknüpfte. Wenn ja, würde ich mir sofort einen Haftbefehl holen.

Der Portier ließ uns ins Zimmer. Es war unaufgeräumt. Bierflaschen und Getränkedosen standen auf dem Fensterbrett.

Die einzigen Möbel waren ein Metallbett mit dünner Matratze und eine Kommode, auf der seine Toilettensachen standen. Dann ein Schreibtisch, ein Tisch und zwei Stühle.

»Was hast du erwartet... das Holiday Inn?«, meinte Jacobi zynisch.

Zeitungen lagen herum, *Chronicle* und *Examiner*. Nichts Ungewöhnliches. Auf einem Bord neben dem Bett stand eine Trophäe von einem Schießwettbewerb. Ein vornüber gebeugter Scharfschütze mit einem Gewehr. Darunter war eingraviert: *Regionalmeisterschaft im Scharfschießen – 50 Meter* und Frank Coombs' Name.

Bei diesem Anblick drehte sich mir der Magen um.

Ich ging zum Schreibtisch. Unter dem Telefon lagen einige zerknitterte Quittungen und einige Nummern, die mir nicht bekannt vorkamen. Ich fand eine Straßenkarte von San Francisco und Umgebung. Ich riss die Schubladen heraus. Eine alte Ausgabe der Gelben Seiten, einige Speisekarten von Restaurants und ein längst veralteter Stadtführer.

Nichts...

Jill schaute mich an. Dann schüttelte sie den Kopf und schnitt eine Grimasse.

Ich durchsuchte weiter das Zimmer. Irgendwas musste hier sein. *Coombs war die Chimäre...*

Ich trat gegen eine Schublade und warf die Lampe zu Boden. Dann packte ich frustriert die Matratze und riss sie wütend vom Bett.

»Es ist hier, Jill. Es muss hier sein.«

Überrascht sah ich den großen Umschlag auf dem Boden. Offenbar war er zwischen Matratze und Springfedern versteckt gewesen. Ich hob ihn auf und schüttete den Inhalt auf Coombs' Bett.

Es war keine Waffe, auch nichts, was man den Opfern weggenommen hatte... aber es war die Geschichte des Chimäre-Falls. Zeitungs- und Illustriertenartikel, manche zwanzig Jahre alt, über den Prozess. Einer aus dem *Time Magazine* mit Details des Falls. Eine Schlagzeile lautete: »POLIZEILOBBY FORDERT COOMBS FESTNAHME.« Darunter ein Foto, auf dem die *Officers For Justice* sich auf dem Platz vor dem Rathaus versammeln. Coombs hatte um einige Gesichter rote Kreise eingezeichnet und das Zitat des Sprechers der Gruppe, Sergeant Edward Chipman, unterstrichen.

»Bingo!« Jacobi pfiff anerkennend.

Wir lasen weiter. Artikel über den Prozess und Kopien von Briefen, die Coombs an die PFG geschrieben hatte, in denen er einen neuen Prozess verlangte. Dann eine verblasste Kopie des Originalberichts der Polizeikommission über den Vorfall in Bay View. An den Rändern standen viele wütende Kommentare von Coombs. »Lügner!«, dick unterstrichen, »Elender Feigling!«. Mit roten Klammern war die Aussage von Field Lieutenant Earl Mercer hervorgehoben.

Ferner eine Reihe Artikel über die jüngsten Morde: Tasha Catchings, Davidson, Mercer... eine kleine Notiz in der *Oakland Times* über Estelle Chipman. Daneben war gekritzelt: »Ein Mann ohne Ehre entehrt alles.«

Ich schaute Jill an. Es war nicht perfekt. Es war nichts, was wir unmittelbar mit einem Mord verknüpfen konnten. Aber es war genug, um jeglichen Zweifel zu beseitigen, dass wir unseren Mann gefunden hatten. »Es ist alles hier«, sagte ich. »Zumindest können wir das bei den Morden an Chipman und Mercer verwenden.«

Sie dachte kurz nach und nickte dann.

Als ich den Stapel wieder zusammenlegte, glitten meine Augen über die letzten Seiten. Plötzlich stockte mir der Atem.

Es war ein Zeitungsausschnitt über die erste Pressekonferenz nach dem Mord an Tasha Catchings. Das Foto zeigte Chief Mercer hinter mehreren Mikrofonen.

Jill bemerkte meine veränderte Miene und nahm mir den Ausschnitt aus der Hand. »*O mein Gott, Lindsay...*«

Auf dem Foto standen hinter Mercer mehrere Leute, die alle irgendwas mit der Aufklärung zu tun hatten. Der Bürgermeister, der Chief of Detectives Ryan, Gabe Carr.

Um ein Gesicht hatte Coombs einen roten Kreis gezeichnet. *Um mein Gesicht.*

93

Am Ende des Tages war der Steckbrief Frank Coombs' in den Händen eines jeden Polizisten in San Francisco. Das war eine persönliche Sache. Wir alle wollten ihn kriegen. Ich ganz besonders.

Soweit wir wussten, hatte Coombs keinerlei Besitz, kein Geld, kein Netzwerk. Nach menschlichem Ermessen müssten wir ihn schnell fassen.

Ich bat meine Freundinnen zu einem Treffen in Jills Büro, nachdem alle anderen nach Hause gegangen waren. Als ich eintraf, waren sie gut gelaunt und lächelten. Wahrscheinlich wollten sie mir gratulieren. Die Zeitungen brachten Coombs' Foto auf der Titelseite. Er sah aus wie ein Killer.

Ich ließ mich neben Claire auf die Ledercouch sinken.

»Irgendwas stimmt nicht«, sagte sie. »Ich glaube nicht, dass wir es hören wollen.«

Ich nickte. »Ich muss euch etwas erklären.«

Dann berichtete ich ihnen von meinem Abenteuer am vergangenen Abend. Die *wahre* Version: wie riskant und unüberlegt die Verfolgung von Coombs gewesen war – allerdings hatte ich keine andere Wahl gehabt –, wie ich in die Falle gelaufen war und wie mein Vater mich gerettet hatte, als ich alle Hoffnung aufgegeben hatte.

»O mein Gott, Lindsay«, sagte Jill fassungslos. »Würdest du *bitte* vorsichtiger sein?«

Claire schüttelte den Kopf. »Neulich hast du gesagt: ›Ich weiß nicht, was ich ohne dich täte‹. Und dann gehst du ein derartiges Risiko ein. Meinst du nicht, dass deine Worte auf uns alle zutreffen? Du bist wie eine Schwester. Bitte, hör auf, die Heldin zu spielen.«

Sie schauten mich mit ernsten Gesichtern an. Plötzlich fingen wir alle an zu kichern, dann lachten wir. Der Gedanke, meine Freundinnen zu verlieren oder dass sie mich verlieren könnten, ließ alles, was ich getan hatte, noch verrückter erscheinen.

»Dank sei Gott für Marty«, rief Jill.

»Ja, der gute alte Marty.« Ich seufzte. »Mein Dad.«

Jill spürte meine gemischten Gefühle und beugte sich vor. »Er hat doch keinen getroffen, oder?«

Ich holte tief Luft. »Coombs. Vielleicht noch einen.«

»War Blut am Tatort?«, fragte Claire.

»Wir haben alles untersucht. Das Haus hat ein kleiner Gauner gemietet, der abgetaucht ist. Auf der Zufahrt waren Blutspuren.«

Sie schauten mich stumm an. Schließlich sagte Jill: »Und wie bist du mit dem Dezernat verblieben, Lindsay?«

Ich schüttelte den Kopf. »Gar nicht. Ich habe meinen Vater nicht erwähnt.«

»Herrgott, Lindsay, dein Vater hat womöglich jemanden erschossen«, fuhr Jill mich an. »Er hat seine Nase in Polizeiangelegenheiten gesteckt und geschossen.«

Ich blickte sie an. »Jill, er hat mir das Leben gerettet. Ich kann ihn nicht einfach anzeigen.«

»Du nimmst ein großes Risiko auf dich. Weshalb? Seine Waffe ist ordentlich registriert. Er ist dein Vater und ist dir gefolgt. Er hat dich gerettet. Das ist doch kein Verbrechen.«

»Die Wahrheit ist« – ich schluckte –, »ich bin nicht sicher, dass er mir gefolgt ist.«

Jill musterte mich scharf und rückte mit ihrem Sessel näher heran. »Könntest du das bitte noch mal wiederholen?«

»Ich bin nicht sicher, dass er *mir* gefolgt ist«, wiederholte ich.

»Aber was, zum Teufel, hatte er denn dort zu suchen?« Cindy schüttelte den Kopf.

Die Augen meiner Freundinnen waren auf mich gerichtet.

Ich berichtete Wort für Wort von dem Gespräch mit meinem Vater, das wir nach der Schießerei im Auto geführt hatten. Wie mein Vater, nachdem ich ihn in die Enge getrieben hatte, zugegeben hatte, dass er vor zwanzig Jahren in Bay View ein Hauptzeuge gewesen war. »Er war damals bei Coombs.«

»Scheiße!«, sagte Jill. »O mein Gott, Lindsay.«

»Das war der wahre Grund, warum er zurückgekommen ist«, sagte ich. »All diese aufbauenden Gespräche, dass er sich mit seinem kleinen Mädchen aussöhnen wollte, mit seiner Butterblume. Coombs hat ihn bedroht. Er ist zurückgekommen, um gegen ihn zu kämpfen.«

»Das kann ja sein«, sagte Claire und nahm meine Hand. »Aber das Schwein hat ihn mit dir unter Druck gesetzt. Er ist auch zurückgekommen, um dich zu beschützen.«

Jill verengte die Augen. »Lindsay, dennoch wird das deinen Dad nicht davor schützen, in den Fall verwickelt zu werden. Gut möglich, dass er gewusst hat, dass Coombs Menschen umbringt. Aber er hat geschwiegen.«

Ich schaute ihr in die Augen. »Seit den letzten Wochen, seit er wieder in mein Leben getreten ist, konnte ich plötzlich alles abschütteln, was er getan hatte, die Schmerzen, die er verursacht hatte. Er war einfach ein Mensch, der ein paar Fehler begangen hatte, der aber lustig war und der jemanden brauchte. Er schien so glücklich zu sein. Als Kind habe ich oft geträumt, dass mein Dad zurückgekommen wäre.«

»Gib die Hoffnung an ihn noch nicht auf«, sagte Claire.

»Lindsay, wenn du glaubst, dein Vater sei *nicht* wegen dir zurückgekommen, was beschützt er dann?«, fragte Cindy.

»Ich habe keine Ahnung.« Ich schaute in die Runde, in jedes Gesicht. »Das ist die große Frage.«

Jill stand auf, ging zu einem Aktenschrank hinter ihrem Schreibtisch und holte einen großen Karton heraus. Auf dem Etikett stand: *Fall 237654A. Der Staat Kalifornien vs. Francis C. Coombs.*

»Ich weiß es auch nicht, aber ich wette, die Antwort steckt irgendwo hier drin.« Sie deutete auf den Karton.

94

Als Jill am nächsten Morgen zur Arbeit kam, machte sie sofort den Karton mit den alten Akten auf. Sie gab ihrer Sekretärin die Anordnung, keine Gespräche durchzustellen und alle Termine abzusagen, die ihr gestern noch wichtig erschienen waren.

Jill stellte einen Becher Kaffee vor sich auf den Schreibtisch, hängte ihre Kostümjacke über den Sessel und holte den ersten schweren Aktenordner aus dem Karton. Umfassende Prozessakten: seitenlange Zeugenaussagen, Einsprüche und Richterentscheidungen. Eigentlich wäre es besser, wenn sie nichts finden würde, damit Marty Boxer der Vater blieb, der zurückgekommen war, um sein Kind zu beschützen. Aber als Staatsanwältin war sie davon nicht überzeugt.

Sie stöhnte und begann zu lesen.

Der Prozess hatte neun Tage gedauert. Sie brauchte den gesamten Vormittag, um alles zu lesen. Da waren die Vorverfahren, die Wahl der Geschworenen, Klagebegründungen. Coombs' bisherige Personalakte kam zur Sprache. Zahllose Verwarnungen wegen übertriebener Härte und Fehlverhalten im Dienst, wenn Schwarze beteiligt waren. Coombs war bekannt für seine rassistischen Witze und verächtlichen Bemerkungen. Dann folgte die gewissenhafte Rekonstruktion des betreffenden Abends: Coombs und sein Partner, Stan Dragula, sind auf Streife in Bay View. Sie sehen auf einem Schulhof ein Basketballspiel. Coombs entdeckt Gerald Sikes. Sikes ist ein ordentlicher Junge, behauptet die Anklage, geht regelmäßig zur Schule, spielt im Schülerorchester. Einziger dunkler Punkt: Bei einer Razzia in der Siedlung hatte man ihn vor zwei Monaten festgenommen.

Jill las weiter.

Coombs unterbricht das Spiel und verhöhnt Sikes. Die Situation wird heikel und hässlich. Zwei weitere Streifenwagen treffen ein. Sikes schreit Coombs etwas zu, dann rennt er davon. Coombs folgt Sikes. Jill studierte mehrere handgezeichnete Skizzen, die den Tatort verdeutlichen. Nachdem die Anwesenden beruhigt worden waren, nehmen zwei weitere Polizisten die Verfolgung auf. Streifenpolizist Tom Fallone holt Coombs als Erster ein. *Aber da ist Gerald Sikes bereits tot.*

Die Prozessakten sind über dreihundert Seiten stark... Siebenunddreißig Zeugen. Eine echte Schweinerei. Jill wünschte sich insgeheim, sie wäre die Staatsanwältin gewesen. Aber nirgends stieß sie auf etwas, das Marty Boxer belastet.

Wenn er an jenem Abend dort war, hat man ihn nie als Zeuge benannt.

Gegen Mittag hatte Jill sich durch den Wust von Zeugenaussagen gekämpft. Der Mord an Sikes hatte in einer Liefereinfahrt zwischen den Gebäuden A und B in der Siedlung stattgefunden. Bewohner behaupteten, sie hätten Kampflärm und die Hilfeschreie des Jungen gehört. Beim Lesen dieser Aussagen drehte sich Jill der Magen um. Coombs war die Chimäre. Er musste es sein.

Sie war müde und entmutigt. Einen halben Tag lang hatte sie die Akten durchgeackert. Sie war beinahe am Ende angelangt, als sie auf etwas Seltsames stieß.

Ein Mann hatte behauptet, den Mord von seinem Fenster im dritten Stock aus gesehen zu haben. *Kenneth Charles.*

Charles war selbst Teenager mit einem Vorstrafenregister: grober Unfug, Besitz von Drogen. Die Polizei behauptete, er habe guten Grund, Ärger zu machen.

Und kein anderer Zeuge bestätigte, was Charles ausgesagt hatte.

Beim Lesen dieser Protokolle der Zeugenaussagen bekam Jill pochende Kopfschmerzen. Sie rief die Sekretärin. »April, bitte holen Sie mir eine Personalakte der Polizei. Eine alte, von vor zwanzig Jahren.«

»Wie lautet der Name? Ich mach mich gleich auf den Weg.«

»Marty Boxer«, antwortete Jill.

95

Eine kalte Brise wehte von der Bucht, als Jill unten auf dem Kai vor dem BART-Terminal stand.

Es war nach sechs Uhr. Männer in blauen Uniformen, alle mit Kappen, kamen aus dem Betriebshof. Ihre Schicht war zu Ende. Jill musterte sie scharf. Sie suchte nach einem Gesicht. Vor zwanzig Jahren war er zwar zu Jugendstrafen verurteilt worden, aber danach hatte er ein ordentliches Leben geführt. In der Armee hatte man ihn ausgezeichnet. Er hatte geheiratet und arbeitete seit zwölf Jahren als Mechaniker für BART. April hatte nur wenige Stunden gebraucht, um ihn aufzuspüren.

Ein kräftiger Afroamerikaner mit schwarzer Ledermütze und einer Windjacke der 49er winkte einigen Kollegen zu und ging zu Jill. Er musterte sie misstrauisch. »Der Manager hat gesagt, Sie warten auf mich? Warum?«

»*Kenneth Charles?*«, fragte Jill.
Der Mann nickte.
Jill stellte sich vor und reichte ihm ihre Visitenkarte. Charles' machte große Augen. »Also, wenn ich das sagen darf – es ist schon eine Ewigkeit her, seit jemand aus dem sogenannten Gerechtigkeitsstempel Interesse an mir gezeigt hat.«

»Es geht nicht um Sie, Mr Charles«, antwortete Jill, um ihn zu beruhigen. »Es geht darum, was Sie vielleicht vor langer Zeit gesehen haben. Haben Sie etwas dagegen, wenn wir uns unterhalten?«

Charles zuckte die Schultern. »Können wir ein Stück gehen? Mein Wagen steht da drüben.« Er deutete auf den Parkplatz am Kai, der durch einen Maschendrahtzaun geschützt war.

»Wir haben einige alte Fälle durchgesehen«, erklärte Jill. »Und ich bin auf eine Zeugenaussage von Ihnen gestoßen. Die Anklage gegen Frank Coombs.«

Beim Klang des Namens blieb Charles abrupt stehen.

»Wie gesagt, ich habe Ihre Zeugenaussage gelesen«, fuhr Jill fort. »Und ich würde gern noch mal von Ihnen hören, was genau Sie gesehen haben.«

Kenneth Charles schüttelte entsetzt den Kopf. »Keiner hat mir damals geglaubt. Sie haben mich nicht mal zum Prozess gelassen. Punk haben sie mich genannt. Weshalb sind Sie jetzt interessiert?«

»Damals waren Sie ein vorbestrafter Jugendlicher, der zweimal einsitzen musste«, sagte Jill ehrlich.

»Das stimmt alles«, räumte Kenneth Charles ein. »Aber was ich gesehen habe, habe ich gesehen. Aber seit damals ist 'ne Menge Wasser unter der Brücke durchgeflossen. Ich stehe zwölf Jahre vor meiner Pensionierung. Wenn ich richtig gelesen habe, hat ein Mann zwanzig Jahre im Knast gesessen, wegen dem, was er an dem Abend getan hat.«

Jill schaute ihm in die Augen. »Ich schätze, ich möchte mich vergewissern, dass der richtige Mann zwanzig Jahre gesessen hat. Hören Sie, dieser Fall ist nicht wieder aufgenommen worden. Ich mache keine Festnahmen. Aber ich möchte die Wahrheit wissen. Bitte, Mr Charles.«

Kenneth Charles erzählte. Er hatte ferngesehen und Marihuana geraucht. Dann hatte er unten vor dem Fenster Lärm gehört. Gebrüll, dann erstickte Hilfeschreie. Und als er hinunterschaute, wurde dieser Junge erwürgt.

»Da waren zwei Männer in Uniform. Zwei Polizisten haben Gerald Sikes nach unten gedrückt«, sagte Charles.

Jill stockte der Atem. Damit veränderte sich alles. Sie holte tief Luft.

»Warum haben Sie nichts unternommen?«, fragte Jill.

»Sie müssen sich mal vorstellen, wie das damals war. Wenn man damals die blaue Uniform trug, war man Gott. Und ich war doch nur ein kleiner Punk, richtig?«

Jill schaute ihm tief in die Augen. »Erinnern Sie sich an den zweiten Polizisten?«

»Sie hatten doch gesagt, Sie würden niemand festnehmen?«

»Tue ich auch nicht. Das ist eine persönliche Sache. Würden Sie den Mann wieder erkennen, wenn ich Ihnen ein Foto zeige?«

Sie gingen zu einem glänzenden neuen Toyota. Jill holte aus der Aktentasche ein Foto und zeigte es ihm. »Ist das der Polizist, den Sie gesehen haben, Mr Charles?«

Er betrachtete das Foto längere Zeit. Dann sagte er: »Ja, das ist der Mann, den ich gesehen habe.«

96

Ich verbrachte den ganzen Tag im Präsidium mit Telefonaten und dem Studium der Quadrate des Stadtplans. Ich leitete die Fahndung nach Frank Coombs.

Wir postierten Leute bei etlichen seiner Bekannten und an Orten, zu denen er vielleicht gehen könnte. Auch bei Tom Keatings. Ich ließ den gelben Pontiac Bonneville überprüfen, der Coombs mitgenommen hatte, und die Telefonnummern, die ich auf seinem Schreibtisch gefunden hatte. Fehlanzeige. Um vier Uhr stellte sich der Kerl, der das Haus in South San Francisco gemietet hatte. Er erklärte nachdrücklich, er habe Coombs dort zum ersten Mal getroffen.

Coombs hatte kein Geld, kein Eigentum. Kein uns bekanntes Fahrzeug. Jeder Polizist in der Stadt hatte sein Foto. *Also wo, zum Teufel, war er?*

Wo war die Chimäre? Und was würde sie als Nächstes tun?

Um halb acht saß ich immer noch am Schreibtisch, als Jill hereinkam. Sie war erst vor wenigen Tagen aus dem Krankenhaus entlassen worden. Sie trug ein braunes Regencape und eine Coach-Aktentasche über der Schulter. »Was machst du denn noch hier?« Ich schüttelte den Kopf.

»Geh heim und ruh dich aus.«

»Hast du eine Minute Zeit?«, fragte sie.

»Klar, setz dich. Leider kann ich dir kein Bier anbieten.«

»Macht nichts.« Sie lächelte, öffnete die Aktentasche und holte zwei Sam Adams heraus. »Ich habe was mitgebracht.« Sie bot mir ein Bier an.

»Ach, was soll's!« Ich seufzte. Wir hatten noch keine Spur von Coombs. Ich las Jill vom Gesicht ab, dass sie etwas auf dem Herzen hatte, und vermutete, es ging um Steve, der wieder einem neuen Abschluss nachjagte und sie allein gelassen hatte.

Aber dann holte sie eine blaue Personalakte heraus. Ich las den Namen: *Boxer, Martin C.*

»Ich habe dir doch sicher erzählt, dass mein Vater im Highland Park Strafverteidiger war, oder?«, fragte sie.

»Höchstens hundertmal.« Ich lächelte.

»Eigentlich war er der beste Anwalt, den ich je erlebt habe. Immer bestens vorbereitet, unbeeinflusst davon, ob der Mandant zahlen konnte oder welche Hautfarbe er hatte. Mein Dad war ein durch und durch aufrechter Mann. Einmal habe ich beobachtet, wie er an einem Fall sechs Monate lang abends zu Hause gearbeitet hat, um die Revision des Urteils über einen Erntehelfer auf einer Salatplantage zu erreichen, der wegen Vergewaltigung verurteilt worden war. Damals haben viele Leute meinen Vater bedrängt, er solle sich in den Kongress wählen lassen. Ich habe meinen Dad geliebt. Und das tue ich heute noch.«

Ich saß stumm da und sah, wie Tränen in ihre Augen traten. Sie trank einen Schluck Bier. »Erst im letzten Studienjahr habe ich herausgefunden, dass der Scheißkerl meine Mutter zwanzig Jahre lang betrogen hatte. Der große aufrechte Mann, mein Held.«

Ich brachte ein zaghaftes Lächeln zustande. »Marty hat mich die ganze Zeit über belogen, richtig?«

Jill nickte und schob mir die Personalakte meines Vaters sowie eine Zeugenaussage über den Schreibtisch. In der Aussage war eine Seite mit Marker gelb hervorgehoben. »Lies das mal, Lindsay.«

Ich wappnete mich und las so leidenschaftslos wie möglich Kenneth Charles' Zeugenaussage. Dann las ich alles noch einmal. Während dieser Zeit wuchs in mir das Gefühl der Enttäuschung, und dann bekam ich Angst. Meine erste Reaktion war, es nicht zu glauben. Wut stieg in mir auf. Aber gleichzeitig wusste ich, dass es wahr war. Mein Vater hatte sein ganzes Leben lang gelogen und vertuscht. Er hatte jeden, der ihn geliebt hatte, enttäuscht und betrogen.

Meine Augen füllten sich mit Tränen. Ich fühlte mich so schrecklich verraten. Tränen liefen mir über die Wangen.

»Es tut mir Leid, Lindsay. Glaube mir, es ist mir schwer gefallen, dir das zu zeigen.« Jill nahm meine Hand und drückte sie.

Seit ich Polizistin geworden war, wusste ich zum ersten Mal nicht, was ich tun sollte. Ich spürte, wie sich ein Abgrund auftat, den ich nicht mit etwas füllen konnte, das Pflicht, Verantwortungsbewusstsein oder Recht ähnelte.

Ich trank mein Bier aus und lächelte Jill an. »Und wie ist es dann mit deinem Vater weitergegangen? Ist er noch mit deiner Mutter zusammen?«

»Natürlich nicht!«, antwortete sie. »Sie war manchmal kompromisslos und kalt. Ich habe sie geliebt. Sie hat ihn rausgeschmissen, als ich noch studierte. Seit damals haust er in einer Eigentumswohnung mit zwei Schlafzimmern in Las Colinas.«

Ich fing an zu lachen. Es tat weh. Tränen und Enttäuschung mischten sich in das Lachen. Als ich aufhörte, war in meinem Herzen etwas zerbrochen und viele quälende Fragen aufgetaucht: Wie viel hatte mein Vater gewusst? Was verschwieg er? Und vor allem: Welche Verbindung bestand zwischen ihm und der Chimäre?

»Danke«, sagte ich und drückte noch mal Jills Hand. »Ich schulde dir einen Gefallen, Liebe.«

»Was wirst du jetzt tun, Lindsay?«

Ich legte meine Jacke über den Arm. »Was ich schon längst hätte tun sollen: Ich werde die Wahrheit herausfinden.«

97

Mein Vater war mitten in einem Spiel Patience, als ich nach Hause kam.

Ich schüttelte den Kopf und ging in die Küche, ohne ihn eines Blickes zu würdigen. Ich holte ein Black & Tan aus dem Kühlschrank und setzte mich in den Sessel ihm gegenüber.

Mein Vater schaute auf. Vielleicht hatte er meinen brennenden Blick gespürt. »Hallo, Lindsay.«

»Weißt du, Dad, ich habe nachgedacht... damals, als du weggegangen bist...«

Er legte weiter Karten aus. »Warum willst du das jetzt wieder aufwärmen?«

Ich ließ ihn nicht aus den Augen. »Du bist mit mir zum Fisherman's Wharf gegangen und hast mir ein Eis gekauft. Erinnerst du dich? Ich schon. Wir haben zugesehen, wie die Fähren von Sausalito angelegt haben. Du hast gesagt: ›In den nächsten Tagen fahre ich mit so einem Schiff weg, Butterblume, und ich werde eine Weile nicht zurückkommen.‹ Du hast erklärt, es sei eine Sache zwischen dir und Mom. Und eine Weile habe ich gewartet. Aber viele Jahre lang habe ich mich immer wieder gefragt: *Warum musstest du weg?*«

Mein Vater bewegte die Lippen, als wollte er eine Antwort formulieren, aber er sagte nichts.

»Du hattest Dreck am Stecken, richtig? Es hatte nichts mit dir und Mom zu tun. Auch nicht mit dem Spielen oder dem Alkohol. *Du hast Coombs geholfen, diesen Jungen umzubringen.* Das war der wahre Grund, weshalb du abgehauen und weshalb du zurückgekommen bist. Es ging nie um uns, nur um dich.«

Mein Vater schaute mich verblüfft an und rang nach Worten. »Nein...«

»Hat Mom Bescheid gewusst? Wenn ja, dann hat sie uns das Märchen von deiner Spielsucht und dem Schnaps erzählt.«

Er legte die Karten weg. Seine Hände zitterten. »Du musst mir glauben, Lindsay, ich habe deine Mutter immer geliebt.«

Ich schüttelte den Kopf. Am liebsten wäre ich aufgesprungen und hätte meinem Vater eine geknallt. »Das ist unmöglich. Niemand kann dem Menschen, den er liebt, so wehtun.«

»Doch, man kann.« Er befeuchtete die Lippen. »Ich habe *dir* wehgetan.«

Einige Minuten saßen wir schweigend und wie erstarrt da. Die verdrängte Wut all der Jahre stieg wieder in mir auf.

»Wie hast du es herausgefunden?«, fragte er.

»Was für eine Rolle spielt das?«

Er schaute wie betäubt, wie ein Boxer nach einem kräftigen Uppercut. »Dein Vertrauen, Lindsay ... das ist das Beste, was mir seit zwanzig Jahren passiert ist.«

»Und weshalb hast du mich dann benutzt, Dad? Du hast mich benutzt, um an Coombs ranzukommen. Du und Coombs, ihr habt diesen Jungen umgebracht.«

»Ich habe ihn nicht umgebracht«, widersprach mein Vater und schüttelte entschieden den Kopf. »Ich habe nur nichts getan, um es zu verhindern.«

Er atmete tief durch. Es schien, als hätte er diesen Atemzug seit zwanzig Jahren in der Brust gehabt. Dann erzählte er mir, wie er Coombs nachgerannt war und ihn in der Liefereinfahrt entdeckt hatte. Coombs hatte die Hände um Gerald Sikes' Kehle gelegt. »Ich habe dir gesagt, dass es damals alles ganz anders als heute war. Coombs wollte ihm Respekt vor der Uniform beibringen. Aber dann hat er immer weiter zugedrückt. ›Der hat was‹, hat er gebrüllt. Ich habe ihn angeschrien. ›*Lass ihn los!*‹ Als mir klar wurde, dass er zu weit gegangen war, wollte ich ihn wegreißen. Aber Coombs hat mich ausgelacht. ›Das ist mein Territorium, Marty-Boy. Wenn du Schiss hast, dann verpiss dich.‹ Ich wusste nicht, dass der Junge sterben würde ... Als Fallone zum Tatort kam, ließ Coombs den Jungen fallen und sagte: ›Der kleine Wichser ist mit dem Messer auf mich losgegangen.‹ Tom war ein alter Hase und hatte die Situation blitzschnell richtig eingeschätzt. Er meinte, ich solle abhauen. Coombs hat dreckig gelacht und gesagt: ›*Zisch ab.*‹ Niemand hat je meinen Namen verraten.«

Tränen brannten in meinen Augen. Ich hatte das Gefühl, als hätte mein Herz einen Sprung bekommen. »Wie konntest du? Coombs hat sich wenigstens gestellt. Aber du ... *du* bist einfach abgehauen.«

»Ich weiß, dass ich abgehauen bin«, sagte er. »Aber neulich bin ich nicht weggelaufen. Da war ich für dich da.«

Ich schloss die Augen, öffnete sie wieder. »Jetzt ist die Stunde der Wahrheit. Du warst nicht wegen *mir* dort. Du warst wegen *ihm* dort. Deshalb bist du zurückgekommen. Nicht um mich zu beschützen ... nein, um *dich selbst* zu schützen. Du bist zurückgekommen, um Frank Coombs umzubringen.«

Das Gesicht meines Vaters wurde aschfahl. Er fuhr sich mit der Hand durchs dichte weiße Haar. »Vielleicht am Anfang.« Er schluckte. »Aber jetzt nicht mehr ... alles hat sich geändert, Lindsay.«

Ich schüttelte den Kopf. Tränen strömten über meine Wangen. Wütend wischte ich sie ab.

»Ich weiß, dass du glaubst, dass jedes Wort aus meinem Mund eine Lüge ist. Aber das stimmt nicht. Als ich dir geholfen habe zu fliehen, war das der stolzeste Moment meines Lebens. Du bist meine Tochter. Ich liebe dich. Ich habe dich immer geliebt.«

Meine Augen waren noch nass, als ich sagte: »Ich will, dass du gehst. Ich will, dass du deine Sachen packst und dorthin zurückgehst, wo du zwanzig Jahre gewesen bist. Ich bin Polizistin, Dad, nicht deine kleine Butterblume. Bis jetzt sind vier Menschen ermordet worden. Irgendwie bist du in diesen Fall verwickelt. Und ich habe keine Ahnung, wie viel du weißt oder was du vor mir verbirgst.« Sofort wünschte ich, ich könnte diese bösen Worte zurücknehmen.

Die Züge meines Vaters erschlafften, seine Augen verloren ihren Glanz. Daran erkannte ich, wie tief ich ihn verletzt hatte.

»Ich möchte, dass du verschwindest«, sagte ich. »Sofort.«

Dann saß ich da und hatte die Arme um Martha geschlungen, während er ins Gästezimmer ging. Sehr bald kam er mit seinen gepackten Sachen zurück. Plötzlich wirkte er klein und einsam.

Martha stellte die Ohren auf. Sie spürte, dass etwas nicht stimmte. Sie schlich zu ihm. Liebevoll streichelte er ihren Kopf.

»Lindsay, ich weiß, dass ich dir genügend Gründe gegeben habe, mich zu hassen. Aber tu das jetzt nicht. Du musst dich vor Coombs vorsehen. Er ist hinter dir her. Bitte, lass mich helfen...«

Mein Herz brach. Ich wusste, dass ich ihn nie wiedersehen würde, wenn er jetzt aus der Tür ging.

»Ich brauche deine Hilfe nicht«, erklärte ich. Dann flüsterte ich: »Leb wohl, Daddy.«

98

Frank Coombs lehnte steif an einem Münzfernsprecher an der Ecke der Ninth und Bryant. Seine Augen waren auf das Präsidium gerichtet.

Die Schmerzen in der Schulter erfassten seinen gesamten Körper, als würde jemand mit einem Skalpell in der Wunde herumstochern. Zwei Tage war er untergetaucht. Er hatte sich unten in San Bruno versteckt. Aber sein Foto war auf der Titelseite jeder Zeitung. Er hatte kein Geld und konnte nicht mal zurückgehen, um seine Sachen zu holen.

Es war beinahe zwei Uhr. Die Nachmittagssonne drang

durch seine dunkle Brille. Vor dem Präsidium standen viele Menschen. Anwälte diskutierten miteinander.

Coombs atmete tief durch, um sich zu beruhigen. *Verdammt, wovor muss ich mich eigentlich fürchten?* Er starrte weiterhin auf das Präsidium. *Die da drinnen hatten allen Grund, sich zu fürchten.*

Dank des guten treuen Tom Keating steckte der Dienstrevolver im Holster an seiner Hüfte. Das Magazin war mit Hohlgeschossen gefüllt. Er streckte den Schussarm aus. Ja, er konnte es tun.

Coombs wandte sich dem Münzfernsprecher zu, steckte einen Vierteldollar in den Schlitz und wählte. *Keine zweite Chance mehr. Kein Warten mehr. Jetzt war seine Zeit gekommen. Endlich – nach zwanzig Jahren in der Hölle.*

Nach dem zweiten Klingeln sagte eine Stimme: »Mordkommission.«

»Verbinden Sie mich mit Lieutenant Boxer.«

99

Wir hatten eine Spur zu einem von Coombs' alten Zellengenossen, der nach Redwood City geflohen war. Ich wartete auf einen Rückruf.

Den ganzen Vormittag hatte ich an meinem Mordfall gearbeitet – dabei lief ständig in meinem Hinterkopf die entsetzliche Szene mit meinem Vater ab. Hatte ich das Recht, ihn wegen Dingen, die vor zwanzig Jahren geschehen waren, zu verurteilen? Viel wichtiger: *Inwieweit war mein Vater mit der Chimäre verstrickt?*

Ich saß an meinem Schreibtisch und aß gerade ein Sandwich, als Karen den Kopf hereinsteckte. »Anruf auf Leitung Eins, Lieutenant.«

»Redwood City?«, fragte ich, als ich zum Hörer griff.

Karen schüttelte den Kopf. »Der Mann hat gesagt, Sie würden ihn kennen. Er sei ein alter Freund Ihres Vaters.«

Ich verkrampfte mich. »Legen Sie das Gespräch auf Vier«, sagte ich. Vier war die allgemeine Büroleitung. »Den Anruf zurückverfolgen, Karen, sofort.«

Ich sprang auf und winkte Jacobi. Ich hielt vier Finger hoch und deutete auf das Telefon. Sekunden später war das gesamte Büro in Alarm versetzt. Alle wussten: Das war die Chimäre.

Wir brauchten neunzig Sekunden, um den Standort des Anrufers genau zu bestimmen. Sechzig, um den Distrikt in der Stadt einzugrenzen, *falls* er aus San Francisco anrief. Lorraine, Morelli und Chin rannten alle herbei, ihre Mienen drückten Erwartung aus.

Ich nahm das Telefon ab. Jacobi tat draußen das Gleiche. »Boxer«, sagte ich.

»Tut mir Leid, dass wir neulich Abend nicht so richtig Spaß hatten, Lieutenant.« Coombs lachte. »Ich wollte Sie über den Jordan schicken. Auf meine ganz spezielle Art.«

»Warum rufen Sie an?«, fragte ich. »Was wollen Sie, Coombs?«

»Ich habe Ihnen etwas Wichtiges mitzuteilen. Vielleicht hilft es Ihnen, die letzten zwanzig Jahre zu verstehen.«

»Ich habe damit keine Probleme, Coombs. Man hat Sie wegen Mordes verurteilt.«

Er lachte höhnisch. »Nicht *meine* zwanzig Jahre... *Ihre.*«

Mein Herz machte einen Satz. Ich sprach gerade mit dem Mann, der mir eine Pistole an den Kopf gedrückt hatte. Ich musste ihn hinhalten, ihn ärgerlich machen... alles, damit er in der verfluchten Leitung blieb.

Ich schaute auf die Uhr. Fünfunddreißig Sekunden waren verstrichen. »Wo sind Sie, Coombs?«

»Immer dieses dümmliche Polizeigequatsche, Lieutenant. Langsam verliere ich den Respekt vor Ihnen. Angeblich sind Sie doch eine gescheite Tussi und machen Ihren Marty stolz. Sagen Sie mir, wie kommt es, dass all diese Menschen tot sind, Sie aber immer noch nicht richtig durchblicken?«

Ich spürte, dass er mich verhöhnte. Herrgott, hasste ich diesen Mann. »Was ist das, Coombs? Was habe ich immer noch nicht kapiert?«

»Ich habe gehört, dass Ihr Daddy um die Zeit abgehauen ist, als ich in den Knast kam«, sagte er.

Ich wusste, worauf er hinauswollte. Aber ich musste ihn in der Leitung halten. Jacobi hörte draußen mit und beobachtete mich gleichzeitig.

Coombs lachte dreckig. »Wahrscheinlich haben Sie geglaubt, Ihr alter Herr wäre mit irgendeiner Bardame durchgebrannt oder dass er üble Markierungen auf der Straße zurückgelassen hat.« Wieder dieses widerliche Lachen. »Mein Gott, das muss ja schlimm gewesen sein, als er abgehauen und dann Ihre Mammi gestorben ist«, sagte er mit gespieltem Mitleid in der Stimme.

»Ich werde es genießen, Sie hinter Gitter zu bringen, Coombs. Ich werde da sein, wenn sich in San Quentin der Kolben bewegt.«

»Wirklich schade, dass du dafür keine Gelegenheit mehr haben wirst, Schätzchen. *Hör zu!* Dein Alter hat Markierungen hinterlassen. *Bei mir... ich besitze sie.* Ich habe die Schuld auf mich genommen. Für ihn. Für die gesamte Polizei. Ich habe meine Zeit abgesessen. Aber, rate mal, kleine Lindsay? Ich war nicht allein.«

Jede Faser meines Körpers verspannte sich. Meine Brust explodierte beinahe vor Wut. Ich schaute zu Jacobi. Er nickte mir zu, als wollte er sagen: *Ja, noch ein paar Sekunden... halt ihn an der Strippe.*

»Sie wollen mich, Coombs? Ich habe das Foto in Ihrem Zimmer gesehen. Ich weiß, was Sie wollen. Ich bin bereit, mich mit Ihnen zu treffen...«

»Du willst den Mörder so sehr, dass es beinahe rührend ist. Aber, tut mir Leid, ich muss dein Angebot ablehnen. Ich habe noch ein Rendezvous.«

»Coombs«, sagte ich und schaute auf die Uhr. »Sie wollen mich, dann los. Sind Sie besser als eine Frau, Frank? Ich glaube nicht.«

»Tut mir Leid, Lieutenant. Danke für das nette Gespräch. Aber – wie immer – sind Sie wieder einen Tick zu spät dran. Ich glaube, Tussis wie du gehören nicht in die Polizei. Nur meine Meinung.«

Dann hörte ich ein Klicken.

Ich lief in den Mannschaftsraum. Cappy hatte die Vermittlung in der Leitung. Ich hoffte verzweifelt, dass Coombs kein Handy benutzt hatte. Handys waren am schwierigsten aufzuspüren. *Noch ein Rendezvous...* Ich hatte keine Ahnung, womit Coombs drohte. Was kam als Nächstes? Wer?

»Er ist noch in der Stadt«, rief Cappy mir zu. Er griff nach einem Stift. »Er ist in einer Telefonzelle. Sie versuchen es einzugrenzen.«

Der Detective schrieb. Dann schaute er auf. Sein Gesicht war ungläubig verzerrt. »Er ist in der Telefonzelle... an der Ecke der Ninth und Bryant.«

Wir schauten uns an, und plötzlich bewegten sich alle im Raum.

Coombs war beim Telefonieren nur einen Block entfernt gewesen.

100

Ich schnallte die Glock um und alarmierte die Einheit, die am nächsten war. Dann rannte ich aus dem Büro. Cappy und Jacobi folgten mir auf den Fersen.

Nur einen Block entfernt. Was hatte Coombs vor?

Ich wartete nicht auf den Lift. Ich lief die Treppen, so schnell mich meine Füße trugen, hinunter. In der Eingangshalle bahnte ich mir einen Weg zwischen Polizisten und Zivilisten hindurch, die dort herumstanden, und stürzte hinaus auf die Bryant Street.

Auf der Vordertreppe hielten sich die üblichen Leute auf: Anwälte und Detectives. Ich blickte in Richtung Ninth und reckte mich, um irgendjemanden zu entdecken, der wie Coombs aussah.

Nichts.

Cappy und Jacobi holten mich ein. »Ich gehe voraus«, sagte Cappy.

Dann kam mir die Erleuchtung. *Noch ein Rendezvous… Coombs war hier, richtig?* Er war im Polizeipräsidium.

»Polizei!«, rief ich den Umstehenden zu. »Alle stehen bleiben!«

Ich suchte in der Menge nach seinem Gesicht. Die Glock hatte ich schussbereit. Verblüfft schauten mich die Leute in meiner Umgebung mit großen Augen an. Einige gingen in die Hocke oder wollten weglaufen.

Ich erinnere mich nur noch an Folgendes:

Ein Polizist in Uniform kam die Stufen herauf, direkt auf mich zu. Ich schenkte ihm keine Beachtung, da ich nach Coombs' Gesicht Ausschau hielt.

Das Gesicht des Uniformierten war hinter einer Sonnenbrille verborgen. Außerdem hatte er den Schirm der Mütze tief in die Stirn gezogen. Dann streckte er die Hand aus.

Ich blickte direkt an ihm vorbei auf die Straße. Wo war

Coombs? Ich hörte, wie jemand meinen Namen rief. »*He, Boxer!*«

Plötzlich explodierte alles auf den Stufen vor dem Präsidium. Jacobi und Cappy schrien: »Schieß...«

Ich blickte schnell zu dem Polizisten in Uniform. In diesem Sekundenbruchteil fiel mir etwas Seltsames auf. *Seine blaue Uniform...* Er trug die Uniform eines Streifenpolizisten, die ich schon lange nicht mehr gesehen hatte. Ich fixierte sein Gesicht und bekam einen Schock. Es war Coombs. Es war die Chimäre. Ich war das Rendezvous, das er einhalten wollte.

Jemand stieß mich von hinten beiseite, als ich meine Glock hob. »He!«, brüllte ich.

Ich sah, wie Coombs' Revolver zweimal orangerotes Feuer spuckte. Zwei Mal. Ich konnte absolut nichts dagegen tun.

Dann brach das reine Chaos aus. Terror.

Ich weiß, dass ich noch einen Schuss abgab, ehe ich vor Schmerzen zusammensank.

Ich sah, wie Coombs vorwärts stürzte. Seine Sonnenbrille flog davon, seine Waffe zielte auf mich. Er taumelte, kam mir aber näher. Hass funkelte in seinen dunklen Augen.

Dann begann vor dem Präsidium eine wilde Schießerei. Eine Kakophonie lauter Schüsse... fünf, sechs, sieben in schneller Folge, aus allen Richtungen. Menschen schrien und stürmten in Panik davon, um irgendwo Deckung zu finden.

Auf Coombs' blauer Uniform erschienen dunkle Flecken. Cappy und Jacobi schossen auf ihn. Sein Körper wurde nach hinten geschleudert. Schreckliche Schmerzen verzerrten sein Gesicht. In der Luft lag der beißende Geruch von Kordit. Das Echo jedes Schusses gellte in meinen Ohren.

Dann wurde es urplötzlich total still. Die Stille überraschte mich.

»O mein Gott«, sagte ich, als ich auf den Betonstufen lag. Ich wusste nicht sicher, ob ich angeschossen war.

Jacobi beugte sich über mich. »Lindsay, bleib ganz ruhig liegen.« Er legte mir die Hände auf die Schultern. Seine Stimme hallte in meinem Kopf nach.

Ich nickte und untersuchte meinen Körper auf Wunden. Jetzt schrien die Menschen wieder und rannten kopflos umher.

Ich griff nach Warrens Arm und zog mich langsam hoch. »Lindsay, bleib liegen. Verdammt, das ist ein Befehl!«, sagte er.

Coombs lag auf dem Rücken, aus dem blauen Hemd quoll an mehreren Stellen Blut.

Ich stand auf und schob Jacobi beiseite. Ich musste zu Coombs und ihm in die Augen schauen. Ich hoffte, dass er noch lebte, weil ich wollte, dass mich dieses Ungeheuer sah, wenn es den letzten Atemzug machte.

Polizisten in Uniform hatten einen Schutzring um Coombs gebildet und ließen niemanden durch.

Coombs lebte tatsächlich noch. Aus seiner breiten Brust kamen röchelnde Laute. Ein Notarzt-Team, eine Frau und ein Mann, lief herbei. Die Notärztin öffnete Coombs' blutgetränktes Hemd, der Sanitäter legte eine Infusion an und maß seinen Puls.

Dann trafen sich unsere Blicke. Coombs' Augen waren wächsern, aber dann verzog sich sein Mund zu einem widerlichen Grinsen. Er wollte mir etwas sagen.

Die Notärztin wollte niemanden in seine Nähe lassen.

»Ich muss hören, was er sagt«, erklärte ich entschieden. »Geben Sie mir eine Minute.«

»Er kann nicht sprechen«, sagte sie. »Lassen Sie ihm Raum zum Atmen, Lieutenant. Er stirbt uns unter den Händen weg.«

»Ich muss es hören«, wiederholte ich und kniete mich neben ihn. Coombs' Uniformhemd war geöffnet. Ich sah ein Mosaik aus hässlichen Wunden.

Seine Lippen bebten. Er bemühte sich immer noch zu sprechen. *Was wollte er mir sagen?*

Ich beugte mich noch näher. Das Blut von seinem Hemd verschmierte meine Bluse. Das war mir egal. Ich legte mein Ohr dicht an seine Lippen.

»Eine letzte...«, flüsterte er. Jeder Atemzug war für ihn ein Kampf. Endete es so? Dass Coombs sein Geheimnis direkt in die Hölle mitnahm?

Ein letztes...? Ein letztes Ziel? Ein letztes Opfer? Ich starrte ihm in die Augen und sah, dass sie immer noch voller Hass waren.

»Ein letztes *was*, Coombs?«, fragte ich.

Blut sprudelte aus seinem Mund. Er rang nach Luft, dann nahm er seine gesamte Kraft zusammen und wehrte sich gegen den Tod.

»Eine letzte *Überraschung*.« Er lächelte.

101

Die Chimäre war tot. Es war vorüber. Gott sei Dank.

Ich hatte keine Idee, was Coombs gemeint hatte, aber am liebsten hätte ich ihm die Worte zurück ins Gesicht gespuckt. *Eine letzte Überraschung...* Was immer es sein mochte – die Chimäre war tot. Er konnte uns nicht mehr wehtun.

Ich hoffte, er hatte nicht ein letztes Opfer zurückgelassen, ehe er starb.

»Komm, Lieutenant«, sagte Jacobi und zog mich hoch.

Plötzlich wurden mir die Knie weich. Ich hatte das Gefühl, als hätte ich keine Kontrolle mehr über den unteren Teil meines Körpers. Ich sah die Bestürzung auf Warrens Gesicht.

»Du bist angeschossen«, sagte er mit großen Augen.

Ich schaute seitlich an mir hinab. Jacobi streifte meine Jacke zurück. Auf der rechten Seite des Unterbauchs war ein dicker roter Fleck. In meinem Kopf drehte sich alles.

»Wir brauchen hier Hilfe«, rief Jacobi der Notärztin zu. Dann legte er mich mit Cappy behutsam zurück auf die Stufen.

Ich konnte den toten Coombs sehen, als die Notärztin zu mir lief. *Herrgott, das alles war so unwirklich.* Sie zogen mir die Jacke aus und schnallten mir eine Blutdruckmanschette um den Arm. Ich hatte das Gefühl, als geschehe das alles jemand anderem.

Ich konnte den Blick nicht von dem Mörder lösen. Diese gottverdammte Chimäre. Da kam mir ein beunruhigender Gedanke. Etwas störte mich. Aber was?

Ich löste mich aus Jacobis Griff. »Ich muss nach etwas sehen…«

Er hielt mich zurück. »Du bleibst, wo du bist, Lindsay.«

Ich wehrte Jacobi ab, stand auf und ging zur Leiche. Man hatte Coombs die Polizeiuniform ausgezogen. Arme und Brust waren unbedeckt. Ich sah die Wunden in der Brust. Aber etwas fehlte. Etwas stimmte nicht. Was?

»O mein Gott, Warren«, flüsterte ich. »Sieh dir das an!«

»Was soll ich mir ansehen?« Jacobi runzelte die Stirn. »Was, zum Teufel, ist los mit dir?«

»Warren… keine Tätowierung.«

Claire hatte unter Estelle Chipmans Fingernägeln Pigment von der Tätowierung des Mörders gefunden.

Ich legte die Hände unter Coombs' Schultern und drehte ihn auf die Seite. *Auch auf dem Rücken war nichts. Nirgendwo eine Tätowierung.*

In meinem Kopf drehte sich alles. Es war undenkbar – aber Coombs konnte nicht die Chimäre sein.

Danach verlor ich das Bewusstsein.

102

Im Krankenzimmer öffnete ich die Augen und fühlte den lästigen Schlauch der Infusion im Arm.

Claire beugte sich über mich.

»Du bist ein Glückspilz«, sagte sie. »Ich habe mit den Ärzten gesprochen. Die Kugel hat dein rechtes Abdomen gestreift, ist aber nicht eingedrungen. Im Grunde hast du nur eine äußerst scheußliche Schürfwunde.«

»Ich habe gehört, dass Schürfwunden gut zu hellblau passen, richtig?«, sagte ich leise und rang mir ein Lächeln ab.

Claire nickte und tippte auf den Verband um ihren Hals. »Habe ich auch gehört. Wie auch immer, gratuliere... Du hast dir für die nächsten Wochen einen gemütlichen Schreibtischposten verdient.«

»Ich habe schon einen Schreibtischposten, Claire«, sagte ich und blickte verwirrt im Krankenzimmer umher. Mühsam zog ich mich in eine sitzende Stellung hoch. Meine Seite brannte wie Feuer.

»Das hast du gut gemacht, Mädel.« Claire drückte meinen Arm. »Coombs ist tot, und jetzt schmort er sicher in der Hölle. Draußen ist eine Menschenmenge. Alle wollen mit dir reden. Du musst dich an die Auszeichnungen gewöhnen.«

Ich schloss die Augen und dachte an die unangebrachte Aufmerksamkeit, die mir zuteil werden würde. Und dann traf mich wie durch einen Nebel die Erinnerung an das, was ich entdeckt hatte, ehe ich in Ohnmacht fiel.

Ich umklammerte Claires Arm. »Frank Coombs hatte keine Tätowierung.«

Sie machte große Augen. »Na und...?«

Das Sprechen tat weh, deshalb flüsterte ich. »Der erste Mord, Claire. Estelle Chipman... sie wurde von einem Mann mit einer Tätowierung ermordet. Das hast du selbst gesagt.«

»Ich könnte mich geirrt haben.«

»Du irrst dich nie.« Ich lächelte.

Sie setzte sich wieder auf den Stuhl und runzelte die Stirn. »Montagmorgen mache ich die Obduktion von Frankie-Boy. Es könnte eine stark pigmentierte Hautstelle geben.«

»Obduktion...? Meine professionelle Meinung ist, dass er erschossen wurde.«

»Danke.« Claire grinste. »Aber jemand muss die Kugeln aus ihm rausholen und mit den anderen vergleichen. Es wird eine Untersuchung geben.«

»Ja.« Ich stieß die Luft aus und ließ den Kopf auf das Kissen sinken. Bruchstückhaft tauchten die Bilder des Dramas vor mir auf. Der Polizist in Uniform, wie er auf mich zukam. Dann, als ich Coombs erkannte, das Mündungsfeuer aus seiner Waffe...

Claire stand auf und strich den Kostümrock glatt. »Du solltest dir Ruhe gönnen. Der Doktor hat gesagt, dass sie dich morgen schon entlassen wollen. Ich rede noch mal mit ihm.« Sie beugte sich herab und gab mir einen Kuss. Dann ging sie zur Tür.

»He, Claire...«

Sie drehte sich um. Ich wollte sagen, wie sehr ich sie liebte, wie dankbar ich war, eine solche Freundin zu haben. Aber ich lächelte nur und sagte: »Halte die Augen auf und finde die Tätowierung.«

103

Den Rest des Tages verbrachte ich mit dem Versuch, mich auszuruhen. Aber leider marschierten ständig Presseleute und hohe Tiere in mein Krankenzimmer. Alle wollten sich in meinem Ruhm sonnen und mit der verwundeten Heldin fotografiert werden.

Der Bürgermeister kam in Begleitung seines Pressesprechers und Chief Tracchio. Sie hielten im Krankenhaus eine spontane Pressekonferenz ab, bei der sie mich in den Himmel lobten und sich anerkennend über die großartige Arbeit des Morddezernats der Stadt äußerten, dieselbe Einheit, der sie beinahe den Fall entzogen hätten.

Nachdem endlich ein wenig Ruhe eingetreten war, kamen Cindy und Jill vorbei. Jill brachte eine einzelne Rose in einer schlanken Vase, die sie auf den Nachttisch stellte. »Du bleibst hier ja nicht so lange, dass sich mehr Rosen gelohnt hätten.« Sie lächelte verschmitzt.

Cindy gab mir eine eingewickelte Video-Kassette. Ich machte sie auf. *Xena, die Kriegerprinzessin*. Sie zwinkerte mir zu. »Ich habe gehört, dass sie sogar die Stunts selbst macht.«

Ich richtete mich auf und legte die steifen Arme um die beiden. »Aber nicht zurückdrücken«, warnte ich lächelnd.

»Haben sie dir gute Pillen verabreicht?«, fragte Jill.

»Ja, Percocets. Ihr solltet sie mal ausprobieren. Absolut das Risiko wert.«

Einen Moment lang saßen wir da, ohne zu sprechen.

»Du hast es geschafft, Lindsay«, sagte Cindy schließlich. »Du bist zwar total verrückt, aber niemand kann behaupten, du seiest keine Superpolizistin.«

»Danke.«

»Glaube ja nicht, dass du dich vor meinem Exklusiv-Interview drücken kannst, bloß weil du angeschossen bist. Ich lasse dir aber ein bisschen Zeit, wieder auf die Beine zu kommen. Wie wär's mit heute sechs Uhr?«

»Alles klar.« Ich lachte. »Bring mir von Susie's Huhn-Enchilada mit.«

»Der Doktor hat gesagt, wir dürfen nur eine Minute bleiben«, sagte Jill. »Wir rufen später noch mal an.« Beide lächelten und gingen zur Tür.

»Ihr wisst ja, wo ihr mich findet, Ladys.«

Gegen fünf Uhr steckten Jacobi und Cappy die Köpfe ins Zimmer.

»Wir haben uns gefragt, wo du wohl steckst«, sagte Jacobi mit todernster Miene. »Du bist nicht zur Nachmittagsbesprechung erschienen.«

Ich grinste und setzte mich auf die Bettkante. »Ihr seid die wahren Helden. Ich bin ja nur beiseite gesprungen, um meinen Arsch zu retten.«

»Scheiße«, sagte Cappy, »wir wollten nur sagen, dass wir Sie immer noch lieben, auch wenn der Bürgermeister Sie für die Ehrenmedaille vorgeschlagen hat.«

Ich lächelte, schlüpfte in meinen grünen Bademantel und setzte mich vorsichtig auf einen Stuhl. »Habt ihr eine Ahnung, was tatsächlich passiert ist?«

»Die Chimäre hat dich angegriffen. Das ist passiert«, sagte Jacobi. »Er hat geschossen, wir haben ihn ausgeschaltet. Ende der Geschichte.«

Ich bemühte mich, die Abfolge der Ereignisse zu rekonstruieren. »Wer hat geschossen?«

»Ich vier Mal«, sagte Jacobi. »Tom Perez, vom Raubdezernat, war neben mir. Er hat zwei Mal geschossen.«

Ich blickte Cappy an.

»Zwei«, fügte er hinzu. »Aber die Schüsse kamen von allen Seiten. Der Ausschuss für innere Angelegenheiten nimmt alles zu Protokoll.«

»Danke.« Ich lächelte die beiden an. Dann änderte sich mein Gesichtsausdruck. »Was haltet ihr davon? Derselbe Kerl, der Tasha Catchings und Davidson aus hundert Metern trifft, schafft bei mir aus nächster Nähe nur einen Streifschuss.«

Jacobi schaute mich verwirrt an. »Willst du uns schonend etwas beibringen, Lindsay?«

Ich seufzte. »Die ganze Zeit über haben wir nach einem Mann mit einer Tätowierung gesucht, richtig? Derselbe Mann, der Estelle Chipman ermordet hat.«

Sie nickten nur.

»Aber Coombs hat keine Tätowierung. Nicht einen Punkt.«

Jacobi schaute Cappy an, dann mich. »Was willst du damit sagen? Dass Coombs nicht unser Mann ist? Obwohl wir ihn mit jedem Mord in Verbindung bringen konnten, die Zeitungsausschnitte in seinem Zimmer gefunden haben und er zwei Mal versucht hat, dich umzulegen. Dass er es trotz alledem nicht gewesen ist?«

Mein Verstand arbeitete nicht klar. Die Ereignisse des Tages, die Medikamente. Eigentlich wies alles auf ihn hin, und dennoch... »Habt ihr je erlebt, dass Claire Washburn sich geirrt hat?«

»Nein.« Jacobi schüttelte den Kopf. »Aber ich habe auch nicht oft erlebt, dass du dich geirrt hast. O Gott, ich kann es nicht fassen, dass ich das tatsächlich gesagt habe.«

Sie wünschten mir eine gute Nacht mit viel Schlaf.

An der Tür blieb Jacobi stehen und drehte sich zu mir um. »Mein Bauch sagt mir, dass du, nachdem die Wirkung der Medikamente nachgelassen hat und du alles bei Tageslicht betrachtest, einsehen wirst, dass du verdammt gute Arbeit geleistet hast.«

Ich lächelte die beiden an. »Wir alle.«

In dieser Nacht konnte ich nicht schlafen. Ich lag auf dem Rücken, meine Seite tat höllisch weh, aber ich spürte auch die lindernde Wirkung der Medikamente. Ich blickte im dunklen Raum umher. Alles war so seltsam, so unnatürlich. Und dann endlich begriff ich, wie viel Glück ich gehabt hatte, noch zu leben.

Jacobi hatte Recht. Wir hatten gute Arbeit geleistet. Coombs war ein Mörder. Alle Fakten wiesen darauf hin. Schließlich hatte er versucht, mich umzubringen.

Ich schloss die Augen und versuchte einzuschlafen, aber in meinem Kopf meldete sich ein Stimmchen. Diese Stimme machte alles, was sicher und plausibel gewesen war, zunichte.

Ich wollte schlafen, aber die Stimme wurde lauter.
Wieso hat er vorbeigeschossen?

104

Ich wurde am nächsten Morgen aus dem Krankenhaus entlassen.

Jill holte mich ab. Sie hatte den BMW direkt vor der Klinik geparkt und schob mich im Rollstuhl hinaus. Draußen wartete bereits die Presse. Ich winkte meinen neuen Freunden zu, weigerte mich jedoch, mit ihnen zu sprechen. Der nächste Halt war meine Wohnung, Martha in den Arm nehmen, eine Dusche und umziehen.

Als ich am Montagmorgen – allerdings noch etwas steif – Zimmer 340 im Präsidium betrat, schien mir alles wie immer zu sein. Aber die Polizisten der Abteilung empfingen mich mit donnerndem Applaus.

»Der Ball gehört dir, Lieutenant«, sagte Jacobi und überreichte mir den Schwamm.

»Ach was.« Ich winkte ab. »Warten wir erst mal die Untersuchung ab.«

»Die Untersuchung? Was soll die denn beweisen?«, fragte er. »Erweise uns die Ehre.«

»Lieutenant, das haben wir eigens für Sie aufbewahrt«, sagte Cappy mit strahlenden Augen.

»Nur zu, Lieutenant.«

Seit Mercer mich befördert hatte, fühlte ich mich zum ersten Mal tatsächlich wie die Leiterin der Mordkommission. Sämtliche Zweifel über Wert oder Rang, die ich während meiner Karriere ständig mit mir herumgeschleppt hatte, waren Marksteine eines langen Wegs, der mittlerweile meilenweit hinter mir lag.

Ich ging zur Tafel, wo unsere aktuellen Fälle aufgelistet waren, und wischte Tasha Catchings' Namen aus. Auch den von Art Davidson.

Mich erfüllte eine stille, übergroße Freude. Ich war unendlich erleichtert und zufrieden.

Die Toten kann man nicht zurückholen. Man vermag auch oft keinen Sinn in gewissen Ereignissen zu erkennen. Man kann nur sein Bestes geben, um den Lebenden den Glauben zu schenken, dass ihre Seelen Frieden haben.

Die Detectives standen um mich herum und schauten mir zu. Dann wischte ich Earl Mercers Namen von der Tafel.

105

In den nächsten Stunden kamen viele Anrufe rein, aber hauptsächlich saß ich am Schreibtisch und überlegte mir den Wortlaut meiner Aussage. Eine Untersuchung wegen Coombs stand bevor, aber das war Standardverfahren, wenn ein Polizist geschossen hatte.

Immer noch war der Vorfall für mich unklar. Die Ärzte hatten mir gesagt, dass dieser Zustand eine Zeit lang anhalten könnte. Eine Art unterdrückter Schock.

Blitzartig tauchten Bilder vor mir auf. Die veraltete Uniform und Coombs' brennende Augen. Sein ausgestreckter Arm, das orangefarbene Mündungsfeuer. Ich war sicher, dass jemand meinen Namen gerufen hatte. Wahrscheinlich Cappy oder Jacobi. Und dann hatte eine andere Stimme gerufen: »Schieß...«

Und meine Glock, die wie in Zeitlupe hochkam, und dass ich mir bewusst war, dass ich einen Herzschlag zu spät reagiert hatte. Dann Schüsse – aus allen Richtungen.

Irgendwann gelang es mir, die Bilder aus dem Kopf zu drängen und mich wieder der Arbeit zu widmen.

Ungefähr eine Stunde später blätterte ich in den Akten neuer wichtiger Fälle, als Claire in der Tür erschien.

»Hallo!«

»Hallo, Lindsay.«

Ich kannte Claire... Ich kannte ihren Gesichtsausdruck, wenn sie gefunden hatte, was sie erwartet hatte, und jeglicher Zweifel ausgeräumt war. Und ich kannte den Ausdruck, wenn es nicht so gut gelaufen war.

Diesmal zeigte sie eindeutig den Nicht-so-gut-gelaufen-Ausdruck.

»Du hast also keine Tätowierung gefunden, richtig?«

Sie schüttelte den Kopf. Wenn sie herausgefunden hätte, dass ihr Edmund oder einer ihrer Söhne etwas Furchtbares angestellt hätten, wäre ihre Miene nicht besorgter gewesen.

Ich winkte ihr, hereinzukommen und die Tür zu schließen. »Okay, was *hast* du gefunden?«

Sie schaute mich betroffen an. »Ich habe herausgefunden, weshalb Coombs *daneben geschossen hat*.«

106

Claire setzte sich und begann zu erklären. »Ich habe eine histologische Routineuntersuchung durchgeführt, in der substantia nigra –«

»Auf Englisch, Claire«, unterbrach ich sie. »S'il vous plaît? Por favor?«

Sie lächelte. »Ich habe aus dem mittleren Hirn ein paar Zellen herausgekratzt. Coombs wurde neun Mal getroffen. Acht Einschüsse von vorn. Einer von hinten. Dieser hat seine Wirbelsäule im Nacken getroffen. Das war der Grund, weshalb ich überhaupt im Kopf nachgesehen habe. Ich habe nach der genauen Todesursache gesucht.«

»Und was hast du gefunden?«

Ihr Blick schien mich zu durchbohren. »Ein auffälliger Mangel an Neutronen... Nervenzellen.«

Mir schlug das Herz im Hals. »Was bedeutet das, Claire?«

»Das bedeutet... Coombs hatte Parkinson, Lindsay. Und schon ziemlich weit fortgeschritten.«

Parkinson... Mein erster Gedanke war: *Deshalb hat er mich nicht richtig getroffen.* Deshalb habe ich so viel Glück gehabt.

Als ich sah, wie auf Claires Gesicht die kühle Professionalität großer Sorge wich, wusste ich, dass der Fall nicht so einfach war.

»Lindsay, jemand in dem Stadium von Parkinson wie bei Coombs konnte *nie und nimmer* diese gezielten Schüsse abgeben.«

In Gedanken ging ich zurück zum Tatort an der La-Salle-Heights-Kirche... Tasha Catchings, gefällt von diesem unglaublichen Schuss... und Art Davidson, ein einziges Einschussloch im Kopf... Die Kugel war von einem nahe gelegenen Dach durchs Fenster gekommen, und zwar aus etwa hundert Meter Entfernung.

Ich hing an Claires Lippen. »Und du bist ganz sicher?«

Sie nickte langsam. »Ich bin kein Neurologe...« Aber dann fuhr sie mit unbeirrter Klarheit fort: »Ja, ich bin sicher, absolut sicher. Sein Stadium der Erkrankung hätte nie die notwendige Interaktion zwischen Hand und Hirn ermöglicht, die für derartige Schüsse nötig ist. Seine Krankheit war zu weit fortgeschritten.«

Mir lief es eiskalt über den Rücken. Übelkeit stieg in mir auf. Ich zählte noch mal alles auf, was wir über den Mörder wussten. Wir waren sicher gewesen, dass die Chimäre tätowiert war. Aber Coombs hatte keine Tätowierung. Auf den Stufen vor dem Präsidium streifte mich sein Schuss nur, obwohl er dicht vor mir stand. Und jetzt das: *Parkinson*... Wer auch immer die Chimäre war, er war ein hervorragender Scharfschütze. Das war unbestritten.

Wir schauten einander an.

»O Gott, Claire, Coombs ist nicht unser Mann«, stieß ich schließlich hervor.

»Stimmt«, sagte sie. »Aber wer ist es dann, Lieutenant?«

107

Wir saßen lange schweigend da und ließen die atemberaubende Erkenntnis – und die Panik – zu uns durchdringen.

Zeitungen, Fernsehen und jeder geistig gesunde Mensch in San Francisco feierte den Tod der Chimäre. Erst heute Morgen hatte ich die Mordfälle von der Tafel gewischt.

»Coombs wollte mir noch etwas sagen, Claire«, erklärte ich und rief mir seine letzten Momente ins Gedächtnis zurück. Eine letzte..., hatte er geflüstert. Und als ich ihn fragte, *ein letztes was?*, schien er zu lächeln. Eine letzte Überraschung. Er wusste, dass Chimäre immer noch frei herumlief, Claire. Er wusste, dass wir das feststellen würden. Dieser Hurensohn hat mich mit seinem letzten Atemzug ausgelacht. Es muss ein anderer in seiner Gruppe sein. Es gibt noch einen Irren.«

Claire presste die Lippen zusammen. »Lindsay, wenn ich irgendeine andere Schlussfolgerung hätte ziehen können...«

Ich wusste nicht, was ich mit dieser neuen Information tun sollte. Das Muster hatte so nahtlos gepasst. Bay View... Chimäre. Die Zeitungsausschnitte in Coombs' Zimmer. Und dass er mich hatte umlegen wollen. Ich konnte nicht glauben, dass ich mich dermaßen geirrt haben sollte. Aber die Frage blieb: *Wenn nicht Coombs, wer dann?*

Auf gar keinen Fall wollte ich jetzt nach oben gehen und die Feier der Prominenten und hohen Beamten ruinieren. Aber während Claire und ich uns fassungslos anstarrten, lief der wahre Killer draußen herum und plante womöglich seinen nächsten Mord. *O Gott, das ergab einfach keinen Sinn.*

»Komm mit«, sagte ich und biss die Zähne zusammen, weil meine Wunde wehtat. Ich schleppte mich den Korridor hinunter zu Charlie Clappers Büro.

»Die Heldin kehrt zurück.« Der Chef der Spurensicherung stand auf und lächelte. »Ein bisschen vornübergebeugt, aber ansonsten sehen Sie okay aus.«

»Charlie, wie lange dauert es, bis wir die Waffen verglichen haben?«, fragte ich.

»Waffen?« Er runzelte die Stirn.

»Coombs' Revolver. Wie lange, bis wir ihn mit der Waffe verglichen haben, die Mercer getötet hat?«

»Ein bisschen spät, Superweib, wenn Sie jetzt Ihren Verdacht beweisen wollen. Ich würde mit dem anfangen, der unten bei Claire liegt.«

»Wann, Charlie?«, bohrte ich nach. »Wann haben Sie das Ergebnis?«

»Vielleicht Mittwoch.« Er zuckte die Schultern. »Wir müssen den Lauf scannen, dann –«

»*Morgen*, Charlie«, unterbrach ich ihn. »Ich *brauche* es morgen.«

Ich schaute Claire an und hatte einen bitteren Geschmack im Mund. »Wir müssen das oben melden.«

Wir fuhren mit dem Aufzug in den vierten Stock. Ich war wie vor den Kopf geschlagen und spürte kaum noch die Schmerzen in meiner Seite. Wir stürmten ins Büro des geschäftsführenden Chiefs. Tracchio saß am Schreibtisch und schrieb etwas.

»Was machen Sie denn *hier*?«, rief er. »Sie sollten zu Hause sein. Du meine Güte, Lieutenant, wenn jemand sich einen Urlaub verdient hat, dann Sie und –«

Ich unterbrach ihn mitten im Satz und berichtete, was Claire festgestellt hatte. Plötzlich sah Tracchio aus, als hätte er einen Mund voll schlechter Austern verschluckt.

»Das kaufe ich Ihnen nicht ab, Lieutenant«, sagte er. »Sie haben den Fall aufgeklärt. Die Sache ist erledigt.«

»Ob Sie es ihr abkaufen oder nicht, spielt keine Rolle«, erklärte Claire entschieden. »Aber ich war in meinem gesamten Berufsleben noch nie so sicher. Es ist *absolut unmöglich*, dass Coombs dieser Scharfschütze war.«

»Ach, das ist doch reine Spekulation«, widersprach Tracchio. »Die Verbindung zum Mord an Sikes... Coombs' Chimäre-Hintergrund... seine Qualifikation als Scharfschütze. Das sind alles Fakten. *Ihre* Fakten, Lieutenant.« Er zählte an den Fingern ab und versetzte mir mit meiner eigenen Analyse einen Schlag nach dem anderen. »Niemand sonst entspricht diesem Profil. Ich kann Ihre Schlussfolgerung nicht widerlegen, Dr. Washburn, aber Coombs ausschließen...«

»Wir können eine DNS-Analyse durchführen und sie mit den Hautpartikeln vergleichen, die wir unter Estelle Chipmans Fingernägeln gefunden haben«, unterbrach ihn Claire. »Und genau das werde ich tun. Aber ich wette meinen Ruf gegen Ihren, dass sie *nicht* identisch sind.«

»In der Zwischenzeit müssen wir den Fall neu bearbeiten«, sagte ich.

»Den Fall wieder eröffnen?« Tracchio rang nach Luft. »Eine derartige Anweisung werde ich nicht erteilen.«

»Wenn die Chimäre noch immer frei ist, könnte sie einen neuen Mord planen«, erklärte ich. »Und genau das vermute ich.«

»Erst gestern waren Sie hundertprozentig sicher, dass Coombs die Chimäre war«, sagte Tracchio empört.

»Das war gestern«, sagte ich. »Wir haben Ihnen erklärt,

wieso sich die Situation geändert hat. Im Moment bin ich hundertprozentig sicher, dass Coombs *nicht* die Chimäre ist.«

»Sie haben mir eine medizinische Spekulation vorgetragen. Ich will handfeste Beweise. Machen Sie die DNS-Probe.«

»Das kann Tage dauern«, sagte Claire. »Eine Woche...«

»Dann vergleichen Sie die Ballistik«, befahl Tracchio. »Chief Mercer wurde von einer Achtunddreißiger getötet. Ich garantiere Ihnen, dass Clapper beweisen wird, dass es sich um dieselbe Waffe handelt.«

»Mache ich. Aber in der Zwischenzeit –«

»Es gibt keine *Zwischenzeit*, Lieutenant. Was mich betrifft, haben Sie hervorragende Arbeit geleistet. Sie haben Ihr Leben eingesetzt. Jetzt sollten Sie Urlaub nehmen und nicht versuchen, die Ermittlungen wieder aufzunehmen.«

Claire und ich schauten uns an.

Tracchio nahm einige Papiere zur Hand und signalisierte damit, wie man als Vorgesetzter eine Besprechung beendet. *Zur Hölle mit ihm!*

Auf dem Korridor schaute ich Claire an. »Ich werde uns den Hass der ganzen Stadt zuziehen. Hoffentlich bist du wirklich sicher.«

»Logisch, bin ich sicher«, antwortete sie. »Und was wirst du jetzt unternehmen?«

»Ich warte den Ballistik-Bericht ab, Claire, und bete, dass inzwischen nichts passiert. Außerdem setze ich alle Leute erneut auf die Ermittlung an.«

108

»Cindy Thomas, bist du das?«

Aaron Winslow traute seinen Augen nicht. Als Cindy die Tür zu ihrer Wohnung öffnete, trug sie einen maßgeschneiderten schwarzen Hosenanzug, Sandalen mit hohen Absätzen, eine Kette mit einem Solitär-Diamant. Direkt hinter ihr konnte er ins Esszimmer blicken. Brennende Kerzen, edles Porzellan, Silberbesteck und Kristall.

Cindy trat vor und gab Aaron einen Kuss. Dann ging sie zurück. O Gott, sah sie atemberaubend schön aus. Heute Abend war sie schlichtweg überwältigend.

»Na schön, ich muss dir ein Geständnis machen«, sagte sie. »Der Armani-Anzug gehört meiner Freundin Jill, der Staatsanwältin, ebenso die Ferragamo-Schuhe. Wenn ich auf den Armani einen Flecken mache oder die Schuhe verkratze, wird sie nie wieder mit mir reden.«

Cindy lächelte und nahm Aarons Hand.

»Komm herein. Keine Angst. Obwohl ich Angst habe. Heute Abend feiern wie das Ende einer grauenvollen Belagerung und eines schrecklichen Manns.«

Aaron lachte. »Für diese Feier hast du dich aber besonders schön gemacht.«

Cindy strahlte immer noch. »Ja, und ich habe Huhn mit Mandelkruste gemacht, dazu Radiccio-Salat, Orzo-Pasta mit Erbsen und Minze. Das Huhn ist das eine der drei Gerichte, die ich kochen kann.«

»Deine Ehrlichkeit ist erfrischend«, sagte Aaron. »Und wem gehört das Geschirr und das Besteck?«

Cindy lachte und führte ihn ins Esszimmer.

»Ob du es glaubst oder nicht, mir. Meine Mutter macht mir Vor-Hochzeitsgeschenke, seit ich achtzehn wurde. Ich dachte Wedgwood und Waterford wären perfekt für unseren speziellen Abend. Das Essen ist fertig. Hauen wir rein.«

»Darf ich dir beim Servieren der Köstlichkeiten helfen?«, fragte Aaron.

»Das wäre perfekt, wie alles heute Abend.«

Es war tatsächlich so. Sie setzten sich an den Tisch, auf dem das herrlich duftende Essen stand.

Cindy klopfte an ihr Weinglas. »Ich möchte einen Toast ausbringen«, sagte sie.

In diesem Moment sah Aaron im Spiegel über der Anrichte hinter Cindy, wie sich etwas bewegte. Sein Herz stockte. Nicht noch mal. Nicht hier.

»Cindy, nein!«, schrie er. Blitzschnell war er aufgesprungen und sprang über den Tisch. Er hoffte, rechtzeitig reagiert zu haben.

Er riss Cindy und das meiste Geschirr und Kristall zu Boden. Als es klirrte, brach schon der erste Schuss durch die Fensterscheibe. In schneller Folge kamen weitere Schüsse. Eine Gewehrsalve. Die Chimäre war da und wollte sie töten.

Cindy besaß die Geistesgegenwart, das Telefon an der Schnur von dem Tischchen herunterzuziehen. Sie drückte die Vier der Wahlautomatik und auf Lautsprecher. Gleich darauf hörte sie Lindsays Stimme.

»Er ist hier bei meiner Wohnung. Er schießt auf Aaron und mich!«, schrie sie. »Die Chimäre ist hier, und schießt immer noch.«

109

Das konnte nicht geschehen, *doch es war passiert.*

Ich verständigte sämtliche vorhandenen Einheiten. Dann raste ich so schnell wie möglich zu Cindys Wohnung. Vielleicht noch ein bisschen schneller. Ich sah Cindy und Aaron auf der vorderen Veranda stehen. Ein halbes Dutzend Streifenwagen parkte ums Haus. Aber sie waren doch noch immer Zielscheiben, richtig?

Mit geballten Fäusten rannte ich zu ihr. Ich umarmte Cindy, die heftig zitterte. Noch nie hatte ich sie so verletzlich, so verängstigt und verloren gesehen.

»Gott sei Dank, der erste Streifenwagen war in wenigen Minuten hier gewesen, Lindsay. Entweder haben sie ihn verjagt, oder er war schon weg.«

»Alles in Ordnung?«, fragte ich Aaron. Er und Cindy hatten überall Flecken auf der Kleidung. Es sah aus, als hätten sie sich mit Essen beworfen. Was, zum Teufel, hatte sich hier zugetragen?

»Aaron hat mich gerettet«, brachte Cindy mühsam heraus. Er schüttelte nur den Kopf und hielt Cindys Hand. Zwischen den beiden herrschte eine Zärtlichkeit, die mich tief berührte.

»Er wird nervös«, sagte ich, mehr zu mir als zu den beiden. Wer immer die Chimäre war, er kochte vor Wut. Offensichtlich wollte er mich verletzen oder jemanden, der mir nahe stand. Vielleicht empfand er die Verbindung zwischen Cindy und Aaron Winslow auch als Beleidigung. Das könnte zutreffen, aber er plante seine Verbrechen nicht mehr sorgfältig. Er war leichtsinnig und ungenau geworden, aber dennoch sehr gefährlich.

Und er war irgendwo da draußen. Vielleicht beobachtete er uns jetzt sogar.

»Kommt, gehen wir rein«, sagte ich.

»Warum, Lindsay?«, fragte Cindy. »Da drin hat er auf uns geschossen. Wer, zum Teufel, ist dieser Scheißkerl? Was will er?«

»Ich weiß es nicht, Cindy. Bitte geh rein.«

Polizisten und die Spurensicherung durchsuchten bereits das Gelände, um herauszufinden, woher die Schüsse gekommen waren und welches Kaliber er benutzt hatte. Ich wusste, welches. Und ich wusste, dass er es gewesen war: *die Chimäre.*

Ich bin noch da, wollte er uns sagen. Mir sagen.

Warren Jacobis blauer Ford fuhr vor. Ich sah, wie er ausstieg. Dann lief er zu mir her. »Sind die beiden unverletzt?«

»Ja, sie sind jetzt drinnen. Mein Gott, Warren, das hat etwas mit mir zu tun. Es muss so sein.«

Eine Sekunde lang legte ich den Kopf an seine Schulter. Ich spürte, wie mir die Tränen in die Augen stiegen und heiß und brennend über meine Wangen liefen.

»Ich bringe diesen Scheißkerl um«, flüsterte ich.

Jacobi hielt mich fest an sich gedrückt. Der gute alte Warren.

Wir waren wieder bei null angekommen. Ich hatte keine Idee, wer die Chimäre war. Ich hatte keine Ahnung, wo wir anfangen sollten, nach ihm zu suchen.

Ein schwarzer Lincoln kam die abgesperrte Straße herauf und hielt. Die Tür öffnete sich, und mit finsterer Miene stieg Chief Tracchio aus und musterte den Tatort der Schießerei.

Als er meinen Blick auffing, schluckte er schuldbewusst. Die flackernden Lichter der Streifenwagen spiegelten sich in seiner Brille.

Ich schaute ihn wütend an. *Reicht das als Beweis?*

110 Am nächsten Morgen steckte die halbe Mordkommission die Köpfe in unserem Konferenzzimmer zusammen und überprüfte noch mal jedes Beweisstück, jede Annahme, von der wir ausgegangen waren. Gegen Ende der Besprechung nahm ich Jacobi beiseite. »Noch etwas, Warren. Ich möchte, dass du etwas für mich überprüfst. Vergewissere dich, dass Tom Keating tatsächlich im Rollstuhl sitzen muss.«

Gegen ein Uhr brauchte ich dringend eine Pause. Ich musste raus aus dieser Enge, um nachdenken zu können. Irgendetwas sahen wir nicht.

Ich musste mit meinen Freundinnen reden und trommelte alle zu einem schnellen Imbiss ins Rialto zusammen, das gegenüber vom Präsidium war. Sogar Cindy versprach zu kommen. Sie bestand darauf.

Als Cindy im Rialto eintraf, umarmten wir sie alle. Dabei hatten wir Tränen in den Augen. Keine von uns konnte es fassen, dass die Chimäre Aaron und Cindy hatte ermorden wollen – aber das war eine Tatsache.

»Das ist doch verrückt«, sagte ich, als wir uns gesetzt hatten und Salat und Pizza aßen. »Alles hat gepasst: Coombs' Vergangenheit, Chimäre, der Vorfall in Bay View. Alles hat auf ihn gedeutet. Wir können uns nicht geirrt haben.«

»Als Erstes musst du dich von diesem Druck freimachen«, sagte Claire. »Was geschehen ist, ist grauenvoll, aber wir dürfen nicht emotional reagieren.«

»Das weiß ich.« Ich atmete tief durch. »Wahrscheinlich ist es genau das, was der Mörder beabsichtigt. O Gott.«

Jill rutschte unruhig hin und her. »Hört mal zu, Coombs muss im Zentrum des Ganzen sein. Zu viele Dinge führen zu ihm. Vielleicht hat er nicht auf den Abzug gedrückt, aber was ist, wenn er jemand anderen damit beauftragt hat? Was ist mit seinen Kumpeln, diesen Arschlöchern in South San Francisco?«

»Von zweien haben wir noch keine Spur«, sagte ich. »Aber mein Gefühl sagt: nein. Ach verdammt, ich bin völlig durcheinander. In der Mordkommission sind alle ratlos. Coombs war ein Irrer. Wo, zum Teufel, ist der andere Wahnsinnige?«

»Hast du wirklich alles in seinem Hotelzimmer genau durchsucht?«, fragte Cindy, die bisher ungewöhnlich still gewesen war.

»Durchsucht und doppelt und dreifach überprüft«, antwortete ich.

Zum x-ten Mal ging ich in Gedanken in das unaufgeräumte Hotelzimmer: der Koffer mit Coombs' Sachen aus dem Gefängnis, die Zeitungsausschnitte unter der Matratze, die Nummern auf dem Schreibtisch, seine Briefe...

Aber diesmal schlug der Blitz ein.

Cindy hatte gefragt, ob wir die Möglichkeit in Betracht gezogen hätten, dass ein anderer Coombs die Morde anhängen wollte, aber ich antwortete nicht. Ich war in Gedanken woanders... zurück in dem schmuddligen Hotelzimmer. Die Bierflaschen und Coladosen mit Zigarettenkippen auf dem Bord über dem Bett. *Und noch etwas stand da.* Ich hatte nie einen zweiten Gedanken daran verschwendet, aber jetzt bemühte ich mich, das Ding ganz deutlich zu sehen. Ja, ich sah, was ich suchte – und was ich womöglich übersehen hatte.

»Lindsay?« Claire legte den Kopf schief. »Alles in Ordnung?«

»Erde an Lindsay...«, neckte Jill.

Cindy legte die Hand auf mein Handgelenk. »Lindsay, was ist los?«

Ich nahm meine Tasche und stand auf. »Wir müssen zurück ins Präsidium. Mir ist soeben ein Gedanke gekommen.«

111

Beweisstücke werden in einem Lagerraum im Keller des Präsidiums hinter Schloss und Riegel aufbewahrt.

Fred Karl, der diensthabende Beamte, schaute uns vier etwas verblüfft und verärgert an. »Das ist kein Raum zum Kaffeetrinken, Ladys«, meinte er mürrisch und hielt mir ein Klemmbrett entgegen. Dann drückte er auf den Knopf, der die Maschendrahttür öffnete. »Sie und Ms Bernhardt müssen hier unterschreiben, dann können Sie reinkommen. Aber die anderen beiden müssen draußen warten.«

»Verhaften Sie uns, Fred«, sagte ich und winkte alle durch.

Der Inhalt von Coombs' Hotelzimmer wurde in großen Kartons aufbewahrt. Ich führte die Mädels hin und hängte meine Jacke an ein Regal. Dann holte ich zwei Kartons herunter, auf deren Etikett Coombs' Fallnummer stand, und begann, den Inhalt zu durchstöbern.

»Würdest du die Güte haben und mir sagen, was, zum Teufel, wir hier suchen?«, fragte Jill. Sie schien verärgert zu sein. »Was – verdammt noch mal – habe ich übersehen?«

»Du hast es genau gesehen«, antwortete ich und wühlte weiter in Frank Coombs' Sachen. »Ich auch. Aber wir haben damals beide die Bedeutung nicht erkannt. Seht euch das an.«

Ich nahm die polierte Messingtrophäe des Scharfschützen mit dem Gewehr aus dem Karton, als sei sie ein kostbarer Silberkelch. *Regionalmeisterschaft im Scharfschießen – 50 Meter* stand auf der Plakette. Daran erinnerte ich mich. Das hatte ich beim ersten Mal gelesen.

Aber der Name änderte alles.

Frank L. Coombs... *nicht Frank C.*, – Francis Laurence, nicht Francis Charles.

Rusty Coombs... Die Auszeichnung war Coombs' Sohn verliehen worden.

Urplötzlich hatte sich jede Annahme und Erkenntnis für mich geändert. Vielleicht hatte sich Coombs' voller Name in mein Gedächtnis eingegraben, weil ich in letzter Zeit so viele Papiere durchgearbeitet hatte.

Frank C. war der Vater, *Frank L.* der Sohn.

»Ich bin nicht mein Vater«, hatte Rusty Coombs gesagt. Ich erinnerte mich genau. Jetzt sah ich sein Gesicht vor mir. Wie überzeugend hatte er mir und Jacobi etwas vorgespielt.

»Es ist der Sohn«, flüsterte ich.

Jill setzte sich wie betäubt auf den Boden. »Willst du damit sagen, dass diese grauenvollen Morde von Coombs' Sohn begangen wurden, Lindsay? Von dem Jungen in Stanford?«

»Ich dachte, er hasst seinen Vater?«, warf Cindy ein. »Ich dachte, sie hätten keinerlei Kontakt.«

»Das habe ich auch gedacht«, sagte ich. »Er hat alle getäuscht, richtig?«

Da standen wir in dem schlecht beleuchteten Kellerraum und schauten uns betroffen an. War die neue Theorie wirklich hieb- und stichfest? Hielt sie jeder Überprüfung stand? Wieder tauchte ein Bild vor mir auf: *der weiße Van.* Das Fluchtfahrzeug nach dem Mord an Tasha Catchings ... Er war in Mountain View gestohlen worden. Zwischen Palo Alto und Mountain View waren es nur wenige Minuten Fahrzeit.

»Der Besitzer des weißen Van lehrt Anthropologie an einem College da unten. Er sagte aus, dass er auch von anderen Instituten Studenten annähme. Manchmal kamen einige sogar ...«

Plötzlich fielen alle Puzzlestücke auf die richtige Stelle. »Vielleicht war einer von ihnen Rusty Coombs?«

112

Ich eilte die Treppen hinauf. Als Erstes rief ich Professor Stasic am Mountain View College an. Ich erreichte nur seinen Anrufbeantworter und hinterließ die dringliche Bitte um Rückruf.

Dann gab ich den Namen Francis L. Coombs in den Polizeicomputer ein. Die Verurteilung des Vaters tauchte auf, aber nichts über den Sohn. Keinerlei Vorstrafen.

Mein Gefühl sagte mir, dass der Junge irgendwo im System sein musste, wenn er kaltblütig genug war, um derartige Verbrechen zu begehen. Ich gab seinen Namen bei den Jugendstrafen ein. Diese Daten waren gesichert, und man konnte sie vor Gericht nicht verwerten, aber wir hatten Zugriff. Nach wenigen Sekunden kam die Akte. *Ellenlang...* Mit großen Augen schaute ich auf den Monitor.

Rusty Coombs war, seit er dreizehn war, mindestens sieben Mal mit dem Gesetz in Konflikt gekommen.

1992 hatte er vor dem Jugendgericht gestanden, weil er den Hund eines Nachbarn mit dem Luftgewehr erschossen hatte.

Ein Jahr später wurde er wegen schwerem Unfug verurteilt, weil er in einem Park eine Gans getötet hatte.

Mit fünfzehn waren er und ein Freund angeklagt wegen Beschädigung eines öffentlichen Gebäudes. Sie hatten auf eine Synagoge antisemitische Parolen gemalt.

Gegen ihn wurde Klage erhoben, aber es erfolgte keine Verurteilung, weil er seinem Nachbarn Bierdosen durch die Fenster geworfen hatte. Dieser Nachbar, der ihn angezeigt hatte, war Afroamerikaner.

Mutmaßlich war er Mitglied einer Highschool-Gang, die Kott Street Boys, die wegen ihrer rassistischen Übergriffe auf Schwarze, Latinos und Asiaten berüchtigt war.

Wie betäubt las ich weiter. Schließlich rief ich Jacobi in mein Büro und breitete diese neuen Erkenntnisse vor ihm aus. Rusty

Coombs' gewalttätige Vergangenheit. Sein Name auf der Scharfschützen-Trophäe. Der gestohlene Van in Mountain View, nicht weit entfernt von Palo Alto.

»Offensichtlich haben sie die Aufnahmebedingungen für Stanford beträchtlich erleichtert, seit ich mich dort beworben habe«, meinte Jacobi empört.

»Keine Witze, Warren. Bitte. Was denkst du? Bin ich verrückt? Hab ich den Verstand verloren?«

»Nicht so verrückt, dass wir dem Burschen nicht einen Besuch abstatten sollten«, sagte er.

Es gab noch andere Dinge, die wir tun konnten, um sicherzugehen. Wir konnten auf die DNS-Analyse der Hautproben warten. Ob die Proben von Coombs mit denen unter Estelle Chipmans Nägeln identisch waren. Aber das dauerte eine gewisse Zeit. Je länger ich darüber nachdachte, desto mehr Sinn ergab es, dass Rusty Coombs der Gesuchte war.

In meinem Kopf schwirrte alles durcheinander. Plötzlich kam mir noch eine Erkenntnis. »Mein Gott, Warren... *die weiße Kreide...*«

Jacobi beugte sich vor. »Was ist damit?«

»Du weißt doch, der weiße Staub, den Clapper bei zwei Tatorten gesichert hat.«

Ich rief mir Rusty Coombs' Bild ins Gedächtnis zurück: das Gesicht mit den Sommersprossen, die breiten Schultern des Footballspielers im verschwitzten Cardinal-T-Shirt. Die Verkörperung eines überheblichen Jugendlichen, der sein Leben voll im Griff hat, richtig?

»Erinnerst du dich, wo wir ihn getroffen haben?«

»Klar, in Stanford in der Sporthalle.«

»Er hat Gewichte gehoben. Was benutzen Gewichtheber, Warren, damit die Stange nicht rutscht?« Ich stand auf und konzentrierte mich auf die damalige Begegnung. Ich sah, wie Rusty Coombs sich die kräftigen, weißen Hände rieb.

»Sie verwenden Kreide«, sagte Jacobi.

113

Rusty Coombs joggte beim Nachmittagstraining den Vier-Meilen-Loop um den südlichen Campus. Er entschloss sich, die letzten zweihundert Meter bis zur Sporthalle als Sprint zu absolvieren.

Ein Streifenwagen fuhr mit eingeschalteter Sirene an ihm vorbei. Dann ein Zivilfahrzeug.

Im ersten Moment war er beim Anblick des Zivilfahrzeugs zusammengezuckt. Aber dann entspannte er sich, als beide Fahrzeuge weiterfuhren. Auf muskulösen Beine sprintete er wieder los.

Alles war prima, einfach bestens. Hier in Stanford war er sicher. Einer der wenigen Privilegierten, richtig?

Dann konzentrierte er seine Gedanken wieder auf das, womit er sich beschäftigt hatte, ehe die Bullen ihn so unsanft unterbrachen. Wenn er sein Körperfett auf 7,8 runterbrachte und auf vierzig Meter um ein oder zwei Zehntel schneller wurde, dann hatte er die Chance, in die dritte Runde der Auswahl für die Nationalen Meisterschaften zu kommen. Die dritte Runde bedeutete einen garantierten Bonus. Halte an deinem Plan fest, sagte er sich. *Fantasien wurden zuweilen zur Realität, zumindest seine.*

Rusty rannte zur Santa Ynez Street und war noch einen Block von dem Studentenheim entfernt, wo er und etliche andere Footballspieler wohnten. Als er auf die Straße einbog, blieb er wie angewurzelt stehen.

So eine Scheiße... die sind wegen mir hier!

Auf der Straße standen Streifenwagen mit blinkenden Lichtern. Drei Stück, dazu zwei kastanienbraune Einsatzwagen des Sicherheitsdienstes der Universität. Direkt vor seinem Haus. Eine Menschenmenge hatte sich versammelt. Polizisten aus der Stadt durften auf dem Campus nicht wegen Kleinigkeiten tätig werden. Nein, hier ging es um etwas Großes...

Wie ein Schlag in die Magengrube traf ihn die Erkenntnis, dass er verspielt hatte. Er würde nicht mal die Chance bekommen, der kleinen Hure die Lichter auszublasen, die seinen Vater getötet hatte. Seine Beine bewegten sich, aber er joggte auf der Stelle.

Wie, zum Teufel, konnten sie ihm auf die Spur kommen?, schoss es ihm durch den Kopf. *Wer hatte das geschafft? Bestimmt nicht Lindsay Boxer!*

Ein schlaksiger Student in weiten roten kurzen Hosen und einem Rucksack über der Schulter kam ihm auf der Straße entgegen. Rusty joggte noch immer auf der Stelle. »He, was, zum Teufel, ist denn da los?«

»Die Polizei sucht jemand«, antwortete der Typ. »Muss ein dicker Hund sein, weil alle sagen, die Bullen aus San Francisco kommen auch noch.«

»Nein, erzähl keinen Scheiß«, sagte Rusty. »Aus San Francisco?«

Verflucht, dachte er. Er war stinksauer, und es tat ihm Leid, dass es enden musste. Aber in seiner Fantasie hatte er sich immer vorgestellt, wie er dieses Ende gestalten würde.

Er machte kehrt und lief in Richtung Main Quad. Seine Schritte wurden schneller und kraftvoller.

Rusty Coombs wandte den Kopf, als er wieder eine Polizeisirene hörte. Auch dieser Wagen sauste an ihm vorbei. Es war sinnlos, sich länger zu verstecken. Hier wimmelte es von Bullen.

Zum Glück hatte er ein perfektes Ende geplant.

114

Jacobi und ich rasten die 101 mit neunzig Meilen hinab in Richtung Palo Alto. Straßenschilder schossen an uns vorbei: Burlingame, San Mateo, Menlo Park. Wir waren fest entschlossen, dieses Schwein in der nächsten Stunde festzunehmen.

Ich hoffte, es würde uns gelingen, Rusty zu überraschen. Vielleicht, wenn er aus einem Seminarraum kam. Auf dem Stanford Campus gab es Tausende Studenten. Rusty war bewaffnet und sehr gefährlich, deshalb wollte ich eine Konfrontation vermeiden, wenn es irgend möglich war.

Ich hatte arrangiert, dass Lieutenant Joe Kimes von der Abteilung Gewaltverbrechen in Palo Alto uns im Büro des Dekans für Studentische Angelegenheiten am Main Quad treffen sollte. Kurz vor Palo Alto rief Kimes uns an. Er meldete, dass Coombs nirgendwo zu finden war. An diesem Nachmittag hatte er laut Stundenplan keinen Unterricht. Er war auch nicht im Studentenheim oder im Stadion, wo das Stanford Footballteam vor einer Stunde das Training beendet hatte.

»Weiß er, dass eine Fahndung nach ihm raus ist?«, fragte ich. »Was ist auf dem Campus los, Joe?«

»Es ist schwierig, hier diskret vorzugehen«, sagte Kimes. »Er könnte unsere Streifenwagen gesehen haben.«

Langsam bekam ich Angst. Ich hatte gehofft, wir könnten zu Coombs gelangen, ehe er wusste, dass wir kämen. Er liebte es, Aufmerksamkeit zu erregen – er wollte ein Star sein.

»Was sollen wir Ihrer Meinung nach unternehmen?«, fragte Kimes.

»Alarmieren Sie das örtliche SWAT-Team. Und bis die eintreffen, versuchen Sie, diesen Dreckskerl zu finden, Joe. Lassen Sie ihn nicht entwischen. Und, Joe, dieser Kerl ist extrem gefährlich. Sie haben ja keine Ahnung, wie gefährlich.«

115

Der Fahrstuhl fuhr schnell nach oben, und als die Türen sich öffneten, schaute die Chimäre auf die Aussichtsplattform des Hoover Towers, fünfundsiebzig Meter über Stanfords Main Quad.

Es war niemand oben. Niemand, der ihn stören würde, niemand, den er töten musste. Nur der blaue Himmel, die Betonkuppel, das riesige Glockenspiel, das über den Campus schallte.

Rusty Coombs schaltete den Aufzug ab, so dass die Türen offen standen.

Dann legte er den schwarzen Nylonbeutel, den er mitgebracht hatte, auf den Boden und lehnte sich gegen die Betonwand, sodass er einem der acht vergitterten Fenster den Rücken zuwandte. Er öffnete den Beutel und holte die Einzelteile seines PSG-1, das Zielfernrohr sowie zwei Pistolen und Munition heraus.

Das hier war tatsächlich eine Steigerung – wirklich atemberaubend. Der Gipfel, richtig? Im Süden und Westen sah er die Berge, im Norden die Silhouette San Franciscos. Es war ein klarer Tag. Alles war ruhig, perfekt. Unter ihm erstreckte sich der Stanford Campus. Studenten liefen wie Ameisen umher. Die Besten und Intelligentesten der Nation.

Er setzte das Gewehr zusammen; nahtlos fügte sich der Lauf in den Schaft, dann noch die maßgearbeitete Schulterauflage, danach ruhte die Waffe wie ein kostbares Musikinstrument in seinen Armen.

Ein Spatz hockte auf einer der riesigen Glocken. Er zielte und drückte ab. *Peng.* Ein Probeschuss.

Dann schraubte er das Zielfernrohr auf und steckte das Magazin mit zwanzig Patronen hinein.

Er ging hinter der Betonwand in die Hocke. Der Wind fegte vorbei. Es klang, als würde sich eine Bö in einem Segel fangen.

Der Himmel war türkisblau. *Ich werde sterben, und wisst ihr, was? Es ist mir scheißegal.*

Studenten schlenderten auf den Wegen umher, lagen auf dem Rasen und lasen oder saßen auf Bänken. Wer wusste Bescheid? Wer vermutete irgendeine Gefahr? Er hatte die freie Wahl. *Er konnte jeden von ihnen unsterblich machen.*

Rusty Coombs steckte den Gewehrlauf durch die Metallstäbe eines der ein Meter achtzig hohen Fenster der Kuppel. Dann spähte er durchs Zielfernrohr und suchte sein erstes Opfer. Studenten tauchten auf: eine hübsche Japanerin mit dunkelrotem Haar und Sonnenbrille küsste ihren weißen Freund. Ein Angeber in hellgelbem Sweatshirt fuhr auf einem kanariengelben Rad. Rusty wechselte die Perspektive. Ein schwarzer Student mit langen Rastazöpfen ging zum Uni-Buchladen. Coombs lächelte. Manchmal verblüffte es ihn immer noch, wie viel Hass er in sich hatte. Er war klug genug, um zu wissen, dass er nicht nur sie verachtete. Er verachtete auch sich selbst. Er verachtete seinen durchtrainierten Körper, dessen Unzulänglichkeiten nur er kannte, aber am meisten hasste er seine Gedanken, seine Besessenheit, die Art und Weise, wie sein verfluchter Verstand arbeitete. Er fühlte sich allein, schon so gottverdammt lang. Wie jetzt, in diesem Moment.

In der Ferne sah er einen blauen Explorer mit blinkenden Lichtern. Er fuhr vor das Verwaltungsgebäude. Dieses widerliche Miststück aus San Francisco stieg aus. Sein Herz schlug wie verrückt. *Sie war hier. Jetzt würde er doch noch seine Chance bekommen.*

Er richtete das Zielfernrohr auf die hübsche Japanerin, die mit ihrem Freund auf dem Rasen knutschte. O Gott, wie hasste er die beiden. Rassenschande – für beide Rassen.

Dann kam ihm ein anderer Gedanke. Er schwenkte das Gewehr auf das Niggermädchen mit den Maiskolben. An ihrem Hals hing an einer Kette ein goldenes Herz. Ihre Augen strahlten.

Es ist eben meine Natur. Er grinste und legte den Finger um den kalten Abzug aus Metall.

Die Chimäre war wieder im Geschäft.

116

Der Explorer hielt mit quietschenden Reifen vor dem Verwaltungsgebäude. Jacobi und ich stiegen aus und nahmen die Abkürzung durch die spanische Loggia, von der aus man den Main Quad überblickte.

Wir trafen Kimes, der in ein Mikrofon Befehle brüllte. Neben ihm stand mit grimmigem Gesicht der Dekan der Universität, Felix Stern. »Wir haben Rusty Coombs immer noch nicht gefunden«, teilte mir Kimes mit. »Vor zwanzig Minuten wurde er auf dem Quad gesehen. Jetzt ist er wieder verschwunden.«

»Wie weit sind wir mit dem SWAT?«, fragte ich.

»Ist unterwegs. Meinen Sie, dass wir sie brauchen werden?«

Ich schüttelte den Kopf. »Ich hoffe nicht. Wir werden die Leute nicht brauchen, wenn Coombs verschreckt wurde und untergetaucht ist.«

In diesem Moment hörten wir Schüsse. Ich wusste, dass keiner der Polizisten als Erster feuern würde. Außerdem klang es wie Gewehrschüsse.

»Ich glaube, er ist noch da«, meinte Warren Jacobi. Es sollte ein Scherz sein.

Unterhalb der Loggia schrien Studenten in Panik und rannten in unsere Richtung, fort vom Quad.

Jemand brüllte: »Er ist im Hoover Tower. Dieser Wichser, dieser wahnsinnige Wichser.«

Jacobi, Kimes und ich liefen geradewegs zwischen die heranstürmenden Studenten. Joe Kimes schrie ins Mikro des Funkgeräts: »Schüsse! Notarztteam zum Hoover Tower. Aber extreme Vorsicht!«

In wenigen Sekunden waren wir auf dem Rasen. Studenten versteckten sich hinter Büschen, Säulen, großen Blumenschalen – alles, was irgendwie Deckung bot.

Zwei Studenten lagen auf dem Boden. Die eine war eine Afroamerikanerin, auf ihrer Brust sah ich einen großen roten Kreis, der ständig größer wurde. Verdammt! Fahr zur Hölle, *Chimäre*!

»Bleibt unten! Liegen bleiben!«, brüllte ich über den Quad. »Bitte, lasst die Köpfe unten!«

Vom Turm ertönte ein Schuss, dann ein zweiter und ein dritter. Ein Student fiel hinter einer Bank leblos auf den Rasen.

»Bitte, bleibt alle unten!«, schrie ich noch mal. »Verdammt, unten bleiben!«

Ich starrte zum Glockenturm des Towers und suchte nach einer Gestalt, einem Gewehr – nach irgendwas, um Rusty Coombs Position zu bestimmen.

Unvermittelt fielen zwei weitere Schüsse. Coombs war eindeutig dort oben. Es gab keine Möglichkeit, all diese Menschen hier unten zu schützen. Er hatte uns genau da, wo er uns haben wollte. Die Chimäre war immer noch der Sieger.

Ich packte Kimes. »Wie komme ich da rauf?«

»Ohne SWAT-Eskorte geht da niemand rauf!«, fuhr Kimes mich an. Seine Augen waren geweitet und starr. Dann schrie er ins Mikro: »SWAT und Notarztteams zum Main Quad! Scharfschütze schießt vom Hoover Tower. Mindestens drei Opfer.«

Ich blickte ihm in die Augen. »Wie komme ich da rauf, Joe?«, wiederholte ich. »Ich gehe, also sagen Sie mir lieber, was der beste Weg ist.«

»Im Erdgeschoss gibt es einen Aufzug«, warf Dekan Stern ein.

Ich holte meine Glock aus dem Holster und überprüfte die

kleine Beretta, die ich am Fußgelenk befestigt hatte. Die Chimäre war oben in der Kuppel und ließ Kugeln auf uns herabregnen.

Ich suchte das Gelände nach einem Gebäude ab, das mir Deckung gegen könnte. Jacobi packte mich am Arm. Aber er wusste, dass er mich nicht zurückhalten konnte.

»Würdest du eine Minute warten, damit ich eine kugelsichere Weste hole, Lieutenant?«

»Wir treffen uns oben, Warren.« Ich zwinkerte ihm zu. Dann rannte ich gebückt zum Turm.

Irgendwo im Hinterkopf fragte ich mich: *Warum tue ich das?*

117

O Gott, er fühlte sich großartig.

Die Chimäre zog das Gewehr zurück und lehnte es gegen die harte Betonwand. Im nächsten Moment würde auf dem Quad die Hölle losbrechen. SWAT-Teams, Scharfschützen, vielleicht sogar Hubschrauber. Er wusste, dass er im Vorteil war – ihm war es scheißegal, ob er starb.

Er zielte auf die großen Glocken. Diese blöden verfluchten Glocken hatte er immer geliebt. Wenn sie läuteten, hörte man sie auf dem gesamten Campus. Er fragte sich, ob man die Glocken bei seiner Beerdigung läuten könnte, wenn all das hier vorüber war und es ihn nicht mehr gab. Ja, das wäre super.

Dann wurde ihm wieder bewusst, dass er ganz allein im Hoover Tower war und soeben fünf Menschen getötet hatte. Was für ein beschissener Tag – was für ein beschissenes Leben! Aber er würde in die Geschichte eingehen, daran bestand jetzt kein Zweifel mehr.

Er zog sich hoch und spähte über die Brüstung. Plötzlich war unten alles ganz still. Der Quad war geräumt worden. Schon bald würde ein MEK hier im Einsatz sein. Dann musste er nur noch so viele abknallen, wie er konnte. Sie sollten sich ihre Überstunden verdienen.

Aber im Augenblick war es hier oben einfach herrlich, Mann...

Dann entdeckte er Lindsay Boxer! Er schaute durchs Zielfernrohr, um sicherzugehen. »Die Heldin«, die seinen Vater getötet hatte. Sie rannte gebückt und im Zickzack vom Verwaltungsgebäude zum Turm. Er war froh, dass sie kam. Unvermittelt hatte sich alles verändert. *Er konnte diese Sache doch noch richtig zu Ende bringen...*

Er folgte der huschenden Gestalt und schloss langsam das linke Auge. Dann verlangsamte er das Atmen bis fast auf das Niveau einer Meditation.

Er dachte daran, dass sein Vater neun Schuss abbekommen hatte. Ebenso viele auch für sie.

Er holte tief Luft und richtete das Fadenkreuz auf ihre weiße Bluse.

Jetzt bist du eine tote Frau.

118

Auf der Aussichtsplattform herrschte Ruhe. Rusty Coombs holte entweder Luft oder lud nach.

Los, packen wir's an. Du und ich, Kumpel.

Ich lief zu dem Gebäude direkt vor mir und spürte eine Art kontrollierter Hysterie. Nicht gut. Ich wusste, dass ich eine Zielscheibe war und dass Coombs schießen konnte.

Da hörte ich plötzlich *hinter* mir Gewehrfeuer. Ich schaute zurück. Jacobi schoss auf den Turm.

Ehe Coombs mich richtig ins Fadenkreuz nehmen konnte, schoss ich unter der Deckung der dichten Pappelzweige hervor und rannte ums Gebäude zum Turm. Jetzt war ich nur noch wenige Meter von seiner Basis entfernt.

Ich drehte mich um und sah Jacobi neben Kimes. Er schüttelte den Kopf. Ich wusste, was es bedeutete: Bitte, Lindsay, bleib, wo du bist. *Wenn du im Turm bist, kann ich dir keine Rückendeckung mehr geben.* Ich zwinkerte ihm zu, als wollte ich mich entschuldigen.

Ich lief um den Turm, bis ich auf der Nordseite einen Eingang fand. Schnell ging ich die Treppe hoch in eine mit Marmor verkleidete Eingangshalle.

Direkt vor mir war der Aufzug.

Mit gezückter Waffe stand ich vor den geschlossenen Türen und drückte wie verrückt auf die Knöpfe. Die Türen öffneten sich nicht. Ich hämmerte mit der Faust gegen die Hochglanztüren aus Chrom und brüllte: »*Polizei!*« Meine Stimme hallte in den Korridoren wider. Ich brauchte jemanden, irgendjemanden. Ich hatte keine Ahnung, wie ich von hier auf die Aussichtsplattform des Turms gelangen konnte.

Ein älterer Mann in Hausmeisteruniform tauchte in einem Korridor auf. Beim Anblick meiner Glock schreckte er zurück.

»Polizei«, rief ich. »Wie komme ich nach oben?«

»Der Kerl hat den Aufzug blockiert«, antwortete er. »Der einzige Weg rauf sind die Treppen.«

»Zeigen Sie sie mir. Bitte. Es geht um Leben und Tod.«

Der Hausmeister führte mich durch eine Tür und dann in den zweiten Stock und dort über einen Korridor zu einer schmalen Treppe. »Sie haben noch dreizehn Stockwerke. Oben ist eine Feuertür, die von beiden Seiten geöffnet werden kann.«

»Warten Sie in der Eingangshalle, und sagen Sie allen, die

hereinkommen, dass ich nach oben gegangen bin«, sagte ich. »Das ist auch eine Sache von Leben und Tod.«

»Jawohl, Ma'am. Verstanden.«

Ich begann den Aufstieg. Dreizehn Stockwerke. Und ich hatte keine Ahnung, was mich oben erwartete. Mein Herz raste, und meine Bluse klebte mir am Rücken.

Glückszahl Dreizehn. Mit jedem Stockwerk fiel mir das Atmen schwerer, und die Lungen schmerzten. Meine Beine taten von unten bis oben weh. Dabei jogge ich vier Mal pro Woche. Ich wusste nicht, ob ich den Verstand verloren hatte, dass ich hier ohne Rückendeckung hinaufstürmte. Ja, verdammt, ich *war* verrückt.

Endlich hatte ich das zwölfte Stockwerk hinter mir und erreichte die Spitze. O Gott, jetzt trennte mich nur noch eine schwere Metalltür von der Chimäre.

Durch die Tür hörte ich weitere Schüsse. *Peng, peng, peng.* Er machte weiter. Ich hatte Angst, dass noch mehr Menschen getötet würden. Ich war wütend und wollte ihn unbedingt kriegen. Ich überprüfte meine Glock und holte Luft. *O Gott, Lindsay... was du auch tust, tu es schnell!*

An der Feuertür war ein schwerer Riegel, den man nach unten drücken musste, um sie zu öffnen.

Ich drückte ihn nach unten und stürmte durch die Öffnung auf die Aussichtsplattform.

119

Grelles Sonnenlicht blendete mich. Dann hörte ich wieder *peng, peng, peng...* und das Klirren der leeren Patronenhülsen, die auf den Boden fielen.

Mir lief es eiskalt über den Rücken.

Dann sah ich Coombs. Er kniete mit dem Gewehr vor einem Fenster und hatte den Lauf durch die Gitterstäbe gesteckt.

Plötzlich wirbelte er zu mir herum.

Er schoss in meine Richtung. Ein ohrenbetäubender Knall, orangerotes Mündungsfeuer, lautes metallisches Klirren.

Ich warf mich von der Tür weg und zu Boden und feuerte vier Schüsse ab. Ich hatte keine Ahnung, ob ich ihn getroffen hatte. Ich holte tief Luft und wartete auf den Schmerz, um festzustellen, *ob er mich getroffen hatte.* Er hatte nicht.

»Es ist viel schwieriger, wenn jemand zurückschießt, richtig?«, rief ich.

Ich hockte hinter einem hohen Käfig aus Metall, der die sieben großen Glocken beherbergte. Jede sah so aus, als könnte sie mit einem Schlag meine Trommelfelle platzen lassen. Der Rest der Aussichtsplattform war ein ungefähr zwei Meter fünfzig breiter Gang, der das Glockenspiel umgab. Alle zwei Meter gab es ein großes Aussichtsfenster.

Coombs war auf der anderen Seite – die Glocken gaben uns beiden Deckung.

»Willkommen auf Camelot, Lieutenant«, rief er übermütig und arrogant. »Da unten sind ja so viele Klugscheißer... und Sie kommen zu mir rauf, nur um mit mir zu reden?«

»Ich habe Freunde mitgebracht. Sie werden nicht reden, Rusty. Sie wollen dich festnehmen. Und wenn das nicht geht, dann abknallen. Warum willst du so sterben?«

»Keine Ahnung. Aber irgendwie gefällt's mir. Wenn Sie hier oben mit mir sterben wollen... mit Vergnügen«, rief Rusty Coombs zurück.

Ich spähte durch das Metallgitter, um Coombs' Position festzustellen, und hörte, wie er jenseits des Glockenspiels ein neues Magazin einschob.

»Ich bin froh, dass Sie gekommen sind. Meiner Meinung nach ist es goldrichtig. Sie haben meinen Dad umgelegt, und jetzt mache ich das Gleiche mit Ihnen.«

Seine Stimme schien sich zu verändern, *als wechselte er die Position.*

Auch ich setzte mich in Bewegung, die Glock immer auf die Ecke des Gehäuses des Glockenspiels gerichtet.

»Ich will nicht hier oben sterben, Rusty.«

»Ihr Verstand arbeitet mal wieder ein bisschen langsam, Lieutenant. Wie immer. Ich habe Ihnen alles gegeben, was mir eingefallen ist. Die Chimäre-Symbole, den Van, den Notruf... Sollte ich vielleicht eine E-Mail schicken und sagen: ›*He, Leute, ich bin hier drüben.*‹ Hat ja ewig gedauert, bis Sie durchgeblickt haben. Hat unterwegs auch ein paar Leben gekostet.«

Unvermittelt traf eine Gewehrsalve das Gitter. Kugeln prallten lautstark von den Glocken ab.

Ich warf mich zu Boden und hielt den Kopf zwischen den Händen.

»Dein Vater ist tot«, rief ich. »Das hier bringt ihn nicht zurück.«

Wo war er jetzt? Vorsichtig spähte ich durch ein Loch im Gitter. *Mein Verstand stand still.*

Da war Rusty Coombs. Er lächelte. Es war das selbstgefällige hasserfüllte Grinsen seines Vaters. Ich sah den Gewehrlauf im Gitter des Glockenspiels.

Im selben Moment Mündungsfeuer, und ich wurde brutal zurückgeschleudert, landete hart auf dem Rücken und kroch in Deckung, als Coombs eine neue Position suchte, von der aus er auf mich schießen konnte. Ich griff nach meiner Glock. *O mein Gott, meine Pistole... sie war nicht da.*

Coombs hatte sie mir aus der Hand geschossen!

Er trat vor und baute sich vor mir auf. Sein Gewehr zielte auf meine Brust. »Sie müssen zugeben, dass ich wirklich schießen kann, was?«

Jedes Fünkchen Hoffnung war verloschen. Seine Augen waren grün, eiskalt und voll abgrundtiefem Hass. Mein Gott, ich hasste dieses Schwein ebenfalls.

»Bitte, keine weiteren Toten«, sagte ich. Mein Mund war staubtrocken. »SWAT-Teams sind unterwegs und bald hier. Wenn du mich umbringst, bist du selbst fünf Minuten später tot.«

Er zuckte die Schultern. »Bei meinem Trainer habe ich ohnehin ausgeschissen. Leute wie Sie« – er starrte mich mit brennenden Augen an – »haben keinen blassen Schimmer, wie es ist, seinen Vater zu verlieren. Ihr Bullenschweine habt mir meinen Vater genommen.«

Ich sah, wie sein Finger sich dem Abzug näherte, und mir war bewusst, dass ich jetzt sterben würde. Ich sprach ein stummes Gebet und dachte: *Aber ich will nicht sterben!*

In diesem Moment durchdrang ein ohrenbetäubender Klang die Luft. Nie hatte ich etwas Lauteres gehört. Der gesamte Turm bebte.

Coombs' Gesicht verzerrte sich vor Schock und Schmerzen. Er taumelte und krümmte sich instinktiv zusammen, um sich zu schützen.

Kaum sah ich, dass er sich zusammenkrümmte, griff ich an mein Hosenbein und holte die Beretta unter der Hose heraus, die ich an den Knöchel geschnallt hatte.

Dann ging alles so blitzschnell wie in einem Film, der zu schnell ablief, wobei der Ton schrill und unverständlich wurde.

Als Coombs mich sah, richtete er das Gewehr auf mich.

Ich schoss drei Mal. Die Glocken läuteten weiter… *gong… dong… gong… dong…* immer wieder.

Auf Coombs' Brust erschienen drei rote Flecken. Er fiel auf den Rücken.

Bei jedem Glockenschlag hatte ich das Gefühl, mein Trommelfell würde platzen. Wie Vorschlaghämmer trafen sie meinen Kopf.

Coombs setzte sich auf. Er schaute nach unten auf die Wunden in der Brust. Seine Augen waren geweitet. Er konnte es offenbar nicht begreifen. Wieder hob er das Gewehr und richtete es auf mich. »Verrecke, du Miststück!«

Ich drückte auf den Abzug der Beretta. Die Glocken dröhnten, als ihn meine Kugel in den Hals traf. Er röchelte, dann rollten seine Augäpfel nach hinten.

Ich merkte, dass ich mir mit beiden Händen die Ohren zuhielt. Ich kroch zu Coombs und stieß das Gewehr zur Seite. Die Glocken dröhnten immer noch. Es war eine Melodie, die ich nicht identifizieren konnte – vielleicht eine Antwort auf mein Gebet.

Als ich neben Coombs kniete, fiel mein Blick auf eine Tätowierung.

»Das ist es«, flüsterte ich.

Ein aufgerollter Schlangenschwanz in Rot und Blau führte zum Körper einer Ziege und dann zu dem stolzen wilden Kopf eines Löwen und dem einer angriffslustigen Ziege. *Chimäre.* Einer meiner Schüsse hatte den Leib des Ungeheuers durchbohrt. Es sah ebenfalls tot aus.

Dann hörte ich hinter mir Schreie, aber ich beugte mich weiter über Coombs. Ich hatte das Bedürfnis, ihm auf das zu antworten, was er zum Schluss gesagt hatte. *Ihr habt keinen blassen Schimmer, wie es ist, seinen Vater zu verlieren.*

»Doch, ich weiß es«, sagte ich zu seinen starren Augen.

120

Diesmal hatten die Zeitungen Recht. *Die Chimäre war tot.* Der Fall der Serienmorde war abgeschlossen.

Es herrschte keine große Freude über das Endergebnis, zumindest nicht bei mir. Diesmal versammelte sich nicht die Mordkommission, um die Tafel abzuwischen. Keine Toasts mit meinen Freundinnen. Zu viele Menschen waren gestorben. Ich hatte großes Glück, nicht zu ihnen zu gehören, ebenso Claire und Cindy.

Ich nahm mir ein paar Tage frei, um meinen Verletzungen eine Chance zu heilen zu geben. Währenddessen trugen die Spurensicherungsteams alles zusammen, was sich an den Tatorten der Schießerei ereignet hatte. Ich machte mit Martha lange Spaziergänge an der Marina Green und im Fort Mason Park. Das Wetter war inzwischen feucht und kalt.

Die meiste Zeit ließ ich die Geschehnisse dieses schrecklichen Falls noch mal vor meinen Augen ablaufen. Es war das zweite Mal, dass ich einem Mörder ganz allein gegenübergestanden hatte. Warum? Was bedeutete das? Was sagte das über mein Leben aus?

Einen Moment lang hatte ich ein wichtiges Stück aus meiner Vergangenheit wiedergehabt, einen Vater, den ich nie wirklich gekannt hatte. Aber dann wurde mir dieses Geschenk erneut genommen. Mein Vater war zurück in das dunkle Loch gekrochen, aus dem er gekommen war. Ich wusste, dass ich ihn höchstwahrscheinlich nie wieder sehen würde.

Hätte mich in diesen Tagen jemand gefragt, womit ich meinem Leben Sinn verleihen wollte, hätte ich wohl geantwortet: *Einfach treiben lassen.* Vielleicht anfangen zu malen oder eine Boutique eröffnen oder ein Buch schreiben... Es war so schwierig, irgendwo auch nur ein Fünkchen Bestätigung zu finden.

Aber am Ende der Woche ging ich einfach zurück zur Arbeit.

Am ersten Tag erhielt ich nachmittags einen Anruf von Tracchio. Er bat mich, in sein Büro zu kommen. Als ich eintrat, stand der Chief auf und gab mir die Hand. Er sagte, wie stolz er auf mich sei – und ich glaubte ihm beinahe.

»Danke.« Ich nickte und lächelte sogar. »War es das, was Sie mir sagen wollten?«

Tracchio nahm die Brille ab und warf mir einen reumütigen Blick zu. »Nein, Lieutenant. Bitte, nehmen Sie Platz.«

Er nahm eine rote Mappe von der Kante seines großen Walnussschreibtischs. »Vorläufige Ermittlungsergebnisse über die Schüsse auf Coombs. Coombs *Senior*.«

Ich schaute ihn misstrauisch an. Ich hatte keine Ahnung, ob nicht irgendein Bürokrat etwas Verdächtiges festgestellt hatte.

»Sie müssen sich keine Sorgen machen«, versicherte mir Tracchio. »Alles ist bestens. Eine perfekte, saubere Schießerei.«

Ich nickte. Was sollte dann dieser Wirbel?

»Aber es gibt etwas, das aus dem Rahmen fällt.« Der Chief stand auf und stützte sich mit den Handflächen auf die Schreibtischplatte. »Die Pathologin hat neun Kugeln aus Coombs' Leiche entfernt. Drei gehören zu Jacobis Waffe, zwei kamen aus Cappys, eine aus Ihrer Glock. Zwei Zwanziger von Tom Perez vom Raubdezernat. Das macht *acht*.«

Er blickte mich stumm an. »Die neunte Kugel stammte nicht aus einer unserer Waffen.«

»Nicht?« Ich hob die Augenbrauen. Das ergab keinen Sinn. Die Kommission hatte jede Waffe jedes Polizisten beschlagnahmt, der irgendwie in die Schießerei verwickelt oder auch nur am oder in der Nähe des Tatorts gewesen war – auch meine.

Tracchio öffnete eine Schublade und holte ein Plastiktütchen mit einer grauen abgeflachten Kugel hervor – die gleiche Farbe wie seine Augen – und reichte mir die Tüte. »Sehen Sie sich das mal an ... Kaliber vierzig.«

Ein Schlag traf mich. *Kaliber vierzig ...*

»Komisch ist nur, dass die Kugel zu *diesen* Kugeln hier passt.« Seine Augen bohrten sich in meine, als er ein zweites Tütchen herausholte, in dem vier weitere abgeflachte Kugeln lagen.

»Diese haben wir aus der Garage und den Bäumen außerhalb des Hauses in South San Francisco geholt, wohin Sie Coombs gefolgt waren.« Tracchio ließ mich nicht aus den Augen. »Ergibt das für Sie einen Sinn?«

Mein Unterkiefer hing wie Blei herunter. Nein, das ergab keinen Sinn. Aber … wieder sah ich die Szene auf den Stufen vor dem Präsidium.

Coombs stürzt mit ausgestrecktem Arm auf mich zu. Dann der Sekundenbruchteil, in dem ich erstarre, ehe ich ihm ins Gesicht schaue. Dann diese Stimme hinter mir, die ich nie vergessen werde: *Jemand ruft meinen Namen.*

Die Kugeln stammten nicht aus einer Dienstwaffe. Coombs war mit einer Handfeuerwaffe Kaliber 40 erschossen worden… die Waffe meines Vaters.

Ich dachte an Marty und sein Versprechen, als er zum letzten Mal auf meiner Schwelle stand.

Lindsay, ich laufe nicht mehr weg. Mein Vater hatte Frank Coombs erschossen. Er war wegen mir da gewesen.

»Sie haben mir nicht geantwortet, Lieutenant, ob das für Sie Sinn ergibt«, sagte Tracchio.

Mein Herz schien von einer Seite zur anderen zu hüpfen. Ich hatte keine Ahnung, was oder wie viel Tracchio wusste, aber ich war seine Heldin. Der Fang der Chimäre würde das »kommissarisch« vor seinem Titel auslöschen. Und wie er gesagt hatte – es war ein sauberer Schuss.

»Nein, Chief«, antwortete ich, »das verstehe ich auch nicht.«

Tracchio blickte mich an, hielt die Akte in der Hand, nickte schließlich und schob den Ordner unten in einen Stapel von anderen Akten.

»Sie haben hervorragende Arbeit geleistet, Lieutenant. Niemand hätte es besser machen können.«

Epilog

Ich fliege davon

Vier Monate später...

Es war ein strahlender klarer Nachmittag im März, als wir alle zur La-Salle-Heights-Kirche gingen.

Beinahe fünf Monate nach der ersten blutigen Schießerei war jeder Riss und Kratzer in den Außenwänden abgeschliffen, ausgebessert und mit frischer weißer Farbe überpinselt worden. Ein weißer Vorhang verhüllte den Bogen, wo das schöne Glasfenster geleuchtet hatte. Er war eigens für die heutige Veranstaltung angebracht worden.

In der Kirche saßen die Würdenträger der Stadt Schulter an Schulter mit stolzen Gemeindemitgliedern, die sich heute hier versammelt hatten. Fernsehkameras waren in den Seitengängen aufgebaut und zeichneten alles für die Abendnachrichten auf.

Der Chor, in weiße Talare gekleidet, stimmte »I'll Fly Away« an. Der Kirchenraum schien sich unter dem Klang der triumphierenden Stimmen zu weiten.

Einige Menschen klatschten im Takt der Musik, andere wischten sich Tränen aus den Augen.

Ich stand mit Claire, Jill und Cindy hinten. Mein Körper prickelte vor Staunen.

Nachdem der Chor verstummt war, betrat Aaron Winslow die Kanzel. In dem schwarzen Anzug und dem weißen Hemd sah er so gut und stolz wie immer aus. Er war immer noch mit Cindy zusammen. Wir mochten sie, ja, wir hatten *beide* richtig gern. Die Leute wurden still. Er blickte im voll besetzten Kirchenschiff umher, lächelte und begann mit gesetzter Stimme: »Erst vor wenigen Monaten zerstörten die Kugeln eines Wahnsinnigen das Spiel unserer Kinder. Es war ein Albtraum. Ich musste mit ansehen, wie die Kugeln diese Gemeinde entweihten. Der Chor, der heute für Sie singt, wurde von Terror erschüttert. Wir alle haben uns gefragt: *Warum?* Wie war es möglich, dass nur das jüngste und unschuldigste Kind unseres Chores sterben musste?«

»Amen«, hallte es von den Dachbalken herab. Cindy flüsterte mir ins Ohr: »Er ist gut, nicht wahr? Der Beste, und er meint alles ernst.«

»Und die Antwort darauf lautet...«, fuhr Winslow fort. »Die einzige Antwort kann nur sein: Tasha Catchings sollte den Weg für uns alle bereiten, wenn wir ihr dereinst folgen.« Seine Blicke schweiften umher. »Wir alle hier sind verbunden. Alle, die Familien, die den Verlust erlitten haben, und jene, die hergekommen sind, um sich zu erinnern. Schwarz oder weiß – der Hass hat uns alle getroffen, aber wir gesunden und machen weiter. Ja, *unbeirrbar* machen wir weiter.«

In diesem Moment nickte er einer Gruppe Kinder in ihren Sonntagskleidern zu, die neben dem großen weißen Vorhang stand. Ein Mädchen mit Zöpfen, kaum zehn Jahre alt, zog an einer Schnur. Mit lautem Rauschen sank der Stoff zu Boden.

Strahlendes Licht erfüllte die Kirche. Alle Anwesenden sahen nach oben. Wo früher die zackigen Scherben ein Loch gebildet hatten, war jetzt wieder ein prächtiges buntes Glasfenster. Bewunderungsrufe wurden laut, dann klatschten alle. Leise stimmte der Chor eine Hymne an. Es war einfach verflucht schön und bewegend.

Als ich den Stimmen lauschte, rührte sich etwas in meinem Inneren. Ich schaute zu Cindy, Claire und Jill. Wie viel war geschehen, seit ich zum letzten Mal hier gestanden hatte. Seit Tasha Catchings ermordet worden war.

Mir kamen die Tränen. Ich spürte Claires Finger. Sie ergriff meine Hand und drückte sie. Dann schob Cindy ihren Arm in meine Armbeuge.

Jill lehnte sich von hinten an meine Schulter. »Ich habe mich geirrt«, flüsterte sie mir ins Ohr. »Was ich damals gesagt habe, als sie mich in den OP gerollt haben, war falsch. Die Dreckskerle gewinnen nicht, sondern wir. Wir müssen nur das Ende des Spiels abwarten.«

Wir vier blickten zum schönen bunten Glasfenster hinauf. Ein sanfter Jesus, in weißem Gewand mit goldenem Heiligenschein, winkte seinen Jüngern zu. Vier seiner Jünger waren ein Stück zurückgeblieben. Eine Frau wartete mit ausgestrecktem Arm auf jemanden...

Ein kleines schwarzes Mädchen griff nach ihrer ausgestreckten Hand.

Das Mädchen ähnelte Tasha Catchings.

Zwei Wochen später, an einem Freitagabend, hatte ich meine Freundinnen zum Abendessen eingeladen. Jill erklärte, sie hätte großartige Neuigkeiten, die sie mit uns teilen wolle.

Ich kam mit Tüten voller Lebensmittel vom Markt zurück und öffnete unten in der Eingangshalle meinen Briefkasten. Die üblichen Kataloge und Rechnungen. Ich wollte schon alles einstecken und weitergehen, da fiel mir ein weißer Umschlag auf, mit roten und blauen Pfeilen, wie man ihn in jedem Postamt kaufen kann.

Mein Herz machte einen Satz, als ich die Schrift erkannte.

Der Poststempel: *Cabo San Lucas, Mexico.*

Ich stellte die Tüten ab, setzte mich auf die Treppenstufen, riss den Umschlag auf und zog ein zusammengefaltetes, liniertes Blatt Papier heraus und ein kleines Polaroid-Foto.

»Meine wunderschöne Tochter«, begann der Brief in krakeliger Handschrift.

»Inzwischen weißt du wohl alles. Ich bin bis hierher in den Süden gefahren, aber ich habe aufgehört wegzulaufen.

Zweifellos weißt du jetzt, was an dem Tag vor dem Präsidium geschehen ist. Ihr modernen Bullen seid uns alten Kerlen weit überlegen. Ich wollte, dass du weißt, dass ich keine Angst hatte, dass alles rauskommen könnte. Ich habe noch ein paar Tage gewartet, um zu sehen, ob die Geschichte veröffentlicht wurde. Ich habe dich sogar einmal im Krankenhaus angerufen. *Ja, das war ich...* Ich wusste, dass du nichts von mir hören wolltest, aber ich musste erfahren, ob es dir gut ging. Aber natürlich – bei dir ist alles bestens.
Diese Worte reichen nicht aus, um dir zu sagen, wie Leid es mir tut, dass ich dich wieder enttäuscht habe. Ich habe mich in vielen Dingen geirrt. Eines davon ist, dass man nicht alles hinter sich lassen kann. Das wusste ich in dem Augenblick, als ich dich wiedersah. Warum habe ich mein ganzes Leben gebraucht, um eine so einfache Lektion zu lernen?
Aber in einem Punkt hatte ich Recht, und der ist wichtiger als alles andere. Niemand ist so groß, dass er nicht ab und zu Hilfe braucht... sogar vom eigenen Vater.«
Unterschrieben war der Brief mit: »Dein blöder Vater.« Und darunter: »Der dich innigst liebt...«
Ich blieb sitzen und las den Brief noch mal, dabei kämpfte ich gegen die Tränen an. Marty hatte also doch noch einen Ort gefunden, wohin ihm nichts folgte und wo ihn niemand kannte. Ich musste schwer schlucken bei den Gedanken, dass ich ihn wohl nie wieder sehen würde.
Ich betrachtete das grobkörnige Foto.
Da war Marty... in einem grauenvoll scheußlichen Hawaii-Hemd vor einem ziemlich ramponiert aussehenden Fischerboot, auf einem etwa dreieinhalb Meter langen Gerüst. Unter dem Foto stand: »*Neuer Start, neues Leben. Das Boot habe ich gekauft und eigenhändig gestrichen. Eines Tages fange ich dir einen Traum...*«

Im ersten Moment musste ich lachen... Was für ein Irrer, dachte ich, und schüttelte den Kopf. Was, zum Teufel, verstand Marty von Booten? Oder vom Angeln? Mein Vater war dem Meer nie näher als bis zum Fisherman's Wharf gekommen, als er dort auf Streife war.

Und dann fiel mir etwas ins Auge.

Im Hintergrund des Fotos, hinter der stolzen Gestalt meines Vaters, unterhalb des Masts und des blauen Himmels...

Ich kniff die Augen zusammen, um die Schrift auf dem blauen Bootskörper deutlicher zu erkennen.

Ein einziges Wort stand da. In klaren weißen Buchstaben, mit der Hand geschrieben.

Das Boot hieß *Butterblume*.

Danksagungen

Ganz besonderen Dank schulde ich Inspector/Sergeant Holly Pera vom Morddezernat der Polizei in San Francisco, ihrem Partner, Inspector/Sergeant Joe Toomey, und Pete Ogden, Captain i. R. des SFPD. Und wieder einmal Dr. Greg Zorman aus Fort Lauderdale.

Aber am meisten Lynn und Sue; dieses Buch ist für sie.